DIE DRESDNERIN

Kriminalroman

ALEXANDER ASISI

Alexander Asisi, Jahrgang 1975, arbeitete nach dem Studium (Romanistik und Germanistik) zunächst bei seinem Onkel, dem Künstler Yadegar Asisi, als Bildgestalter, bevor er seinen ersten Kriminalroman schrieb. Heute lebt er mit seiner Familie in Berlin.

© 2015 asisi Edition

Herausgeber
asisi F & E GmbH
Oranienplatz 2
10999 Berlin
+ 49(0)30.6 95 80 86-0
office@asisi.de
www.asisi.de

Umschlagbild: Sandra Knüpfer
Satz: Denise Lüderitz
Lektorat: Katrin Francik, Zappmedia GmbH
Druck: DBM Druckhaus Berlin-Mitte GmbH

ISBN 978-3-945305-10-2

Nie Macht so groß auf Erden kam,
die nicht beizeiten ein Ende nahm,
wenn ihr das Ziel und Stündlein kam.

Sebastian Brant

PROLOG (1942)

Die Abenddämmerung umschlang behutsam das dunkle Café in der Lesznostraße, das Sztuka, in dem eine Handvoll Menschen Zuflucht gesucht hatte, für die Dauer eines Abends. In stiller Erwartung verharrten diese auf ihren Stühlen, dem Klavier zugewandt, das dort vor der Fensterfront auf einer kleinen Bühne stand. An die fünfzig Personen konnte man zählen, Frauen und Männer, einige in abgewetzter Kleidung, manche gar in Lumpen gehüllt. Sie alle waren vereint in ihrer Sehnsucht nach etwas, das seit langer Zeit schon unwiederbringlich verloren schien und das dieser Augenblick ihnen in seiner Erhabenheit zurückzugeben versprach: Trost.

Der Pianist, ein junger Mann, nicht älter als zwanzig, hatte bereits auf der Bühne Platz genommen, ließ die Schultern hängen, schüttelte die Arme. Er streckte und dehnte die Finger in alle Richtungen, fuhr dann behände über die Tasten des Klaviers. Das Publikum lauschte gespannt den Fingerübungen, kündigten diese doch die eigentliche Attraktion des Abends an.

Die Garderobentür öffnete sich, die Versammelten wandten sich auf ihren Sitzen um, hielten den Atem an. Sie betrat den Raum, schritt durch die Stuhlreihen, alle Blicke waren auf sie gerichtet, folgten ihr bis auf die Bühne. Es war weniger ein Kleid als vielmehr ausgefranstes Flickwerk, das sie am Leib trug. Ihre schwarzen Haare hatte sie zu einem Dutt geknotet. Ihre Schönheit war unverändert, trotz des Hungers, trotz der Marter, die sie durchmachte, so wie alle an diesem Ort. Es lag Anmut in jeder ihrer Bewegungen, in jedem Augenschlag Würde. Ihr Lächeln war eine Ode an das Leben, hier, wo der Tod seine erbarmungslose Schlinge um den Hals eines jeden gelegt hatte.

Die eröffnenden Takte am Klavier erfüllten den Raum, die Sopranistin senkte leicht den Kopf, fuhr mit der Hand über den grazilen Hals. Ihre Brust hob sich, dann eine leichte Bewegung des Oberkörpers zur Seite, und da war sie: eine Stimme, die mit ihrem unsichtbaren Licht den Zuhörern von der ersten Zeile an die Tränen in die Augen trieb. Nur wenige der Anwesenden verstanden die Sprache des Schubertschen Liedes, doch dies spielte keine Rolle, auch die anderen fanden darin Seligkeit. Vielleicht wunderte es jene, die des Deutschen nicht mächtig waren, dass eine Sprache, mit der man hier nur Tod und Verderben verband, dazu dienen konnte, solch liebliche Klänge zu erzeugen. Dies war nicht das Deutsch, das *sie* sprachen; sie, die nur zu brüllen und zu morden verstanden. Dies war nicht die Sprache der Gewalt, denn sie war zärtlich, voller Güte.

Das Lied ging zu Ende, eine Verneigung, Applaus, die Sopranistin wandte sich dem Pianisten zu, um mit einem Nicken das nächste Lied zu erbitten.

Er sah sie nicht.

Sein Blick war auf etwas anderes gerichtet, auf etwas, das sich rechts hinter ihr befand. Ein Ruck ging durch das Café, alles drehte sich in die Richtung, in die die angsterfüllten Augen des Pianisten starrten. Die schöne Sopranistin schaute über ihre rechte Schulter.

Dort standen sie.

Drei Deutsche in Uniform hielten sich im Halbschatten nahe der Eingangstür auf, niemand hatte sie hereinkommen sehen.

Jeder wusste, was nun folgen würde: Gebrüll, Schläge, Gebrauch von Waffen. Sie würden die Menschen aus diesem Café hinaustreiben, sie treten, manche gar erschießen. Vielleicht für den Frevel, musiziert zu haben. Juden, die deutsche Lieder sangen! Das konnte nur in einem Blutbad enden.

Es geschah nichts dergleichen. Die drei Deutschen standen einfach nur da.

Dann das Unerwartete, ja, Unbegreifliche: Sie klatschten leise, winkten. Fast freundlich. Dann entfernten sie sich, ohne irgendjemandem etwas angetan zu haben.

1. LEBENSNUMMER

SAMSTAG, 3.2.1945

Im Café Schottenhaml ging nichts mehr. Dennoch quetschten sich die Menschen an diesem sonnigen Wintervormittag mit ausgefahrenen Ellbogen in das Lokal, in der Hoffnung, trotz des Gedränges einen Platz zu ergattern. Das Angebot war gewiss spärlich, ebenso wie in allen anderen Gaststätten des Landes; man bestellte, was Lebensmittelmarken und magere Speisekarte hergaben. Wer im Café keinen Platz fand, versuchte sein Glück im Preussischen Hof gegenüber. Berlin mochte nun eine Festung sein, doch nicht jeder war gewillt, seine kostbare Zeit damit zu verbringen, Barrikaden aus Schutt und ausgebrannten Straßenbahnwaggons zu errichten. Wenn die Situation aussichtslos schien, dann war ein gemütliches Plätzchen in einem Lokal womöglich die bessere Alternative.

Kriminalrat Erich Klemmer warf einen flüchtigen Blick auf die Uhr.

Viertelelf. Er ist zu spät.

Er stand auf der anderen Straßenseite an einem Kiosk, den Anhalter Bahnhof mit seinem Portikus im Rücken, und betrachtete eine Weile das rege Treiben zwischen den beiden Häusern, strich sich dabei mit Daumen und Zeigefinger unruhig über den Schnurrbart. Es galt Wilhelm Kröger immer im Blickfeld zu behalten, um auf dessen Zeichen umgehend zu reagieren. Der alte Kollege stand schräg gegenüber an den ramponierten Straßenbahngleisen, blätterte zum Schein in der Berliner Morgenpost, behielt dabei stets das Innere des Cafés im Auge. Drei Schutzpolizisten hielten sich zudem in einem Hauseingang neben dem Preussischen Hof versteckt. Einer von ihnen lugte so unauffällig wie möglich hervor, um mit seinen Kollegen bei einem entsprechenden Signal eingreifen zu können. Von den Menschen, die den Askanischen Platz an diesem Tag bevölkerten, interessierte sich keine Seele für die Beamten; die Passanten würden selbst dann nicht aufblicken, wenn die Polizisten vor dem Haus Purzelbäume schlügen. Sie hetzten von einem Ort zum anderen, als gäbe es kein Morgen, und stolperten hierbei über die zahlreichen notdürftig zugeschütteten Bombenkrater. Auf Straßenverkehr brauchten sie nicht zu achten, es gab so gut wie keinen mehr. Keine Autos, keine Busse, keine Straßenbahnen. Nur vereinzelt walzten Militärkonvois über den Platz, ansonsten gehörten die Straßen den Fußgängern. Und den Radfahrern. Einige U-Bahn-Linien funktionierten noch, sie quollen hoffnungslos über. Der Führer hatte damals recht gehabt, als er verkündete, man werde Berlin in zehn Jahren nicht wiedererkennen.

Der Kriminalrat schnappte sich am Kiosk eine Ausgabe der lächerlich dünnen Zeitung, kramte Kleingeld aus der Hosentasche und reichte sie dem Händler. Zunächst beiläufig überflog er die propagandistischen Schlagzeilen, aber dann erregten sie doch seine volle Aufmerksamkeit. Wie so oft störte er sich an den sprachlich haarsträubenden Konstruktionen, denen sich die nationalsozialistische Propaganda bediente. Die konsequente Vergewaltigung der deutschen Sprache war bemerkenswert: Die Idiotie beschränkte sich nicht nur auf Inhalte, sondern verpackte diese zu allem Überfluss auch noch in eine groteske Form.

Klemmer schüttelte mit zusammengepressten Lippen den Kopf. Es wurmte ihn, in all den Jahren seinen Ärger über diese Entwicklung für sich behalten haben zu müssen. Gern hätte er den Betreffenden – auch jenen aus seinem Arbeitsumfeld – eine Auffrischung ihrer muttersprachlichen Kenntnisse nahegelegt. Er hatte den Mund gehalten.

DIE ÄUSSERUNGEN ÜBER DIE WAHREN VERNICHTUNGS-ABSICHTEN UNSERER GEGNER LIESSEN SICH BELIEBIG VER-MEHREN

Verächtlich rümpfte der Beamte die Nase, faltete das Blatt zusammen und schaute nach oben. Ein strahlend blauer Himmel und noch kein Fliegeralarm heute. In den letzten zwölf Monaten war kein Tag vergangen, ohne dass die Sirenen die Menschen in die Luftschutzkeller getrieben hätten. Bomben waren gefallen, immer wieder; einmal mehr, einmal weniger. Es waren nicht länger nur die Briten, die das Reich anflogen, nun griffen auch die Amerikaner mit ihren fliegenden Festungen an. Die Hauptstadt war ihr beliebtestes Ziel. Die Briten kamen immer nachts, die Amis am helllichten Tag, wenn die Sicht eine höchstmögliche Trefferquote gewährleistete.

Erich Klemmer suchte den Himmel ab, nestelte gleichzeitig an dem Zündschlüssel in seiner Manteltasche. Nichts. Ein friedliches Blau kühlte Berlin.

Fliegerwetter.

Auf einmal merkte der Kriminalrat, dass er unkonzentriert war, wandte sich wieder seinen Kollegen zu, die noch immer auf ihren Positionen verharrten. Er konnte sich ein leichtes Kopfschütteln nicht verkneifen, waren doch die Beamten, die ihm für diesen Einsatz zur Verfügung standen, alle weit über sechzig, Kriminalhauptkommissar Kröger gar einundsiebzig. Aus der wohlverdienten Pension hatte man letzteren geholt; ihn, der seine Laufbahn unter dem letzten Deutschen Kaiser begonnen hatte. Ein Relikt aus einer anderen Zeit, nunmehr reaktiviert im

Dienste des untergehenden Dritten Reiches. Doch der hagere Beamte mit den Gesichtszügen eines Habichts war stets hochkonzentriert, verlässlich. Allerdings war er auch ein glühender Nationalsozialist, sogar jetzt noch. Klemmer empfand nicht unbedingt Sympathie für den Mann, schätzte jedoch dessen unbedingten Arbeitseinsatz.

Kröger war nicht der einzige Kriminalist, den man aus der Versenkung geholt hatte, da waren noch viele andere, überall im Reich. Klemmer war mit seinen dreiundfünfzig Lenzen und seinem noch recht gesunden, ja, geradezu frischen Äußeren – weder rauchte er, noch trank er Hochprozentiges nach Dienstschluss – ein wahrer Jungspund in diesem Reigen. Nicht nur die Kriminalpolizei, sämtliche Behörden des Landes bemühten sich um die Reaktivierung der Alten, damit das schwer angeschlagene System nicht vollends zusammenbrach. Was man mit dieser verzweifelten Maßnahme erreichte, war indes nur einen Aufschub. Wer nur ein Fünkchen Verstand besaß, konnte dem Gerede vom Endsieg nichts abgewinnen. Der Untergang stand unmittelbar bevor, im Osten des Reichsgebietes befand man sich täglich schon unter russischem Artilleriefeuer.

DAS DEUTSCHE VOLK IST KEIN GEEIGNETES OBJEKT FÜR DIE WIEDERHOLUNG VON BETRUGSMANÖVERN

Klemmer drehte sich nach allen Seiten. Frauen, Kinder, Greise strömten kreuz und quer über den Askanischen Platz. Wo waren die jungen Männer? Sie existierten nicht mehr. Spätestens jetzt war der Moment gekommen zu kapitulieren. Nur dachten der Führer und seine Clique nicht daran, lieber trommelten sie einen Volkssturm zusammen, tischten der Bevölkerung Lügen auf bezüglich des aktuellen Kriegsverlaufs.

SOWJETS STOSSEN AUF IMMER HÄRTEREN WIDERSTAND

Doch die meisten Menschen waren aus ihrer langjährigen Trance erwacht, niemand jubelte mehr, niemand schwenkte freudig Fahnen; selbst die hiesig selbstbewusste Schnoddrigkeit, mit der die Berliner noch vor einem Jahr durchhielten, war endgültig dahin. In den Augen der Passanten lag durchweg fahle Resignation. Keiner sprach es laut aus, zu groß war die Angst vor der Gestapo und dem Restprozent regierungstreuer Denunzianten – den ‚Hundertprozentigen'; aber man konnte in ihren tyranneimüden Gesichtern die Desillusionierung deutlich erkennen. Sie wussten, welchen Akteuren sie das Unheil zu verdanken hatten. Zu Beginn des Krieges hatte Göring ihnen das Versprechen gegeben, es werde nie geschehen, und sie hatten es ihm geglaubt. Nun warf man ihnen immer dreistere Worthülsen vor. Die Presse wurde zunehmend skrupelloser im Volksverdunkeln, nur dass eben dieses Volk, das jahrelang alles gefressen hatte, der Lügen nunmehr müde war.

WIR WERDEN UNSERE ZUKUNFT IM KAMPFE SICHERN

Kröger schielte unter seinem Hut zu Klemmer herüber, nickte kaum merklich.

Das war das Zeichen.

Gemächlich setzte der Kriminalrat sich in Bewegung, ging über die Straße, Kröger fixierend. Dieser machte eine kurze Kopfbewegung in Richtung Café. Der Hinweis galt einem Mann in grauem Anzug, der durch die große Scheibe ins Innere des Lokals starrte.

•

Die wenigen noch verbliebenen Beamten des Reichskriminalhauptamtes geisterten verunsichert durch die Räume des viergeschossigen Rohziegelbaus in der Wörthstraße. Allzu präsent waren noch die Ereignisse, bei denen Arthur Nebe, Chef der Reichskripo, als Mitglied der Juli-Verschwörung entlarvt und verhaftet worden war und nun in irgendeinem Verlies auf seine Hinrichtung wartete. Um ein Haar hätte dieser Verrat das Ende der Kripo bedeutet, und diese wäre von der Gestapo einverleibt worden. Doch der Reichsführer-SS hatte andere Pläne. Der Verbleib gut ausgebildeter Ermittler schien für ihn von Bedeutung zu sein, und so gewährte er dem kümmerlichen Rest dessen, was noch bis vor wenigen Monaten im nunmehr zerstörten Gebäudekoloss am Werderschen Markt seinen Sitz hatte, ein Überleben in Weißensee.

Luci Rost saß an ihrem Schreibtisch im ersten Stock. Das kleine Büro bot gerade genug Platz für sie und einen Berg von leidlich geordneten Akten; sie waren notgedrungen auf dem Boden gelagert, gestapelt und an die Wände gelehnt. Luci bearbeitete einen der zahlreichen Fälle von Bezugskartenfälschung. Letzteres wurde in der gegenwärtigen Kriegslage als staatsfeindlich eingestuft. Das Schockierende an den immer häufiger ausgeübten Wirtschaftsdelikten war der Umstand, dass die Delinquenten aus dem gängigen kriminalbiologischen Rahmen fielen. Asoziales Verhalten war ein primär genetisch verursachtes Phänomen, warum kamen dann die Täter immer häufiger aus normalen arischen Familien? Es musste zwangsläufig eine Erklärung hierfür geben, die sich Luci entzog.

Die Kommissaranwärterin legte den Stift beiseite, rieb sich die Augen. Der Krieg schien die Volksgesundheit in erhöhtem Maß zu beeinträchtigen, sodass selbst gut geartete Menschen asoziales Verhalten an den Tag legten. So viele Jahre hatte die Kriminalpolizei erfolgreich den Kampf gegen Asozialentum geführt, die Ausmerzung desselben aus dem Erbstrom des gesunden Volkes vorangetrieben, und wofür? Der Kripo waren nunmehr die Hände gebunden, der Beamtenbestand war auf ein Minimum geschrumpft, man hatte die Einstellung des Meldedienstes angeordnet, auf den Gebieten Sexualverbrechen, Brandstiftung, Einbruch, Diebstahl und Betrug. Sogar Fälle von

Kapitalverbrechen wurden nur noch in Ausnahmefällen bearbeitet. Stattdessen befasste man sich mit Privatschlachtung und Tauschhandel.

„Fräulein Rost ..."

Luci sah auf.

Kriminaloberkommissar Nieswand von nebenan steckte besorgt sein von gewachsten Haaren glänzendes Haupt durch den offenen Türspalt.

„Es sind feindliche Verbände im Anflug, sie nähern sich dem Raum Hannover-Braunschweig", informierte er die junge Kommissaranwärterin.

„Wie viele?"

„Es kommt dicke."

•

Anna Graute, die man diskret an einem Tisch am Fenster platziert hatte, war kreidebleich geworden, als sie den Mann bemerkte, der dort draußen stand, einen halben Meter von ihr entfernt. Er schien sie anzustarren, Klemmer konnte das aus der Entfernung nicht genau erkennen. Krögers Körpersprache war indes eindeutig, bei der Gestalt im feinen Zwirn handelte es sich eindeutig um die Zielperson. Klemmer ging etwas schneller, lugte zu den Schupos hinüber, die ihrerseits aus dem Hauseingang hervorgetreten waren.

Einen Tick zu früh.

Joseph Graute hatte die Angst in den Augen seiner Frau richtig gedeutet, die Gefahr erkannt. Einen kurzen Blick nach rechts, und er erspähte die herannahenden Polizisten. Er machte einen ruckartigen Satz nach links, wich gerade noch rechtzeitig Krögers Krallen aus, der blitzschnell reagiert hatte. Klemmer preschte seinerseits los, erreichte den strauchelnden Kröger, packte diesen in vollem Lauf am Arm, zog ihn noch einige Meter mit. Graute war bereits hinter der Ecke in die Anhalter Straße verschwunden. Der Kriminalrat ließ seinen Kollegen an der Ecke los und nahm die Verfolgung auf. Gerade einmal ein paar Meter hatte Graute zurückgelegt, da scherte er nach rechts aus und verschwand in einem Hauseingang. Klemmer hastete hinterher, schlüpfte durch die offene Eichentür, rechts die Treppen des Vorderhauses hinauf. Von oben hallten erste empörte Rufe umgestoßener Hausbewohner herunter. Der Beamte nahm jede zweite Stufe, vorbei an verdutzt dreinblickenden Gestalten, sein Herz raste, drohte zu versagen. Wann hatte der Kriminalrat zum letzten Mal die Verfolgung eines Verdächtigen aufgenommen? Und das zu Fuß? Das war Jahre her, da war er ein junger, kräftiger Kriminalkommissar gewesen!

Im obersten Stock führte der Weg über eine aufgerissene Luke aufs Dach. Klemmer steckte den Kopf hindurch und sah den auf Ziegeln balancierenden Graute davonhasten. Der Polizeibeamte kletterte aus der schmalen Öffnung, machte einen Satz hinaus und wäre um ein Haar in die Tiefe gestürzt. Aufgrund der geringen Dachneige fand er noch rechtzeitig das Gleichgewicht, setzte einen Fuß vor den anderen, erst mit Bedacht, schließlich mit mehr Tempo. Graute war flink, und schon war er mit einem Sprung aus Klemmers Blickfeld verschwunden. Der Kriminalrat erreichte die Schmalseite des Wohnhauses und blickte hinunter auf das anderthalb Meter tiefer gelegene Dach des Nachbargebäudes. Von Graute keine Spur. Mehrere mannshohe Schornsteine ragten hier heraus, jeder breit genug, um sich dahinter zu verstecken. Klemmer ging in die Knie, stützte sich mit der linken Hand ab und machte einen kontrollierten Satz hinunter. Hier blieb er stehen. Langsam ließ er die rechte Hand unter seinen Mantel gleiten und griff nach seiner Walther, schwenkte den Sicherungshebel nach oben. So leise wie möglich schlich er über die Ziegel unter seinen Füßen. Beim ersten Schornstein hielt er inne. Einen Satz nach links, die Pistole im Anschlag, Fehlanzeige. Weiter zum nächsten Schornstein. Er lehnte sich mit dem Rücken gegen die Backsteine, hielt seine Waffe fest umklammert. Dann einen Satz nach links, sein rechter Arm wirbelte herum.

Nicht schnell genug.

Grautes linke Hand war hervorgeschnellt und hatte das rechte Handgelenk des Polizeibeamten gepackt, mit dem aufgeklappten Rasiermesser in seiner Rechten ging der Serienmörder seinem Widersacher an die Kehle. Klemmer bekam Grautes rechten Unterarm im letzten Moment zu fassen, strauchelte nach hinten, fiel rücklings hin. Grautes Position erwies sich als die bessere, er presste dem Kriminalrat sein Knie in die Magengrube, die Schneide des Rasiermessers berührte schon den Hals des Beamten. Klemmer musste seine ganze Kraft aufbringen, Grautes Hand festzuhalten. Der Mörder war nicht besonders kräftig, doch war er zehn Jahre jünger. Und entschlossen. Klemmer sah in Grautes irre Augen, die Klinge drückte sich langsam in die Kehle. Es war vorbei, der Polizeibeamte hatte nicht die Kraft, diesen Kampf zu gewinnen. Er spürte, wie das Blut seinen Hals hinunterrann, sich der vordere Teil der Klinge gegen die Luftröhre drückte. Vergeblich nahm Klemmer noch einmal seine letzten Kraftreserven zusammen.

Da riss es Graute abrupt nach hinten, Klemmer kroch ein Stück zurück, fasste sich röchelnd an den blutenden Hals. Er sah, wie sich sein Peiniger in Wilhelm Krögers Schwitzkasten wand. Der alte Mann war wie aus dem Nichts aufgetaucht und hielt Graute in Schach. Klemmer hob seine Waffe, wollte schießen, da machten die beiden eine halbe Drehung, Graute schnitt dem vor Schmerz aufschreienden Kröger in den Unterarm, befreite sich aus dessen Klauen. Alles verlief blitzschnell, sodass sich dem benommenen Kriminalrat keine Möglichkeit bot zu schießen. Kröger und Graute schlitterten ineinander verkeilt das Dach hinunter bis zur Regenrinne. Klemmer sprang auf, zielte erneut. In dem Gerangel hatte sich Kröger wieder in die Schusslinie begeben. Da hatte der auf dem Rücken liegende Graute den alten Mann auch schon am Kragen gepackt, drückte ihm den linken Fuß in den Bauch, schleuderte ihn über seinen Kopf hinweg das Dach herunter. Klemmer drückte ab, rutschte dabei aus, krachte auf die Seite. Er ließ die Walther fallen, diese glitt das Dach hinunter und kam in der Rinne zum Liegen. Graute, dem der unpräzise Schuss lediglich ein Schulterpolster herausgerissen hatte, war bereits aufgesprungen und sauste in Windeseile zur nächsten Luke. Klemmer biss sich vor Wut auf die Unterlippe; eilig kroch er zur Dachkante, fischte seine Pistole aus der Rinne und steckte sie zurück ins Holster. Mit schmerzverzerrtem Gesicht fuhr er hoch, hastete zur aufgerissenen Dachluke, durch die Graute soeben verschwunden war.

Als er unten auf der Anhalter Straße ankam, fiel Klemmers Blick sofort auf den zerschmetterten Körper seines Kollegen in wenigen Metern Entfernung. Eine kleine gaffende Menschentraube stand schon um den Toten. Von den drei Schupos war keine Spur, vermutlich irrten sie noch im Nachbarhaus herum. Keine Zeit für Trauer, Klemmer stierte nach rechts, in etwa zweihundert Metern Entfernung hatte Graute das Ende der Anhalter Straße fast erreicht. Klemmer rannte los, sah wie die Zielperson nach links in die Wilhelmstraße ausscherte. Das Herz raste, die Lunge drohte jeden Moment zu kollabieren, doch es galt, diesen Hund dingfest zu machen, um jeden Preis!

Erich Klemmer stürmte zum Ende der Anhalter Straße, bog nach links ab. Graute war verschwunden. An der nächsten Ecke, etwa hundert Meter weiter, saß eine jammernde ältere Dame neben ihrem aufgeplatzten Einkaufsbeutel, die spärlichen Einkäufe lagen auf dem Bürgersteig verstreut; sie keifte mit den Armen fuchtelnd in die Kochstraße hinein. Klemmer huschte ums Eck, an der empörten Frau vorbei, und wäre um ein Haar auf einer Dose Büchsenfleisch ausgerutscht. Weit vorne machte er Grautes Umrisse aus; dieser hatte den Abstand zwischen sich und seinem Verfolger noch weiter vergrößert. Schon hatte er die Friedrichstraße erreicht, bog nach rechts ab und verschwand. Der Kriminalrat hatte noch gut dreihundert Meter vor sich, seine Kehle blutete, im Mund machte sich ein metallener Geschmack breit. Mit letzter Kraft erreichte er die Friedrichstraße, wandte sich schwer atmend nach rechts, nach links. Nichts. Graute war weg. Vom Erdboden verschluckt.

Die U-Bahn.

•

Die Beamten kamen murmelnd aus ihren Büros geschlichen und schritten gesittet die Stufen hinab in Richtung Keller. Einen Alarm hatte es noch nicht gegeben, die Ansage über Drahtfunk war jedoch unmissverständlich.

Luci schloss eilig die Tür zu ihrem Büro ab und folgte Nieswand zur Treppe. Gemeinsam schlossen sie sich einer kleinen Gruppe an.

„Vielleicht drehen die ja nochmal ab", meinte Nieswand. Offensichtlich sah er sich in der Pflicht, die junge Kollegin beruhigen zu müssen.

Luci war tatsächlich etwas nervös.

Berlin war schon so oft ins Herz getroffen worden, und dennoch: Die Angst blieb dieselbe, eine Routine angesichts der Gefahr aus der Luft stellte sich nicht ein, bei keinem. So gut wie jeder Berliner hatte durch die Luftangriffe der letzten Monate Opfer aus seinem Umfeld zu beklagen. Verwandte, Freunde, Kollegen, Nachbarn.

Gerda Immel. Onkel Gustav. Die nette Frau Brunner von der Bäckerei an der Ecke ...

„Beim Luftangriff auf Charlottenburg, vor etwas mehr als einem Jahr, da hat es meinen Bruder und seine Frau erwischt", erzählte Nieswand unvermittelt, so als habe er Lucis Gedanken gelesen. „Ein Gebäudeknacker. Hat das ganze Haus pulverisiert. Hat niemand überlebt."

Sie erreichten den Keller.

•

Auf dem über hundert Meter langen Mittelbahnsteig des U-Bahnhofes Kochstraße herrschte erwartungsgemäß Gedränge; viele der verbliebenen zweieinhalb Millionen Berliner nutzten auch hier das letzte zur Verfügung stehende öffentliche Verkehrsmittel zum Kriegseinheitstarif von zwanzig Pfennig. Die hier vom Bombenangriff im Mai verursachten Schäden waren weitgehend repariert, die ausgebesserten Stellen an Wänden und Decke waren gut zu erkennen.

Langsam drängelte sich Klemmer an den Wartenden vorbei, erntete mehrere erschrockene Blicke. Das Blut rann aus seiner Kehle, tränkte das weiße Hemd in frisches Rot. Irgendwo in diesem Meer aus Gesichtern würde er ihn erspähen; es galt lediglich, hektische Bewegungen zu vermeiden, um das Vögelchen nicht aufzuscheuchen, das hier in der Menge Schutz gesucht hatte.

Klemmer blieb stehen.

Dort stand er, Joseph Graute, in einer Entfernung von etwa vierzig Metern, stierte nervös nach links und rechts in Richtung der beiden Ausgänge. Der Kriminalrat duckte sich leicht, schob die Hand unter Mantel und Sakko, griff nach der Pistole. Das Geräusch der herannahenden Bahn ließ ihn innehalten. Graute stand an der Bahnsteigkante, hatte seinen Verfolger nicht bemerkt.

Der Zug fuhr ein.

Mit dem Öffnen der Türen ging ein Ruck durch die Menge, und das übliche Drängeln setzte ein. Fahrgäste stiegen aus, pressten sich durch die dicht Stehenden. Graute verschwand im drittletzten Wagen, Klemmer drängte sich in den vorletzten. Hier wurde der Zugbegleiter, ein drahtiger alter Mann, der die Achtzig ganz offensichtlich schon überschritten hatte, auf den verletzten Fahrgast aufmerksam. Die Türen waren bereits geschlossen, der Zug setzte sich mit einem Ruck in Bewegung. Der Alte bahnte sich einen Weg durch den hoffnungslos überfüllten Wagen, griff dem röchelnden Klemmer an die Schulter.

„Junga Mann, wat hamwa denn da jemacht? Dit is aber ne richtje Verletzung, die er da hat", stellte er besorgt fest.

Noch während er die Worte aussprach, ertönte von draußen das entfernte Heulen der Sirenen. Ein kurzes Raunen ging durch den Wagen. Die Sirene hielt den langgezogenen Heulton, ohne abzuschwellen, was nur bedeuten konnte, dass die Zahl der feindlichen Flugzeuge besonders hoch war. Vielleicht flogen sie Berlin an, vielleicht hatten sie ein anderes Ziel.

„So jung bin ich nicht mehr", erwiderte der Kriminalrat krächzend, um die Aufmerksamkeit des lauschenden Zugbegleiters wieder auf sich zu lenken.

Der Mann war von der lakonischen Bemerkung irritiert, ebenso die in unmittelbarer Nähe stehenden Fahrgäste. Die Sirenen waren wieder in den Hintergrund gerückt, ihr Klang ein unwirkliches Nebengeräusch, alles konzentrierte sich wieder auf den geheimnisvollen Mann mit der blutenden Kehle. Klemmer zog seinen Ausweis aus der Mantelinnentasche.

„Kriminalpolizei, das hier ist ein Polizeieinsatz, ich bin hinter einem Flüchtigen her."

Eine Dame hatte sich von ihrem Sitzplatz erhoben, reichte Klemmer einen grauen Schal aus Seide. Der Polizist nickte dankend, band ihn sich schnell um den Hals, packte den Zugbegleiter am Arm.

„Schnell, Sie müssen mir die Verbindungstür zu dem Wagen öffnen, bevor wir die nächste Station erreichen!"

Der greise Mann nickte, ging in die Richtung, die ihm gewiesen, Klemmer folgte. Die Menschen machten Platz, so gut es ging. An der schmalen Tür angelangt, griff der Alte nach einem Sechskantschlüssel in seiner Tasche, öffnete sachte die Tür. Kühler Fahrtwind strömte in den Waggon.

„Sie bleiben hier", ächzte Klemmer, setzte den Fuß auf die schmale Stufe des Nachbarwagens, umfasste die Klinke der zweiten Tür. Durch die Scheibe hindurch konnte er Grautes Schopf in der Wagenmitte durchblitzen sehen. Dieser ahnte nichts. Vorsichtig drückte Klemmer die Klinke herunter, ahnungslose Fahrgäste blockierten die Tür, sodass er sich dagegenstemmen musste. Sie konnten ihre Verwirrung kaum verbergen, als sie den Verletzten eintreten sahen. Die Bahn hatte die nächste Station fast erreicht, fuhr in den Bahnhof Hallesches Tor ein. Der Kriminalrat griff umgehend nach seiner Waffe.

„Alle runter auf den Boden, Polizei!"

Graute wirbelte herum. Noch während sich die Umstehenden verängstigt bückten, packte er von hinten eine junge Frau, die direkt neben ihm gestanden hatte, umklammerte mit einem Arm unsanft ihren Hals und hielt ihr das Rasiermesser an die Kehle. Klemmer zielte auf Grautes Kopf, doch der zappelte panisch hin und her, ein Schuss war zu riskant.

Mit einem Ruck kam die Bahn zum Stehen. Die Türen öffneten sich.

„Alle raus hier, geduckt halten!", brüllte Klemmer, ohne Graute auch nur für eine Sekunde aus den Augen zu lassen.

Er fasste sich an die schmerzende Kehle, während die Fahrgäste sich nicht zweimal bitten ließen und nacheinander durch die Türen krochen. Draußen schwoll unterdessen der Heulton ab. Der Wagen leerte sich, die Menschen strömten zu den Ausgängen; was folgte, war Stille. Klemmer hörte nur noch das leise Wimmern der Geisel und seine eigene Blut gurgelnde Atmung. Graute sagte nichts, versteckte sein Gesicht hinter dem Kopf der Frau, lugte immer nur kurz durch ihre Haare hervor, um sogleich wieder zurückzuzucken.

„Lassen Sie sie gehen. Das hier nimmt sonst ein böses Ende", sagte Klemmer leise.

Langsam ging er auf die beiden zu.

„Stopp! Bleib, wo Du bist, Bulle!", schrie Graute und drückte der vor Angst Schluchzenden die Klinge in den Hals, so wie er es vorhin bei dem Beamten getan hatte.

Auch sie begann zu bluten, stieß Schmerzensschreie aus.

„In Ordnung, nicht ...", stammelte Klemmer.

Er bückte sich und legte die Pistole auf den Boden. Wieder aufgerichtet, hob er die Hände. Graute reagierte sofort, stieß die Frau mit aller Kraft in die Arme seines Verfolgers und verschwand durch die Tür. Klemmer fing sie auf, ließ sie jedoch sofort wieder los, schnappte sich seine Pistole und sprang seinerseits aus dem Wagen. Mit Wut im Bauch sauste er jene Treppe hoch, die Graute soeben hinaufgeprescht war, rannte links herum zum Ausgang, wo er inne hielt. Er wandte sich nach allen Seiten.

Wo bist Du?

Er drehte sich um, sah die abgesperrte Treppe, die zum Hochbahnhof führte. Klemmer machte kehrt, kletterte über die Absperrung, schlich die Stufen hinauf, die Waffe im Anschlag. Da begannen erneut die Sirenen zu heulen, diesmal waren es zwei kurze Alarmstöße von je acht Sekunden. Das Zeichen für akute Luftgefahr. Klemmer ließ sich nicht beirren, das Monstrum musste um jeden Preis zur Strecke gebracht werden.

Oben fand Klemmer ein Trümmerfeld vor, direkte Treffer hatten im letzten Jahr das Dach einkrachen lassen, im Gleisbett klaffte ein enormes Loch, es bestand Einsturzgefahr. Der Kriminalrat machte einen Satz hinunter auf die Schienen.

Die Attacke ließ nicht auf sich warten.

Graute, der sich im Gleisbett versteckt hatte, schnellte hervor, holte mit dem Rasiermesser aus. Die Klinge sauste hinab, schlitzte dem zurückweichenden Kriminalrat die linke Schulter auf. Nach hinten taumelnd, drückte Klemmer ab und schlug schon im nächsten Moment mit dem Hinterkopf gegen die Bahnsteigkante. Das Letzte, was er sah, war sein zu Boden sackender Gegner.

•

In den Kellerräumen des RKPA verharrten die Beamten leise murmelnd auf den Holzbänken. Die Sirenen hatten gerade eben zweimal kurz geheult, der Hinweis auf akute Luftgefahr. Hier in Weißensee ging man von guten Überlebenschancen aus, die Bomberverbände interessierten sich in der Regel mehr für den Stadtkern.

Luci hielt ihre Knie umklammert und starrte auf das Hindenburglicht auf dem Tisch. Nieswand saß neben ihr, der alte Beamte hatte einen Narren an ihr gefressen. War es väterliche

Fürsorge oder die Verliebtheit eines alternden Lüstlings? Luci wusste es nicht, sie wollte dem aufdringlichen Mann mit dem Führerbärtchen gewiss nicht Unrecht tun, nur wäre ihr etwas Abstand durchaus lieb gewesen.

Nieswand schmiegte sich an, legte eine Hand auf ihre Schulter.

„Keine Sorge, Fräulein Rost, uns wird hier nichts passieren."

Luci schenkte dem Kollegen ein gequältes Lächeln, dieser nahm es dankbar an. Es weckte in ihm den Wunsch nach Heldentaten, und wenn ihm diese durch die erzwungene Untätigkeit verwehrt blieben, so versuchte er seinem Drang nach heroischem Kampf mit markigen Worten Ausdruck zu verleihen.

„Gebt mir in Herrgotts Namen eine Flak und ich heize diesen Amis ein, dass ihnen Hören und Sehen vergeht! Aber keine Sorge, der Führer wird diesen Halunken einen Empfang bereiten, der sich gewaschen hat. Eine Abreibung, das wird eine Abreibung!"

Nieswand war so laut geworden, dass die Anwesenden zu flüstern aufgehört hatten. Alle Augen waren auf ihn gerichtet. Luci konnte im Halbdunkel nicht erkennen, ob Zustimmung in den Blicken lag oder vielmehr Zweifel oder gar defätistischer Spott. Vereinzelt wurde schließlich genickt, dann stimmten alle ein, machten sich gegenseitig Mut. Der Glaube an den Führer schien ungebrochen.

Luci nahm es mit Erleichterung zur Kenntnis, es stand außer Frage, dass der Führer eine Antwort parat hatte in diesen schweren Stunden. Wichtig war nur, dass er auf den Rückhalt des Volkes zählen konnte.

•

Dunkel schimmerte die Oberfläche des Lietzensees. Ein Feuer am anderen Ufer griff auf das Wasser über, die Flammen rückten näher. Erich Klemmer wandte sich Heinrich zu, der fasziniert das Schauspiel betrachtete. Der junge Mann fuhr mit der Hand in die Hosentasche, fischte einen Zündschlüssel heraus und reichte ihn seinem Vater, ohne diesen dabei anzusehen. Zögerlich nahm Erich den Schlüssel entgegen, das Gewicht des kleinen Objekts zog ihn sogleich hinab, er versank bis zu den Knien in der Erde. Heinrich bemerkte es nicht, das Flammenmeer zog ihn magisch an. Drei Schritte bloß und schon berührten seine Fußspitzen das Wasser. Erich riss den Mund auf, er wollte den Sohn zurückrufen, doch seiner Kehle entwich nicht mehr als ein stummer Schrei. Blut triefte aus seinem Mund, und er war nicht mehr imstande, sich von der Stelle zu bewegen, die Erde hielt ihn erbarmungslos gefangen.

Erst jetzt drehte Heinrich den Kopf und blickte seinem Vater ins Gesicht. Ohnmächtig sah Erich seinem Jungen in die lächelnden Augen; da fuhr das Feuer seine Krallen aus und riss Heinrich in die brennenden Fluten.

•

Erich Klemmer fuhr hoch. Sein erster Blick richtete sich auf die Stelle, an der Graute zusammengesackt war. Im beschotterten Gleisbett war das Blut versickert, einige der Steine leuchteten noch von dem frischen Rot. Ein Bauchtreffer, wo aber war der Getroffene?

Der Kriminalrat richtete sich auf, schaute mit dröhnendem Schädel in Richtung Gleise. Dort draußen torkelte Graute benommen den Hochbahnviadukt entlang in Richtung Möckernbrücke. Die Hälfte der Strecke hatte er schon zurückgelegt. Klemmer hob seine Waffe auf, ließ sie im Holster verschwinden und setzte sich in Bewegung, ging benommen die Gleise entlang hinaus aus dem Bahnhofsgebäude ins Freie. Er brauchte sich nicht zu beeilen, Graute kam nur schleppend voran. Um ihn herum bemerkte der Polizist die gespenstische Ruhe. Die Menschen, sie waren verschwunden.

Sie verharren im Keller.

Klemmer blieb stehen.

Ein leises, gleichmäßiges Brummen aus der Ferne ließ ihn aufhorchen, es durchbrach die Stille der Straße, wurde lauter und lauter. Er sah hoch.

Sie flogen weit oben, in vielleicht fünftausend Metern Höhe, eher noch in sechs. Ein riesiger Schwarm Silbervögel hinterließ in geschlossener Staffel schneeweiße Kondensstreifen in der eiskalten Luft. Es waren hunderte. Ganz in der Nähe begannen die Flakgeschütze wütend zu bellen, sie malten schwarze Tupfen in den Himmel.

Der Kriminalrat hatte so etwas noch nie gesehen. Man saß in solchen Momenten im Luftschutzkeller, blind, mit dem Kopf zwischen den Knien. Nun stand er hier, unfähig sich dem faszinierenden Bild zu entziehen.

Ein heller Pfeifton durchstach die Luft in einiger Entfernung, gefolgt von einer gewaltigen Detonation. Klemmer spürte das Beben, sah, wie sich im Norden auf dem Potsdamer Platz ein Pilz aus Schutt und Asche in den Himmel bohrte. Nur Sekunden später ein zweiter Einschlag, näher, im Gebiet um den Anhalter Bahnhof. Klemmer wäre vom Beben fast gestürzt, der Viadukt schwankte bedrohlich.

Die nächste landet hier.

Wie angewurzelt starrte Erich Klemmer zum dreihundert Meter entfernten Bahnhof Möckernbrücke hinüber. Graute, noch immer taumelnd, war schon fast dort angekommen.

Der Einschlag war gewaltig, zerriss den Bahnhof, als wäre er aus Pappe. Klemmer sah, wie sich Grautes Körper im Bruchteil einer Sekunde in kleine Fetzen auflöste und verschwand. Eine Welle erfasste von diesem Punkt aus den Viadukt, raste unaufhaltsam auf den Polizisten zu. Die Schienen schnellten hoch, Klemmer sauste ein gutes Stück nach oben, hob ab und kam unsanft einige Meter weiter auf den Gleisen auf.

Das war der Weckruf.

Die Einschläge erfolgten nun in kürzeren Abständen, die gesamte Innenstadt wurde bombardiert. Klemmer richtete sich auf, der Selbsterhaltungstrieb unterdrückte den Schmerz in

Hals, Schulter und Knochen. Er warf einen kurzen Blick zurück zum Bahnhof Hallesches Tor in hundert Metern Entfernung, entschied sich blitzschnell für die andere Richtung. Weit vorne hatte die Explosion den Viadukt nach unten sacken lassen, dort hatte er die beste Möglichkeit schnell die Straße zu erreichen.

Klemmer rannte los, seine Beine fühlten sich taub an, ungeahnte Kraftreserven trieben sie. Die Gleise neigten nach unten, nur noch wenige Meter bis zu der Stelle, an der ein ganzes Stück der Trasse eine Leiter nach unten formte. Dort angekommen, hangelte er sich hinab, die Holzschwellen bildeten die Sprossen. Ringsum rumsten die Blockbuster in die Wohnhäuser, die ohrenbetäubenden Einschläge brachten die gesamte Innenstadt zum Vibrieren.

Klemmer kam unten an, spurtete zur nächsten Querstraße. Kurz bevor er einbog, konnte er noch im Augenwinkel sehen, wie der bereits stark beschädigte Bahnhof Hallesches Tor mit lautem Krachen zerbarst und große Teile davon mit Getöse in den Landwehrkanal stürzten. Er rannte um sein Leben, vorbei an verschlossenen Hauseingängen.

Da begann es zu regnen.

Zu tausenden prasselten Stabbrandbomben senkrecht auf den Boden und in die abgedeckten Dachstühle, explodierten beim Aufschlag mit einem lauten Knall und einer langen Stichflamme. Die vier Pfund schweren Bomben gingen ringsum nieder, Klemmer keuchte sich durch eine Staubwolke, verlor beinahe die Orientierung. Auf der Höhe eines Kraters fand sich endlich ein offener Hauseingang, die Druckwelle hatte hier die schwere Eichentür aus ihren Angeln gerissen und meterweit in den Hausflur geschleudert. Er huschte hinein, hetzte durch das Vorderhaus in den Hinterhof, erspähte sogleich die Tür zum Keller. Eine Stabbrandbombe schlug keine zwei Meter neben ihm ein, um ein Haar wäre er gestrauchelt, doch Klemmer fing sich, erreichte die Tür und riss sie auf, sauste die Treppe hinunter. Eine massive Eisentür versperrte unten den Luftschutzraum. Er hämmerte dagegen.

„Aufmachen!", schrie er mit der ganzen Kraft seiner Blut gurgelnden Stimme.

Ein Riegel wurde auf der anderen Seite aufgeschoben, die Tür ging auf und ein altes, zerknautschtes Gesicht lugte hervor.

„Schnell, komm rinn!"

Es war der Luftschutzwart des Hauses, der Klemmer am Arm packte und hineinzog. Die Tür ging mit einem Quietschen wieder zu, der alte Mann schob den Riegel vor.

●

In Weißensee konnte man die zahlreichen Einschläge der großen Kaliber spüren, bei jeder Detonation erzitterte das ganze Gebäude samt Keller. Die Stimmung war gedrückt, Nieswands Tatendrang verflogen, angesichts des Infernos, das draußen im Gange war. Hier unten konnte sich jeder nur allzu lebhaft ausmalen, was die Wucht des Angriffs für die Innenstadt bedeutete.

Luci hatte ihre Finger noch stärker in die Knie gekrallt, ihre Wut über den Bombenterror war stärker als die Angst vor einem Treffer. Es musste doch einen Weg geben, dem niederträchtigen Vorgehen des Feindes Einhalt zu gebieten! Wann gedachte der Führer sein erst kürzlich erneuertes Versprechen einzulösen und seine zahlreichen Wunderwaffen verstärkt einzusetzen?

Luci zitterte am ganzen Leib, einige der Einschläge klangen erschreckend nah. Auch der ach so tapfere Nieswand zuckte bei jedem Rums zusammen. Nein, diese feige Attacke würde nicht unbeantwortet bleiben, der Führer hatte einen Plan, so viel war sicher! Luci tat es leid, in einem kurzen Moment der Schwäche zweifelnde Regungen gehabt zu haben. Sie glaubte an den Mann, der die Geschicke Deutschlands bislang mit Weitblick und Inbrunst gelenkt hatte.

Der Führer wird's richten.

●

Die Spitzhacken und Schippen an der Wand schlugen heftig gegeneinander, die ohrenbetäubenden Einschläge waren so nah, dass jeden Augenblick mit einem Direkttreffer zu rechnen war. Erich Klemmer saß im Epizentrum des Angriffs, zusammen mit etwa zwanzig Personen aus dem Wohnhaus, die dicht an dicht auf Holzbänken ohne Lehne verharrten, verängstigt, hoffend. Nur eine junge Mutter mit ihrem Säugling hatte sich auf den Boden vor die Stahltür gekniet und betete.

So ging das eine halbe Ewigkeit.

Dann trat Stille ein.

Das Brummen der Motoren wurde leiser und verhallte in der Ferne. War es das Ende des Angriffs? Einige im Keller blickten auf, so auch zwei Jungen mit Stahlhelmen. Die beiden Zwölfjährigen steckten die Köpfe zusammen und begannen zu flüstern. Klemmer saß ihnen genau gegenüber und konnte jedes Wort verstehen. Es ist nicht vorbei, flüsterte der eine. Heute sind wir dran, fispelte der andere bestätigend.

Sie behielten Recht.

Aus der Ferne ließ sich das Brummen der herannahenden zweiten Welle vernehmen, kaum hatten die beiden Halbwüchsigen ihre Befürchtungen ausgesprochen. Es kam näher, war schließlich direkt über ihren Köpfen. Ein Rauschen durchschnitt die Luft, gefolgt von einer gewaltigen Detonation, ganz in der Nähe. Die Erde bebte, das Wohnhaus wankte in seinen Grundfesten. Die Luftminen, die jetzt niedergingen, waren mit Sicherheit die größten, die die Amis in ihrem Arsenal hatten; Zweitonner, von der Größe einer halben Litfaßsäule!

Im Keller begaben sich sofort alle wieder in Embryonalhaltung: Finger in die Ohren, Mund auf, zusammenkrümmen. Der Kopf berührte die Knie. Das konnte bei einem starken Luftdruck unter Umständen helfen. Draußen krachten die Detonationswellen nacheinander in die Häuser; es schien, als habe man sich für diese zweite Angriffswelle speziell dieses Viertel ausgesucht. Und es wurden mehr, der Lärm erreichte seinen Höhepunkt, nun kam das Heulen, Rauschen, Jaulen, Pfeifen und Rumsen, alles auf einmal. Berlin erlebte ein Flächenbombardement biblischen Ausmaßes. Ein einzelner Direkttreffer würde genügen und das Licht würde für immer ausgehen. Was würde folgen? Das Nichts? Engel und Fanfaren? Klemmer wollte den Gedanken fassen, trotz des Getöses, es würde womöglich sein letzter sein. Der letzte Gedanke! Martha, Michael, Heike. Wo waren sie jetzt, hatten sie sich in Sicherheit bringen können? Wurde das Bayerische Viertel gerade genauso schwer getroffen?

Heinrich.

Was folgte, war ein dumpfes lautes Geräusch, kein Knall. Die Stahltür wurde samt Eisentürrahmen aus dem Mauerwerk gerissen und flog in den Kellerraum. Die junge betende Mutter und ihr Kind wurden von ihr getroffen, die Tür begrub beide unter sich. Eine unsichtbare Kraft riss die Menschen von ihren Bänken hoch, schleuderte sie umher wie Spielzeugfiguren. Klemmer krachte mit dem Rücken gegen die Wand. In den Keller drangen in einem Schwall Rauch, Steine und Dreck.

Einige Sekunden der Benommenheit und Klemmer kam zu sich, versuchte zu atmen, was in der sauerstoffarmen Luft fast unmöglich war. Pulverdampf verpestete die Luft, die Explosion hatte den Sauerstoff gierig aufgefressen, die Menschen schnappten nach dem spärlichen Rest, der in ihrer Gruft noch übrig war.

Erneut wurde es ruhig. Für wenige Minuten.

Es folgte noch eine dritte Welle und eine vierte. So sah die Taktik der Amis aus: Mit den Blockbustern der ersten beiden Wellen die Gebäude aufbrechen, die Dächer abdecken, alles freilegen, was brennen kann! Dann kamen verstärkt die Brandbomben zum Einsatz, jene, die Klemmer draußen noch während der ersten Welle vor die Füße geregnet waren, als Beilage zu den Sprengbomben. Jetzt ergossen sie sich in noch stärkeren Strömen vom Himmel und setzten die aufgeknackte Stadt endgültig in Brand.

Erneut verstrichen Minuten. Dann kehrte eine lodernde Ruhe ein. Kein Pfeifen mehr, keine Motoren, keine Explosionen. Nur das dumpfe Schmatzen der Flammen, die sich draußen durch die Wohnblöcke fraßen.

Im dunklen Keller wurde gehustet. Taschenlampen gingen an, Klemmer sah sich um. Sie hatten überlebt, waren aber noch nicht gerettet, denn der Kellereingang war versperrt, die Treppe nach oben zugeschüttet. Und der Sauerstoff wurde knapp, in wenigen Minuten würden hier alle ersticken.

Die Stahltür auf dem Boden ruckelte kurz, ein Ächzen war zu hören, dann ein schreiendes Kleinkind.

„Schnell, packt mit an", keuchte der Beamte einem kräftigen Mann und den beiden Jungen zu. Diese sprangen auch sofort hoch, hoben die schwere Tür an. Die junge Mutter und ihr Kind krochen hervor, beinahe unverletzt. Die Tür hatte die beiden vor den Trümmern des Mauerwerks geschützt.

„Der Mauerdurchbruch ... welche Seite?", fragte Klemmer schließlich in die Runde. Der Kräftige leuchtete mit seiner Taschenlampe auf eine Stelle in der Mauer, neben der der Polizist gesessen hatte. Einer der Jungen stand auch schon mit den Spitzhacken bereit, nur Sekunden später war der Durchbruch zum Nebengebäude gelungen, nacheinander zwängte man sich hindurch, hustend, schnappend. Hier standen leere Bänke, die Menschen hatten wohl überlebt und waren schon nach draußen geflüchtet. Klemmer suchte zusammen mit dem Herrn mit der Taschenlampe den Ausgang. Auf einer der Bänke lagen zwei Decken, der Beamte schnappte sie sich im Vorbeigehen. Ein schmaler kurzer Gang, dann eine Treppe rechts herum, sie führte hinaus in den Hinterhof.

„Hier entlang!", rief Klemmer den Nachfolgenden zu, lotste sie zur Treppe.

Er blieb stehen, sie liefen an ihm vorbei, die Treppe hoch, hinaus in die Feuerhölle. Nur die beiden Jungen zögerten.

„Beeilt Euch, wir müssen hier raus!", brüllte er.

„Wir folgen Ihnen", erwiderte der eine, lugte dabei entschieden unter seinem Stahlhelm hervor.

Klemmer nickte.

„Na gut, kommt!"

Er spurtete die Treppe hinauf, sprang ins Freie, die beiden Jungen hinterher. Im Hof schlug ihnen die Hitze entgegen, ringsum standen alle Wohnungen ab der zweiten Etage aufwärts in Flammen. Die drei rannten in den Flur des Vorderhauses, wo die Mutter mit ihrem Säugling in Panik verharrte. Klemmer erkannte sogleich den Grund: Der Asphalt der Großbeerenstraße brannte! Kleine schwarze Pakete lagen dort draußen, verkohlte Pakete, sorgfältig verteilt auf der ganzen Straße.

Leichen, das sind Leichen.

Die Frau hustete, weinte. Sie drückte ihr Kind an sich, man konnte nicht erkennen, ob es noch lebte. Klemmer ging zum Fass hinüber, das im Flur stand, es war mit Wasser gefüllt. Er tauchte die beiden Decken hinein, hängte eine der Frau um, die andere den Jungen, sie mussten sie sich teilen. Seinen Mantel zog er aus, tauchte ihn ebenfalls komplett ins Fass und zog ihn sogleich wieder über. Dann nahm er den Jungen die Stahlhelme ab und warf sie in die Ecke. Er sprach laut, musste das ohrenbetäubende Lodern des Feuers übertönen.

„Passt auf, wir müssen zum Landwehrkanal, dann haben wir eine Chance. Diese Seite der Straße brennt, auf der anderen Seite sieht es nicht ganz so schlimm aus. Wir müssen da rüber, dann an der Hauswand entlang. Auf der Straße haben wir keinen Sauerstoff zum Atmen, drum machen wirs wie beim Tauchen: ein paar Mal tief durchatmen, Luft anhalten und laufen. Draußen liegen Steine und Geröll: nicht hinfallen, sonst seid Ihr tot."

Er sah zur Frau hinüber.

„Haben Sie verstanden?"

Sie nickte.

Die vier atmeten einige Male tief durch, dann rannten sie los. Klemmer nahm die Frau bei der Hand, gemeinsam überquerten sie die glühende Straße, die Jungen im Schlepptau. Die Flammen unter ihren Füßen waren kniehoch, man drohte jeden Moment im weichen Teer stecken zu bleiben. Der Lärm um sie herum war unerträglich, das Knistern, das Zischen. Drüben angekommen, liefen sie an der Hauswand entlang in Richtung Landwehrkanal. Dort würden sie eine schützende Ecke finden, irgendwo unter dem Hochbahnviadukt, sofern eine heile Stelle in diesem existierte. Eine schützende Stelle.

Irgendwo am Wasser.

•

Im gesamten Wohnhaus war eine gespenstische Ruhe eingekehrt, keine Schreie mehr, kein panisches Rufen, lediglich vereinzeltes Hämmern aus den unteren Stockwerken. Das Rauschen und Knistern des abklingenden Feuers, das sich durch die beiden Häuser am anderen Ende der Bozener Straße fraß, drang fast friedlich herüber. Ein daneben eingestürztes Gebäude hatte das Übergreifen der Flammen auf die Nachbarhäuser verhindert, diese standen noch. Alles in allem hatte das Bayerische Viertel an diesem Tag Glück gehabt. Sicher, auch hier waren Bomben gefallen, sie hatten vereinzelt auch getroffen; außerdem war von ein paar Dutzend Toten im U-Bahnhof Bayerischer Platz die Rede. Ganz anders musste es jedoch weiter im Zentrum aussehen, vor allem im Regierungsviertel. Erste Berichte von zurückgekehrten Nachbarn, die sich während des Angriffs dort aufgehalten hatten und nur mit viel Glück dem Inferno entkommen waren, ließen das Schrecklichste vermuten. Mitte, Kreuzberg und Friedrichshain lagen in Schutt und Asche.

Martha starrte schon seit fünf Minuten mit dem Hammer in ihrer rechten Hand aus dem Fenster ihrer Wohnung im vierten Stock, Heike stand fröstelnd neben ihr, hielt das lange Brett geduldig in ihren Händen. Es war das letzte offene Fenster, die anderen hatten sie zugenagelt mit allem, was sie hatten finden können. So hatten es die Nachbarn im Haus alle gemacht, ebenso die Menschen in der ganzen Straße, wahrscheinlich alle Bewohner der Innenstadt, deren Häuser noch standen. Die Druckwellen hatten sämtliche Gebäude durchgepustet, Fensterscheiben zerborsten, Türen aus den Angeln gerissen. Wer nicht den Kältetod sterben wollte, musste seine Wohnung abdichten, bevor die Nacht hereinbrach.

Nur noch ein Fenster.

Durch dieses drang bereits die Abenddämmerung. Martha spürte den eisigen Luftzug nicht, ihre Haut fühlte sich taub an. Gebannt beobachtete sie das blutrote Flackern des Himmels, atmete den schwarzen Geruch kalter Asche ein und lauschte dem Knistern der verwundeten Stadt.

„Frau Klemmer ..."

Martha wandte sich zu Heike.

Unter einer Schicht Ruß und Dreck blinzelten ihre jungen Augen bittend hervor. Martha nickte, trat einen Schritt zurück, sodass Heike das Brett an das Fenster halten konnte und machte sich mit Hammer und Nägeln ans Werk. Nur noch dieses Fenster abdichten, dann im Ofen ein Feuer machen. Die Wohnung war nun frei vom gröbsten Schutt und von den Scherben. Die beiden Frauen würden diese Nacht in einer warmen Stube verbringen und sich freuen, dass sie noch lebten, während andere heute ihr Leben verloren hatten. Nein, Freude war es nicht; das war nicht das richtige Wort für jenes Gefühl, das von Martha Besitz ergriffen hatte und sicherlich auch von Heike. Vielmehr hatte der Körper seinen Willen bekommen, er hatte überlebt und pulsierte dankbar, atmete friedlich. Der Geist hingegen kreiste verloren um die Namen derer, die dort draußen umherirrten oder es womöglich gar nicht geschafft hatten.

Erich. Michael.

Die letzte Spalte im Fenster war abgedichtet, Kerzen tauchten das Esszimmer in ein schummriges Licht. Die Holzscheite im Ofen lagen schon bereit, Heike machte sich mit Streichhölzern ans Werk, während Martha ermattet ins Sofa sank. Eine Decke lag dort bereit, dankbar wickelte sie sich darin ein.

Heinrich.

Sie waren fort. Es fehlte das letzte Bisschen Kraft für Sorge oder für Trauer. In der Brust zersetzte die Müdigkeit jede noch so kleine Regung, eine sich immer weiter ausbreitend trockene Leere höhlte den Körper zunehmend aus, bis am Ende nur noch die Hülle übrig blieb.

Martha sah aus ihrer liegenden Position Heike dabei zu, wie diese das Feuer im Ofen entfachte, das sanfte Flackern der Flammen brannte sich in ihre Netzhaut. Widerstandslos glitt sie hinab, fiel, schwebte abwärts durch finstere Schächte, an deren Wänden die Asche der Stadt klebte. Dort unten herrschte Frieden.

Mit einem Ruck fuhr sie hoch.

Auch Heike riss es aus dem Schlaf, sie hatte die ganze Zeit neben Martha auf dem Sofa gelegen.

Martha fasste sich an die Brust, ihr Herz raste. Etwas hatte im Traum nach ihr gerufen. Sie sah Heike an, doch deren Blick hatte bereits etwas anderes erfasst, gebannt starrte die junge Frau zur Wohnzimmertür. Martha richtete sich halb auf, sah hinüber. Die dunklen Umrisse eines Menschen zeichneten sich im Türrahmen ab, zuerst regungslos, still. Dann zuckte die Gestalt, kam näher, kleine Schuttreste knackten unter ihren Füßen.

„Erich", flüsterte Martha.

Sie sprang auf und fiel ihrem Mann um den Hals. Erich stöhnte leise, da erst fielen ihr seine Verletzungen auf, seine zerschlissene Kleidung, das von Blut verkrustete Halstuch. Heike war nun auch aufgesprungen, gemeinsam stützten die beiden

Frauen den lädierten Kriminalrat, führten ihn zum Sofa, wo er sofort zusammensackte. Aus seiner Kehle kamen nur leise Röchellaute.

„Heike, hol den Doktor von unten, schnell! Und den Verbandskasten ...“

Heike war losgehastet, noch bevor Martha zu Ende gesprochen hatte.

Erich Klemmer fiel sofort in einen fiebrigen Schlaf.

•

Die Fenster der stattlichen Jugendstil-Wohnung im dritten Stock standen an diesem Abend sperrangelweit offen, der warme Sommerduft des grünen Lietzensees umwehte die an der Tafel sitzenden Gäste. Draußen schnatterten die Enten und Rallen, drinnen die ausgewählten Persönlichkeiten aus dem Umfeld des Hausherrn.

SS-Brigadeführer Hans Fiehler genoss seinen Fronturlaub, indem er zu einer seiner legendären Soireen lud. Fünfzehn Gäste waren gekommen, unter ihnen befanden sich einige hohe Tiere, sozusagen die Crème de la Crème der Berliner Gesellschaft. Früher hatte Fiehler jeden Monat eine Soiree organisiert, mindestens; das war noch vor dem Krieg. Mittlerweile ging das nicht mehr. Vor allem weil er die meiste Zeit im Kriegseinsatz war, im Osten, dort wo es rund ging. Aber selbst wenn er in Berlin hätte bleiben können, so hätte ihm die Lebensmittelrationierung einen Strich durch die Rechnung gemacht. Fiehler liebte es aufzutischen, und zwar so richtig. Alles musste vom Feinsten sein, seine Gäste sollten sich bei ihm wohlfühlen.

Tatsächlich *war* alles vom Feinsten an diesem Abend, dafür hatte der SS-Brigadeführer tief in die Tasche gegriffen und Beziehungen spielen lassen, damit er jenseits des Lebensmittelmarkensystems an all die Spezereien kam, für die seine Soireen bekannt waren.

Fiehler erhob sich von seinem Platz am Tafelende und schlug grinsend mit dem Löffel gegen das Glas. Das Geschnatter erlosch augenblicklich, alle Augen richteten sich auf ihn. Sein Blick wanderte zunächst zu seiner Frau Lisbeth, die zu seiner Rechten saß und ihn mit weit geöffneten Augen anhimmelte, dann zu seiner Tochter Heike, an seiner Linken. Neben ihr saß der junge Heinrich Klemmer, ein strammer blonder Kerl, voller Tatendrang. Einen Stuhl weiter hatte dessen Vater Platz genommen, der Kriminalrat Erich Klemmer, neben ihm seine Frau Martha.

Fiehler sah in die Runde, blieb jedoch besonders an den Klemmers hängen, sein Lächeln verriet, dass die nun folgende Ansprache vor allem ihnen galt.

„Sehr verehrte Damen und Herren, liebe Gäste, ich freue mich, Ihnen heute eine besondere Neuigkeit mitzuteilen. Wie Sie vielleicht wissen, verbindet Erich und mich eine besondere Freundschaft."

Erich Klemmer setzte ein Lächeln auf, das so natürlich wie möglich wirken sollte; so etwas beherrschte er sehr gut, die letzten Jahre über hatte er genau das geübt und damit erreicht, was ihm sehr wichtig war: Niemand wusste von seiner Abneigung gegen die Nazis, beruflich ging es seit Jahren bergauf, er wurde sogar von den hohen Herrschaften hofiert und galt als einer von ihnen. Er gehörte zur Elite. Zu Beginn war all dies kein Problem gewesen, ein bisschen Lächeln hier, ein paar Hände schütteln dort. Diese Widrigkeiten hatte Erich Klemmer in seine Strategie eingeplant, doch mit den Jahren wurde das Mienenspiel unangenehmer; die Nazis hielten sich entgegen aller Prognosen an der Macht.

Und führten nun Krieg. Gegen die ganze Welt.

Die Skrupellosigkeit, mit der diese Herrschaften ihre Ziele verfolgten, war beängstigend. Klemmer hatte feststellen müssen, dass sein Konzept nicht aufgegangen war, doch für eine Kehrtwende war es nun zu spät. Klemmer gehörte dazu, ob er wollte oder nicht. Es galt, die Familie zu ernähren, stillzuhalten, bis der Spuk ein Ende hatte. Und da Klemmers Arbeitsbereich ein unpolitischer war, drohte zu keinem Zeitpunkt die Gefahr von Gewissenskonflikten. Schließlich machte er bloß Mörder dingfest, da ging es weder um Rassenbiologie, noch um sonstige Absurditäten nationalsozialistischer Herkunft. Er brauchte sich nur unauffällig zu verhalten und brav die Hand zu schütteln, die ihm entgegengestreckt wurde.

So war es auch an diesem Abend.

„Und darum ist es mir eine besondere Freude, Ihnen allen mitzuteilen, dass sich meine Tochter Heike und Erichs Sohn Heinrich ...“

Er lächelte die beiden an und erntete die grinsende Vorfreude des jungen Paares. Auch Martha lächelte angesichts der nun folgenden Mitteilung.

Erich Klemmers Miene war für einen Moment versteinert.

„... verlobt haben.“

Der Kriminalrat war der Letzte, der sich erhob. Alle anderen waren nahezu zeitgleich aufgesprungen, schlängelten sich nun um die Tafel, um den Verliebten zu gratulieren. Martha war sichtlich gerührt, jedoch nicht überrascht, weswegen Erich Klemmer auch sofort der Verdacht kam, sie habe schon längst Bescheid gewusst. Ihm hatte man nichts gesagt. Sein eigener Sohn hatte es nicht für nötig befunden, ihn über sein Vorhaben zu unterrichten, seine Mutter hingegen schon!

Heinrich machte den Schritt auf seinen Vater zu, wartete auf eine Reaktion, während hinter ihnen alle anderen Heike herzten. Erich nickte reserviert, zog den Jungen heran. Was als ordentliche Umarmung geplant war, erwies sich in der Durchführung als ein kurzes, verkrampftes Drücken.

„Und dies hier“, unterbrach Hans Fiehler die Innigkeit der beiden, indem er mit einer kleinen Schachtel in der rechten Hand zwischen Vater und Sohn trat, „ist ein Geschenk für meinen zukünftigen Schwiegersohn.“

Er legte Heinrich die Hand auf die Schulter und überreichte ihm das kleine mit Blumen verzierte Behältnis, das nicht viel größer war als eine Streichholzschachtel.

„Sei gut zu meiner Tochter, sei ein treuer Ehemann. Und lass Dir in Russland nicht den Arsch wegschießen, sonst fällt die Hochzeit ins Wasser und ich muss ihr nen anderen suchen!"

SS-Brigadeführer Hans Fiehler prustete los, die versammelten Gäste stimmten ins Gelächter ein, Heinrich selbst lachte auch, Erich grinste verlegen. Martha hielt sich zurück, schielte zu Heike hinüber, die etwas abseits stand und mit den Tränen kämpfte.

Heinrich öffnete die Schachtel.

Er wusste am Ende nicht, welcher Schmerz ihn aufgeweckt hatte, zu viele Stellen im Körper brannten, zwackten und pochten um die Wette. Der Schädel brummte, Klemmer richtete sich auf, ertastete die Beule am Hinterkopf und fühlte den Stoff des Verbandes. Auch sein Hals war verbunden. Er wollte Martha rufen, bekam aber nur ein leises Krächzen zustande, das höllisch brannte. Mit schmerzverzerrtem Gesicht befühlte Klemmer vorsichtig den Hals. Hierzu bewegte er den linken Arm, worauf ein Stich durch seine Schulter fuhr und ihn schlagartig daran erinnerte, dass Grautes Rasiermesser seine linke Schulter aufgeschlitzt hatte. Der Beamte bewegte vorsichtig seinen Kopf nach links unten und stellte an seinem nackten Oberkörper fest, dass auch diese Verletzung versorgt worden war. Wann war er nach Hause gekommen? Wie lange hatte er geschlafen?

Von der Küche her drang leises Klappern von Geschirr und Töpfen zu ihm herüber. Und der Duft von gekochtem Kohl und Steckrüben. Das war es, was ihn geweckt hatte, nicht die Schmerzen. Der Magen knurrte.

Erich Klemmer setzte sich ganz auf, atmete tief durch, versuchte den Schmerz zu unterdrücken. Mit Müh und Not pellte er seinen geschundenen Körper aus dem Sofa und stellte fest, dass sämtliche Knochen Alarm schlugen. Er konnte sich nicht erinnern, wie viele Stürze er durch die Jagd auf Graute und durch den anschließenden Bombenhagel erlitten hatte, er hatte nicht mitgezählt. Vorsichtig setzte er einen Fuß vor den anderen, wankte zur Küche.

Die beiden Frauen fuhren zeitgleich zusammen, als sie ihn in der Tür erblickten.

Ich bin kein Geist, wollte der Kriminalrat sagen. Dann erinnerte sein Hals ihn daran, dass es ratsamer sein würde, nicht zu sprechen.

„Erich!", schoss es aus Martha heraus, „Du darfst hier nicht rumspazieren, leg dich sofort wieder hin!"

Sie nahm seinen Arm und wollte ihn sanft ins Wohnzimmer zurückdrängen, doch Erich winkte ab. Er setzte sich an den kleinen Küchentisch, auf dem die Frauen die Zutaten für das Mahl ausgebreitet hatten. Martha setzte sich neben ihn, Heike blieb verunsichert stehen. Beide schauten ihn erwartungsvoll an, Erich öffnete den Mund, schloss ihn wieder und fasste sich an den Hals.

„Warte!"

Martha verließ die Küche und kam mit einem Notizblock und einem Bleistift wieder. Erich nahm beides entgegen und schrieb.

MICHAEL?

„Wir haben noch keine Neuigkeiten."

WIE LANGE HABE ICH GESCHLAFEN?

„Fast vierundzwanzig Stunden."

FUNKTIONIERT DAS TELEFON?

„Ja."

WEHNER

„Ich habe dort angerufen, heute Morgen. Er war erleichtert, dass Du am Leben bist. Er meinte, Du solltest Dich ausruhen."

Erich überlegte. Martha kannte den Arbeitseifer ihres Mannes, sie unterstrich die letzte Aussage.

„Denk nicht mal daran, Du bleibst hier und kurierst Deine Verletzungen aus!"

WEM HABE ICH DAS HIER ZU VERDANKEN?

Erich zeigte auf die versorgten Wunden an seinem Körper.

„Martin war gestern da, er kam sofort hoch, als er hörte, dass Du da bist. Und in welchem Zustand."

DU MUSST WEHNER NOCHMAL ANRUFEN, GLEICH MORGEN. GRAUTE IST TOT. KRÖGER AUCH.

„Kröger? War das nicht Dein Kollege?"
Erich nickte.
„Und der andere?"

EIN MÖRDER

Martha nickte.
„In Ordnung, ich rufe Wehner gleich morgen früh an und sag ihm das."

Da begann Heike leise zu schluchzen, Martha stand auf und nahm sie in den Arm. Das Mädchen ließ sich so selten etwas anmerken, jetzt aber war unschwer zu erkennen, dass auch sie mit den Nerven am Ende war. Die Eltern waren tot, die kleine Schwester ebenfalls; alle drei umgekommen im Bombeninferno, das letzten Winter Charlottenburg dem Erdboden gleichgemacht hatte. Der Bruder war letztes Jahr in der Normandie gefallen. Der Verlobte ...

Heike war noch immer überzeugt, dass er noch lebte. Heinrich war in Russland in Kriegsgefangenschaft geraten, so ihre Theorie. Er war auf keiner der Listen aufgetaucht. Das bewies natürlich gar nichts, nur wollte sie Zweifel nicht gelten lassen.

„Ich hoffe, Michael ist nichts passiert! Heinrich würde es nicht verkraften, er liebt den Jungen so sehr", klagte sie.

Das stimmte. Heinrich liebte seinen kleinen Bruder über alles. Es würde ihn schmerzen, wenn er wüsste, dass man den Jungen als Flakhelfer missbrauchte, ihn und alle anderen Jungen in seinem Alter. Fünfzehnjährige! Jetzt, da alle jungen Männer tot waren und der Krieg längst verloren war, führte man die Kinder zur Schlachtbank. Michael war nur einer von vielen.

Selbst wenn er den gestrigen Angriff überlebt haben sollte, so stand ihm der sichere Tod bevor. Die Wehrmacht rekrutierte nun auch die Jüngsten.

Martha machte sich keine Illusionen mehr über das Schicksal ihrer Söhne. Ihr Heinrich war tot, er musste die Angst um seinen kleinen Bruder nicht ‚verkraften‘, wie Heike es ausdrückte. Und Michael würde es bald sein, sofern er nicht schon dem Angriff gestern zum Opfer gefallen war. Ihr Mann sah die Dinge ähnlich, nur dass dieser eine gänzlich andere Strategie entwickelt hatte, gegen das Gefühl aufkeimender Resignation anzukämpfen. Ihm war diese eine Sache geblieben, sie gab ihm die Illusion von Normalität in Zeiten des Untergangs.

Die Arbeit.

Eva Rost liebte die Ordnung. Alles in ihrer Wohnung in der Weichselstraße stand an seinem Platz, jeder auch noch so unbedeutende Gegenstand befand sich an einer präzise definierten Stelle. Dazu kam ein ausgeprägter Sinn für Sauberkeit, eine Eigenschaft, die die meisten deutschen Frauen auszeichnete, zumindest wenn sie nordischer Herkunft waren.

So wie Eva Rost.

Nicht eine von denen, die durch ungesundes Erbgut vorbelastet waren, durch etwaige Mischehen im Stammbaum schlecht geartete Gene in sich trugen. Nein, Eva Rost wies im Hinblick auf rassische Reinheit den bestmöglichen familiären Hintergrund auf und hatte selbst ebenfalls darauf geachtet, einen Mann zu ehelichen, der diesen Kriterien genügte. Das war zu einer Zeit, als die meisten Landsleute die Bedeutung von Rasse, Zucht und Ordnung noch nicht erkannten; eine Zeit der Zügellosigkeit und der Rassenschande, gerade hier in Berlin.

Eva Rost war eine Nationalsozialistin der ersten Stunde.

Ihr ganzer Stolz war ihre Tochter Luci. Jetzt, da ihr Mann und ihr Sohn tot waren, beide gefallen in Stalingrad, hatte Eva nur noch dieses Mädchen. Eine starke junge Frau, die auch nun, da das Vaterland vor seiner schwersten Prüfung stand, den Glauben an den Führer nicht verlor.

Eva saß auf dem Schlafzimmerbett und beobachtete ihre Tochter beim Ankleiden. Luci achtete mit äußerster Sorgfalt auf einwandfrei gebügelte Kleidung, ihr graues Kostüm saß perfekt, ebenso ihre Haare. Sie würde an diesem Montagmorgen zur Arbeit gehen und ihren Kollegen zeigen, dass sich eine junge arische Frau niemals unterkriegen lassen würde, nicht durch Bomben oder ähnliche Feigheiten des Feindes. Luci würde immer standhaft bleiben.

Sie war ein deutsches Mädchen.

Luci setzte ihre Baskenmütze auf, verabschiedete sich rasch von ihrer Mutter und verließ die Wohnung.

·

In der Wörthstraße hatte die Stimmung ihren Tiefpunkt erreicht. Die Beamten hingen zum Großteil in der Schwebe, ihnen fehlten Arbeitsanweisungen, weswegen sich einige im Gemeinschaftsraum im ersten Stock aufhielten und sinnfreiem Palaver hingaben. Luci warf einen kurzen Blick hinein, setzte dann ihren Weg nach oben fort. Ihr Ziel war das Büro von Kriminalrätin Friederike Wieking im zweiten Stock, wo sicherlich wieder ein ordentlicher Stapel Akten auf sie wartete. Ja, auf sie wartete Arbeit, während die männlichen Kollegen Däumchen drehten!

Auf der Treppe kam ihr ein Herr mittleren Alters entgegen, sie hatte ihn schon öfter gesehen, konnte sich jedoch lediglich daran erinnern, dass der Mann in der Abteilung für Kapitalverbrechen arbeitete. Um den Hals trug er einen Verband.

„Hei-tler", grüßte sie im Vorbeigehen.

„Danke, gleichfalls", krächzte der Mann zurück.

Entrüstet drehte sich Luci um und sah, wie der Kerl unten ankam und hinter der Ecke verschwand.

Einen Augenblick lang spielte sie mit dem Gedanken, den Vorfall zu melden. Sie besann sich eines Besseren, da ihr bewusst war, welch großer Druck auf den Kollegen lastete. Da war es nicht verkehrt, auch einmal ein Auge zuzudrücken. Allerdings würde sie sich das Gesicht merken und den Kollegen zu gegebenem Zeitpunkt zur Rede zu stellen. Dienstgrade spielten dabei keine Rolle; Luci nahm, wenn es um die Grundwerte des Nationalsozialismus ging, kein Blatt vor den Mund.

Vor dem Büro ihrer Vorgesetzten angekommen hielt sie inne. Sie strich ihr Kostüm zurecht, dann klopfte sie an und trat ein.

·

Ermattet betrat Klemmer sein kleines Büro und sank sofort auf seinen Bürostuhl. Er fasste sich an den Hinterkopf, das Brummen hatte letzte Nacht nicht abgenommen, sondern wurde nunmehr von einem brennenden Pulsieren begleitet.

Entgegen dem Flehen seiner Frau war der Kriminalrat heute Morgen aufgebrochen und hatte soeben seinem Vorgesetzten Bernd Wehner persönlich von der Graute-Aktion berichtet. Seine Stimme hatte heiser geklungen, aber verständlich. Ganze achtundvierzig Stunden, nachdem Erich Klemmer aufgeschlitzt, durch die Luft geschleudert und angesengt worden war, saß er schon wieder an seinem Schreibtisch. Ein Bericht musste verfasst werden. Sobald das erledigt war, würde er die Familie von Wilhelm Kröger besuchen, also dessen Frau und die Tochter. Zwei Söhne waren im Dienst für ihr Vaterland gefallen, wie sollte es auch anders sein. Junge Männer erwartete immer der Tod.

Klemmer griff in die Manteltasche. Der Zündschlüssel wanderte durch seine Finger. Wann war ihm die Kontrolle entglitten? Er hatte sich einlullen lassen von diesen Leuten. Er hatte sie für seine Zwecke benutzt, damals, als alles seinen Anfang nahm, doch sie hatten den Spieß umgedreht. Jetzt waren sie im Begriff, ihm alles zu nehmen, mit einem breiten Grinsen hielten sie ihm die Rechnung unter die Nase.

Der Kriminalrat atmete tief durch, legte Mantel sowie Schal ab und hängte beides an den Haken. Er wollte den Bericht noch vor Mittag Wehner vorlegen.

•

Das Treppenhaus war schon wieder sauber, das Licht funktionierte, nur die mit Holz und Pappe zugenagelten Fenster erinnerten einen an das große Glück, das die hiesigen Bewohner vorgestern gehabt hatten, als Berlin dem schwersten Angriff seit Kriegsbeginn ausgesetzt war.

Klemmer schritt langsam die Stufen hinauf. Sein Besuch bei den Krögers in Neukölln vorhin hatte ihm zugesetzt, vor allem die Tränen der Tochter, der er erklärt hatte, wie ihr Vater ihm, Erich Klemmer, das Leben gerettet und dabei selbst den Tod gefunden hatte.

„Erich ..."

Klemmer drehte sich um. Doktor Martin Schraufstetter war aus seiner Wohnung im ersten Stock getreten, sah zu Klemmer hinauf, der schon die halbe Treppe erreicht hatte.

„Martin", erwiderte der Polizist heiser und schritt die Stufen wieder hinab zu seinem greisen Nachbarn.

Die beiden schüttelten sich die Hand.

„Tut mir leid, ich hatte vergessen, mich hierfür zu bedanken."

Klemmer wies auf den Verband an seinem Hals und auf die linke Schulter.

„Och, da jibts nüscht zu danken, Erich. Wie jehts denn, wenn ick fragen darf? Warst ja janz schön lädiert, ick hab dit jenäht, hier am Hals und ooch anner Schulter. Wundert mich, dassde wieder uffn Beenen bist."

„Muss ja weitergehen. Die anderen machen schließlich auch keine Pause."

„Richtig. Vor allem nich *die*."

Schraufstetter machte eine Kopfbewegung nach oben.

„Nein, *die* kommen wieder."

Die beiden verabschiedeten sich und Klemmer setzte den Weg nach oben fort. Im Vierten angekommen, wollte er die Wohnzimmertür öffnen. Stattdessen lauschte er der Stimme, die aus dem Raum drang. Sie gehörte keiner der beiden Frauen, klang dennoch vertraut.

Klemmer trat ein, schloss die Tür hinter sich. Die Stimme verstummte, als der Kriminalrat das Wohnzimmer betrat. Alle Augen richteten sich auf ihn.

„Seit wann bist Du da?", fragte er.

„Seit Mittag. Die haben mir heute freigegeben", antwortete Michael zurückhaltend.

Martha und Heike saßen rechts und links neben dem Jungen am gedeckten Esstisch. Er wirkte wie ein zu groß geratener Zwölfjähriger, dem man eine Uniform übergezogen hatte, um von seiner Jugend abzulenken. Michaels Gesichtszüge waren noch immer die eines Kindes, nur seine Augen verrieten eine erwachsene Seele. Sie hatten Dinge gesehen.

Erich setzte sich dazu.

„Behandeln sie Dich gut?"

„Ja."

„Wie habt Ihr den Samstag überstanden?"

Michael senkte den Kopf. Vor ihm stand ein halbvoller Teller mit Kohlsuppe, er nahm einen Löffel.

„Wir habens überlebt."

„Erzähl!"

Die Aufforderung sprach er in einem sehr bestimmten Tonfall aus, fast klang es wie ein Befehl. Erich Klemmer war wütend, in diesem Moment verfluchte er innerlich den Nazi-Apparat, der ihm ohne Gnade die Söhne stahl. Auch die letzten Male, als Michael von seinen Einsätzen nach Hause gekommen war, hatte Erich Details erfragt, um seine innere Entrüstung zu nähren.

Michael war letztes Jahr zum Luftwaffenhelferdienst einberufen worden, so wie viele seiner Mitschüler. Die Schulbank der Gymnasiasten befand sich ab dem Zeitpunkt an einem Kriegsschauplatz, dem Luftverteidigungsring von Berlin. Das bedeutete für die meisten dieser Kinder den Einsatz an einem der Flakgeschütze. Sie mochten anfangs Stolz empfunden haben; den Stolz darauf, als Männer wahrgenommen zu werden, die einem solchen Einsatz gewachsen waren. Fern von zu Hause, kaserniert mit militärischer Disziplin, einschließlich Schulunterricht. Die Schullehrer reisten an, und wenn Alarm ausgelöst wurde, was nahezu täglich mit den Tagesangriffen der Alliierten geschah, dann mussten diese Buben die Stifte fallen lassen, um augenblicklich ihre Gefechtsposten einzunehmen. In voller militärischer Montur, ausgerüstet mit Stahlhelm und Gasmaske. Schon nach wenigen Einsätzen verflog der Stolz. Bomben fielen.

Sie galten auch ihnen.

Was Michael und seine Mitschüler während der oftmals Stunden andauernden Angriffe durchmachten, änderte ihre Sicht der Dinge. Es galt nun nicht mehr, Heldentaten zu vollbringen, sondern einfach bloß zu überleben.

„Erzähl", wiederholte Klemmer.

„Erich, bitte ...", flehte Martha.

„Ich muss das wissen."

Michael legte den Löffel aus der Hand. Er erzählte, seine Stimme blieb monoton.

„Der Tag begann ganz normal. Wir hatten uns Margarinestullen gemacht, mit rohen Zwiebeln, weil wir nichts anderes hatten. Die haben wir dann geteilt, mit den russischen Gefangenen. Die waren da, um uns zu helfen, wenn Munition aus den Reservebunkern geholt werden sollte. Sie bekamen weniger zu essen als wir, darum haben wir ihnen was von unseren Rationen abgegeben. Na ja ... wir haben gesessen und uns unterhalten. Die Russen haben Schmuck gebastelt, aus Münzen, alles war friedlich. Dann kam der Alarm. Und der Angriff ..."

Michael geriet ins Stocken.

„Weiter!"

„Wir haben alles abgefeuert, was wir hatten. Nach dem Angriff ist unser Feldwebel mit uns rausgefahren. Da war ein abgeschossener Flieger, das sollten wir uns ansehen. Er nannte es die Härteprüfung. Die Besatzung ... ihre Körper ... sie waren zermalmt. Wir durften nicht in Ohnmacht fallen. Der Feldwebel meinte, wer in Ohnmacht fällt, der muss sich sowas nächstes Mal nochmal ansehen."

Michael schnappte sich wieder seinen Löffel und rührte damit unentschlossen in der Suppe. Die Frauen schwiegen, Erich stand wortlos auf und ging ins Schlafzimmer.

DIENSTAG, 6.2.1945

In Weißensee gab es nichts zu tun!

Michael war wieder zu seinem Einsatzort zurückgekehrt, Martha und Heike verharrten in der Bozener Straße.

Der Kriminalrat saß an diesem Dienstag an seinem Schreibtisch, vor ihm die aufgeschlagene Berliner Morgenpost, die er sich aus dem Gemeinschaftsraum ausgeborgt hatte. Bei der Lektüre ging es ihm natürlich nicht um den Informationsgehalt des Blattes, sondern er interessierte sich wie immer für den aktuellen Stand in der Entwicklung nationalsozialistischer Propaganda-Rhetorik. Die plumpe Hetze gegen alles, was sich dem Führer in diesen Tagen entgegenstellte, suchte man durch immer groteskere Formulierungen zu verstärken. Dies wiederum konnte nur bedeuten, dass das unvermeidliche Kriegsende näher rückte. Und mit ihm die ersehnte Auflösung dieses absurden Systems!

KOMPROMISSLOSER NATIONALSOZIALISMUS. NICHTS KANN NATIONAL SEIN, WAS GEGEN UNSERE EINIGKEIT ANZUGEHEN SICH UNTERFÄNGT.

Ja, das Ende war zu begrüßen. Doch wie würde es aussehen? Eine Kapitulation, wie sie sich die meisten Menschen hierzulande wünschten, schien mit diesen Herrschaften nicht möglich zu sein. Sie wollten dieses Land ganz offensichtlich brennen sehen! Und alle Menschen, die darin lebten! Sie wollten den Tod der ganzen Bevölkerung!

DIE SOZIALISTISCHE IDEE, IN DER FÜHRUNG UND VOLK ZU EINEM EHERNEN BLOCK ZUSAMMENGESCHWEISST SIND, IST DAS UNÜBERWINDLICHE IN UNSEREM NATIONALEN SEIN.

Eine stumme Paralyse hatte sich des Kriminalrats bemächtigt, der Untergang stand unmittelbar bevor. Zwölf Jahre lang war er auf den Abgrund zugesteuert, die Katastrophe hatte sich angekündigt, zuerst leise, schließlich mit Fanfaren. Er hatte sich die Ohren zugehalten, im Glauben, es würde doch noch anders kommen, denn das, was in diesem Land geschah, war mit dem gesunden Menschenverstand nicht zu vereinbaren; darum würden die Menschen rechtzeitig aufwachen, sie würden den Fehler im System erkennen und die Notbremse ziehen, bevor es zum ganz großen Knall kam. Mit dieser Einschätzung hatte er falsch gelegen, der Zug hatte gar an Fahrt aufgenommen. Es gab keine Rettung.

Man konnte nicht mehr abspringen.

•

Auf dem Esstisch standen Kekse, das Wasser war aufgesetzt, Harald und Walter schliefen schon tief und fest.

Gisela Kowalke war nervös. Sie musste spontan auf ein unvorhergesehenes Ereignis reagieren, was nicht ihre Stärke war, und so lief sie an diesem späten Abend unruhig durch die Wohnung. Als der Anruf kam, hatte sie bereits im Nachthemd gesteckt. Völlig überrumpelt hatte sie in Sekunden eine Entscheidung treffen müssen. Nun ging alles sehr schnell, sie musste sich beeilen, sich zurechtmachen, Haare kämmen, Tisch decken. Was waren das für Menschen, die sich nicht um gültige Benimmregeln scherten? Man rief nicht um neun Uhr abends bei braven Bürgern an, um sich kurzfristig anzukündigen! Hatte der Krieg jetzt auch noch das letzte bisschen Anstand zerstört?

Ein leises Klopfen an der Wohnungstür ließ sie aufschrecken.

Wir haben eine Klingel, Herrgott!, dachte sie. Nun wollte sie aber ihrer leisen Wut nicht freien Lauf lassen. Hier ging es um Selbstbeherrschung, und wenn ein Gast es an Benimm fehlen ließ, so würde sie höflich bleiben. Das war die beste Antwort.

Gisela Kowalke ging zur Tür.

Sie öffnete und herein trat dieser unsägliche Mensch, der sich vor gerade einmal fünfzehn Minuten telefonisch selbst eingeladen hatte. Frau Kowalke schenkte dem Gast dennoch ein höflich gequältes Lächeln und schloss leise die Tür.

Für diesen kurzen Moment wandte sie ihm den Rücken zu.

Der Angriff erfolgte schnell und lautlos, der Besucher hatte sie von hinten gepackt und drückte ihr nun mit einer Hand Mund und Nase zu. Gisela Kowalke krallte sich in den Unterarm des Angreifers. Noch bevor sie all ihre Kraft zusammennehmen konnte, um einen verzweifelten Befreiungsversuch zu unternehmen, erschlafften ihre Gliedmaßen.

Die verschwommenen Umrisse der Wohnungstür formten das letzte Bild, das Gisela Kowalke auf die andere Seite mitnahm.

Erich Klemmer starrte aus dem Gemeinschaftsraum in den Hof hinein. Er beteiligte sich nicht an den Gesprächen der Kolleginnen und Kollegen, die hinter ihm vor aufgeschlagenen Zeitungen an Tischen saßen und einfältige Gedanken zum Inhalt der Artikel austauschten, Passagen aus denselben laut vorlasen. Verübeln konnte er ihnen das hohle Geschwätz nicht, es gab nichts zu tun; auch diese Behörde erwies sich immer mehr als handlungsunfähig.

DAS EHERNE GEBOT DES DEUTSCHEN LEBENSGESETZES: WIR KÄMPFEN BIS ZUR ENTSCHEIDUNG!

Klemmer befühlte vorsichtig seinen Hals, die Verletzung brannte unter dem Verband.

Draußen im Hof werkelte ein Mechaniker an den letzten vier verbliebenen Autos der Fahrbereitschaft. Genutzt wurden die Fahrzeuge so gut wie nicht mehr, die letzten Benzinreserven wurden für den äußersten Notfall zurückgehalten.

DIE NATIONALSOZIALISTISCHE KAMPFGEMEINSCHAFT ZWISCHEN DEM DEUTSCHEN VOLK UND SEINEM FÜHRER IST UNERSCHÜTTERLICH.

Klemmer schielte auf die Uhr.

Vierteleins.

Der Magen begann zu knurren. Das Essen ließ auf sich warten. Bestimmt gab es wieder Kartoffelsuppe und Butterstullen.

Der Gemeinschaftsraum diente gleichzeitig als Kantine, jeden Mittag wurde hier aufgetischt. Der Hauskoch kredenzte regelmäßig feinste Köstlichkeiten aus Kartoffeln, Bohnen und Steckrüben. Manchmal schnetzelte er noch etwas Fleisch ins Essen.

Mit viel Glück.

NUR HARTE PFLICHTEN! ABER KEINE RECHTE HAT DAS LAND, DAS KAPITULIERT.

„Herr Kriminalrat."

Klemmer drehte sich um, er hatte Anna Gerdings Schritte nicht gehört; wie eine Katze hatte Wehners Sekretärin sich herangeschlichen.

„Ja?"

„Kriminalrat Wehner bittet Sie in sein Büro, es sei dringend."

Wehners geräumiges Büro befand sich im Dachgeschoss, ein großer Schreibtisch wurde flankiert von einem kleineren für Anna Gerding.

Klemmer trat ein, zusammen mit der Sekretärin, und sah, dass Wehner bereits in ein Gespräch vertieft war. Ihm gegenüber saß diese junge Kommissaranwärterin, die immer die Blicke auf sich zog, wenn sie einen Raum betrat. Ihr hübsches ungeschminktes Gesicht entsprach im Großen und Ganzen dem nationalsozialistischen Ideal deutscher Weiblichkeit: arisch, natürlich, grimmig.

Wehner trug wie immer seine SS-Uniform, es war die eines Sturmbannführers.

Er erhob sich zur Begrüßung, was er allerdings nur tat, weil Klemmer den gleichen kriminalpolizeilichen Dienstgrad innehatte und zudem fast zwanzig Jahre älter war.

Sie schüttelten sich die Hände.

„Erich, grüß Dich."

Das stocksteife Fräulein war ebenfalls aufgestanden, hob kurz die rechte Hand zum Führergruß. Sofort stieg Klemmer der Duft von Seife in die Nase.

„Hei-tler."

„Sehr angenehm. Wie war noch gleich Ihr Name?"

Klemmer streckte ihr die Hand entgegen und sah, wie sie ihre Lippen entrüstet zusammenkniff. Er erntete einen frostigen Händedruck. Ohne die derzeit prekäre Personalsituation in den

Behörden würden junge Frauen wie dieses Mädel hier garantiert kleine Arier gebären und sich um Heim und Herd kümmern, so wie es die nationalsozialistische Gesellschaftsordnung eigentlich vorsah.

„Luci Rost."

Im Augenwinkel konnte Klemmer erkennen, wie Wehner ein leichtes Grinsen übers Gesicht huschte.

„Setz Dich, dann können wir gleich anfangen. Ich ... ähm ..."

Wehner überlegte, senkte den Blick. Erst jetzt bemerkte Klemmer die Unruhe in dem Gesicht seines Vorgesetzten.

Bernd Wehner war ein zielstrebiger Kriminalist und schon jetzt – mit gerade einmal 35 Lenzen – eine lebende Legende: Bei der Aufklärung des Sprengstoffattentats auf den Führer im Münchner Bürgerbräu-Keller vor fünf Jahren hatte er entscheidend dazu beigetragen, Georg Elser dingfest zu machen. Er ermittelte letztes Jahr gegen die Juli-Verschwörer und führte persönlich die Verhaftung seines ehemaligen Vorgesetzten Arthur Nebe durch. Bernd Wehner war ein Karrierist, wie er im Buche stand. Klemmer war überzeugt, dass Wehner den bevorstehenden Untergang mit heiler Haut überstehen würde. Was auch immer nach dem Dritten Reich kommen sollte: Wehner würde einen Weg finden, seine Schäfchen ins Trockene zu bringen.

„Ich ... hatte gerade eben Besuch aus der Prinz-Albrecht-Straße. Die übertragen uns einen Fall, der dort schon seit einigen Monaten liegt. Genauer gesagt: Fälle. Zwei Mordfälle ..."

Er legte eine Hand auf zwei übereinander liegende Mappen.

„Die Sache ist die: Seit heute Morgen gibt es einen dritten. Ich fasse kurz die Ereignisse des heutigen Tages zusammen: In Steglitz wurde heute Morgen eine Familie ermordet aufgefunden, ein Familienvater, seine Frau und die beiden Söhne. Die Großmutter der Kinder entdeckte die Leichen, auf ihre Schreie wurden die anderen Hausbewohner aufmerksam und alarmierten die Polizei. Ein Kriminalbeamter der Leitstelle Steglitz wurde gerufen und schnell stellte sich heraus, dass es sich bei dem getöteten Familienvater um ein Mitglied der SS handelt. Der Kriminalbeamte rief in der Prinz-Albrecht-Straße an, die schickten dann einen ihrer Leute zum Tatort. Nach Rückmeldung beschloss die SS-Zentrale, uns einzuschalten."

Wehner deutete auf die Akten.

„Das hier, die beiden älteren Fälle, bekam ich vor einer halben Stunde ausgehändigt. Wie es scheint, will der Reichsführer höchstselbst, dass wir den Fall übernehmen."

Er schob die beiden Mappen über den Tisch, Klemmer nahm sie entgegen, reichte eine dem stocksteifen Fräulein Rost. Er hatte bereits begriffen, dass *er* den Fall übernehmen sollte und *sie* den toten Kröger ersetzte.

Zunächst warf er einen flüchtigen Blick auf die Fotos in der Mappe: Ein Mann saß gefesselt und geknebelt auf einem Stuhl, am Hals gut sichtbar zeichneten sich Würgemale ab. Eine Frau lag auf dem Sofa, in ihren Armen ein Mädchen, vielleicht vier oder fünf Jahre alt. Vater, Mutter, Tochter. Sie schienen friedlich zu schlafen. An das Kleid der Frau war ein Kärtchen geheftet, in Höhe der linken Brust. Eines der Bilder zeigte es in Nahaufnahme. Auf der Karte stand eine handgeschriebene Nummer.

12817

Klemmer blätterte im Bericht, las die Namen, den Ort: SS-Rottenführer Rudolf Pusch, 33, Magdeburg, Gertrud, 31, ihre Tochter Hannelore, 5.

Er überflog die Seiten.

Der Kriminalrat schloss die Mappe, reichte sie seiner Assistentin, diese gab ihm ihre.

Zuerst die Fotos. Sie zeigten fast das gleiche Bild: Ein Mann, gefesselt und geknebelt auf einem Stuhl, eine Frau und zwei Kinder auf dem Sofa liegend. Auch hier das Kärtchen.

12817 ...

Dem Bericht zufolge handelte es sich um den SS-Rottenführer Alfred Sparmann, 30, Dresden, seine Frau Eva, 29, sowie seine Kinder Ernst, 4, und Lisbeth, zwei Monate alt.

Zwei Monate ...

Klemmer klappte die Mappe zu, nachdem er auch hier den Bericht in weniger als einer Minute quergelesen hatte.

Er wandte sich an seinen Chef.

„Warum kommen die damit zu uns? Das hier ist ein Fall für die Gestapo."

Wehner nickte, dabei konnte er sich ein spöttisches Grinsen nicht verkneifen.

„Ja, Erich, *eigentlich*."

„Das hier ist eindeutig politisch motiviert."

„Ja, ja, Du hast ja recht, aber ... Du weißt so gut wie ich, dass die Gestapo eine solche Ermittlung gar nicht leiten kann, dafür sind die gar nicht ausgebildet. Genau genommen haben die überhaupt keine Ausbildung genossen", fügte er säuerlich grinsend hinzu und sah dabei kurz Luci Rost an, „die meisten von denen können nicht mal richtig lesen und schreiben, auch wenn Gestapo-Müller das nur ungern zugibt. Der Reichsführer weiß das, er will den Täter, der in seinen Reihen wütet, um jeden Preis zur Rechenschaft ziehen. Dafür – das ist meine Interpretation – will er fähige Ermittler. Erinnere Dich: Ohne seinen Zuspruch würde es diese Behörde gar nicht geben. Vor allem nicht nach der Sache mit Nebe."

Wehner öffnete eine Schublade, holte ein Dokument hervor und händigte es Klemmer aus.

„Das ist ein vom Reichsführer unterschriebenes Dokument, das Dir die volle Unterstützung aller Behörden garantiert. Das Fräulein Rost wird Dir bei den Ermittlungen behilflich sein, Kriminalrätin Wieking spricht in den höchsten Tönen von ihr."

„Hat sie eine Waffe?", fragte Klemmer.

„Nein ..."

„Sie braucht eine Waffe."

„In Ordnung", sagte Wehner und griff nach einem Formular in seiner Schublade. In dreißig Sekunden war es ausgefüllt und unterschrieben. Er reichte es der verdutzten Luci. „Damit gehen sie runter, man wird Ihnen eine Dienstwaffe aushändigen, Glückwunsch. Haben Sie Erfahrung im Umgang mit Handfeuerwaffen?"

„Nein, ähm ... das war nicht Teil meiner Ausbildung ..."

„Nun, dann wird der Kriminalrat Sie bei Gelegenheit ausbilden, Sie werden ja jetzt genug Zeit miteinander verbringen." Er erhob sich, reichte Klemmer die beiden Mappen. „Die Beamten sind noch immer vor Ort und erwarten Euch. Ihr könnt den Wagen nehmen, er ist betankt und ein voller Kanister steht Euch zusätzlich zur Verfügung. Hindenburgdamm 23."

Während sie den Hof betraten, studierte Klemmer das Schreiben. Himmlers Unterschrift ließ ihn verächtlich seufzen, was seine Assistentin irritiert zur Kenntnis nahm. Er beachtete sie nicht, zu groß war seine Wut. Zu einem Instrument der Macht war er verkommen, heute mehr denn je. Einer von ganz oben – einer von denen, die seine Kinder in den Tod schickten – benutzte ihn nun direkt für persönliche Rachepläne. Himmler fühlte sich durch die Morde persönlich angegriffen, wollte zudem sein Gesicht wahren vor seinem Erzfeind, Gestapo-Müller, und er, Erich Klemmer, sollte nun dafür sorgen, dass es dem hohen Herrn besser ging. Und dafür gab es sogar Benzin!

Vor den geparkten Autos blieben sie stehen.

Vier Wagen, drei Opel Kadett und ein Opel P4. Der Mechaniker, ein älterer Herr, saß im P4 und bastelte am Armaturenbrett herum, er hatte die beiden noch nicht bemerkt.

Klemmer trat heran und klopfte gegen die Scheibe.

Der Mann sprang pflichtbewusst aus dem Wagen.

„Tut mir leid, ick hab Sie nich jleich bemerkt. Kommense, ick hab den Wagen flott jemacht und betankt. Und im Kofferraum is nochn Extra-Kanister."

Er ging vor, die beiden Beamten folgten ihm brav. Luci ruckelte das Holster unter ihrem Kostüm zurecht, es fühlte sich ungewohnt an. Man hatte ihr eine Walther PPK gegeben, auf Klemmers Wunsch hin. Während er selbst eine PP trug, sollte sie

das etwas ‚handlichere' Modell bekommen. Für die nötige Ausbildung hatte der Kriminalrat gleich unten an der Waffenaus-
gabe gesorgt: Entsichern, zielen, schießen, Magazin wechseln.
Zielen Sie immer auf die Brust, hatte er gemahnt. Zwei Minuten
und die Ausbildung war beendet; das musste wohl reichen.

Ein fünfter Wagen parkte an der Schmalseite des Asylgebäu-
des. Der schwarze Lack war poliert und glänzte in der kühlen
Wintersonne.

Luci stand der Mund offen.

„Ich wusste nicht, dass wir einen KdF-Wagen haben."

„Oh, der Wagen gehört nicht der Behörde", entgegnete Klemmer trocken.

Er nickte dem Mechaniker zu und setzte sich hinters Lenk-
rad.

Luci setzte sich auf den Beifahrersitz, das Leuchten in ihren
Augen wollte noch immer nicht weichen. Klemmer griff nach
dem Zündschlüssel in seiner Manteltasche, startete den Wagen.
Der Motor schnurrte los, nach etlichen Monaten Pause.

„Das ist Ihr Wagen?", fragte Luci entgeistert.

„Nein."

Klemmer gab Gas, langsam fuhr er das Auto über den Hof,
bog in die Wörthstraße ein.

„Wem gehört er?"

•

Ein Schlüssel.

Heinrich verstand nicht gleich, drehte sein Geschenk in alle
Richtungen, die kleine verzierte Schachtel hatte er auf den
Esstisch gelegt. Erst als er das Emblem auf dem Schlüsselgriff
sah, dämmerte ihm, was er da gerade in den Händen hielt: Es
zeigte einen Kreis, darin ein W, auf dessen mittlerem Zacken ein
kleines V thronte. Dann fiel ihm ein, dass er *ihn* draußen erblickt

hatte, bevor sie hier ankamen. Heinrich hatte seine Eltern auf ihn aufmerksam gemacht, *er* hatte unweit der Haustür ihrer Gastgeber neben dem Gehweg des Lietzenseeufers geparkt.

Ein nagelneuer KdF-Wagen.

Er war Heinrich sofort aufgefallen, weil letztes Jahr über nichts anderes gesprochen wurde: Mit viel Tamtam hatte man ihn der Öffentlichkeit vorgestellt, als günstiges Automobil für den Arbeiter. Mehrere tausend Stück wollte man davon produzieren, nein, vielmehr hunderttausende, sodass jeder Bürger sich einen würde leisten können. Allerdings waren bis zum heutigen Tag gerade einmal ein paar hundert hergestellt worden, und nun war dieses Auto, das mit seinen vierundzwanzig Pferdestärken nicht wirklich Rekorde brach, etwas ganz Exklusives.

Heinrich sah seinen Schwiegervater in spe ungläubig an, dann seinen Vater, der seine Überraschung nicht verbergen konnte. Mit einem breiten Grinsen huschte Heinrich schließlich durch die Versammelten, lief eilig zur Wohnungstür und die Stufen des Treppenhauses hinab. Im Freien angelangt sah er ihn in der Abenddämmerung schimmern. Langsam schritt er auf sein Geschenk zu, blieb jauchzend davor stehen, begann es zu streicheln. Die Rundungen des Wagens schrien geradezu nach innigen Liebkosungen.

Hinter Heinrich tauchten nach und nach einige der Gäste mit ihren Sektgläsern auf, sie wollten dem Schauspiel ebenfalls beiwohnen, darunter seine Eltern. Dann gesellte sich Hans Fiehler dazu, begleitet von seiner Tochter; die beiden hatten auch ihre Gläser dabei und traten näher. Heinrich umarmte sofort seine Verlobte, drehte sich dann zu Fiehler und schüttelte ihm aufgeregt die Hand.

„Ich weiß nicht, was ich sagen soll … danke, tausend Dank!"

„Freut mich, dass er Dir gefällt. Irgendwann wird jeder Arbeiter in diesem Land ein solches Fahrzeug besitzen. Jetzt aber ist es noch etwas Besonderes. Dieser KdF-Wagen ist ein Symbol."

Er drehte sich zu den Gästen, die mit ihren Gläsern auf der Straße standen, dicht an dicht.

„Jawohl, ein Symbol für die deutsche Tüchtigkeit. Lasst uns das Glas erheben. Auf das Deutsche Reich und auf den Führer!"
Alle erhoben ihr Glas, im Chor sprachen sie Fiehlers letzten Satz nach. Heinrich konnte die Skepsis in den Gesichtern seiner Eltern erkennen. Nur widerwillig murmelten sie mit und nahmen einen Schluck Sekt, als wollten sie ihren Mund von den Worten reinwaschen.

•

„Meinem Sohn."
„Ihrem ..? Woher? Ich meine ... von diesem Auto gibt es gerademal ein paar Dutzend. Wenn überhaupt."
„Es war ein Geschenk. Von seinem Schwiegervater. Ich selbst fahre eigentlich einen Olympia. Na ja ... das heißt, ich fuhr. Wurde konfisziert. Ich musste hart kämpfen, um den hier zu behalten."
„Wo ist Ihr Sohn jetzt?"
Erich Klemmer zögerte. Er bog rechts in die Ostseestraße ein, was einem großen Umweg gleichkam. Angesichts der Zerstörungen in der Innenstadt, war ein Umfahren derselben ratsam.
„Er ist in Russland."
„Das ... das tut mir leid. Ist er ...?"
„Wahrscheinlich. Sein Name war auf keiner Liste, aber wir haben wenig Hoffnung. Das hat so gut wie niemand überlebt."
„Mein Bruder war auch dort. Und mein Vater. Sie sind beide gefallen."
„Mein Beileid." Klemmer presste die Lippen zusammen. Der Tod war allgegenwärtig, er hatte schon so viele geholt und schien noch immer nicht satt zu sein. „Das alles ist so sinnlos ... wenn ich darüber nachdenke, wofür sie gestorben sind ... Ihr Bruder, mein Sohn ... sinnlos!"
Luci stieg die Zornesröte ins Gesicht.
„Wie können Sie so etwas sagen!? Sie sind für ihr Land gestorben! Für den Führer!"

Klemmer lächelte bitter, denn er kannte diese Phrasen nur zu gut. Er sprach dennoch mit ruhiger Stimme.

„Für ihr Land, sagen Sie? Was nützt es unserem Land, wenn wir woanders einfallen und Menschen umbringen, die wir nicht kennen?"

„Das ist der Lauf der Dinge, eine überlegene Rasse muss sich Lebensraum erkämpfen, um zu überleben. *Dafür* haben sie gekämpft. Mein Vater, mein Bruder. Ihr Sohn!"

„Vielleicht haben Sie es noch nicht bemerkt, Fräulein Rost. Aber so überlegen scheint unsere Rasse nicht zu sein. Das Land geht unter. Wir werden den Krieg verlieren."

„Wie können Sie ...? Der Führer wird unter Beweis stellen, dass Deutschland noch nicht am Ende ist!"

„Beweisen", korrigierte Klemmer die empörte Luci.

„Ich kann Ihnen nicht folgen."

„Sie wollten sagen: Der Führer wird *beweisen*. Nicht: *unter Beweis stellen*. Sie verwenden es falsch."

„Sind Sie Deutschlehrer?"

„Nein. Aber ich liebe meine Sprache und habe jahrelang mitansehen müssen, wie meine Landsleute sie immer weiter verunstaltet haben. Also verzichten Sie in meiner Gegenwart bitte auf demagogisches Kauderwelsch."

Luci war der Schock ins Gesicht geschrieben, sie brachte keinen Ton mehr heraus. Klemmer fuhr fort, nach außen hin noch immer ruhig; innerlich ließ ihn die Haltung seiner jungen Kollegin verächtlich knurren. Dieses junge Ding zeigte die gleichen radikalen Züge wie ihre alten nationalsozialistischen Lehrmeister. Wenn das die Generation war, die das Land nach dem Krieg wieder aufbauen sollte, dann: Gute Nacht!

„Ich weiß, was Sie jetzt denken: Dieser Verräter ist ein Defätist und gehört vor Gericht gestellt. Aber die Dinge sind nunmal so, wie sie sind: Greifen Sie Menschen an, und sie werden sich wehren. *Das* ist der Lauf der Dinge."

Die restliche Fahrt schwiegen sie. Erich Klemmer hatte sich die Blöße gegeben, der jungen Assistentin gegenüber seine Haltung zum Krieg kundzutun, noch bevor sich die beiden so richtig kennengelernt hatten. Das war eigentlich nicht seine Art, er behielt seit jeher seine Zweifel – mittlerweile seinen Groll – überzeugten Vertretern des Systems gegenüber für sich. Mit dieser stillen Methode hatte er sich all die Jahre geduckt gehalten, hatte überlebt, war ehe er sich versah in den Kreis der obersten Höllenhunde aufgestiegen.

Das war nun vorbei.

Sollten diese Herrschaften es nun hören, ein Erich Klemmer würde dieses Versteckspiel nicht weiter betreiben, jetzt war Schluss! Von nun an sollten sie alle sehen, wer er wirklich war: jemand, der den Organisatoren des Untergangs gehörig die Meinung geigte!

Luci Rost sollte die erste Zeugin dieses Wandels sein.

Eine kleine Gruppe war sofort stehen geblieben und bestaunte das seltene Gefährt, das gleichermaßen für technische Innovation stand, wie auch für gebrochene Versprechen.

Klemmer hatte den Wagen vor dem Wohnhaus Nummer 23 geparkt und stieg aus, seine nach wie vor erzürnte Assistentin tat es ihm gleich. Luci schlug hastig die Beifahrertür zu und drängte sich mit den beiden Mappen unterm Arm an den gaffenden Passanten vorbei. Ein Schupo stand am Hauseingang und begrüßte die beiden Beamten.

„Herr Kriminalrat? Hei-tler. Die Kollegen erwarten sie im dritten Stock."

Ein drahtiger Herr mittleren Alters empfing die beiden mit obligatorischer Handbewegung sowie anschließendem festen Händedruck an der Wohnungstür.

„Herr Kriminalrat, Fräulein Rost. Hei-tler. Ich bin Kriminalhauptkommissar Hassmann. Kommen Sie, ich führ Sie zum Tatort."

„Sie warten schon recht lange", sagte Klemmer, als sie durch den Flur gingen. Ihm war bewusst, dass die Beamten schon seit Stunden hier verharrten.

Hassmann blieb stehen, begann verschwörerisch zu flüstern.

„Das hier ist kein normaler Mordfall. Wenn Sie wüssten, was hier heute Morgen los war ... Die Herren von der SS waren da und haben hier lange diskutiert."

„Sie haben sie angerufen, richtig?"

„Als ich sah, dass das Opfer ein SS-Mann war, habe ich die natürlich sofort kontaktiert, logisch. Aber damit hatte ich nicht gerechnet ... die haben drei Mann hergeschickt, dann wurde in der Küche lauthals diskutiert, die sind sich fast an die Gurgel gegangen. Anscheinend ist das hier nicht der erste Fall, da gibt es noch zwei andere."

„Haben Sie gehört, worum es bei dem Streit ging?"

„Es ging um Zuständigkeiten ... Offenbar haben sich der SD und die Gestapo recht erfolglos mit den beiden anderen Mordfällen beschäftigt. Jedenfalls haben die sich angebrüllt und anschließend von hier aus die Zentrale angerufen. Am Ende hatten sie den Reichsführer-SS am Apparat ..." Hassmann hob zur Unterstreichung dieser gewichtigen Begebenheit die Augenbrauen und machte eine Kunstpause. „Ich konnte seine Stimme am anderen Ende hören, obwohl ich ein paar Schritte entfernt stand. Dann war die Entscheidung gefallen."

„Der Fall ist bei uns gelandet ... Nun ja, tut mir leid, dass Sie hier stundenlang warten mussten."

Hassmann winkte ab, sie setzten den Weg durch den Flur fort und betraten das Wohnzimmer, wo zwei Schupos geduldig herumstanden. Sie hoben den Arm zum Gruß.

Alles war genauso wie auf den Fotos aus Dresden und Magdeburg, die sie sich vor einer knappen Stunde in Wehners Büro angesehen hatten.

Bernhard Kowalke saß auf einem Stuhl, gefesselt, geknebelt. Die Würgemale an seinem Hals rührten von einem Strick oder Ähnlichem her. Genau ihm gegenüber stand das Sofa, darauf lagen Gisela Kowalke und ihre beiden Söhne. Sie wiesen keine Würgemale auf. Am Hemd von Frau Kowalke war ein gelbes Kärtchen befestigt.

12817

„Was sagen die Hausbewohner?", fragte Klemmer den Kollegen unvermittelt.

„Niemand hat was gehört, niemand hat was gesehen. Fehlanzeige."

„Todeszeitpunkt?"

„Die Frau und die Jungen: irgendwann zwischen sechs Uhr abends und Mitternacht. Frau Kowalkes Mutter war gestern Abend hier und verließ die Wohnung kurz vor sechs. Herr Kowalke muss gegen zwölf Uhr die Wohnung betreten haben. Er war bei seiner Skatrunde, so wie jeden Abend."

„Was ist Ihre Theorie zum Tathergang?"

„Meine Theorie?"

„Sie haben doch bestimmt eine."

„Nun, ich denke, dass der Täter spät abends hier eingedrungen ist. Wobei: Wenn ich *eingedrungen* sage, dann meine ich nicht *eingebrochen*, die Tür weist keine entsprechenden Spuren auf. Nein, er hat geklingelt, eher noch geklopft, leise, damit die Nachbarn es nicht hören. Frau Kowalke hat ihm nichts ahnend geöffnet; ihr Mann war nicht da, die Kinder waren im Bett. Der Täter hat Frau Kowalke sofort überwältigt ... und getötet."

Hassmann bog entschuldigend die Mundwinkel nach unten, diese Erklärung schien ihm die naheliegendste zu sein, wenngleich sie Fragen aufwarf.

„Er hat sie sofort getötet? Im Flur?", fragte Klemmer.

„Das nehme ich an, er musste sie sofort außer Gefecht setzen, sie daran hindern zu schreien. Er drückt ihr Mund und Nase zu, bis sie erstickt. Dann legt er sie auf das Sofa im Wohnzimmer. Er geht anschließend ins Kinderzimmer ... Zuerst erstickt er den Kleinen, dann den Großen. Herr Kowalke kommt schließlich sehr spät nach Hause. Der Täter muss gewusst haben, dass er später kommt, sonst wäre er das Wagnis nicht eingegangen."

„Wie hat er ihn überwältigt?"

„Das ist die große Frage ... ich werde daraus nicht ganz schlau. Einen Kampf im Flur hätten die Nachbarn bestimmt gehört. Er hat ihn auch nicht geschlagen, Kowalke weist keine Kopfverletzungen oder Ähnliches auf. Ich denke, der Täter hat ihm hinter der Wohnzimmertür aufgelauert. Kowalke kommt herein, sieht seine Familie auf dem Sofa und noch bevor er reagieren kann, würgt ihn der Angreifer von hinten, mit einem Strick, vermute ich."

„Warum die Inszenierung mit dem Stuhl?"

„Er will uns damit irgendwas sagen. Dafür spricht auch die Nummer auf dem Kärtchen."

Klemmer spitzte die Lippen, ging ums Sofa herum. Er sah zu Luci hinüber, die etwas abseits in Wartestellung verharrte.

„Fräulein Rost?"

„Ja?"

„Ihre Version, bitte."

Luci hatte nicht mit einer solchen Aufforderung gerechnet. Der Kriminalrat erwartete tatsächlich eine Einschätzung des Tathergangs von ihr, der unbedeutenden Kommissaranwärterin. Vielleicht war es eine weitere Provokation.

„Nun, ich stimme dem Herrn Kriminalhauptkommissar nur bedingt zu. Frau Kowalke wurde sicherlich im Flur überwältigt, und der Täter wusste, dass Herr Kowalke nicht zu Hause war, so weit, so gut. Nur hätte sie einem Fremden nicht ohne Weiteres die Tür geöffnet, nicht ohne Türkette."

„Sie meinen, sie kannte den Täter?", fragte Klemmer.

„Entweder das, oder sie hatte aus irgendeinem anderen Grund Vertrauen zu ihm. Möglicherweise hat er sich telefonisch angekündigt, sich als jemand ausgegeben, der er nicht war."

„Hm. Weiter."

„Er überwältigt sie, aber ..."

„Aber was?"

„Aber er bringt sie zunächst nicht um ... ich meine, diese ganze Sache mit dem Stuhl ... als sollte Herr Kowalke seine Familie sehen ..."

„Sehen ..."

„... wie sie stirbt ...", ergänzte Luci leise, „... nur ... wie hat er es gemacht? Sie durften nicht schreien, werden aber auch nicht still dagesessen haben, während er sie nacheinander erstickt. Und wie hat der Täter Herrn Kowalke überwältigt, *ohne* ihn zu töten? Er muss sie alle betäubt haben ..."

Klemmer nickte. Er deutete auf die Mappen unter ihrem Arm.

„Geben Sie mir bitte die Dresden-Mappe."

Luci tat, wie ihr geheißen. Klemmer überflog den Bericht des Dresdner Kollegen. Er hatte es vorhin gelesen, ein einzelnes Wort, als er in Wehners Büro den Inhalt studierte.

Da war es.

Er beugte sich zu den Leichen auf dem Sofa hinunter, schnupperte an ihren Gesichtern. Da war dieser unangenehm süßlich-beißende Geruch, man nahm ihn nur wahr, wenn man mit der Nase schon fast ihre Gesichter berührte.

„Chloroform."

Luci und Hassmann sahen einander an. Klemmer legte nun seine Theorie vor:

„Im Dresdner Bericht ist die Rede von Chloroform, nicht jedoch in dem aus Magdeburg. Wahrscheinlich hat es dort der Kollege ganz einfach übersehen. Gehen wirs mal durch: Der Täter klopft leise an der Tür, Frau Kowalke öffnet ihm vertrauensselig, was womöglich bedeutet, dass sie ihn kennt oder glaubt zu kennen. Mehr noch: Sie hat die Person erwartet. *Eine* Person, *ein* Täter, denn: Zuvor hat sie den Tisch gedeckt, da stehen Kekse und zwei Teetassen, eine für sie selbst, eine für den Gast. Gut, es könnten auch mehrere Täter sein, doch hätte Frau Kowalke die Tür geöffnet, wenn mehr Gäste als angekündigt an der Tür gestanden hätten? Wir wissen es nicht mit Sicherheit. Gehen wir mal von einem Täter aus: Sie öffnet ihm die Tür, er tritt ein. Sie schließt die Tür, da packt er sie von hinten und drückt ihr ein mit Chloroform getränktes Tuch ins Gesicht. Es geschieht recht lautlos; der Täter ist wahrscheinlich ein Mann, er ist viel stärker als sie. Sie ist schnell betäubt, er trägt sie aufs Sofa. Dann geht er ins Kinderzimmer. Den jüngeren ..."

Er zeigt auf die Leiche.

„Harald", kam Hassmann dem Kriminalrat zur Hilfe.

„Harald ... ja." Klemmer überlegt kurz, blickte dabei auf die blasse Leiche des Sechsjährigen herab. „Er betäubt Harald zuerst, in seinem Bett. Denn dieser hat am wenigsten Kraft, sich zu wehren. Der Täter agiert schnell und lautlos, sodass der Bruder nicht aufwacht. Dann ..."

Er zeigt auf den anderen Jungen.

„Walter."

„... dann betäubt er Walter. Auch hier nur wenig Gegenwehr. Der Junge ist betäubt, noch bevor er richtig begreift, wie ihm geschieht. Der geheimnisvolle Gast trägt die Jungen nacheinander ins Wohnzimmer und legt sie zu ihrer Mutter aufs Sofa. Und dann ..."

Klemmer kam ins Grübeln.

„Was?", fragte Hassmann. „Was tat er dann?"

„Er hat gewartet."

„Auf ihn", ergänzte Luci ahnungsvoll mit Blick auf Bernhard Kowalke.

„Ja, er hat auf ihn gewartet. Frau Kowalke und die Kinder lagen bewusstlos auf dem Sofa. Hier passiert vermutlich das, was Sie vorhin angedeutet haben." Klemmer nickt Hassmann zu. „Er hat sich hinter der Wohnzimmertür versteckt. Bernhard Kowalke kommt nach Hause, er betritt das Wohnzimmer, sieht seine Familie auf dem Sofa, und ehe er sich versieht ..."

Klemmer näherte sich Bernhard Kowalkes Leiche und roch auch an dessen Gesicht.

„... drückt ihm der Täter ein mit Chloroform getränktes Tuch ins Gesicht. Es geht schnell, von Kampf kann keine Rede sein. Keine umgestürzten Möbel, kein zerbrochenes Glas. Dann ...

setzt er den Bewusstlosen auf den Stuhl, fesselt und knebelt ihn. Er richtet den Stuhl so aus, dass er seiner Familie gegenübersitzt."

Klemmer begann mit den Zähnen zu knirschen.

„Das heißt, alle vier leben zu dem Zeitpunkt noch?", fragte Hassmann ungläubig. „Warum dieser Aufwand?"

„Er sollte dabei zusehen ...", sagte Klemmer leise.

„Zusehen? Wer sollte wobei zusehen?", fragte Hassmann verloren.

„Der Vater", sprach Klemmer leise. „Er sollte dabei zusehen, wie seine Familie stirbt. Es ist genauso, wie das Fräulein Rost es eben gesagt hat."

Für einen Moment herrschte betretenes Schweigen im Wohnzimmer. Auch die Schupos, die gespannt den Ausführungen gelauscht hatten, wagten kaum zu atmen.

Klemmer fuhr fort.

„Der Täter muss Bernhard Kowalke wieder geweckt haben, dieser war nun gefesselt und geknebelt, also absolut wehrlos. Dann geht er zum Sofa hinüber und drückt der Frau und den Kindern der Reihe nach Nase und Mund zu, bis sie tot sind. Ihre Körper dürften gezuckt haben, wehren konnten sie sich aber nicht. Kowalke sieht alles, kann nichts tun. Erst jetzt stellt sich der Täter hinter den Stuhl und erwürgt den Vater mit einem Strick."

Hassmann war fassungslos.

„Wer tut sowas?"

Klemmer sah zu Luci hinüber, die nah am Fenster stand. Der Aufenthalt in diesem Raum mit Leichen setzte ihr offenkundig zu, bisher hatte sie nur mit Wirtschaftsdelikten zu tun gehabt. Sicher, Leichen sah man in diesen Tagen viele: auf den Straßen, immer, wenn gerade die Bomber ihre Arbeit verrichtet hatten. Nur konnte sie dort wegschauen. Hier sollte sie genau hinsehen! Die blassen toten Körper auf Hinweise untersuchen ...

Dann bemerkte sie, dass der Blick ihres neuen Chefs einer Aufforderung gleichkam, Hassmanns Frage zu beantworten.

„Der Täter wollte den Vater leiden sehen. Die Frau und die beiden Jungen waren Mittel zum Zweck. Es war so etwas wie eine Strafe."

„Und die Nummer?", fragte Hassmann.

„Sie haben es selbst angedeutet, Herr Kollege", schaltete Klemmer sich ein. „Der Täter spricht mit uns. Wir sollen verstehen, warum er es tut."

„Warum nicht einfach einen Zettel hinterlassen mit einer Erklärung?"

„Wissen Sie, Herr Kollege ... ich habe in all den Jahren als Ermittler viele Serientäter gejagt und meistens auch erfolgreich. Sie alle hatten eines gemeinsam: Sie wollten sich alle mitteilen, sie wollten gehört werden."

„Das verstehe ich, aber warum sich *in Rätseln* mitteilen?"

Klemmer schielte zu Luci hinüber.

„Das, Herr Kollege, müssen Sie die Kriminalbiologen fragen. Meine Kenntnisse in Täterpsychologie sind da, glaube ich, ein wenig veraltet. Heutzutage dreht sich alles um Gene. Die Haarfarbe sagt uns, warum jemand dieses oder jenes tut. Nicht wahr, Fräulein Rost?"

•

Ihre Mägen knurrten, schließlich hatte man das Mittagessen in Weißensee aufgrund des plötzlichen Auftrags verpasst. Nun schlug die Uhr vierzehn, und die kleine Gaststätte Zum Goldenen Krug, zwei Straßen vom Tatort entfernt, bot nur noch eine geringe Auswahl an Gerichten.

Genau genommen gab es Butter-Stullen.

Fünf Pfennig plus eine Fünfzig-Gramm-Brotmarke für eine Scheibe Brot, dazu zehn Pfennig plus eine Zehn-Gramm-Fettmarke für ein wenig Butter.

Fertig war das Festmahl.

„Bringen Sie uns bitte je zwei Stullen. Haben Sie wenigstens etwas Rettich vorrätig?", fragte Klemmer die Kellnerin höflich.

„Ich werd mal schauen."

„Vielen Dank. Und haben Sie zufällig Tee?"

„Wir haben leider nur Teetabletten. Die sind gut, hat der Chef letzten Sommer aus Ostfriesland mitgebracht."

„Ist auch gut; also dann: zwei Tassen Teetabletten, bitte."

Die Kellnerin verschwand in der Küche.

Die Gaststätte war auch zu dieser Uhrzeit noch brechend voll. Klemmer und das von den Ereignissen mitgenommene Fräulein Rost hatten vorhin zehn Minuten warten müssen, bevor Plätze frei wurden. Jetzt saßen sie unter einem Plakat, auf dem ein Mann abgebildet war, der in einem Kaffeehaus sitzend hinter seiner Zeitung plaudernde Soldaten belauschte. Unterschrift: DER FEIND HÖRT MIT! Plakate dieser Art hingen mittlerweile in sämtlichen Schaufenstern sowie an den Scheiben der Straßenbahnen.

Luci schwieg.

Vor ihr lagen die beiden Mappen, mit Hassmann hatte man vereinbart, dass die dritte morgen früh auf Klemmers Schreibtisch liegen würde. Die Leichen hatte der Kriminalrat vorhin zur Bestattung freigegeben, nachdem er sich davon überzeugt hatte, dass Hassmann höchstpersönlich – in Ermangelung von Mitarbeitern der nun nicht mehr existenten Spurensicherung – alle nötigen Fotos geschossen und etwaige Beweisstücke eingetütet hatte. Im Normalfall wäre der nächste Schritt die Überführung der Toten in die gerichtsmedizinische Abteilung gewesen.

Diese lag in Schutt und Asche.

Auf die neuesten Ermittlungstechniken musste Klemmer leider Gottes verzichten, ein kriminaltechnisches Labor stand ihm nun nicht mehr zur Verfügung. In diesem Mordfall musste es ganz einfach auch ohne den modernen Schnickschnack gehen.

„SD und Gestapo", begann Klemmer unvermittelt, „haben den Fall seit November letzten Jahres vorliegen, da wurde Rudolf Pusch ermordet, mitsamt Familie. Ende Dezember kamen die Sparmanns dazu. Entweder haben die sich einfach nicht drum gekümmert oder sie haben nichts gefunden. Was denken Sie?"

Lucis Miene blieb versteinert, doch sie antwortete.

„Ohne den Kollegen zu nahetreten zu wollen und bei allem Respekt für die Arbeit, die sie tagtäglich leisten, so pflichte ich Kriminalrat Wehner bei: Für diese Ermittlung fehlt den Herren von der Gestapo die Ausbildung."

„Nun, Fräulein Rost, Sie selbst haben keine Ausbildung auf dem Gebiet Kapitalverbrechen genossen, und doch haben Sie vorhin einen außerordentlichen Scharfsinn bewiesen. Was also, frage ich Sie, wäre der nächste Schritt?"

Luci begriff. Sie war die Schülerin, er der Lehrer. Der Mordfall war die Prüfung.

„Wir müssen herausfinden, ob es einen besonderen Zusammenhang zwischen den Opfern gibt. Also einen, der über die simple SS-Zugehörigkeit hinausgeht."

„Sehen Sie? Sie haben das Zeug, im Morddezernat zu arbeiten."

Luci konnte nicht einschätzen, ob ihr Chef über sie spottete, oder dies ein ehrlich gemeintes Lob war, um das Eis zwischen ihnen zu brechen.

„Vielen Dank, aber ich denke auf diese simple Schlussfolgerung wäre jedes Kind gekommen. Darum weiß ich nicht, was ich von dem Lob halten soll."

„Sagen Sie das nicht. Die Leute bei der Gestapo haben sich bestimmt den Kopf zermartert und sind nicht auf diese, wie Sie sagen, ‚simple Schlussfolgerung' gekommen. Warum? Nicht die fehlende Ausbildung, nein. Da ist *überhaupt* keine Bildung vorhanden bei diesen Herren. Auch hier geben wir mal unserem geschätzten Wehner recht. Wussten Sie, dass man die Gestapo-Anwärter allesamt aus den Reihen ehemaliger Gauner rekrutiert hat? Männer ohne die geringste Schulbildung. Sie eignen sich zu Folterknechten, können jedoch nicht eins und eins zusammenzählen. Wir, Fräulein Rost, von der Kripo – und zu der gehören Sie jetzt – müssen unseren Verstand einsetzen. Da bedarf es unpolitischer Professionalität. Ich weiß, dass Sie in der Weiblichen Kriminalpolizei viel über Rassenbiologie gelernt haben und über ... *Verbrecherverhütung.*" Klemmer schüttelte den Kopf, allein das Wort auszusprechen bereitete ihm Magenschmerzen. „Schlagen Sie sich diesen Mist aus dem Kopf!", befahl er schließlich.

„Sie denken, es existieren keine kriminelle Erbanlagen?"

„Kriminalbiologie ist Humbug. Das hier ist kein Lehrgang über ‚Sippenkunde in rassenpolitischer Beleuchtung' ..."

„Herr Kriminalrat, ich muss Ihnen hier entschieden widersprechen. Doktor Robert Ritter hat in seinen Aufsätzen sehr deutlich aufgezeigt, dass Träger krimineller Gene immer durch starke Formen sozialer Devianz auffallen. Untersuchungen von Sippen, aus denen Verbrecher hervorgehen ..."

„Sie glauben, unser Mörder – um mal konkret zu bleiben – ist ein Sprössling aus einer erbminderwertigen Sippe und mordet deshalb?"

„Da gibt es keinen Zweifel."

„Meine Güte ... wir müssen bei Ihnen ganz vorn ansetzen."

Die Kellnerin brachte die Stullen. Und wohlduftenden Tee aus Tabletten.

•

Im Wagen herrschte erneut eisiges Schweigen.

Klemmer hatte Fräulein Rost viel zugemutet. Sein Bauchgefühl sagte ihm, dass es nur so würde funktionieren können. Mit Kröger war er die Sache ganz anders angegangen: Einem alten Mann konnte man nichts beibringen. Klemmer hatte sich dessen glühende Ansichten in den wenigen Monaten der Zusammenarbeit geduldig angehört und geschwiegen. Was hätte er auch sagen sollen? Hier jedoch lag die Sache ein wenig anders: Unter dem Mantel radikaler Ansichten verbarg diese hübsche junge Frau ein empathisches Wesen, er konnte es spüren. Es weckte väterliche Gefühle in ihm; er wollte – nein, er musste – sie auf den rechten Weg führen, sie von der Kruste nationalsozialistischen Unfugs befreien.

Klemmer lenkte den KdF-Wagen vorsichtig durch die von Schutt übersäten Straßen der Innenstadt. Das Gröbste hatten die Anwohner mithilfe von Volkssturm-Einheiten beiseite geschafft und Krater notdürftig aufgefüllt, das änderte jedoch nichts an dem ruinösen Stadtbild. Die Bomber zogen Berlin bei jedem Großangriff ganze Zahnreihen.

„Wohin fahren wir?", fragte Luci.

„Wir sind gleich da."

Nachdem Klemmer komplett zerstörte Straßen erfolgreich umfahren hatte, bog er in die Bozener Straße und hielt vor seinem Wohnhaus.

„Mir dröhnt der Schädel, und mein Hals fühlt sich nicht gut an. Ich werde meinen Arzt aufsuchen, er ist ein guter Freund und Nachbar."

Klemmer zog den Zündschlüssel heraus und reichte ihn Luci. Diese sah ihn fragend an.

„Sie fahren in die Prinz-Albrecht-Straße, wir brauchen Einsicht in die Personalakten der Opfer. Suchen Sie nach einer Verbindung. Wir treffen uns dann wieder in Weißensee. Und ...", Klemmer sah sie streng an, „... vorsichtig mit dem Wagen."

„Erich ..." Martha eilte sofort aus der Küche in den Flur und nahm ihrem Mann den Mantel ab. „Komm, setz Dich in die Küche. Heike versucht grad, Lebensmittel aufzutreiben."

Erich setzte sich an den Küchentisch, Martha gesellte sich hinzu.

„Ich war grad bei Martin, den Verband wechseln."

Er griff sich an den Hals.

„Und die Schulter?"

Erich schüttelte den Kopf.

„Haben sie heute Erbarmen mit Dir? Oder warum biste so früh zu Hause?", fragte Martha bitter lächelnd.

„Nein ... ich muss nachher wieder los. Hab meine neue Assistentin grad mit dem Auto losgeschickt. Mal sehen, ob sie eigenständig arbeitet. Eine engagierte junge Frau ... etwas zu obrigkeitshörig ... aber, das wird schon."

Martha nickte resigniert. ‚Das wird schon' war der Satz, den ihr Mann in den letzten Jahren am häufigsten gebraucht hatte.

„Ja", flüsterte sie ohne Überzeugung, „das wird es."

Erich bemerkte den Unterton.

„Martha ... ich weiß, dass ich nicht immer die richtigen Entscheidungen getroffen hab ... für uns, für die Familie. Ich will nicht mehr schweigen, ich will die Dinge, die um uns herum passieren nicht mehr kommentarlos hinnehmen."

„Ist das Dein Ernst? Du willst Dich auflehnen? Jetzt?"

Sie begann unverhohlen zu kichern, es war ein nervöses, spöttisches Kichern. Dabei tränten ihre Augen.

Erich Klemmer sah sie verdutzt an, eine solche Reaktion hatte er nicht erwartet, das sah ihr überhaupt nicht ähnlich. Dann verflog der Spott in ihrem Gesicht und wich einer vorwurfsvollen Miene.

„Du missbilligst das?", fragte er verstört.

„Ob ich ...? Nein, ehrlich gesagt, warte ich seit Jahren darauf. Und jetzt ... ist alles bereits passiert. Du hast immer getan, was *sie* von Dir wollten. Wir hätten die Möglichkeit gehabt, das Land zu verlassen, bevor *sie* beschließen, die ganze Welt in Brand zu setzen. Wir wussten, was sie vorhaben. Aber wir sind geblieben, weil Du sagtest, es würde nicht dazu kommen. Sie haben unsere Nachbarn mitgenommen, und wir haben geschwiegen. Sicher, Du hast immer über sie geschimpft, aber heimlich. Dann haben sie Dich befördert. Und dann kam der Krieg doch noch, und Du sagtest, wir sollen ihn aussitzen. Sie haben unseren Sohn in den Tod geschickt, da hast Du noch immer geschwiegen. Wem willst Du denn jetzt Deine Meinung sagen? Jetzt, wo schon alles passiert ist?" Langsam flüsternd wiederholte sie die Worte: „Alles ist bereits passiert."

In Marthas Blick lag zum ersten Mal ein Anflug von Verachtung. Nie hatte sie ihren Unmut so deutlich geäußert. Sie hatte ihn überhaupt nie geäußert, sie hatte alle Entscheidungen immer mitgetragen. Es hatte zumindest immer den Anschein gehabt. Was jetzt an die Oberfläche drängte, roch jedoch nach einer geballten Ladung Frust, und diese traf Erich völlig unvorbereitet.

Er kam sich in diesem Moment unendlich lächerlich vor.

„Mach Dir keine Gedanken ... *es wird schon*", sagte sie mit einer Mischung aus Trauer und Hohn in ihrer zittrigen Stimme.

Da bemerkten beide Heike.

Sie stand weinend im Flur, mit einem halbvollen Beutel in der Hand.

•

Auch in der Prinz-Albrecht-Straße funktionierten die Behörden nur noch auf Sparflamme. Die Gestapo-Zentrale – das Prinz-Albrecht-Palais – hatte im November schwere Treffer abbekommen und noch schwerere letzten Samstag. Sie war nur noch bedingt nutzbar. Die SS-Zentrale in unmittelbarer Nachbarschaft war in einem ähnlichen Zustand.

Luci hatte den Wagen vor dem ehemaligen Hotel geparkt und sich inmitten von hämmernden Reparaturarbeiten im SS-Hauptamt durchgefragt. Die vom Reichsführer-SS unterzeichnete Vollmacht erleichterte ungemein die Kommunikation, sodass sie schon nach wenigen Minuten im Büro des Personalchefs saß, im ersten Stock.

SS-Oberführer Steffen Brüning, ein untersetzter Mittfünfziger mit grauem Haarkranz, war äußerst zuvorkommend, was auch hier zweifellos mit dem Papier zu tun hatte, das Luci ihm gleich beim Eintreten unter die Nase hielt. Das Anliegen war schnell geklärt und Luci folgte Brünings Sekretärin in einen großen Raum im Erdgeschoss, wo Personalakten von SS-Angehörigen in großen Schränken gelagert waren. Luci vermutete, dass es sich hier bei weitem nicht um alle Akten handelte. Womöglich lagerten sie hier die niederen Ränge; Pusch, Sparmann und auch Kowalke waren alle drei nur Rottenführer gewesen.

Der Aufenthalt in der Prinz-Albrecht-Straße 9 dauerte schließlich ganze drei Stunden. Was Luci in diesem Zeitraum herausfand, war mehr als ergiebig. Mit einer Fülle an Informationen verließ sie die SS-Zentrale gegen neunzehn Uhr.

Erst als sie ins Freie trat, fiel ihr auf, dass die Sonne schon längst untergegangen war. Sie setzte sich in den Wagen und fuhr los. Ihr Chef hatte gesagt, sie sollten sich in Weißensee wieder treffen. Um diese Uhrzeit taten in der Kripo-Zentrale eine Handvoll Wachmänner ihren Dienst, die Kriminalbeamten waren alle daheim bei ihren Familien. Vielleicht auch Kriminalrat Klemmer.

Oder er wartete tatsächlich geduldig in seinem Büro.

Luci parkte den Wagen in der Wörthstraße.

Eilig schritt sie mit den Mappen und ihren Notizen unterm Arm in der Dunkelheit um das Gebäude herum zum Haupteingang auf der Hofseite.

Vor den Stufen des Haupteingangs blieb sie erschrocken stehen.

Ihr Chef saß einsam auf der Treppe.

„Was tun Sie hier …? Sie holen sich den Tod."

„Ich habe gewartet, hier draußen ist die Luft angenehmer."

Luci setzte sich neben ihn auf die Stufen. Ein Frösteln fuhr durch ihre Glieder.

„Ich war im SS-Hauptamt. Ich denke, ich habe einiges herausgefunden."

„Wussten Sie eigentlich …", murmelte Klemmer abwesend, „dass dieses Gebäude ein Heim für jüdische Schwachsinnige war?"

Luci sah ihren Chef fragend an.

Sein Blick schien über den Hof zu schweifen, Luci konnte es in der Dunkelheit nicht genau erkennen.

„Nein … das wusste ich nicht", entgegnete sie verunsichert.

„Jüdische Schwachsinnige ... ich weiß das von einem der Anwohner, direkt gegenüber." Er deutete mit dem Daumen nach hinten in Richtung Hauptstraße. „Sie sind vorletztes Jahr weggebracht worden. Was glauben Sie, wo die jetzt sind?"

„Sie sind umgesiedelt worden, nehme ich an. So wie die anderen Juden auch. Sie dürften jetzt in den Ostgebieten leben."

„Umgesiedelt ...", wiederholte Klemmer leise. „Ja. Dem wird wohl so sein ..."

Klemmer stieß einen Seufzer aus, dann richtete er sich auf, sah Luci an, wie aus einer Trance gerissen.

„Sie haben Informationen gesammelt? Dann ... lassen Sie uns reingehen."

Die beiden erhoben sich und wollten das Gebäude betreten, da ließ sie plötzlich einsetzender Fliegeralarm zusammenzucken. Beide schauten in den Nachthimmel. Das Inferno vom letzten Samstag hatten beide nicht vergessen.

„Sollen wir in den Keller?", fragte Luci

„Nein. Die kommen nicht hierher", entgegnete Klemmer entschieden.

Luci wunderte sich über die hellseherischen Fähigkeiten ihres Chefs und folgte ihm ins Gebäude.

Sie gingen am Wachmann vorbei die Stufen hinauf in den ersten Stock. Der Alarm verstummte, als sie oben ankamen. Luci hatte insgeheim gehofft, der Kriminalrat würde die weiteren Ermittlungen auf den nächsten Tag verschieben, sie in den wohlverdienten Feierabend entlassen. Andererseits erschien es ihr nicht verkehrt, die frisch gesammelten Erkenntnisse sofort auszuwerten.

Klemmer entschied sich für den Gemeinschaftsraum, der mit seinen großen Tischen eine angenehmere Arbeitsatmosphäre bot als das kümmerliche Büro.

„Wie sind Sie hergekommen?", fragte Luci, nachdem sie an einem der Tische Platz genommen hatten.

„Ich bin gelaufen."

„Von der Bozener Straße bis hierher? Das sind mindestens zehn Kilometer ...“

„Das war ein schöner Abendspaziergang. Hat etwa zweieinhalb Stunden gedauert“, antwortete Klemmer emotionslos. „Nun gut, zeigen Sie mal, was Sie haben.“

Luci hatte die Mappen auf den Tisch gepackt und holte ihren Notizblock aus der Aktentasche.

„Aus den Personalakten der drei Männer ...“, begann sie aufgeregt, „... ging Folgendes hervor: Sie haben gemeinsam gedient, in Warschau. Und zwar im Judenreferat IV B 4, das ist das Referat für Judenangelegenheiten.“

„Referat für Judenangelegenheiten ...? Was ist das? Welche Aufgabe hatte es?“

„Das konnten die mir im SS-Amt nicht sagen.“

„Sie *wollten* es nicht sagen?“

„Nein, mir schien, als wüssten sie es tatsächlich nicht. Aber es gibt da jemanden, der es uns sagen könnte: Sehen Sie, hier.“

Luci blätterte in ihrem Block, zeigte Klemmer eine Liste mit sechs Namen, darunter die getöteten Familienväter.

Richard Hofmann
Alfred Sparmann
Rudolf Pusch
Franz Scheil
Friedrich Burger
Bernhard Kowalke

„Diese sechs Männer bildeten zusammen das Referat IV B 4, es existierte laut Unterlagen von Anfang 1942 bis Mai 1943. Leiter des Referats war SS-Untersturmführer Karl-Georg Brandt. Er ist der direkte Vorgesetzte dieser sechs Männer. Drei von ihnen sind jetzt tot. Die drei anderen ...“

„... sind womöglich die nächsten Opfer“, ergänzte Klemmer. „Was wissen wir über deren Verbleib?“

„Ich habe zu jedem alle nur erdenklichen Informationen gesammelt." Luci blätterte in ihren Notizen. „Hofmann ist nicht heimgekehrt, Scheil und Burger hingegen schon. Scheil ist Kriegsinvalide und lebt in Dresden, Burger ... sein Fall ist besonders interessant: Er wurde als Einziger der sechs vorzeitig aus dem Dienst entlassen. Er war bis Mitte September 42 im Referat tätig, dann entließen sie ihn aufgrund eines Nervenzusammenbruchs. Der Amtsarzt attestierte ihm psychische Labilität, er wurde als kriegsuntauglich eingestuft und durfte nach Hause." Luci machte eine Pause. „Ich denke, er könnte uns einige Fragen beantworten. Er wohnt in Neukölln."

Klemmer schielte auf die Uhr.

Dreiviertelacht.

„Na, dann mal los."

Als die beiden in die Nacht hinaustraten, gaben die Sirenen in der Ferne Entwarnung.

•

Dunkle Augenringe im Gesicht der jungen Mutter ließen auf akuten Schlafmangel schließen.

Leni Burger versuchte die aus vollem Hals schreiende Charlotte mit flüsternden Worten zu besänftigen, doch es half nicht. Ihr Mann stand bei ihr, strich seiner Tochter über den Kopf, was diese nur noch wütender machte.

Friedrich Burger flüsterte seiner Frau etwas ins Ohr, worauf sie sich umdrehte und im Schlafzimmer verschwand. Er setzte sich zu den beiden Beamten an den Esstisch, nahm angesichts des offiziellen Charakters dieses Besuches Haltung an. Trotz Burgers gewöhnlicher ziviler Kleidung – er trug ein weißes Hemd, darüber einen blauen, ärmellosen Strickpullover – erkannte Klemmer sofort den Militär in dem Jungen.

Friedrich Burger war mit fünfundzwanzig Jahren der Jüngste aus der Sechsergruppe.

„Herr Burger", begann Klemmer, „es tut uns leid, dass wir so spät noch bei Ihnen aufkreuzen. Wir haben ihre Tochter geweckt ...“

„Nein, das ist schon in Ordnung ... Das Mädel hat zurzeit Wachstumsschmerzen, da kann sie nicht gut schlafen. Außerdem ist sie vorhin vom Alarm wach geworden.“

Burger blinzelte sehr häufig, was auf einen nervösen Tick hindeutete.

„Ich verstehe. Na, das gibt sich sicher wieder.“

„Ja, so ein Wachstumsschub dauert ein oder zwei Tage, dann wird es gehen.“

Klemmer schenkte dem jungen Mann ein verständnisvolles Lächeln, sah zu Luci herüber, die es ihm gleich tat.

„Herr Burger ... der Grund, warum wir hier sind, ist der: Wir ermitteln in einem Mordfall ... nein, vielmehr ist es eine Mordserie. Es ist gut möglich, dass Sie uns weiterhelfen können.“

Burgers Blinzeln nahm zu.

„Wie kann ich helfen?“

„Sagen Ihnen die Namen Alfred Sparmann, Rudolf Pusch und Bernhard Kowalke etwas?“

Burger begann schwer zu atmen, seine Augenlider flatterten. Er nickte.

„Wir haben zusammen gedient, in Warschau. Was ... was ist mit ihnen?“

„Nun, sie sind tot.“

„Tot?“ Klemmer nickte. „Ermordet?“

Erneutes Nicken.

„Nicht nur *sie* wurden ermordet“, fuhr Klemmer fort, „sondern auch ihre Familien. Ihre Frauen, ihre Kinder.“ Burger blinzelte, brachte kein Wort heraus. „Was wir nun gerne von Ihnen gewusst hätten: Was genau haben Sie in Warschau gemacht? Was war Aufgabe ihrer Abteilung? Der ...“ Klemmer schaute auf Lucis Notizblock, „der Abteilung IV B 4.“

Burger wippte ein paar Mal unruhig auf seinem Stuhl hin und her.

„Macht es Ihnen was aus, wenn ich rauche?"

Die Beamten schüttelten den Kopf.

Burger erhob sich und verschwand in der Küche, kam mit einer Schachtel Juno, Streichhölzern und einem Aschenbecher zurück. Die Juno-Zigaretten waren schon seit über einem Jahr nicht mehr erhältlich, Burger musste welche gehortet haben und zehrte nun von den Restbeständen.

Eilig hielt er den beiden Beamten die offene Schachtel hin, diese schüttelten den Kopf.

Burger zündete sich eine Zigarette an, zog den Qualm tief ein, seine Atmung wurde allmählich ruhiger. Er hielt seine Augen geschlossen. Nach etwa einer Minute sah er seinen Besuch an, die Augenlider halb offen.

„Sie möchten wissen, was unsere Aufgabe war? In Warschau?"

„Richtig."

„Wir sollten für Ordnung sorgen, im jüdischen Wohnbezirk. Das haben wir getan, bis er aufgelöst wurde."

Burger senkte den Kopf, zog an der Zigarette.

„Können Sie das etwas präzisieren? Was war das für ein Wohnbezirk? Ich meine ... wie viele Juden lebten dort?"

„Fast eine halbe Million."

Klemmer hob die Augenbrauen.

„Eine halbe Million ... das ... das sind nicht gerade wenige. Und Sie waren da nur zu sechst?"

„Nein, da waren natürlich Wachen an den Toren, und hin und wieder wurde Personal aus anderen Referaten hinzugezogen, wenn die Notwendigkeit bestand, dann waren da noch die Ukrainer ..."

„Eine Sekunde ... was für Tore?"

„Der Bezirk war abgesperrt. Da war eine Mauer, etwa drei Meter hoch. Als ich im Sommer 42 dort ankam, war der Bezirk bereits zum Seuchensperrgebiet erklärt worden."

„Eine Mauer ... das heißt, die Juden waren Gefangene?"

„Ja ... zu ihrem eigenen Schutz, wie es hieß ... aber gut, Sie wissen ja, wie es läuft ...“

„Nein, weiß ich nicht, erklären Sie es mir“, forderte Klemmer mit perplexer Miene den jungen Mann auf. „Sie sagen: Fast eine halbe Million Juden lebte in einem eingemauerten Bezirk?“

„So ist es. Es gab fünfzehn Eingänge, die von jeweils sechs Personen bewacht wurden. Niemand durfte ohne Genehmigung hinein oder hinaus.“

„Wie groß war dieser Bezirk?“

„Etwa drei Quadratkilometer.“

Erich Klemmer lehnte sich zurück. Eine leise Ahnung machte sich breit, tief in seinen Eingeweiden: Diese Geschichte lief auf etwas hinaus, und er, der Kriminalrat, war sich in genau diesem Moment nicht sicher, ob er dieses Etwas würde verkraften können. Eine innere Stimme schrie, er solle augenblicklich aufstehen und diesen Ort verlassen.

„Eine halbe Million Menschen? Verteilt auf drei Quadratkilometer? Wie ... wie geht das?“, fragte der Polizist entgeistert. Den Fall hatte er schon längst vergessen, die Geschichte der Juden von Warschau forderte seine gesamte Aufmerksamkeit.

Luci Rost wirkte wie versteinert, nur ihre Hand fuhr kritzelnd über den Block.

„Es geht nicht.“

„Ich kann Ihnen nicht folgen.“

„Als ich im Sommer dort ankam, lagen sie bereits herum ... Kranke, Hungernde ... Leichen. Die Versorgung war dürftig, Seuchen ließen sich da nicht vermeiden.“

Klemmer rang um Fassung.

„Gut, weiter. Erzählen Sie. Erzählen Sie alles.“

Burger hatte die Zigarette aufgeraucht, drückte sie angestrengt aus, das Blinzeln setzte wieder ein.

„Meine Kameraden aus der Abteilung ... gleich am ersten Tag, als ich mit ihnen auf Patrouille ging, – genau genommen mit zwei von ihnen – erklärten mir, dass man mit Juden nicht zimperlich sein dürfe. Ich fragte sie, was sie meinten. Da drehte sich der eine um – es war der Franz – und schoss einer Jüdin, die an ihm vorbeigelaufen war, in den Hinterkopf. ‚Das‘, sagte er. ‚Das meine ich damit.‘ "

„Er hat sie erschossen? Einfach so?"

„Einfach so. Sie war jung, vielleicht Mitte zwanzig. Verstehen Sie mich nicht falsch, Herr Kriminalrat. Ich kann Juden nicht ausstehen ... nur ... da musste ich mich erstmal sammeln. Ich meine ... ich hatte von den Erschießungen in den Ostgebieten gehört ... es zum ersten Mal mit eigenen Augen zu sehen, ist da etwas völlig anderes. Die anderen waren geübt. Der Alfred und der Franz, die waren besonders abgebrüht. Sie waren oft zu zweit unterwegs, sie kannten sich aus Dresden und hatten es geschafft, gemeinsam nach Warschau versetzt zu werden, zusammen mit dem Richard, der war auch von dort, aber hat sich mit der Zeit von seinen beiden Freunden distanziert. Ich hab den Franz und den Alfred mehrmals in Aktion gesehen. Die erschossen manchmal nur aus Spaß Juden, die an ihnen vorbeiliefen. Selbst der Rudolf, der auch nicht gerade zimperlich war, meinte zu mir einmal, die beiden hätten Blut an den Händen."

„Und er, der Rudolf, hatte eine weiße Weste?"

„Er und die beiden anderen, der Bernhard und der Richard, die hatten eine andere Einstellung zu ihrer Arbeit."

„Inwiefern?"

„Nun ja ... wenn sie Juden erschießen mussten, dann taten sie es. Aber es machte ihnen keinen Spaß, sie taten nur ihre Pflicht. Aber die beiden anderen ..."

„Die töteten gerne? Grundlos?"

„Irgendeinen Grund fanden sie immer. Mal hatte ein Jude nicht gegrüßt, oder er war nicht schnell genug zur Selektion angetreten. Der Franz und der Alfred ... sie empfanden Freude dabei. Einmal töteten sie eine jüdische Familie aus Dresden, die irgendwie in Warschau gelandet war. Die zwei meinten, die hätten ihre Heimat besudelt oder so ähnlich. Ich habs selbst nicht gesehn, der Bernhard meinte, ich solle draußen warten, dann ging er mit den anderen in ein Haus. Ich hab die Schüsse gehört. Ich ging dann doch hinein, da waren sie tot ... die ganze Familie, erschossen. Mutter, Vater, Tochter."

„Die haben zu fünft eine Familie getötet, weil sie aus Dresden war?"

„Die sind zu dritt reingerannt, der Franz und der Alfred waren da schon drin. Ich weiß nicht, wer am Ende geschossen hat ... Der Richard hat mir dann das mit Dresden erklärt ... Ich nehme an, der Franz hat geschossen oder der Alfred, vielleicht beide ..."

„Warum sollten Sie draußen bleiben?"

„Der Bernhard war gut zu mir, er wusste, dass ich mich nicht daran gewöhnen konnte."

„Juden zu erschießen?"

„Am Anfang habe ich mich überwunden ... es musste sein. Man darf vor seinen Kameraden nicht wie ein Feigling dastehen, verstehen Sie?"

Burger spitzte trotzig die Lippen, er begann leicht zu zittern, sein Blick wurde unstet.

„Ja ... ja, ich verstehe." Klemmer verstand mitnichten, eine Worthülse war alles, was ihm in dieser Situation über die Lippen kam. „Sie mussten mit ihren Kameraden hin und wieder Juden erschießen. Was ... was geschah dann? Was geschah mit all den Juden im Bezirk? Sie konnten sie nicht alle erschießen?"

„Es war etwa Ende Juli, da erhielt der Judenrat den Befehl, täglich sechstausend Juden zum Umschlagplatz zu schicken ... das war ein Platz, der sich direkt an den Bahngleisen befand. Von dort aus sollten die Juden nach Osten transportiert werden."

„Sechstausend? Pro Tag? Dafür braucht man eine Menge Züge ...", entgegnete Klemmer ungläubig.

„Es waren Viehwaggons. Da quetschten wir so viele rein, wie reinpassten."

Klemmer war schon längst das Blut aus dem Gesicht gewichen, er stammelte.

„Viehwaggons? Für eine Umsiedlung? Wie sollten die Menschen denn eine solche Fahrt überleben? Wohin wurden sie denn geschickt? Wenn Sie so viele Menschen umsiedeln wollen, dann ..."

„Es gab keine Umsiedlung", fiel ihm Burger ins Wort.

„Es gab keine ...?"

„Ich selbst dachte zunächst, man würde die Juden nach Minsk verfrachten, nur kursierten da einige Gerüchte. Meine Kameraden erklärten mir auf Anfrage, die Züge führen in ein Lager, etwa achtzig Kilometer nordöstlich von Warschau."

„Ein Arbeitslager?" Burger schüttelte den Kopf. „Was für ein Lager? Was für ein Lager?", fragte Klemmer entsetzt.

„Eines, aus dem niemand zurückkommt. Ich habe mir an einem Tag die Zugnummer angeschaut, weil ich neugierig geworden war ... ich wollte wissen, was an der Geschichte dran ist. Der Zug war voll und fuhr los. Nach etwa einer Stunde, höchstens anderthalb, war er wieder da. Derselbe Zug. Leer."

„Was ist mit den Menschen passiert?"

„Sie wurden vergast."

„Sechstausend? Sechstausend Menschen? Pro Tag? Vergast? Frauen? Kinder?"

Burger nickte.

Klemmer stand langsam auf, schlich bis zur Raummitte. Eine Frage surrte ihm durch den Kopf, ihm gelang es nicht, sie zu greifen, Burgers Erzählung zerrte an seinem Geist. Sein Herz klopfte so laut, dass er glaubte, die beiden am Tisch könnten es hören. Vergast. Er hatte solche Gerüchte auch gehört. Sie kursierten seit zwei, drei Jahren. Gerüchte über Gaskammern, in die man die Juden zu hunderten, nein, zu tausenden schickte. Gerüchte, so aberwitzig, dass sie jeglicher Vernunft spotteten. So etwas Ungeheuerliches war schlicht und ergreifend nicht möglich, darüber waren sich all jene, die mit diesen Gerüchten konfrontiert wurden, einig.

Nun, es war wohl doch möglich.

Alles ist bereits passiert.

„Sie sind doch vorzeitig aus dem Dienst entlassen worden ...
Was war der Grund?", fragte er, ohne Burger anzuschauen.

Luci saß noch immer regungslos auf ihrem Stuhl, den Blick
leicht gesenkt. Sie machte nur noch hin und wieder Notizen.

„Es gab da Dinge, die ich nicht tun konnte."

Burger fischte eine weitere Zigarette aus der Schachtel und
zündete sie an. Seine Hände zitterten erneut.

„Was war das? Was konnten Sie nicht tun?"

„Es gab Juden, die versteckten sich, weil sie ahnten, dass
die Züge in den Tod fuhren. Unsere Aufgabe bestand zu dem
Zeitpunkt darin, diese Juden aufzuspüren. Und zu erschießen.
Ich habe mit den anderen einige Erschießungen durchgeführt.
Aber ..."

„Aber?" Klemmer starrte noch immer ins Leere.

„Die Kinder ... es waren oft Kinder darunter. Ich konnte nicht
... ich meine ..." Burger zog mit zittriger Hand an der Zigarette,
seine Stimme bebte. „Ich konnte sie nicht erschießen. Das machten immer die anderen. Dann, eines Tages, fanden wir an die
zwanzig Kinder in einem Versteck. Der Alfred und der Franz, die
haben sie vor einer Hauswand aufgestellt ... der Franz drückte
mir eine Maschinenpistole in die Hand und sagte, es sei an der
Zeit, ich könne mich nicht ewig davor drücken ... es müsse nun
mal sein ..." Die Tränen schossen ganz plötzlich aus seinen
Augen, seine Nase lief. Burger erzählte unter leisem Schluchzen
seine Geschichte. „Ich hab dem Franz die Maschinenpistole vor
die Füße geworfen und bin weggegangen. Ich ... ich hab die
Schreie der Kinder gehört und die Schüsse. Sie haben geschrien
... sie haben so entsetzlich geschrien."

Klemmer hatte sich zu Burger umgedreht und sah, wie dieser
ausgewachsene junge Mann wie ein kleines Kind weinte.

Luci klammerte sich an die Mappen auf ihrem Schoß und
blickte ins Leere.

Der Kriminalrat kehrte auf seinen Stuhl zurück. Er wartete,
bis sich Burger gefangen hatte.

„Und nach diesem Vorfall hat man Sie nach Hause geschickt?"

„Meine Vorgesetzten hatten Verständnis, sie sagten, nicht jeder sei für eine solche Aufgabe geschaffen."

Klemmer rieb sich die Augen.

Konzentrier dich. Denk an den Fall.

„Herr Burger ... wenn ich Ihre Geschichte so höre, dann drängen sich mir Vermutungen auf ... zum Motiv des Mörders."

Klemmer wunderte sich im selben Moment über seine Wortwahl, schienen in diesem Fall die Grenzen zwischen Opfer und Täter doch zu verschwimmen. Der Mörder tötete Mörder. Er tötete auch ihre Familien. Weil die SS-Männer seine Familie getötet hatten? In Warschau? Konnte es sein? War ein Jude dem Massaker in Warschau entkommen und rächte nun seine Familie?

„Ich denke", fuhr der Polizist fort, „Sie und Ihre Familie sind in Gefahr. Ebenso Ihre beiden Kameraden, jene aus Ihrer Einheit ..." Er blätterte in Lucis Notizblock zur Liste mit den sechs Namen. „Franz Scheil und Richard Hofmann."

Burger sah ihn entgeistert an.

„Sie glauben, meine Familie ist in Gefahr?"

„Wir können das nicht ausschließen. Jemand hat es augenscheinlich auf die Mitglieder Ihrer Einheit abgesehen. Nach Ihrer Geschichte muss ich gestehen, dass es mich nicht verwundert."

„Haben Sie eine Spur?"

„Es gibt da etwas. Etwas, das der Mörder am Tatort hinterlässt. Eine Nachricht. Er kommuniziert mit uns."

„Eine Nachricht? Was für eine Nachricht?"

„Wir werden daraus nicht schlau. Wir dachten, Sie könnten vielleicht was damit anfangen."

Klemmer schielte zu Luci hinüber, die nach wie vor wie eine sitzende Statue unbeweglich vor sich hinstarrte. Vom Blick ihres Vorgesetzten zuckte sie leicht zusammen, packte eilig die Mappen von ihrem Schoß auf den Tisch, wühlte in einer der beiden – es war die aus Magdeburg – und holte ein Foto heraus, die Nahaufnahme von dem Kärtchen mit der Nummer.

„Hier ...“, stammelte sie, „... am Hemd der Leiche von Frau Pusch, auf Brusthöhe, war ein Kärtchen befestigt, mit einer Sicherheitsnadel. Eine Karte mit einer handgeschriebenen Nummer, fünfstellig. 12817.“ Luci reichte Burger das Foto. „Die gleiche Karte fand man bei den Sparmanns und heute Morgen bei den Kowalkes, immer dieselbe Nummer.“

Der SS-Mann runzelte die Stirn. Seine Nervosität war einer ahnungsvollen Konzentration gewichen.

„Welche Farbe hatte das Kärtchen?“, fragte er die Beamten, ohne den Blick von dem Schwarzweißfoto abzuwenden.

„Gelb. Sie waren alle drei gelb“, antwortete Klemmer. Burger lehnte sich zurück, fuhr sich mit der Hand über die Stirn. „Fällt Ihnen dazu irgendwas ein, im Zusammenhang mit Warschau?“

„Ich bin mir nicht sicher. Bevor ich nach Hause geschickt wurde ... also etwa zwei Wochen zuvor – das war Anfang September –, da fand eine letzte Selektion statt. Ungefähr dreißigtausend Juden von den noch etwa sechzig- bis siebzigtausend, die übrig waren, bekamen Arbeitskarten. Sie wurden verschont und in den umliegenden Shops eingeschrieben.“

„Shops?“

„Ja, das waren Firmen, deutsche Unternehmen rund um den Bezirk, aber auch Dienststellen. Jedenfalls wurden diese Juden – man nannte sie die ‚nützlichen Juden‘ – mittels Arbeitskarten registriert. Diese Karten waren gelb, fortlaufend durchnummeriert, mit einem Stempel des Judenrats versehen. Die Juden haben sich um diese Karten gerissen, sie nannten sie Lebensnummern. Jeder wollte eine Lebensnummer. Sie sollte das Überleben garantieren. Wer eine bekam, musste sie *hier* tragen, gut sichtbar.“

Er zeigte auf seine linke Brust.

„Hat sie denn das Überleben garantiert?“

Burger schüttelte den Kopf.

„Ich war dann ein paar Tage später weg, ich weiß nicht, was mit ihnen geschehen ist. Aber wenn Sie mich fragen ... das war höchstens eine kurze Lebensverlängerung.“

„Hat die SS für die Arbeiter Gebühren verlangt?"

„Ja, die Unternehmen zahlten eine Tagesgebühr in Höhe von fünf Zloty für einen Mann, vier für eine Frau."

Klemmer nickte.

„Gut, dann weiß ich, wo ich suchen muss."

„Suchen? Wonach?", fragte Burger.

„Nach dem Menschen hinter der Lebensnummer." Er griff nach dem Schwarzweißfoto, das Burger sich angesehen hatte und hielt es hoch. „12817."

Die Luft im KdF-Wagen war eisig.

Erich Klemmer griff nach dem Zündschlüssel in seiner Manteltasche, holte ihn hervor und steckte ihn ins Zündschloss.

Er hielt inne.

Resigniert lehnte er sich zurück, starrte hinaus auf die dunkle Schierkerstraße.

„Sie glauben diesen ganzen Unsinn doch nicht?!", flüsterte Luci leise, ohne ihren Vorgesetzten anzusehen.

„Was?"

„Burger ist nicht bei Sinnen ... diese Geschichte von vergasten Juden ... Das ist genau die Art von Propaganda, die unsere Feinde in Umlauf bringen."

„Was reden Sie da? So eine Geschichte erfindet doch keiner. Der Junge war dort. Haben Sie gerade nicht richtig zugehört? Eine halbe Million! Menschen!" Klemmer blickte sich hilfesuchend um, noch nie hatte ein solches Gefühl von Ohnmacht von ihm Besitz ergriffen. „Wir sind dran", flüsterte er. „Dafür kommen wir in die Hölle."

„Ich verstehe Sie nicht! Wieso Hölle? Was ist verkehrt daran, wenn ein Volk für sein Wohlergehen kämpft?", ereiferte sich Luci mit einem Mal und sah Klemmer empört an.

„Wohlergehen? Wovon zum Teufel sprechen Sie? Die haben über Jahre Mitbürger verschleppt und ermordet. Aus unserer Nachbarschaft ... weil sie Juden waren. Keine Ausweisungen, keine Umsiedlungen! Mord!"

„Mal angenommen, es ist so gewesen", zischte Luci trotzig, „es ist nunmal nicht möglich, Feinde des Volkes mit Samthandschuhen ..."

„Feinde des Volkes?!", schrie Klemmer, sodass Luci zusammenzuckte. „Erschossene Kinder?! Erklären Sie mir das, Fräulein Rost! Inwiefern ist ein kleines Kind ein Feind unseres Volkes? Ich ..."

Er geriet ins Stocken.

Wutentbrannt startete der Kriminalrat den Motor und fuhr los.

Nach einer Fahrt durch die dunklen Ruinen der Stadt kamen sie in der Bozener Straße an. Während der ganzen Fahrt hatten sie nicht ein einziges Wort gesprochen. Worüber auch? Dies war die Hölle, da schwieg man besser.

Alles ist bereits passiert.

Klemmer hielt vor seinem Wohnhaus an, ließ den Schlüssel stecken und den Motor laufen.

„Fahren Sie nach Hause. Morgen früh fahren Sie ins SS-Wirtschafts- und Verwaltungshauptamt, Unter den Eichen. Wenn die SS für die registrierten Juden von Warschau Gebühren kassiert hat, dann fällt das unter ihr Wirtschaftsressort. Die Liste der registrierten Juden müsste sich dort befinden. Wir brauchen einen Namen. Anschließend fahren Sie nach Weißensee, die Hassmann-Akte liegt dann hoffentlich dort bereit. Damit kommen Sie dann hierher. Ich warte hier auf Sie." Er wollte schon aussteigen, da fiel ihm noch etwas ein. „Geben Sie mir die Mordakten, ich werd sie morgen früh durchgehen."

Luci reichte sie ihm.

Ohne sie anzusehen, stieg Klemmer aus dem Wagen und verschwand im Haus.

Luci verharrte noch eine Weile auf dem Beifahrersitz, in ihrem Kopf schlugen die Gedanken Purzelbäume. Der erste Tag mit ihrem neuen Vorgesetzten hatte ihr alles abverlangt. Vor allem nagte seit heute Morgen ein zäher Gewissenskonflikt an ihr: All die Äußerungen des Kriminalrats ... alles, was er den ganzen Tag über gesagt hatte, war volksfeindlicher Natur gewesen, weswegen sie ihn eigentlich sofort melden musste. Andererseits war ihr Denunziantentum extrem zuwider. Ihren eigenen Chef zu denunzieren, das war nicht ihre Art. Er war kein böser Mann, seine Haltung war offenkundig das Ergebnis einer gewissen Naivität, er war ganz einfach fehlgeleitet. Es mangelte ihm an Einsicht in die Notwendigkeit. Für jemanden, der in seiner Arbeit über einen solch brillanten Verstand verfügte, fehlte ihm in politischen Fragen der Blick für das große Ganze.

Luci atmete ein paar Mal tief durch, stieg aus, lief um den Wagen herum und setzte sich hinters Steuer.

Sie musste bei ihm ein Auge zudrücken, schließlich war er trotzdem ein gewissenhafter Polizist, der auch in so einer schwierigen Zeit seiner Arbeit nachging. Sie musste zu ihm halten, vielleicht konnte sie ihn wieder auf den rechten Pfad führen. Er nahm sich diese Geschichte mit Warschau zu sehr zu Herzen. Burger war psychisch labil, da konnte man seinen Bericht nicht für bare Münze nehmen.

Sie drückte aufs Gaspedal und steuerte den Wagen aus der Bozener Straße.

•

In dieser Nacht lag Erich Klemmer noch eine Weile wach. Neben ihm schlummerte Martha am Bettrand.

Burgers Bericht ging ihm nicht aus dem Kopf. Was, wenn das nur die Spitze des Eisbergs war? Die Wehrmacht war in den ersten Kriegsjahren weit in den Osten vorgedrungen, hatte riesige Gebiete erobert. Waren die Gerüchte über Kriegsgräuel und Todeslager alle wahr? Auch Einheiten der Kriminalpolizei waren im Osten im Einsatz gewesen, Nebe selbst hatte dort Einsätze geleitet. In der Zentrale am Werderschen Markt kursierten damals die wildesten Spekulationen. Von Mordbrennern war die Rede gewesen, von Einheiten, die in den besetzten Gebieten Massenerschießungen durchgeführt haben sollten. Einheiten der SS, aber auch der Kripo. Gerüchte, das waren Gerüchte gewesen. So etwas entbehrte jeglicher Logik, darum konnte es nicht der Wahrheit entsprechen. Es *durfte* nicht der Wahrheit entsprechen! Aber hatte der Führer nicht in seinem Buch bereits alles angekündigt, sein Vorhaben im Detail offengelegt? Es lag allen vor, von Beginn an; wenigstens die Oberschicht hätte vor zwölf Jahren begreifen müssen, wen sie da im Begriff war, zum Führer zu erheben. Unverzeihlich!

Du hast es gewusst. Doch gesehen hast du, was du sehen wolltest. Und nun ist alles bereits passiert.

•

Heinrich bog rechts auf den Messedamm ein und nahm sogleich die Auffahrt zur Automobilstraße.

Hier konnte er ohne Gefahr aufs Gaspedal drücken, um zu sehen, was dieses Schmuckstück zu leisten imstande war. Der Wagen war betankt, das Benzin hatte den zukünftigen Schwiegervater sicherlich eine ordentliche Stange Geld gekostet. Doch diesen Spaß ließ sich Heinrich nicht nehmen, teurer Kraftstoff hin oder her: einmal die Avus bis zur Südkurve und zurück!

„Hm, nicht schlecht. Schafft locker die hundert Sachen", spöttelte Erich auf dem Beifahrersitz.

„Vater, hier geht es nicht um Geschwindigkeit", entgegnete Heinrich bis über beide Ohren strahlend. „Dieses Auto ist die Zukunft. Und wir sind die Ersten, die es fahren dürfen. Na ja ... sagen wir: Wir gehören zu den Ersten."

„Du glaubst doch nicht wirklich, dass es im großen Stil gebaut wird, mein Junge? Das sind Blender. Kündigen vollmundig lebensverbessernde Maßnahmen fürs Volk an ... und was kriegen wir stattdessen: den Krieg."

Heinrichs heitere Miene verflog.

„Mag sein. Aber Du hast Dich schon immer mit diesen ‚Blendern' umgeben. Was also willst Du mir denn jetzt damit sagen?"

„Heinrich ... es ist nicht immer so einfach, wie Du Dir das vorstellst. Wenn Du eine Familie gründest ... Kinder hast ... dann kannst Du das vielleicht verstehen ...“

„Was denn verstehen?", fragte Heinrich gereizt. „Dass man die Hand beißen soll, die einen füttert?"

„Verdammt, Junge! Manchmal gibt es keine andere Wahl, als sich mit den Gegebenheiten zu arrangieren. Das muss jedoch nicht bedeuten, dass man die Dinge gutheißt, die um einen herum passieren!"

„Ja, ich weiß. Diese Predigt habe ich schon gehört."

„Und Du wirst sie wieder hören. Und wieder. Bis es in Deinen Dickschädel reingeht."

„Was genau erwartest Du von mir? Soll ich wie Du Hände schütteln und gleichzeitig hinter vorgehaltener Hand alles verdammen?"

„Vor allem sollst Du von Deinem Vorhaben absehen. Ich dachte, ich hätte Dich etwas mehr Vernunft gelehrt. Du willst Dein Leben aufs Spiel setzen? Freiwillig? Für *die*? Für den Führer? Fürs Vaterland? Denen bedeutest Du nichts!"

Erich Klemmer hatte sich in Rage geredet. Von Kraft durch Freude konnte bei dieser Spazierfahrt nun keine Rede mehr sein, Heinrichs Miene hatte sich verfinstert.

„Ich weiß, Du machst Dir Sorgen. Aber ich muss das tun", sagte er mit ruhiger Stimme.

„Warum?"

„Es ... es geht nicht um den Führer ... oder um das Vaterland oder dergleichen. Es geht um meine Kameraden. Ich kann nicht seelenruhig hier sitzen, wissend, dass sie dort ihr Leben riskieren. Ich muss zu ihnen. Kannst Du das verstehen?"

Erich Klemmer wandte sich ab, starrte aus dem Fenster auf den vorbeiziehenden dunklen Grunewald. Wann hatte er die Zügel aus der Hand gegeben? Heinrichs Entscheidung stand fest. Da konnte man nichts mehr tun. Außer hoffen, dass man ihm, Erich Klemmer, das Kind nicht in einem Sarg zurückschicken würde.

„Ja", antwortete er mit einem Seufzen.

Der Donnerstagmorgen begann mit strahlendem Sonnenschein, der Frühling kündigte sich dieses Jahr entschieden zu früh an. In diesen Zeiten konnten sich die Berliner nicht über den klaren Himmel freuen, barg dieser doch immer die Gefahr eines erneuten Luftangriffs.

Luci wischte die Gedanken an Bombenregen beiseite, sie hatte eine Aufgabe, und diese würde sie erledigen, davon konnten sie weder ein paar feindliche Flugzeuge, die vielleicht kamen, vielleicht aber auch nicht, abbringen, noch irgendwelche Zwistigkeiten mit ihrem Chef.

Luci fuhr die breite Schloßstraße hinunter in Richtung Dahlem. Die Innenstadt hatte sie weit umfahren, nachdem sie in Weißensee die Hassmann-Akte abgeholt hatte; der Beamte hatte diese wie vereinbart heute Morgen dort abgegeben. Nun lag sie in Lucis Aktentasche auf dem Beifahrersitz.

Ecke Fichtenberg hielt sie abrupt, sie hatte das Ende der Schloßstraße erreicht und erblickte zu ihrer Linken das Verwaltungsgebäude der Abteilung D. Auch dieses war von den diversen Luftangriffen nicht gänzlich verschont geblieben. Das längliche Gebäude hatte auf der rechten Seite einen Treffer abbekommen, der Schaden hielt sich in Grenzen, das Dach war an seiner beschädigten Stelle notdürftig abgedichtet worden.

Luci wendete den Wagen und parkte ihn direkt vor dem Amt.

In dem Haus herrschte eine gespenstische Stille. In der Eingangshalle standen zwei SS-Offiziere und unterhielten sich leise; sie wirkten ein wenig verloren, so als wüssten sie nicht, worin hier eigentlich ihre Aufgabe bestand. Vielleicht kam es Luci auch nur so vor, zurzeit beäugte sie jeden kritisch, verachtete die Tatenlosigkeit mancher, die einfach nicht begreifen wollten, dass man für den Endsieg auch etwas tun musste!

Die beiden älteren Herren hatten sie bemerkt, starrten zurück, lächelten. Luci wich ihren Blicken aus und lief schnurstracks zum Informationsschalter, an dem eine blutjunge Dame stand. Nein, keine Dame: ein Mädchen, wohl gerade volljährig geworden.

„Hei-tler."

„Heil Hitler", piepste sie.

Es dauerte eine Weile, bis Luci diesem Kind ihr Anliegen geschildert hatte, der zunehmende Personalmangel verminderte in erhöhtem Maße die Qualität der Kommunikation innerhalb der Behörden. Statt qualifizierter Leute saßen an den entscheidenden Schnittstellen alte Männer mit Hörschaden oder Mädchen, die gerade einmal Lesen und Schreiben gelernt hatten.

Luci sah ihr dabei zu, wie sie zum Hörer griff und mehrere Büros im Haus anklingelte. Das Mädchen war nervös, Besucher waren hier bestimmt eine Seltenheit.

Über der großen Treppe hing eine Uhr, Luci warf einen Blick drauf.

10 Uhr 34.

„Hauptsturmführer Sommer wird Sie empfangen, Abteilung D II-1, dritter Stock, rechts den Flur entlang, Zimmer 312."

Luci nickte, nahm die große Treppe, schritt entschlossen die Stufen hinauf. Die SS war ein eingeschworener Verein, Interna gaben die hier bestimmt nur sehr widerwillig preis. Mit dem Schreiben ihres höchsten Vorgesetzten in der Aktentasche sollte es Luci jedoch ein Leichtes sein, den Hauptsturmführer dazu zu bringen, mit der Kripo zu kooperieren.

Im dritten Stock erreichte sie Zimmer 312, klopfte kräftig an. Ein höfliches ‚Herein' ertönte aus dem Büro.

Luci trat ein.

SS-Hauptsturmführer Sommer erhob sich sogleich von seinem Platz und hob die Hand lässig zum Gruß.

„Heil Hitler!"

„Hei-tler."

Luci trat heran, die beiden schüttelten sich die Hand, Sommer schenkte ihr sein charmantestes Lächeln.

„Fräulein Rost, richtig? Vom Reichskriminalpolizeiamt ...“

„Richtig. Vielen Dank, dass Sie mich so kurzfristig empfangen.“

„Das ist doch selbstverständlich. Vor allem, wenn es sich bei dem Besuch um eine so reizende junge Dame handelt.“

Luci war derlei Anbiederungen gewohnt, sie war sich ihrer Attraktivität durchaus bewusst; allerdings war der Charmeur in diesem Fall selbst kein Kind von schlechten Eltern: Karl Sommer war jung – um die dreißig – und gutaussehend. Solch attraktive Kerle im heiratsfähigen Alter sah man in diesen Tagen selten.

Luci erwischte sich dabei, wie sie seine Hand nach einem Ring absuchte.

„Nun, was kann ich für Sie tun?“

„Ihre Abteilung hat Informationen, die uns bei laufenden Ermittlungen behilflich sein könnten.“

„Was sind das für Ermittlungen?“

Sommer hatte sich zurückgelehnt, die Ellbogen drückte er in die Armlehnen, verkeilte die Hände ineinander.

„Darüber darf ich hier leider keine Auskunft geben.“

Das charmante Lächeln verschwand von einer Sekunde auf die andere aus seinem Gesicht, Sommer setzte eine entschuldigende Miene auf; die eines Vaters, der seiner Tochter die Süßigkeiten aus dem Schaufenster verweigert.

„Das tut mir sehr leid, Fräulein Rost, wenn ich Ihnen helfen soll, muss ich wissen, worum es geht.“

Luci hatte damit gerechnet, holte das Schreiben hervor, das diesen hochnäsigen Burschen ganz schnell von seinem hohen Ross herunterholen würde und reichte es ihm. Ihr war nun egal, ob er einen Ring am Finger trug oder nicht. Ein herablassender Blick genügte, und Luci strafte ihr Gegenüber mit Verachtung. Gerade Männer, die sie als anziehend empfand, gerieten durch unpassendes Verhalten innerhalb von Sekunden auf ihre schwarze Liste.

Sommer stand schon darauf.

„Hm ... nun, wenn der Reichsführer Ihnen jegliche Hilfe zusichert ...", sagte er pikiert und reichte ihr das Papier zurück.

„Wir sind von ihm beauftragt worden", präzisierte Luci.

Sommer setzte ein Grinsen auf, das nun nichts Charmantes mehr an sich hatte. Jede Pore seines Gesichts verströmte Widerwillen.

„Dann legen Sie mal los. Welche Informationen brauchen Sie denn?", fragte er gespielt freundlich.

„Es geht um Warschau. Genauer gesagt um den jüdischen Wohnbezirk *in* Warschau." Karl Sommers Gesicht verfinsterte sich. „In diesem Wohnbezirk", fuhr Luci fort und holte dabei ihren Notizblock hervor, „fand vor dessen Auflösung eine Selektion statt, im September 42. Etwa dreißigtausend Juden wurden von der laufenden Umsiedlung ausgenommen und bekamen Arbeitskarten. Sie wurden ..." Sie studierte ihre Notizen. „Sie wurden in den umliegenden Unternehmen eingeschrieben."

Luci sah Sommer an, versuchte anhand seiner Reaktion zu erkennen, ob er die Geschichte kannte.

„Ich höre noch keine Frage", sagte Sommer nervös blinzelnd.

„Ich brauche die Liste dieser registrierten Juden."

„Wie kommen Sie darauf, dass wir hier eine solche Liste besitzen?"

„Die SS verfügt über eine saubere Buchführung, das weiß ich aus sicherer Quelle", antwortete Luci kühl. „Ihre Abteilung ist zuständig für Häftlingseinsatz. Für die Arbeit, die diese Juden verrichteten, flossen Gebühren. Jedem registrierten Juden, jeder registrierten Jüdin wurde eine Nummer zugewiesen. Ich suche eine ganz bestimmte Person, sie hatte die Nummer 12817. Ich brauche den Namen. Und alle sonstigen Informationen, die sie über diese Person haben."

Sommer beugte sich nach vorn. Wieder grinste er, doch diesmal noch selbstgefälliger, ja, fast höhnisch.

Luci fragte sich, ob sie nicht eine Spur zu schroff gewesen war.

„Person? Fräulein Rost", sprach Sommer leise, „diese Nummern wurden keinen *Personen* zugewiesen, sondern Tieren in Menschengestalt."

Luci lief in diesem Moment ein Schauer über den Rücken.

Sie versuchte, sich nichts anmerken zu lassen, hielt dem durchdringenden Blick des Hauptsturmführers stand. Sie hatte ihre Forderung gestellt, nun erwartete sie eine Antwort. Da konnte der Kerl sie noch so böse angucken, bei diesem Spiel zog er den Kürzeren!

„Gut, ich werde sehen, was ich tun kann", sagte er plötzlich, richtete sich auf seinem Sitz auf. Seine Miene verwandelte sich in die eines gelangweilten Bürokraten. „Ich werde meine Sekretärin anweisen, sich mit der Anfrage zu befassen, und wir werden Sie in den nächsten Tagen ..."

„Das kommt nicht in Frage", sagte Luci ohne das Gesicht zu verziehen.

Sommer sah aus, als hätte ihm soeben jemand eine Backpfeife verpasst. Für einen Moment brachte er kein Wort heraus. Luci war sich durchaus bewusst, dass sie als unbedeutende Kommissaranwärterin ihre Zunge hüten sollte, vor allem wenn sie einem hochrangigen SS-Mann gegenübersaß.

Nur entsprach dies nicht ihrem Naturell.

„Ich weiß nicht, was Sie mei ..."

„Ich gehe nicht von hier weg ohne die besagten Informationen. Ich brauche die Liste. Heute. Jetzt."

„Fräulein Rost ..." Sommer versuchte es erneut mit seinem charmanten Lächeln von vorhin, nur dass es ihm diesmal gar nicht gelang. „Sie haben doch sicher bemerkt, dass wir zurzeit Widrigkeiten ausgesetzt sind. Unser gesamter Aktenbestand liegt in einem Bunker, einen halben Kilometer entfernt von hier. Ich wüsste nicht, wie wir so schnell ..."

„Gut, wir machen Folgendes, Herr Hauptsturmführer. Ich gehe jetzt mit leeren Händen zu meinem Vorgesetzten und sage ihm das, was Sie *mir* grad gesagt haben. Mein Vorgesetzter ruft den Reichsführer-SS an, um diesen von dem Stand der

Ermittlungen in Kenntnis zu setzen. Er muss ihm wohl oder übel gestehen, dass wir auf der Stelle treten, weil ein Beamter der Abteilung D, Zimmer 312, sich weigert, uns die Unterlagen vorzulegen, mit der Begründung, dass diese in einem Bunker lagern und er, der Beamte der Abteilung D, Zimmer 312, keinerlei Möglichkeit sieht, hinüberzulaufen, um sie von dort herauszuholen."

Ein Zucken in Sommers rechtem Auge zeigte Luci, dass sie das kleine Machtspielchen gewonnen hatte. Ohne ein Wort stand er auf und verschwand durch die Zwischentür in den Nebenraum. Seine Instruktionen galten wohl der Sekretärin, jedenfalls drang das dumpfe Gemurmel bis in sein Büro.

Luci schlug ein Bein über das andere. Jetzt hieß es erst einmal warten.

•

Heike betrat das Arbeitszimmer mit einem Tablett, darauf ein Schälchen Kekse, die sie mit wer weiß welch begrenzten Zutaten gezaubert hatte, sowie einen dampfenden Ersatzkaffee.

Erich schob die Akten auf dem Tisch etwas beiseite, Heike stellte das Tablett auf den nun freien Platz.

„Dank Dir, Kind, das ist lieb."

Dankend strich er ihr über den Arm. Sie war nun seine und Marthas Tochter, darüber waren er und seine Frau sich wortlos einig, und auch Heike schien sich geborgen zu fühlen, hier, bei ihren Ersatzeltern. Ihre großen blauen Augen zeugten von treuer Verbundenheit.

Und sie hoffte noch immer auf Heinrichs Rückkehr.

„Sie arbeiten so viel. Sie müssen sich auch mal ausruhen."

„Ja ... ja, Du hast recht. Ich sollte mich mehr um Euch kümmern."

„Sie müssen sich um Ihre Gesundheit kümmern, Sie wirken übernächtigt. Und Sie sind verletzt, schon vergessen?"

Sie biss sich auf die Lippen.

Etwas anderes nagte an ihr, Klemmer konnte es erkennen.

„Was hast Du auf dem Herzen, Kind? Setz Dich."

Heike nahm auf einem freien Stuhl Platz, der neben dem Schreibtisch stand.

„Sie dürfen das nicht ernst nehmen ... Ihre Frau hat das nicht so gemeint. Das, was sie da gestern gesagt hat ...“

„Doch, Heike, das hat sie ernst gemeint. Und das Schlimme ist: Sie hat recht.“

„Das dürfen Sie nicht sagen. Es ist nicht Ihre Schuld. Der Krieg, das Leid ... dafür können Sie doch nicht die Verantwortung übernehmen.“

„Nein? Wer hat denn *dann* schuld? Wem werden unsere Enkel dieses Chaos anlasten? Wir haben alle diesen Irrsinn mitgemacht, Kind. Wir alle. Und Menschen wie ich ganz besonders ...“ Er starrte geistesabwesend auf den Schreibtisch. Dann lächelte er entschuldigend, strich Heike über die Wange. „Du nicht, Kind. Du bist jung, Du kannst nichts für all das.“

Da hörten sie, wie sich die Wohnungstür öffnete, Stimmen drangen vom Flur herüber.

Martha steckte ihren Kopf durch die Tür

„Sieh mal, wen ich unten getroffen habe.“

Hinter ihr kam Lucis Gesicht zum Vorschein.

„Hannah Berkowicz.“

Erich Klemmer ließ den Namen auf sich wirken, nahm einen Schluck Ersatzkaffee. Luci nippte an ihrem, Heike hatte auch ihr einen gebracht.

„Gut ... was konnten Sie außer dem Namen noch herausfinden?“

„Nicht viel, leider. Diese Liste enthielt nur rudimentäre Angaben: Nummer, Name, Geschlecht, Alter, Funktion. Hannah Berkowicz war zu dem Zeitpunkt, als die Liste angelegt wurde, 27 Jahre alt. Demnach ist sie Jahrgang 1914 oder 1915, ein genaues Geburtsdatum fehlt. Ihre Funktion: Übersetzung, Judenrat.“

„Sie hat als Übersetzerin gearbeitet?“

„So stand es auf der Liste.“

„Wenn sie Übersetzerin war, dann hat sie die Weisungen der SS dem Judenrat ins Polnische übersetzt und die Anfragen des Judenrats der SS ins Deutsche. Richtig?"

„Davon kann man ausgehen. Es stand nicht explizit da, aber es ergibt Sinn."

„Also war Hannah Berkowicz eine deutsche Jüdin. Oder sie war Polin mit guten Deutschkenntnissen. So oder so, sie hat hier in Deutschland gelebt."

„Sie könnte auch in Polen Deutsch gelernt haben."

„Theoretisch ja. Aber das andere erscheint mir wahrscheinlicher." Klemmer verschränkte die Arme. „Fassen wir zusammen: Unser Täter ist wahrscheinlich Deutscher, ein deutscher Jude oder zumindest jemand, der fließend Deutsch spricht. Er könnte andernfalls nicht durch die Lande ziehen, ohne aufzufallen. Und die Frauen hätten ihn nicht reingelassen. Wenn wir die Art und Weise betrachten, mit der er vorgeht, dann würde ich vermuten, er will den Männern das antun, was man ihm angetan hat."

„Es könnte sich um Hannahs Mann handeln?"

„Warum nicht? Die beiden leben in Deutschland, ziehen vor dem Krieg nach Polen, genauer gesagt nach Warschau, weil die Situation hier für Juden nicht mehr tragbar ist, bekommen dort womöglich Kinder. Vielleicht haben sie hier schon welche bekommen. Der Krieg beginnt, Warschau wird besetzt, die Juden kommen in einen Wohnbezirk. Dort finden 42 die besagten *Umsiedlungen* statt ..." Klemmer presste die Lippen zusammen, das Wort *Umsiedlung* klang nunmehr wie ein zynisches Codewort. „Schließlich bekommen die letzten noch verbliebenen Juden Lebensnummern, so auch Hannah. Bekommt ihre Familie auch Nummern? Keine Ahnung, aber Hannah wird getötet, so wie alle anderen auch, wahrscheinlich auch ihre Kinder. Ihr Mann jedoch überlebt, kann fliehen und kehrt nach Deutschland zurück, um sich zu rächen."

Luci überlegte. Ihr schienen die Thesen ihres Chefs doch etwas weit hergeholt. Die ganze Warschau-Geschichte klang nach wie vor grotesk. Ein Hirngespinst. Es konnte sich nur um ein Hirngespinst handeln, Burger hatte halluziniert!

„Dieser Rächer müsste gefälschte Papiere haben, die Adressen der Familien kennen. Woher? Wo kommt so jemand unter? Sie beschreiben grad ein Phantom."

Klemmer nickte.

„Hm ... womöglich haben Sie recht. Zu viel Spekulation ..."

„Bei einer Sache stimme ich Ihnen zu: Hannah ist womöglich Deutsche, oder sie hat zumindest hier gelebt. Nicht sicher, aber wahrscheinlich. Wenn das der Fall ist, dann müssen wir ihre ehemalige Adresse herausfinden, dann kommen wir an ihr Umfeld heran."

„Ihr soziales Umfeld ..."

„Genau. Familie, Freunde ..."

„Sie vergessen: Es gibt keine Juden mehr in Deutschland. Hannahs soziales Umfeld dürfte nicht mehr existieren."

„Vielleicht gibt es Nachbarn von damals, die sich erinnern. Außerdem: Es gibt noch Juden. Wenige, aber es gibt sie. Und wo würde der Täter sich am ehesten verstecken?"

Klemmer überlegte. Luci hatte recht. Es war die beste Spur, die sie hatten.

„Gut, ich rufe gleich die Gerding an, sie soll sich ans Telefon klemmen und die zentralen Polizeistellen der größeren Städte kontaktieren, die müssen dann umgehend ihre Leute ausschwärmen lassen: Jedes Meldearchiv im Land muss durchforstet werden. Wenn die Weisung von ganz oben kommt, werden die sich ins Zeug legen. Allerdings dürften viele Unterlagen im Reich unter Trümmern liegen ... na ja, vielleicht haben wir Glück. Einen Versuch ist es wert."

„Und wenn sie in einer Kleinstadt gelebt hat oder auf dem Land?"

„Dann haben wir erst einmal Pech, wir können dann die Suche ausweiten, was den Vorgang in die Länge ziehen wird. Bis dahin schlägt unser großer Unbekannter vielleicht wieder zu."

„Und was tun wir, während die Suche läuft?"

„Wir fahren nach Magdeburg."

Luci sah ihren Chef fragend an.

„Sie wollen den Tatort besichtigen? Wo befand sich das Wohnhaus der Puschs? Wenn es in der Innenstadt lag, dann können wir uns die Fahrt schenken, denn die liegt in Schutt und Asche", gab sie zu bedenken.

„Sie lag tatsächlich in der Innenstadt, aber mich interessiert nicht der Tatort." Klemmer schob die Magdeburg-Mappe zu Luci hinüber. „Hier, Sie hatten noch keine Gelegenheit, die Berichte zu lesen. Fangen Sie mit diesem hier an. Ich muss Sie warnen: Sie könnten einen Lachanfall bekommen. Die Ermittlungen führte die Gestapo. Während Sie lesen, rufe ich in Weißensee an."

Der Kriminalrat stand auf und verließ den Raum in Richtung Wohnzimmer.

Luci vertiefte sich in den Bericht aus Magdeburg, vom 14. November letzten Jahres, dem Tag nach dem Mord an Rudolf Pusch, seiner Frau Gertrud und seiner fünfjährigen Tochter Hannelore.

Schon nach wenigen Zeilen wurde ihr klar, was ihr Chef mit *Lachanfall* meinte: Der Bericht bestand nur aus wenigen Seiten, diese jedoch strotzten vor zusammenhangslosen Schlussfolgerungen und endeten mit Mutmaßungen über kommunistische Attentäter, die aus dem Untergrund agierten. Fragen zum Tathergang blendete der Verfasser nahezu aus, so als seien ein gefesselter Mann und die erstickte Familie auf dem Sofa nichts Ungewöhnliches. Der Täter habe Pusch gefesselt und gefoltert, um Informationen aus ihm herauszupressen. Mutter und Tochter haben zuschauen müssen, dann habe der Mörder Pusch erwürgt und anschließend auch die Frau und die Tochter. Eine Zeugin habe den Täter gesehen, Frau Anna Edel, aus der gegenüberliegenden Wohnung. Sie habe durch einen Türspalt den Täter erspäht, als dieser die Pusch-Wohnung verließ.

Auf der letzten Seite stand schließlich ein kurzer Abschlussbericht: Den Täter, einen KPD-Widerständler namens Caspar Vogt, hatte man gefasst, zwei Tage nach der Tat. Anna Edel identifizierte den Mann bei einer Gegenüberstellung als Täter. Dieser sei bei einem Fluchtversuch erschossen worden. Fall abgeschlossen.

Klemmer kam zur Tür herein.

„So. Die Gerding wird alle infrage kommenden Dienststellen im Land in Bewegung setzen. Ich habe sie überdies angewiesen, das Wochenende über erreichbar zu bleiben, wenigstens bis achtzehn Uhr ... Und? Was halten Sie davon?" fragte er schließlich mit Blick auf den Bericht, den Luci in den Händen hielt.

„Der Verfasser ist keine große Leuchte. Ich würde deshalb nicht einen ganzen Berufsstand ...“

„Das ehrt Sie, dass sie diese Herrschaften in Schutz nehmen, aber glauben Sie mir: Ich hatte in den letzten Jahren öfters mit der Gestapo zu tun, das sind Idioten. Hier ...“ Er griff zur Dresden-Mappe. „Hier sehen Sie den Unterschied: Die Ermittlungen in Dresden führte ein Kripo-Beamter. Ein sauberer Bericht, schlüssig. Kommt zu einem ähnlichen Ergebnis wie wir.“

Luci nahm die Mappe entgegen, die ihr Klemmer herüberreichte und begann zu blättern.

„Trotzdem muss ich Sie nochmal fragen", sagte sie, während sie den Bericht überflog: „Warum wollen Sie nach Magdeburg?"

„Anna Edel.“

Luci hob den Kopf.

„Die Zeugin? Sie wollen sie befragen? Die Frau lebt vielleicht nicht mehr, und wenn doch, dann wohnt sie bestimmt nicht in der Ruine ihres Hauses. Wir müssten sie suchen ...“

„Das werden wir tun.“

„Was erhoffen Sie sich von einer Befragung. Ihre Aussagen wären unglaubwürdig. Sie hat sich getäuscht.“

„Nicht zwangsläufig, die Gestapo hat sie wahrscheinlich bei der Gegenüberstellung gedrängt, diese Leute wollten schnell einen Täter, den haben sie bekommen. Das bedeutet aber nicht, dass Anna Edel nicht doch etwas gesehen hat, das uns weiterhelfen könnte."

Heike lugte durch den Türspalt.

„Wir essen gleich."

„Oh, dann werde ich mal ...", stammelte Luci, doch Klemmer unterbrach sie.

„Sie werden sich zu uns gesellen. Und nach dem Essen fahren Sie nach Hause, den Wagenschlüssel haben Sie ja noch. Packen Sie Ihren Koffer für eine kleine Reise, möglicherweise sind wir für ein paar Tage weg. Morgen früh gehts los."

•

„Magdeburg? Gehst Du dort auf Verbrecherjagd?"

Verbitterung lag in der Frage, der Vorwurf stand nun endgültig im Raum, war greifbarer denn je.

Martha saß ihrem Mann gegenüber am Esstisch, die beiden waren allein: Luci war nach Hause gefahren, Heike hatte sich in ihrem Schlafzimmer hingelegt.

„Ja, wir müssen dort eine Zeugin befragen."

„Eine Zeugin befragen? Siehst Du nicht, dass Du der Einzige bist, der inmitten dieses Chaos ermittelt? Wen interessiert denn jetzt noch, wer wen umgebracht hat? Menschen sterben zu tausenden."

Martha war laut geworden, fordernd.

„Was meinst Du?", entgegnete Erich. „Soll ich alles hinschmeißen? Ich habe meine Arbeit bis jetzt immer gemacht, und ich werde jetzt nicht Däumchen drehen, während ein Mörder da draußen frei herumläuft ..."

Erich biss sich auf die Lippe. Tatsächlich liefen dort draußen etliche Mörder frei herum. Insofern war Marthas Einwand in vielerlei Hinsicht berechtigt.

„Dann wünsche ich Dir, dass Du ihn kriegst." Sie begann, nervös zu kichern. „Mein Bruder hat mich damals gewarnt ... Du seist besessen, hat er gesagt."

„Er hat Dich gewarnt? Vor mir?"

„Er mochte Dich, er selbst war ja auch so ... er wollte nur, dass ich weiß, worauf ich mich einlasse." Sie wurde nachdenklich. „Ich frage mich oft, wo er jetzt ist. Ob er noch lebt ..."

Martha stand auf und verließ das Wohnzimmer.

Über zehn Jahre war es jetzt her, als Oberst Heinrich von Freland auf mysteriöse Weise verschwand. Seit jenen tragischen Ereignissen vom Sommer 34 fehlte von ihm jede Spur.

Besessen ...

Martha hatte schon so viele geliebte Menschen verloren. Heinrich, den Bruder. Heinrich, den Sohn. Michael war in Gefahr. Und er, Erich Klemmer, hatte nichts Besseres zu tun, als quer durchs zerstörte Reich zu fahren, um einem – wie hatte Luci es genannt? – ‚Phantom' nachzujagen. Dem Phantom von Warschau.

Das Phantom von Warschau ... so würde man wahrscheinlich den Film nennen. Ein Ermittler jagte darin einen Rächer. Nur dass es primär nicht um die Ermittlungen ging, sondern darum, dass der Polizist sich fragte, wer er eigentlich sei. Darum ging es doch in allen Geschichten. Wer bin ich? Ach ja, und eine junge Assistentin war mit von der Partie, gespielt wurde sie von Marika Rökk. Nein, die Rökk war etwas zu alt, Luci war Mitte zwanzig.

Das Phantom von Warschau. Nach einer wahren Begebenheit. Sehen Sie einen Farben-Großfilm der UFA.

Nur musste Klemmer den Kerl erst einmal fassen, sonst fehlte der Geschichte ein runder Abschluss. Ein Ende.

Klemmer stand auf und ging ins Schlafzimmer. Er zog einen kleinen Reisekoffer unter dem Bett hervor. Er musste packen. Nur ein paar Sachen.

Es ist nur für ein paar Tage.

Die bewaffneten Volkssturm-Männer staunten nicht schlecht, als sich ihnen von Weitem ein schwarzes Gefährt näherte; nicht irgendeines, sondern das vor vier Jahren mit Fanfaren beworbene KdF-Fahrzeug. Einige von ihnen hatten bereits einige hundert Reichsmark angespart, diese in Form von Marken in ihre KdF-Wagen-Sparkarten geklebt, um eines Tages auch so ein Auto zu besitzen, und nun fuhr ein solches Exemplar direkt auf sie zu! Weit und breit war es das einzige Auto! In Berlin fuhren keine Personenkraftwagen mehr, außer vielleicht hin und wieder das eine oder andere Militärfahrzeug.

Der Anführer der Fünfergruppe – wie seine Kameraden ein Mann kurz vor dem Rentenalter – stellte sich breitbeinig auf die Straße, direkt vor die mit Kisten und Sandsäcken aufgebaute Sperre. Warnend hob er den Arm, so als wäre *er* das Hindernis und nicht die Absperrung aus aufgetürmtem Müll hinter ihm.

„Halt!", brüllte er.

Klemmer hielt an, kurbelte die Scheibe herunter. Der Alte kam heran.

„Hei-tler", grummelte er. „Wo wollnse denn hin? Hier könnse nich durch. Berlin is abjesperrt, ne Festung. Hamse dit nich jehört?"

Klemmer zog seinen Ausweis hervor und hielt sie dem Hindernis unter die Nase.

„Das gilt nicht für uns. Machen Sie die Straße frei, wir müssen zur Autobahn."

Der Alte studierte den Ausweis eine Weile, in seiner Verunsicherung schielte er zu seinen Kameraden hinüber.

„Hm, ja, aber ... ick weeß nich ... der Befehl hat jelautet, ick soll hier niemand rinn lassen und ooch nich raus ..."

„Ich bin ja auch nicht irgendjemand, sondern bin vom Reichsführer-SS beauftragt worden, hier jetzt durchzufahren ...", belehrte Klemmer den Mann.

Der Alte zuckte sofort zusammen; den Reichsführer zu erwähnen, das zog immer.

„Na, wenn dit so is ... ick wünsche jute Weiterfahrt."

Er signalisierte den anderen, sofort die Kisten und Säcke zur Seite zu packen. Klemmer und seine Beifahrerin sahen zu, wie die Männer eilends den Weg freimachten. Dann konnte die Fahrt weitergehen.

Der Wagen war wieder voll betankt, sie hatten den Kanister aus dem Kofferraum genommen und den gesamten Inhalt in den Tank gefüllt, den Kanister weggeworfen. Nun hatten sie zwar kein Reservebenzin mehr, dafür hatten die Koffer Platz gefunden in dem eigens für sie konstruierten Raum.

Klemmer bog in die Autobahnauffahrt.

Vor ihnen lag die Reichsautobahnstrecke Nummer 6 nach Magdeburg. Schon nach wenigen Minuten begann der Kriminalrat zu kichern.

„Was ist so lustig?", fragte Luci.

„Schauen Sie sich mal um. Kein Auto weit und breit. Wir sind die Einzigen. Und so sieht es auf allen Autobahnen des Reichs aus. Mehrere tausend Kilometer *Führer*straße, ganz für uns allein!"

Er prustete auf einmal los.

Luci sah ihren Chef zum ersten Mal aus vollem Hals lachen. Der Spott darin war unverkennbar. Ihre Wut darüber konnte und wollte Luci nicht verbergen, langsam aber sicher ging dieses Verhalten zu weit. Wie in Herrgotts Namen konnte sie diesen Mann bekehren? Es ging nicht an, dass sich rechtschaffene Deutsche vom Ideal abwandten, nur weil die Dinge gerade nicht optimal liefen. Klemmer hatte gelitten, den Sohn verloren, doch das hatten andere auch. Das war noch lange kein Grund, alles zu verteufeln, alles in den Schmutz zu ziehen, was der Nationalsozialismus je an Gutem hervorgebracht hatte.

„Sie spotten jetzt auch über die Straßen? Über eines der zahlreichen Sinnbilder deutscher Tüchtigkeit?"

Klemmer hielt kurz inne, sah sie an und prustete erneut los, diesmal so stark, dass er Atemnot bekam und ihm die Tränen in die Augen schossen.

Luci schüttelte den Kopf. Sie wartete, bis er sich beruhigt hatte.

„Nun, es ist schön, zu sehen, dass Sie so viel Spaß haben."

„Sie müssen entschuldigen, Fräulein Rost", entgegnete Klemmer, noch immer leicht kichernd. Er wischte sich die Tränen aus dem Gesicht. „Es ist nur so ... ich sehe die Ironie. Wir fahren mit einem Auto, von dem laut der damaligen Ankündigung bis heute eine Million vom Band hätte laufen sollen, von dem aber tatsächlich nur eine Handvoll existiert, *allein* über ein mehrere tausend Kilometer langes Straßennetz, das niemand nutzt. Das noch nie wirklich genutzt wurde."

In diesem Moment fuhren sie an einer verwaisten Tankstelle vorbei.

Bei dem Anblick konnte sich Klemmer kaum halten vor Lachen. Luci rollte mit den Augen, das Verhalten ihres Vorgesetzten war eines hohen Beamten unwürdig. Er war eindeutig im Begriff, den Verstand zu verlieren.

Ja, Klemmer lachte. Wann hatte er zum letzten Mal einen solchen Lachanfall gehabt? Er konnte sich nicht entsinnen. Es spielte keine Rolle. Man musste einfach lachen. Einfach nur lachen. Immer weiter, bis die Farce ein Ende hatte und es nichts mehr zu lachen gab.

Wieder fuhr sich Klemmer mit dem Handrücken über die Augen, wischte die Tränen weg. Seine Nase lief, er beruhigte sich allmählich.

Luci kramte in ihrer Aktentasche nach einem Taschentuch. Sie fand es: ein sauber gefaltetes, mit einem hellblau gestickten L darauf. Sie bot es ihrem Chef an.

„Nein ... nein, danke, ich will es nicht schmutzig machen, es ist Ihres."

„Geben Sie es mir später wieder. Gewaschen natürlich."

„Natürlich. Danke."

Klemmer putzte sich damit die Nase und steckte es anschließend in die Mantelinnentasche.

„Geht es wieder?", fragte Luci.

„Ja. Ja, es geht ..."

Die restliche Fahrt schwiegen beide.

Nach zwei Stunden näherten sie sich ihrem Ziel, Magdeburg
tauchte ganz plötzlich zu ihrer Linken auf, Ruinen zeichneten
sich in der Ferne ab. Mittendrin ragten die zwei Turmspitzen
eines beschädigten Doms hervor. Die Autobahn führte über den
Äußeren Ring der Stadt und kreuzte sodann die Halberstädter Straße. Klemmer nahm hier die Ausfahrt und bog links ab,
fuhr etwa dreihundert Meter weiter, bis er kurz vor den Eisen-
bahngleisen das Ende der Halberstädter erreichte.

Klemmer parkte den Wagen vor einem großen Gebäude-
komplex, einem imposanten Schloss. Im seinem Stil wohl dem
Neobarock zuzuordnen, eher noch der Neorenaissance, schätzte
Klemmer, als er aus dem Wagen stieg.

Es war das Magdeburger Polizeipräsidium.

Der wachhabende Schupo näherte sich dem Wagen,
machte große Augen.

„Meine Güte, ein ..."

„Ja", unterbrach ihn Klemmer, „Passen Sie gut darauf auf." Er
zückte seinen Ausweis, Luci stieß dazu. „Wir sind vom RKPA, wir
müssen in die Altstadt."

„In die ...? Die liegt in Trümmern, da steht nichts mehr",
sagte der Polizist verwundert.

„Wissen wir."

Klemmer und seine Assistentin setzten ihren Weg zu Fuß
fort, liefenauf dem Breiten Weg unter zwei Bahnüberführun-
gen hindurch in Richtung Innenstadt. Sie erreichten schon nach
etwa zweihundert Metern die ersten Trümmer. Fassaden lagen
zerbröselt auf der Straße, sie mussten vorsichtig darüber hinweg

steigen. Überall sah man hier Menschen, die in den Bergen aus Schutt nach Brennholz suchten oder nach der einen oder anderen Habseligkeit.

Als sie den Hasselbachplatz erreichten, erkannten Klemmer und Fräulein Rost das ganze Ausmaß der Zerstörung: Vor ihnen lag ein riesiges Trümmerfeld, die gesamte Altstadt lag in Schutt und Asche.

„Wie lautete die Adresse?", fragte Klemmer.

„Rotekrebs Straße 4."

„Haben wir irgendeinen Orientierungspunkt?"

„Ja ... der Plan liegt im Auto, aber ich hab ihn mir angesehn. Das Rathaus ... wir laufen den Breiten Weg bis zum Rathaus, die große Ruine dort vorne ..." Sie deutete mit dem Finger in die Richtung, links hinter dem Dom. „Dahinter kommt dann die Jakobstraße. Die zweite oder dritte Straße links ist es dann ..."

„Na dann, auf gehts."

Der Breite Weg führte weiter in die Altstadt hinein und zeichnete sich trotz der Trümmer noch recht gut ab. Links und rechts standen nur noch Reste von Grundmauern, überall stöberten die Menschen darin herum, es wurden jedoch nirgends Anstrengungen unternommen, die Straßen freizuräumen. Das hier war nicht Berlin, die Überlebenden hatten andere Sorgen, sie waren auf sich gestellt. Der Angriff lag gerade einmal drei Wochen zurück, die Amerikaner hatten einen perfekten Feuersturm entfacht. Die Zeitungen hatten von vielen tausend Toten berichtet. Wenn man das hier so sah, dann erschienen diese Zahlen nicht ganz abwegig.

Die beiden balancierten über das Auf und Ab aus Stein und Asche. Es dauerte eine ganze Weile, bis sie die dreihundert Meter am Dom vorbei – bis zum Altmarkt – zurückgelegt hatten. Hier führte der Weg nach rechts, über den Platz, an dem vollständig ausgebrannten Rathaus vorbei, in die Jakobstraße. Ein Straßenschild fehlte, doch Luci konnte sich an die Biegung auf dem Plan erinnern, rechts hinter dem Rathaus. Die Trümmerberge wurden dichter, das Vorankommen anstrengender. Immer wieder drohte man sich den Fuß zu brechen, zwischen dicken Brocken stecken zu bleiben.

Klemmer wandte sich rufend an eine Frau, die in der Ruine eines Hauses wühlte, Gott weiß wonach.

„Entschuldigen Sie, wir suchen die Rotekrebs Straße."

Die Dame blickte hoch, gaffte die beiden Fremden an, als wären sie Besucher aus einer anderen Welt. Sie brauchte einige Sekunden, bis sie den Mund aufbekam.

„Da vorne, die zweite Querstraße, links."

„Vielen Dank."

Klemmer setzte sich wieder in Bewegung, Luci stieg ihm hinterher, die ungläubigen Blicke der Trümmerdame im Rücken. Sie erreichten die besagte Querstraße, bogen hinein. In der schmalen Rotekrebs Straße türmten sich die Schuttberge noch höher, sodass sich die Suche nach dem Haus zur wahren Kletterpartie entwickelte.

Klemmer suchte die nahezu zugeschütteten Hauseingänge nach Nummern ab.

„Das hier ist die 7", rief Luci, die den Anschluss verloren hatte.

„Und hier haben wir die 5. Dann ist das hier …"

Eine Hausnummer war an dem vollständig zerstörten Haus nicht mehr zu erkennen, denn es fehlte der komplette Eingang. Während bei anderen Gebäuden wenigstens noch die eine oder andere Grundmauer stand, existierten von der Nummer 4 nur noch zwei Hauskanten; sie ragten etwa drei Meter, wie kleine Türme, aus dem Schutt heraus.

Klemmer trat an die eine Ecke heran.

Nichts.

Luci war bereits an ihm vorbei gestiegen, hin zur anderen Ecke. Klemmer blickte ihr nach. Sie blieb stehen, näherte sich dem kläglichen Rest dieses Wohnhauses.

„Und? Steht da was?", fragte Klemmer in ihre Richtung.

„Sie lebt", rief sie zurück. „Anna Edel wohnt in der Hardenberg Straße 1, in Wilhelmstadt."

Nach einem beschwerlichen Marsch zurück zum Auto, bei dem Luci sich das linke Schienbein aufschürfte, hatten der Kriminalrat und seine Assistentin Anna Edels Adresse auf dem Plan ausfindig gemacht. Sie fuhren die Halberstädter wieder hinauf und bogen auf den Äußeren Ring. Auf der Höhe von Wilhelmstadt führte die Lessingstraße rechts in den westlichen Stadtteil von Magdeburg hinein.

„Halt! Hier ist es", sagte Luci und zeigte in die Straße zu ihrer Linken hinein. „Haus Nummer 1 ist am anderen Ende, es grenzt an den Körnerplatz."

Die enge Straße war von Schutt freigeräumt, die Bomben hatten auch hier Schäden angerichtet, allerdings nur vereinzelt. Wilhelmstadt war mit einem blauen Auge davongekommen.

Klemmer fuhr den Wagen bis vor das zweigeschossige Einfamilienhaus, in dem Anna Edel laut der mit Kreide an den Resten ihres einstigen Wohnhauses verfassten Notiz untergebracht war. Als sie ausstiegen, bemerkte Klemmer einen neugierigen Schatten hinter einem der Fenster des gegenüberliegenden Wohnhauses.

Schnüffelndes Volk, dachte er.

Das Klingelschild wies die Bewohner der Nummer 1 als Herr und Frau Knickmeyer aus. Klemmer drückte auf den Knopf. Ein etwa sechzig Jahre alter Mann im Anzug öffnete die Tür. Er war groß, einen halben Kopf größer als der Kriminalrat. Klemmer schätzte ihn auf einsfünfundachtzig. Der stark abgemagerte Mann wirkte zunächst unschlüssig. Der wird auch nicht satt, dachte der Polizist, aber wer wird das in diesen Tagen schon?

„Ja? Was wünschen Sie?", fragte der Große schließlich.

Klemmer zog seinen Ausweis hervor und hielt ihn dem verdutzten Mann vors Gesicht.

„Kriminalrat Klemmer, vom RKPA. Das ist meine Assistentin, Fräulein Rost. Wir möchten zu Anna Edel."

„Berlin? Was ...? Was wollen Sie von Anna?"

„Ist sie da?"

„Sie ... ja, sie ist hier. Bitte, treten Sie ein."

Herr Knickmeyer führte die beiden Beamten durch den Flur ins Wohnzimmer. Zwei Damen mittleren Alters, die sich sehr ähnlich sahen, erhoben sich vom Esstisch. Klemmer fiel sofort die Nervosität der beiden auf, sie hoben zügig die Hand zum Hitlergruß.

„Guten Tag, die Damen", beeilte sich der Kriminalrat, um ihnen zuvorzukommen. In diesen Tagen war der Führergruß nur noch den wenigsten wirklich angenehm. Erneut stellte er sich und seine Begleiterin vor.

„Wer von Ihnen ist Frau Anna Edel?"

„Das bin ich", sagte die eine.

„Sie beide sind Schwestern?"

„Ja ..."

„Die Ähnlichkeit ist frappierend ..."

Klemmer sah zu Luci hinüber, die sich, wie in solchen Situationen üblich, etwas abseits aufhielt. Sie nickte zustimmend.

Knickmeyer wies zum Esstisch.

„Aber bitte, setzen Sie sich doch ... dann können Sie in Ruhe Ihr Anliegen vortragen. Kann ich Ihnen etwas zu trinken anbieten?"

„Haben Sie zufällig Tee?", fragte Klemmer.

„Haben wir. Ich mache Ihnen welchen."

Der Kriminalrat staunte nicht schlecht, Tee war ein seltenes Gut und nicht gerade das deutsche Nationalgetränk. Knickmeyer war von seinem Auftreten her ein gebildeter Mann, vielleicht ein Lehrer oder gar Professor.

Nachdem dieser in der Küche verschwunden war, setzten sich die beiden Beamten mit Frau Knickmeyer und Anna Edel an den Tisch, wie ihnen angeboten.

„Frau Edel", begann Klemmer, „es geht um die Familie Pusch. Sie erinnern sich ..."

„Die Familie Pusch ... ja, natürlich. Schreckliche Geschichte."

„Damals leitete die Gestapo den Fall."

Anna Edels Gesichtszüge versteiften sich, die Erwähnung der Gestapo weckte bei ihr wohl keine besonders angenehmen Erinnerungen.

„Ja, das ist richtig."

„Und Sie wurden befragt, weil Sie in der Mordnacht den Täter gesehen hatten?" Die Edel nickte. „Dann wurde der mutmaßliche Täter gefasst und Sie haben ihn identifiziert."

„Richtig."

„Und Sie waren sich ganz sicher, dass ...", Klemmer wandte sich an Luci, „wie hieß der Mann noch gleich?"

„Caspar Vogt."

„... dass also dieser Caspar Vogt der Täter war?"

Anna Edel bejahte, ihre Augen behaupteten das Gegenteil.

„Frau Edel, Caspar Vogt war nicht der Täter." Sie sah hilfesuchend zu ihrer Schwester, die ebenso steif dasaß. „Nach dem Mord an den Puschs schlug der gleiche Täter noch zwei weitere Male zu. Zwei Familien, ermordet. Auf die exakt gleiche Weise."

„Ich ... ich dachte wirklich ...", stammelte Anna Edel panisch.

„Sie können sich beruhigen", beschwichtigte Klemmer die beiden Frauen. „Wir sind nicht hier, um Sie für irgendetwas zur Rechenschaft zu ziehen. Ich muss es nur wissen: Hat die Gestapo Sie bei der Gegenüberstellung zu der Aussage gedrängt?" Anna Edel zögerte. „Sie können offen sprechen, was hier gesagt wird, verlässt nicht diesen Raum."

„Der leitende Ermittler von der Gestapo hat mich vorgeladen, mir ein Papier vorgelegt und verlangt, ich solle unterschreiben. Das wars."

„Es gab gar keine Gegenüberstellung?"

„Nein, ich habe mit meiner Unterschrift bestätigt, dass ich den Täter identifiziert habe. Damit war der Fall erledigt." Anna Edel begann zu weinen. „Dann haben sie den Jungen erschossen. Und ich bin schuld."

„Nein, Sie trifft keine Schuld. Die Gestapo hat Sie bedroht, Sie hatten keine Wahl."

„Sie sagten: Wenn ich nicht unterschreibe, dann kämen mein Mann und ich ins Gefängnis. Man würde uns dann vorwerfen, eine kriminelle Vereinigung zu unterstützen."

Klemmer nickte verständnisvoll. Die Methoden der Gestapo kannte er, der Bericht von Frau Edel bestätigte ihn in seiner Aversion gegen dieses Lumpenpack!

„Wo ist Ihr Mann jetzt?"

„Er liegt begraben unter den Trümmern."

„Mein Beileid. Und Sie leben jetzt hier bei Ihrer Schwester und deren Mann ..."

„Ja. Sie haben mich aufgenommen."

„Seit unsere Söhne an der Front sind", ergänzte Frau Knickmeyer die Erklärungen ihrer Schwester, „haben wir hier wahrlich genug Platz."

Erst jetzt wurde Klemmer bewusst, warum er mit seinen Fragen derart abschweifte: Das relativ große Einfamilienhaus wirkte auf ihn leer. Es war ungewöhnlich, dass nach einem solchen Luftangriff nicht mehr Menschen in solch einem intakten Gebäude unterkamen. Viele Überlebende hatten kein Dach mehr über dem Kopf. Und trotzdem bewohnten hier nur drei Menschen an die einhundertfünfzig Quadratmeter, schätzte Klemmer.

Herr Knickmeyer kam mit einem Tablett zurück, darauf zwei dampfende Teetassen, Zucker und ein Schälchen Gebäck. Klemmer nickte dankend, schnappte sich gleich dankbar einen Keks. Er war tatsächlich hungrig.

„Entschuldigen Sie, ich müsste mal Ihr Bad benutzen", sagte Luci, während ihr Chef auf dem Nebensitz seinen Tee schlürfte und den Keks verschlang. Ihr Schienbein brannte höllisch, sie verzog das Gesicht. Frau Knickmeyer war aufgesprungen, um ihr den Weg nach oben zu zeigen, da fiel ihr die Verletzung ihres Gastes auf.

„Mein Gott, Sie bluten ja! Kommen Sie, ich gebe Ihnen Verbandszeug."

Die zwei Frauen stiegen die Treppe neben der Küchentür hinauf.

„Frau Edel", nahm Klemmer die Befragung wieder auf, „was ich von Ihnen wissen möchte, ist: Was haben Sie in der Mordnacht tatsächlich gesehen?"

„Nicht viel. Einen Schatten, mehr nicht ..."

„Erzählen Sie so detailliert wie möglich. Was Ihnen unbedeutend erscheint, birgt womöglich den entscheidenden Hinweis zur Ergreifung des Täters."

Klemmer zog einen Notizblock aus der Innentasche seines Mantels und notierte selbst, jetzt, da seine Assistentin ins Bad verschwunden war.

„Es war gegen zweiundzwanzig Uhr ... mein Mann hatte sich schon früh ins Bett gelegt, er hatte sich erkältet, hatte hohes Fieber. Ich bereitete ihm gerade eine zweite Kanne Kräutertee zu, da hörte ich dieses Klopfen. Es kam aus dem Treppenhaus, sehr leise, aber ich konnte es von der Küche aus gut hören. Ich bin in den Flur gegangen und hab durch den Spion geschaut, weil es mir eigenartig vorkam; die Puschs hatten eine Türklingel, wie alle anderen Hausbewohner auch. Warum also klopfen?"

„Was konnten Sie durch den Spion beobachten?"

„Zunächst sah ich gar nichts ... das Licht im Treppenhaus war aus. Es funktionierte aber, ich hatte es gerade vier Stunden zuvor angemacht, als ich von den Einkäufen heimkehrte. Wer immer dort vor der Tür stand ..."

„... wollte, dass es dunkel bleibt. Für genau diesen Fall, dass jemand durch den Spion schaut", fiel ihr Klemmer ins Wort.

„Und wenn ein Bewohner beim Verlassen der Wohnung das Licht eingeschaltet hätte?", wandte Herr Knickmeyer ein.

„Er besucht die Frauen, wenn die Meisten schon im Bett liegen. Es ist ein kalkuliertes Risiko."

„Besucht?", fragte Knickmeyer.

„Ihm wird geöffnet. Das bedeutet, er hat sich zuvor angekündigt. War es bei Frau Pusch nicht auch so? Sie hat die Tür doch geöffnet?"

„Ja", antwortete die Edel, „ich sah durch den Spion, wie Frau Pusch die Tür öffnete und den Mann hereinbat. Von ihm sah ich nur die schwarze Silhouette im Gegenlicht des Flurs."

„Es war ganz sicher ein Mann? Er war allein?"

„Ja, ein Mann. Er trug einen Mantel und einen Hut. Sie bat ihn herein. Ich hab sie lächeln sehen ..."

„So als würde sie ihn gut kennen?"

„Nein, eher distanziert. Höflich, aber distanziert."

Klemmer lehnte sich zurück, fuhr mit Daumen und Zeigefinger über den Schnauzbart.

„Hm ... er verschafft sich zunächst Zugang zum Haus ... er will nicht klingeln, um die Nachbarschaft nicht aufzuwecken. Das Schloss eines Hauseingangs bekommt man schnell geöffnet, wenn man sich auskennt. Oben angekommen, klopft er ... die Frauen müssten sich wundern, warum er nicht klingelt, doch sie öffnen ihm die Tür, sie sind vertrauensselig, weil er sich zuvor angekündigt hat. Die Ehemänner wissen nicht Bescheid, sie sind unterwegs, und der Täter weiß das. Er hat nur eine Möglichkeit: Er kündigt sein Kommen telefonisch an, kurzfristig, wissend, dass die Frauen zu Hause sind. Nur was sagt er ihnen?"

„Vielleicht, dass er ein Verwandter ist ...", sagte Knickmeyer.

„Dann käme die Frage, warum so kurzfristig? Und: Die Frauen müssten entgegnen, dass ihre Männer nicht zu Hause sind. Ich meine, welche anständige Frau lässt einen Fremden in die Wohnung, so spät am Abend?"

„Wäre ich der Täter, würde ich am Telefon behaupten, ich sei ein alter Bekannter und würde meinen Freund gerne überraschen. Meinen alten Klassenkameraden ... oder so ähnlich. Dann ist es quasi kein Fremder, auch wenn die Frauen ihn nicht kennen. Dann öffnen sie, aus Höflichkeit."

Klemmer nickte, Knickmeyers Überlegung klang plausibel. Es handelte sich zwar nur um eine Theorie, doch sie ergab Sinn, je mehr er darüber nachdachte. So oder so ähnlich war der Täter in drei Fällen vorgegangen. Und würde auf diese Weise womöglich in drei weiteren Fällen vorgehen, wenn Klemmer ihn nicht fasste.

Frau Knickmeyer schritt die Treppe hinab und gesellte sich wieder dazu.

„Wie geht es der Patientin?", fragte Klemmer.

„Ich habe ihr Schienbein desinfiziert und verbunden, nichts Schlimmes, nur eine Abschürfung. Sie ist noch im Bad."

Fließendes Wasser gab es nicht mehr, dafür standen zwei Eimer voll Wasser neben der Kloschüssel. Mit Wasser aus dem Löschteich. Luci leerte die Hälfte eines Eimerinhalts in die Schüssel, um ihr kleines Geschäft hinunterzuspülen.

Ein leises Knarzen über ihrem Kopf ließ sie aufhorchen. Es kam vom Dachboden.

Jemand spazierte dort oben herum. Frau Knickmeyer? Sie war doch die Treppe hinuntergeeilt, Luci hatte es genau gehört. Und außer den Knickmeyers und Frau Edel wohnte hier niemand.

Luci öffnete die Badezimmertür, schlich auf leisen Sohlen hinaus auf den Flur. Zwei Schlafzimmertüren standen offen, eine weitere Tür war zu, dahinter befand sich sicher der Weg unters Dach. Es gab nur einen Weg sich zu vergewissern. Von unten drang nur Gemurmel bis zu Luci, sie drehte den Knauf herum und öffnete langsam die Tür. Eine schmale Treppe führte wie vermutet hinauf zum Dachboden. Die anderen fragten sich bestimmt schon, wo sie so lange blieb. Luci wäre auch gleich ins Wohnzimmer zurückgekehrt, wenn da nicht dieses leichte Knirschen der Dielen gewesen wäre.

Und das Flüstern.

Kein Zweifel, da oben war jemand. Luci huschte hinauf, die Neugier hatte sie gepackt. Auf dem Dachboden war es recht dunkel, durch die Dachfenster drang nur wenig Licht herein. Draußen ging allmählich die Sonne unter. Lediglich das Gebälk schimmerte weißlich von der kalkhaltigen Brandschutzfarbe.

„Ist hier jemand?", fragte sie in den Raum.

Sie bekam keine Antwort.

Atemgeräusche kamen aus einer Ecke, in der Kisten und alte Möbel aufgestapelt standen. Das Zeug durfte hier eigentlich nicht stehen, für den Brandschutz mussten Dachböden entrümpelt werden.

Luci näherte sich der Geräuschquelle, lugte hinter das Gerümpel.

Vier Schatten, zwei größere und zwei kleine, kauerten dort auf dem Boden, sie umschlangen einander. Luci trat noch näher heran.

„Wer sind Sie?", fragte sie die Gruppe schroff.

Ihre Augen gewöhnten sich allmählich an die Dunkelheit, sie erkannte eine Familie: Vater, Mutter, zwei Söhne.

„Bitte ... wir verstecken uns hier", sagte der Mann.

„Juden?"

Der Mann nickte.

Luci machte kehrt und ging die Treppe hinunter. Im ersten Stock angekommen hielt sie kurz inne, zog ihr Kostüm zurecht. Dann ging sie hinunter ins Erdgeschoss, wo ihr Chef noch immer saß, Tee trank und Kekse aß. Die Knickmeyers und die Edel sahen ihm dabei zu. Sie sprachen nicht mehr, denn Klemmer starrte schweigend in seine Notizen.

„Ah, da sind Sie ja", sagte er, als er Luci am Fuße der Treppe stehen sah.

„Ich möchte Sie kurz sprechen", erwiderte Luci.

Klemmer erkannte die Anspannung im Gesicht seiner Assistentin, kaute auf und erhob sich. Luci ging an ihm vorbei in die Küche, Klemmer folgte ihr, nicht ohne zu bemerken, dass die drei Herrschaften am Tisch kreidebleich geworden waren.

Als er in der Küche stand, schloss Luci hinter ihm die Tür.

„Eine jüdische Familie, oben auf dem Dachboden", berichtete sie ohne Umschweife.

„Eine jüdische ...? Was hatten Sie denn auf dem Dachboden zu suchen?"

„Ich habe Geräusche gehört, da hab ich nachgesehen."

„Hm, verstehe."

„Gut, ich sehe worauf das hinausläuft. Ich muss aber darauf bestehen, dass wir das melden."

„Sind Sie noch bei Trost? Haben sie vergessen, was Burger erzählt hat?"

„Sie wissen, was ich von der Geschichte halte."

Klemmer presste die Lippen zusammen. Dieses Mädchen war von einer ausgeprägten Sturheit. Immerhin kam sie mit der Sache zu ihm und drängte auf eine gemeinsame Entscheidung.

„Wenn Sie ganz ehrlich sind", flüsterte er, „dann sind Sie sich nicht sicher. Burgers Geschichte könnte wahr sein, das wissen Sie. Sie wollen es nicht wahrhaben, und doch zweifeln Sie."

„Sie ist *nicht* wahr", zischte sie.

„Schön, überredet. Wie viele Personen sind da oben?"

„Vier. Ein Mann, eine Frau und zwei Kinder."

„Kinder? Fabelhaft, wir liefern sie den Behörden aus. Sie dürfen die Gestapo persönlich anrufen und denen die Kinder übergeben. Sie werden sicher gut behandelt. Umgesiedelt ..."

„Hören Sie auf damit!", schrie sie.

Klemmer hatte die junge Frau aus der Reserve gelockt. Sie war sich ihrer Sache nicht sicher, das war ihr anzusehen.

„Jetzt passen Sie mal auf", mahnte Klemmer ruhig, „wir werden diese Leute nicht ans Messer liefern. Die Knickmeyers und die Frau Edel hier ... die kommen in Teufels Küche. Also halten wir hier die Füße still. Einverstanden?"

Luci verzog das Gesicht.

„Ich kann es nicht gutheißen, aber ... Sie sind der Chef."

Klemmer nickte kurz, dann öffnete er die Tür.

Die Knickmeyers und Frau Edel standen nun am Tisch, Lucis Wutanfall hatte sie aufgescheucht. Ihre Körperhaltung zeugte noch immer von Angst, sie waren aufgeflogen, und nun erwarteten sie das Schlimmste. Klemmer musste sie nun beruhigen.

Ein lautes Klopfen an der Tür ließ alle im Raum zusammenzucken; der Kriminalrat kam nicht mehr dazu, seine Beschwichtigungsabsicht in die Tat umzusetzen.

„Geheime Staatspolizei! Sofort aufmachen!", brüllte einer von draußen.

Die Knickmeyer schlug die Hände vor den Kopf, ihr Mann nahm sie in den Arm. Anna Edel blickte panisch in die Runde.

„Schnell", wandte sich Klemmer leise an den Hausherrn, „öffnen Sie denen, aber kein Sterbenswörtchen über die blinden Passagiere dort oben, verstanden? Wir regeln das schon."

Knickmeyer nickte.

Ein erneutes Klopfen und er ließ von Frau Knickmeyer ab und ging zur Tür. Klemmer setzte sich an den Tisch und hieß alle anderen per Handzeichen, es ihm gleichzutun.

Knickmeyer öffnete die Tür.

Drei Männer in schwarzen Ledermänteln traten ein. Der Anführer, ein glubschäugiger Mann mit fliehendem Kinn, kam sofort zum Tisch geeilt. Alle erhoben sich von ihren Stühlen, außer Klemmer.

„Heil Hitler! Uns ist gemeldet worden, dass hier verdächtige Personen ein- und ausgehen. Wem gehört der Wagen dort draußen?"

„Mir", antwortete Klemmer, ohne dem Mann in die Augen zu sehen. Er griff stattdessen nach dem letzten Keks und biss hinein.

„Aha. Und wer sind Sie? Sieh mich gefälligst an, wenn ich mit Dir rede, Freundchen!"

Klemmer legte den angebissenen Keks beiseite, erhob sich und trat dem Ledermantel so nah wie möglich gegenüber. Fast berührten sich schon die Nasenspitzen der beiden. Der Gestapo-Beamte begann zu blinzeln.

„Wir duzen uns jetzt also schon, ja?", fragte Klemmer kauend und hob eine Augenbraue.

„Ich ... wir ziehn hier gleich ganz andere Saiten auf, Kerl! Jetzt zeigen Sie mal Ihren Ausweis, aber dalli!"

Ohne den Mann aus den Augen zu lassen, zog Klemmer seinen Ausweis hervor und hielt ihn dem entgeisterten Beamten unter die Nase.

„Kriminalrat?"

„Oh, sieh einer an, er kann lesen", sagte Klemmer grinsend und sah dabei zu Luci hinüber. Diese rollte verärgert mit den Augen.

„Also ... das ... ich ...", stammelte der Gestapo-Mann.

„Jetzt passense mal uff, Kolleje", sprach Klemmer plötzlich in ganz sanftem Tonfall und legte dem Mann die Hand auf die Schulter, „wir haben hier ein kleines Problem. Meine Assistentin und ich haben einen wichtigen Auftrag, von höchster Stelle. Und dafür sind wir heute aus Berlin angereist. Die Herrschaften hier ...", er deutete auf die Knickmeyers, „... sind uns bei unseren Ermittlungen behilflich. Also, wenn Sie nochmal irgendein Nachbar auf Verdacht anruft, dann machen Sie der Person unmissverständlich klar, dass diese Leute hier unter dem Schutz des Reichskriminalpolizeiamts stehen. Ist das klar?"

Der Mann nickte.

„Herr Kriminalrat, das Missverständnis eben ... das tut mir aufrichtig leid. Sie müssen nur verstehen, dass ... es kommt in diesen Tagen nicht oft vor, dass Zivilpersonen mit Personenkraftwagen umherfahren. Das kann den Menschen hier schon mal verdächtig vorkommen ..."

„Ich verstehe. Nun ... wir haben das Mysterium ja jetzt aufgeklärt. Wenn Sie uns dann ..."

Klemmer schüttelte dem Mann die Hand, dieser beeilte sich, noch eine Entschuldigung nachzuschieben und verließ anschließend mit seinen verdutzten Kollegen schnellen Schrittes das Haus. Klemmer sah den Männern durchs Fenster nach. Diese warfen noch einen letzten sehnsuchtsvollen Blick auf den KdF-Wagen, ehe sie ganz aus Klemmers Blickfeld verschwanden.

Mit der Berliner Gestapo wäre das nicht so glimpflich ausgegangen.

Er wandte sich wieder den anderen zu. Knickmeyer nickte dankbar.

„Wir sind Ihnen zu Dank verpflichtet. Ihnen beiden."

Dabei sah er besonders Luci an, die er als den eigentlichen Unsicherheitsfaktor ausgemacht zu haben schien.

„Machen Sie sich mal keine Gedanken. Ich denke – genauso wie das Fräulein Rost auch – ...", Klemmer schielte zu Luci hinüber, die seinem strengen Blick auswich, „... dass wir im Angesicht der Zerstörung einander helfen sollten. Menschlichkeit ... das zählt jetzt. Menschlichkeit."

Du willst helfen? Jetzt? Es ist bereits alles passiert.

Knickmeyer runzelte angesichts dieser Rührseligkeit die Stirn, der Kriminalrat hatte beim letzten Wort abwesend gewirkt, starrte gerade ins Leere.

„Ja. Ja, Sie haben recht", bestätigte er. „Sie tun das Richtige."

„Nun ...", sagte Klemmer plötzlich, aus seiner kurzen Trance erwachend, „... wir haben Ihre Zeit genug in Anspruch genommen. Und Sie überdies mit unserer Anwesenheit in Gefahr gebracht ... Wir brechen dann mal besser auf."

„Nein, bitte bleiben Sie. Sie müssen hungrig sein und müde. Wir essen gleich zu Abendbrot und würden uns freuen, wenn Sie unsere Gäste sind."

Knickmeyer wandte sich zu seiner Frau um und zu seiner Schwägerin, die beide bestätigend nickten. Klemmer überlegte kurz. Sein Blick fiel auf das leere Schälchen, in dem die Kekse gelegen hatten und ihm wurde bewusst, dass Luci keine gegessen hatte. Sie musste tatsächlich hungrig sein.

„Gerne nehmen wir Ihre Einladung an."

„Das freut mich. Bitte, machen Sie es sich bequem."

Frau Knickmeyer und Anna Edel verschwanden in der Küche.

„Chef, sollten wir nicht in Weißensee anrufen?", fragte Luci.

„Weswegen?"

„Nun, wegen der Adresse. Berkowicz ... Sie erinnern sich?"

„Sie meinen, die haben schon nach einem Tag was gefunden? Unwahrscheinlich."

„Alle Polizeistellen des Landes sind auf der Suche. Da kann es durchaus sein, dass sie was gefunden haben."

Luci hatte recht. Mal wieder. Klemmer wandte sich an Knickmeyer.

„Haben Sie ein Telefon?"

„Ja, nur funktioniert es nicht. Die Leitungen auf dieser Straßenseite sind tot. Aber drüben ..."

„Ja, richtig. Ihr Nachbar war ja so gütig, uns die Kollegen auf den Hals zu hetzen. Schön, warten Sie hier, ich bin gleich zurück."

Der Kriminalrat verließ eilig das Haus, überquerte die Straße und klingelte bei dem Denunzianten. Ein Greis mit Parteiknopf am Hemd öffnete die Tür.

„Sie wünschen?", krächzte er heiser.

„Kriminalrat Erich Klemmer vom Reichskriminalpolizeiamt. *Sie* sind?"

„Ernst Kohler."

„Wohnen Sie hier allein?"

„So ist es."

„Ich nehme an, *Sie* haben die Kollegen von der Gestapo angerufen?"

„Ja."

„Warum, wenn ich fragen darf?"

„Die Leute verhalten sich schon länger verdächtig. Als Sie dann mit Ihrem Auto aufgetaucht sind ... Ich bin ein rechtschaffener Bürger. Wenn mir was auffällt, dann melde ich das."

„Verstehe. Sie denunzieren brave Mitbürger. Wussten Sie, dass so etwas als Straftat gewertet werden kann?"

„Straftat? Also ich ..."

„Schon gut, ich werde diesmal noch ein Auge zudrücken. Und jetzt müsste ich mal Ihr Telefon benutzen."

„Bitte ..."

Der Alte öffnete vollständig die Tür und trat beiseite. Klemmer betrat das Wohnzimmer. Direkt unter einem großen Portrait des Führers stand das Telefon.

Luci sah stillschweigend zu, wie die beiden Schwestern den Tisch deckten. Auch hier waren Lebensmittel knapp: Brot, etwas Margarine, Tee. Die Kekse vorhin waren sicherlich Teil einer kostbaren Notration gewesen, gebacken aus einfachsten Zutaten.

Knickmeyer saß Luci gegenüber am Esstisch.

„Ich hoffe, Sie fassen den Mörder", brach er das Schweigen.

„Wir sind guter Dinge", entgegnete sie kalt.

„Es ist, weil ... die Puschs waren Anna zufolge anständige Leute. Ich bin ihnen schon begegnet, als wir bei ihr zu Besuch waren. Im Treppenhaus. Die Frau war sehr liebenswürdig, der Mann ..."

„Wie war er?"

„Sehr höflich. Anna hat erzählt, dass Herr Pusch letzten Sommer von der Front heimgekehrt ist. Da hat er sicher unschöne Dinge erlebt. Dieser Krieg ... er bricht Menschen. Und raubt uns am Ende alles."

Sehr höflich. Zu Burgers Geschichte passte das nicht. Ein Mann erschoss mit seinen Kameraden Zivilisten und kehrte anschließend heim, wo er als höflicher Mann wahrgenommen wurde. Darin lag eindeutig ein Widerspruch. Und doch existierte da draußen ein Rächer, der mit seinen Morden, ja, mit der ganzen Inszenierung, die Männer des Judenreferats von Warschau anklagte.

„Wie war Ihr Kontakt zu den Puschs?", fragte Luci Anna Edel, die gerade mit Besteck aus der Küche kam.

„Ich sprach öfters mit Gertrud ... also mit Frau Pusch, im Treppenhaus. Sie wissen schon ... wenn man sich unter Nachbarinnen begegnet, dann spricht man über dies und das."

„Sprach sie über ihren Mann?"

„Einmal ...", sagte sie zögernd.

Luci hatte offensichtlich ein heikles Thema angeschnitten.

„Was hat sie gesagt?"

Auch Knickmeyer wirkte interessiert, ebenso seine Frau, die nun auch bei ihnen stand.

„Ja, Anna, was hat sie gesagt?"

„Ich weiß nicht, ob ich es erzählen darf ..." Anna Edel nahm Platz, ihr war nicht wohl bei dem Gedanken, den Inhalt ihres Gesprächs mit Frau Pusch preiszugeben, das hatten alle im Raum begriffen. Den Grund erfuhren sie nach einer kurzen Bedenkzeit: „Sie erzählte es mir im Vertrauen. Ich habe ihr versprochen, niemandem davon zu erzählen. Jetzt ist sie tot, und ich habe das Gefühl, ihr Vertrauen zu missbrauchen, wenn ich davon spreche."

„Zum Zeitpunkt des Versprechens wusste Frau Pusch auch nicht, dass man sie und ihre Familie ermorden würde. Das ist eine besondere Situation", gab Luci zu bedenken.

„Sie hat recht, Anna. Erzähl!", forderte auch Knickmeyer.

„In Ordnung. Es ... es war letzten Sommer. Herr Pusch war gerade heimgekehrt. Da stand ich eines Tages wieder mit Gertrud im Treppenhaus und wir unterhielten uns. Da bemerkte ich ihre Sorge und habe sie gefragt, was denn los sei. Sie hat sich zunächst gesträubt, dann begann sie unter Tränen zu erzählen ... es waren Geschichten aus dem Krieg, die ihr Mann ihr erzählt hatte. Er konnte wohl nachts nicht schlafen, wegen diesen schlimmen Erlebnissen. Es ging um schlimme Dinge, sehr schlimme Dinge."

„Schlimme Dinge, die er gesehen hat?", fragte Knickmeyer.

„Nein", antwortete Anna, „schlimme Dinge, die er *getan* hat."

„Was denn? Was hat er getan?", fragte Frau Knickmeyer.

„Ich kann es mir schon denken", sagte ihr Mann mit finsterer Miene. „Wenn er im Osten war ... wo genau war er? Hat seine Frau es Dir gesagt?"

„In Warschau. Dort gab es ein Ghetto ..."

„Ja, dann kann ich mir lebhaft vorstellen, was er getan hat", unterbrach Knickmeyer Nase rümpfend die Edel.

Luci, die nur noch als Zuhörerin fungierte, fühlte, wie ihr Kopf zu zerspringen drohte. Dieser Warschau-Albtraum nahm kein Ende.

„Lebhaft vorstellen", wiederholte sie gereizt. „Wie kommt es, dass Sie eine solch *lebhafte* Vorstellung davon haben, was in Warschau los war? Waren Sie dort?"

„Ich habe da meine Quellen. Für manche sind es nur Gerüchte. Ich weiß jedoch, dass die Geschichten wahr sind. Mehr noch: Die Realität ist weitaus schlimmer, als Sie und ich es sich vorstellen können, Fräulein Rost. Warum glauben Sie, riskieren wir hier Kopf und Kragen, um diese Familie dort oben zu verstecken? Weil ich genau weiß, was mit ihr geschieht, wenn sie verhaftet wird."

In diesem Moment klopfte es an der Tür.

Frau Knickmeyer eilte hinüber und öffnete. Klemmer trat ein und setzte sich an den Tisch. Er wirkte nachdenklich.

„Und?"

Luci sah ihn erwartungsvoll an.

„Sie ist Dresdnerin", sagte er.

„Hannah Berkowicz? Aus Dresden?", hakte Luci ungläubig nach.

„Sie ist dort geboren und hat dort bis 38 gewohnt. Wir haben ihre alte Adresse." Klemmer schenkte seiner Assistentin ein ehrliches Lächeln. „Diesen Durchbruch haben wir Ihnen zu verdanken."

Luci nickte verlegen. Echte Freude kam nicht auf, dieser Fall führte in Abgründe, in die sie nicht hinabsteigen wollte. Wenn diese Geschichten der Wahrheit entsprachen, dann ergaben sich daraus unzählige Fragen. Wie konnte es dazu kommen? Hatte der Führer es übersehen? Gab es da eine Mordmaschinerie in ihrer Mitte, die vom nationalsozialistischen Ideal abwich? Ein Eigenleben führte? Sicher, der Führer hatte in seinen Ansprachen nie einen Hehl aus seiner Abneigung gegen das Finanzjudentum gemacht. Seine Worte waren dementsprechend hart ausgefallen, doch es waren Worte gewesen. Wer käme tatsächlich auf die Idee, Zivilisten zu *vergasen* und das in diesen Größenordnungen? Juden mochten nach rassischen Gesichtspunkten minderwertig sein, aber es waren doch immer noch Menschen, Herrgott! Auch wenn so manch glühender Nationalsozialist dies im Eifer offen negierte.

Tiere in Menschengestalt.

Luci fasste sich an die Stirn, ihr Schädel dröhnte.

„Was ist mit Ihnen, Kind?", fragte Frau Knickmeyer.

„Nichts, ich ... ich habe leichte Kopfschmerzen. Es ist die Müdigkeit."

„Sie schlafen beide heute Nacht hier", sagte der Hausherr. „Doch erst einmal essen wir etwas."

Die Nacht hatte sich über die zerstörte Stadt gelegt.

Luci saß auf dem für sie frisch bezogenen Bett im ersten Stock. Klemmer trat in die Tür.

„Jetzt gehen Sie endlich schlafen, Sie müssen sich ausruhen. Wir fahren morgen früh los", befahl er.

„Das kann doch kein Zufall sein."

„Was meinen Sie?"

„Dresden ..."

„Darüber habe ich auch nachgedacht ..." Klemmer trat näher und setzte sich neben sie. „Scheil, Sparmann und Hofmann sind aus Dresden. Und nun auch Hannah. Erinnern Sie sich an Burgers Geschichte von der Familie aus Dresden?"

„Ja."

„Er sagte, seine Kameraden seien in ein Haus gerannt, alle fünf. Er selbst blieb zunächst draußen. Dann hörte er Schüsse und ging hinein. Eine ganze Familie, erschossen: Vater, Mutter, Tochter."

„Sie meinen, es könnte sich um Hannah gehandelt haben und um ihren Mann und ihre Tochter?"

„Möglich, wenn sie in Warschau geheiratet und ein Kind bekommen hat. Vielleicht war aber auch *sie* die besagte Tochter. In Dresden lebte sie jedenfalls noch mit ihren Eltern zusammen. Bis 38. Wir müssten Burger nochmal fragen, ob es sich bei den Opfern um ein junges Paar mit Kleinkind handelte oder ..."

„Denken Sie nicht, dass das wieder Spekulation ist? Wenn im Wohnbezirk über vierhunderttausend Juden gelebt haben, dann ist es unwahrscheinlich, dass die Familie aus Burgers Bericht ausgerechnet die von Hannah gewesen sein soll."

„Na ja, zu dem Zeitpunkt waren es noch dreißigtausend mit Lebensnummer und etwa nochmal so viele, die sich versteckt hielten. Aber ... Sie haben recht, das wäre dann immer noch ein Zufall ..." Klemmer lächelte. „Wissen Sie ... Sie sind eine hervorragende Ermittlerin. Ich bin sicher, wir werden den Fall dank Ihres scharfen Verstandes lösen." Er stand auf und ging zur Tür. Er wandte sich noch einmal nach ihr um. „Und jetzt ab ins Bett. Morgen fahren wir nach Dresden."

2. ELBFLORENZ

SAMSTAG, 10.2.1945

Die sonnenbeschienene Reichsautobahn Nummer 72 war an diesem frühen Morgen von einer ebenso gespenstischen Leere wie die Strecke gestern. Beim Anblick der friedlichen Landschaft konnte man leicht vergessen, dass Deutschland im Begriff war, seinen letzten Atemzug zu tun, bevor es endgültig im Feuer versank.

Erich Klemmer wähnte sich in einem fiebrig-surrealen Albtraum: Nichts von all dem war wirklich, die Welt um ihn herum begann zu verschwimmen. Bald würde er erwachen, daheim, in seinem Bett in der Bozener Straße. Gemeinsames Frühstück mit Martha und den Jungs. Michael ging zur Schule, Heinrich fuhr nach Charlottenburg ins Polizei-Institut, um mit seiner Ausbildung zum Kriminalbeamten fortzufahren. Nicht weil Erich ihn dazu drängte, nein: Heinrich träumte schon als Kind davon, auf Verbrecherjagd zu gehen. Ein echter Kriminalkommissar wollte er werden, im Morddezernat. Wie sein Vater. Nichts wünschte er sich mehr. Anschließend würde er Heike ehelichen und mit ihr eine schicke Wohnung in Charlottenburg beziehen, Kinder zeugen.

Nichts ist bereits passiert.

„Sehen Sie, da ...", riss ihn Luci aus seinen Gedanken.

Am Rand der Autobahn standen Flugzeuge. Ein gutes Dutzend, geparkt zwischen den Bäumen des bewaldeten Streckenabschnitts. Sie standen auf kleinen abgeholzten Flächen, als würden sie sich dort verstecken.

„Das sind Düsenjäger …", murmelte Klemmer.

„Warum stehen die hier?"

„Das Reich wird kleiner … irgendwo müssen die Dinger ja geparkt werden."

Erneutes Schweigen, die Situation blieb unwirklich.

Ob Luci die Sache allmählich auch so empfand? Sie erlebte in diesen Tagen Dinge, die sie aus ihrer bisherigen Arbeit sicher nicht kannte. Zumindest mussten die Ereignisse der letzten Tage ihr Weltbild ins Wanken gebracht haben. Sie war stur, aber nicht dumm, wie all diese Geblendeten, die mit Scheuklappen durchs Leben gingen und bereits jegliches Gefühl für die Realität verloren hatten. Nein, Luci war anders. Die Sache bei Burger hatte bei ihr ein Beben ausgelöst, sie schien verunsichert. Sie gab sich trotzig, und doch hatte sie gestern zugestimmt, die jüdische Familie in Frieden zu lassen. Sie war jung, der Nationalsozialismus hatte sie noch nicht von innen zerfressen, wie all die älteren Jahrgänge. Das große Lügenkonstrukt stürzte ein, kaum hatte man an einem Schräubchen gedreht. Dagegen konnte sie nichts tun. Denn anders als die unbeirrbaren Vertreter der Nazi-Ideologie besaß das Fräulein Rost offensichtlich noch ein halbwegs funktionierendes Gewissen, das sich jetzt zu Wort meldete, Alarm schrie. Jetzt, da dieser Fall sie mitten ins Herz der Finsternis führte; dorthin, wo sie fernab aller kruden Theorien die schmerzhafte Konsequenz des realen Wahnsinns zu spüren bekam.

Er, Erich Klemmer, konnte ihn jedenfalls spüren: den Wahnsinn. Jetzt, da bereits alles passiert war, ließ er sich nicht mehr ausblenden.

Erst jetzt.

Er fasste sich an den Hals.

Da war wieder dieses Brennen, Grautes Klinge hatte ganze Arbeit geleistet. Die genähte Wunde war noch nicht vollständig verheilt, hatte heute Morgen wieder zu bluten begonnen, als Klemmer sich im Bad der Knickmeyers wusch. Mit Wasser aus einem der Eimer. Den Verband hatte er eilig erneuert, mit dem Verbandszeug, das Luci dort hatte liegen lassen.

Und dann war da dieses Brummen im Schädel.

„Sie haben mir nicht erzählt, wie das passiert ist", beendete Luci die Stille. „Das mit ihrem Hals. Und mit der Schulter scheint auch was nicht in Ordnung zu sein."

„Das ist nichts. Ein Kratzer."

„Der Kratzer am Hals blutet, das sollten Sie ernst nehmen. Also? Was ist passiert?"

„Sagen wir, ich hatte eine kleine Meinungsverschiedenheit mit einem Verbrecher. Ich hatte eine Pistole, er eine Rasierklinge."

„Sie hatten eine Pistole und haben den Kürzeren gezogen? Gegen einen Mann mit einer Rasierklinge?"

„Nein. Er ist tot, ich lebe."

Klemmer fasste sich an die Stirn. Diese verdammten Schmerzen ließen einfach nicht nach!

Die beiden Kollegen erreichten Dresden nach einer dreistündigen Fahrt, während der kaum gesprochen wurde. Ihnen fielen zuallererst die intakten Gebäude auf, als sie auf der kraterfreien Leipziger Straße in die Stadt hineinfuhren. Keine Krater! War die Zeit hier stehen geblieben? Während das ganze Land mittlerweile einem Trümmerfeld glich, musste Dresden unter einer schützenden Kuppel gelegen haben, die der Stadt jahrelang Schutz vor dem allgegenwärtigen Kriegsfeuer geboten hatte.

Sie erreichten die Augustusbrücke.

Was sich zu ihrer Rechten auftat, ließ sich im Jahr sieben des Krieges mit den Worten eines leidgeprüften Berliners nur schwer beschreiben. Der Kriminalrat spürte einen Kloß im Hals, als er den Wagen über die schimmernde Elbe steuerte: Vor ihnen zeichnete sich die prächtige Silhouette der Innenstadt ab. Geradezu das Stadtschloss, rechts die Hofkirche, links die berühmte Brühlsche Terrasse, dahinter die majestätische Kuppel der Frauenkirche. Was für ein traumhafter Anblick!

Intakt!

Klemmer kannte die Stadt nur von Postkarten, er war noch nie hier gewesen. Unter den gegebenen Umständen kam ihm Dresden vor wie das Paradies. Vielleicht befanden sie sich ja tatsächlich im Jenseits, und Elbflorenz war der Himmel, in dem sie mit offenen Armen aufgenommen wurden.

Vor dem Stadtschloss bogen sie unter den neugierigen Blicken der Passanten links in die Augustus-Straße ein, fuhren auf den Neumarkt, rechts an der gewaltigen Frauenkirche vorbei, hinter der sich der imposante Bau des Polizeipräsidiums befand, mit seiner für die Kaiserzeit typisch späthistorischen Architektur.

„Fahren Sie in die Landhaus Straße, rechts am Präsidium entlang", dirigierte Luci ihren Chef mit einem Fingerzeig, „die Hauptfront ist auf der anderen Seite."

Klemmer gehorchte, bog anschließend links in die Schießgasse ein und kam vor dem Haupteingang zum Stehen.

Kriminalhauptkommissar Heinrich Niemann wirkte gereizt, achtete jedoch sichtbar bemüht auf ein höfliches Auftreten. Der Grund für seinen Unmut lag auf der Hand: Draußen schien die Sonne, und er hatte Wochenendbereitschaft im Morddezernat. Es gab in der Tat ansprechendere Aktivitäten, mit denen man den Samstagvormittag verbringen konnte, als mit dem Herumsitzen in diesem dunklen Büro.

Er strich sich durch das lichte Haar.

„Bitte, setzen Sie sich", forderte er seine beiden Besucher aus Berlin auf, nachdem man sich mit einem ganz traditionellkräftigen Händedruck begrüßt hatte. Luci machte mittlerweile keine Anstalten mehr, bei fehlendem Führergruß die Nase zu rümpfen. „Was kann ich für Sie tun? Muss eine wichtige Angelegenheit sein, wenn das RKPA seine Leute an einem Samstag nach Dresden schickt."

„Die Angelegenheit ist wichtig, zumindest für den Reichsführer. Wir ermitteln in einer Mordserie, in seinem Auftrag", sagte Klemmer.

„Himmler hat Sie persönlich beauftragt ...?" Niemann bog beeindruckt die Mundwinkel nach unten. „Dann muss es wichtig sein. Bringt jemand seine Schäfchen um?" Die Frage hatte etwas Spöttisches, ganz offensichtlich war Niemann nicht sehr gut auf die SS zu sprechen.

„Richtig. Wir sollen die Sache aufklären. Und hierfür müssten wir mit einem Ihrer Kollegen sprechen. Ich nehme mal an, dass er heute nicht hier ist, drum bräuchten wir seine Adresse, die ganze Sache duldet keinen Aufschub."

„Kann ich verstehen. Um wen geht es?"

„Kriminalhauptkommissar Heinz Sussek."

Niemann zuckte leicht zusammen.

„Sussek? Wie ...? Inwiefern ist er in diese Sache involviert?"

„Nun, er hat in dem zweiten Mordfall ermittelt. Wir könnten seine Hilfe gebrauchen, zumindest für die Dauer unseres Aufenthalts in Dresden."

„Hm ... ich verstehe, der Sparmann-Fall ... es ist nur so, dass ..." Niemann kratzte sich am Kopf, etwas schien ihm unangenehm zu sein.

„Was? Raus mit der Sprache ..."

„Sussek sitzt in einer Zelle. Hier im Haus."

„Er sitzt ...? Was denn, weswegen?"

„Sehen Sie, ich bin darüber auch nicht glücklich. Nur ... die Gestapo ..."

Klemmer fuhr sich knurrend mit der Hand übers Gesicht.

„Das ist doch ein Scherz! Egal, wo man hinkommt, legen einem diese Hornochsen Steine in den Weg!" Luci und Niemann blickten einander verdutzt an, angesichts dieser ungewohnt deutlichen Unmutsäußerung. In diesem Gemäuer wagte kaum jemand, die Gestapo zu beschimpfen. Zumal Beamte derselben in den Fluren des Hauses immer wieder herumgeisterten. „Was hat Sussek getan?", fragte Klemmer genervt. „Einem dieser Heinis ans Bein gepinkelt?"

„Das kann man so sagen ... Sehen Sie, die Sache ist die: Sussek ist ein alter Mann, er ist fünfundsechzig. Eigentlich ist er bereits vor zwölf Jahren aus dem Polizeidienst ausgeschieden. Seine Ansichten waren nicht ganz ... konform. Als wir letzten Dezember dann Probleme hatten, jemanden zu finden, der diesen vertrackten Fall übernimmt, da kam meinem Vorgesetzten, Kriminalrat Bartel, in den Sinn, Sussek hinzuzuziehen."

„Nach zwölf Jahren?"

„Die beiden kannten sich noch von damals, und Bartel sprach schon immer in den höchsten Tönen von dem Kollegen Sussek, von dessen Scharfsinn und so weiter. Er hat ihn wieder in den Polizeidienst aufgenommen, was zunächst einiger Überredungskunst bedurfte."

„Was hat Sussek umgestimmt?"

„Der Kriminalrat erzählte ihm von den ermordeten Kindern ... da ist der alte Sussek weich geworden. Er hat sich dann umgehend auf den Weg gemacht und ist zum Tatort geeilt, so als hätte er in den letzten zwölf Jahren nichts anderes getan."

„Was war nun mit der Gestapo?"

„Nach vier Tagen ohne Ergebnis wollten die ihm den Fall wegnehmen. Es kam am zweiten Weihnachtsfeiertag zum Streit mit Kriminaldirektor Pfotenhauer, Chef der hiesigen Stapo-Stelle und Leiter der gesamten Dresdner Polizei in Personalunion. Nun ja ... jedenfalls beim Abschied in Pfotenhauers Büro kam es zum Eklat ... Sussek erwiderte den Führergruß des Kriminaldirektors auf eine ... sagen wir ... unangemessene Weise."

„Unangemessen?"

„Nun, er antwortete auf den Gruß ... ich zitiere: ‚Heilen *Sie* ihn doch'."

Klemmer konnte sich ein Grinsen nicht verkneifen. Dieser Sussek gefiel ihm schon jetzt.

„In Ordnung", sagte er und erhob sich, „dann bleibt uns jetzt nichts anderes übrig, als diesen Fehler zu korrigieren. Führen Sie uns zu Susseks Zelle, er kommt mit uns."

Niemann war verunsichert.

„Ich weiß nicht, ob das so einfach geht ... Sussek soll bis auf Weiteres in Schutzhaft bleiben. Nicht einmal Bartel konnte Pfotenhauer umstimmen, und der Mann hat hier nunmal das Sagen."

„Mag sein, aber Ihr Pfotenklopfer steht im Ranggefüge ein ganzes Stück unter dem Reichsführer, und von dem haben wir alle nötigen Vollmachten."

Luci hatte bereits unaufgefordert das Schreiben mit Himmlers Unterschrift hervorgeholt und Niemann gezeigt.

„Ja ... das ändert natürlich Einiges. Ich lasse sofort eine beglaubigte Abschrift dieses Schreibens von meiner Sekretärin anfertigen. Dann holen wir Sussek aus seiner Zelle."

Sie waren die Treppe hinuntergegangen, durchquerten die Haupthalle. Niemann führte die Kollegen aus Berlin zur großen Eisentür mit der Aufschrift ‚Polizeigefängnis', links vom Haupteingang, und klingelte. Es wurde ihnen zügig geöffnet, worauf die drei eine riesige rechteckige Halle betraten, mit Glasdach, Galerien – Klemmer zählte sechs – mit Glasböden, Stahlgeländer, Drahtnetzen zwischen jedem Stockwerk und gleichförmigen Reihen dunkler Zellentüren. Etliche Gefangene und Schließer liefen die Gänge entlang, bewegten sich treppauf und -ab.

Die Beamten schritten durch den ohrenbetäubenden Lärm aus schallendem Rufen und Schimpfen, das aus den Zellen drang, in Richtung Hallenmitte, wo ein kauziger, alter Beamter mit Schreiben beschäftigt war.

„Grüß Gott!", rief ihm Niemann zu. Der Kauz schaute über den Brillenrand. „Wir holen einen Gefangenen ab."

„Welchen?"

„Sussek, Zelle 87."

„Ist notiert", entgegnete der Alte knapp und winkte einen Schließer zu sich. „Zelle 87, Sussek, Aufschluss – der kann gehen."

Der Schließer führte die Besucher bereitwillig drei Treppen hoch, wo sie nach ein paar Schritten die Zelle Nummer 87 erreichten. Er öffnete ihnen die dunkle Tür.

Niemann betrat die Zelle als Erster, Klemmer und seine Assistentin folgten. Der Kriminalrat schätzte die Fläche des Raums auf etwa fünf bis sechs Quadratmeter, die Höhe auf mindestens drei Meter bis zum Ansatz der gewölbten Decke. Die Zelle war hell, relativ sauber, aber eben doch ein nüchternes Verlies mit graugrünen Wänden und einer undurchsichtigen Fensterscheibe.

Sussek erhob sich von seinem Bett, verschränkte die Arme. Ein Lächeln zeichnete sich auf seinem Gesicht ab.

Heinz Sussek war großgewachsen, mit einer stattlichen Plauze gesegnet, breitschultrig und hatte die Pranken eines Metzgers; für einen Mann seines Alters wirkte er ausgesprochen kräftig. Ein kurz geschorener, weißer Haarkranz umfasste das kahle Haupt. Durch den prächtigen, leicht geschwungenen Schnauzbart war eine gewisse Ähnlichkeit mit dem letzten Reichspräsidenten nicht von der Hand zu weisen, nur Susseks kleine, funkelnden Augen bargen nicht dessen Strenge, sondern strahlten im Gegenteil eine tiefe Gutmütigkeit aus.

Klemmer mochte ihn auf Anhieb.

„Niemann, was verschafft mir die Ehre? Wen bringen Sie mir denn da mit?", fragte er schelmisch. Über einen Monat Haft lag hinter ihm, was er mit einer bewundernswerten Gelassenheit hinzunehmen schien. Möglicherweise war diese auch bloß gespielt; der Mann wollte sich vor dem System einfach keine Blöße geben.

„Sussek, ich freue mich aufrichtig, Ihnen mitzuteilen, dass Ihre Haft heute hier endet. Und das verdanken Sie diesen Herrschaften hier. Sie sind vom RKPA und brauchen Ihre Hilfe."

Sussek hob eine Augenbraue. Klemmer fiel die Narbe an seiner linken Schläfe auf.

„Der Sparmann-Fall?", fragte der alte Polizist.

Klemmer nickte, trat vor und schüttelte dem verdutzten Sussek die Hand, Luci tat es ihm gleich.

„Herr Kriminalhauptkommissar, ich bin Kriminalrat Erich Klemmer, das ist meine Assistentin, Fräulein Rost. Es tut mir leid, was Ihnen hier widerfahren ist, vor allem, wenn man bedenkt, dass Sie helfen wollten. Kriminalhauptkommissar Niemann hat mir alles erzählt."

„Hm, dann heiße ich Sie beide willkommen in unserer wunderbaren Stadt. Wie kann ich helfen? Lassen Sie mich raten ... es gibt weitere Opfer? Na ja, sicherlich, warum wären Sie sonst hier ..."

Sussek war in Gegenwart der Berliner Kollegen um Hochdeutsch bemüht, durchaus taktfest in Grammatik, ein starker sächsischer Akzent war dennoch kaum zu überhören.

„Das besprechen wir, wenn wir draußen sind. Wir fahren Sie erst einmal nach Hause, das ist unter den gegebenen Umständen wohl das Sinnvollste."

„Das Angebot nehme ich dankend an."

Sussek trat durch den Haupteingang ins Freie, blieb mitten auf der Straße stehen, versteckte die Hände in den Manteltaschen und nahm einen kräftigen Atemzug.

„Da drinnen beginnt man irgendwann die Stunden zu zählen", sagte er, ohne sich umzudrehen.

Hinter ihm traten Klemmer und Luci an ihn heran. Ersterer legte seine Hand auf Susseks Schulter.

„Ich kann es nachfühlen."

„Das können Sie nicht wirklich. Verstehen Sie mich nicht falsch, ich zweifle nicht an Ihrer Aufrichtigkeit. Es ist nur ... ich dachte davor auch, ich würde mitfühlen, mit all den armen Seelen, die hier über die Jahre in den Bau gewandert sind, aus höchst dubiosen Gründen. Aber glauben Sie mir: Solange man es nicht selbst erlebt, weiß man gar nichts. Mitleid ist schon eine verrückte Sache. Man zermartert sich den Kopf in dem

Bestreben, mitzuleiden, man will es, aber es gelingt nicht." Er wandte sich zu Klemmer um, runzelte mit einem Mal die Stirn. „Sagen Sie, Sie sehen aber gar nicht gut aus. So blass. Und Ihre Verletzung da ... am Hals. Das blutet, Sie sollten den Verband wechseln."

„Dafür ist später noch Zeit, kommen Sie ..."

Doch Sussek blieb noch einen Moment lang stehen, hob den Kopf, schloss die Augen.

Klemmer hielt ebenfalls einen Moment inne.

Vielleicht war es das. Sussek hatte womöglich gerade die Erklärung dafür geliefert, warum normale Bürger in diesem Land – er eingeschlossen – all den Wahnsinn mitgemacht hatten. Vor ihrer Nase hatten die Nazis Mitmenschen abgeführt, malträtiert und sogar ermordet, gleich in den ersten Jahren. Man war Zeuge dieser Vorgänge gewesen, hatte zwanghaft versucht mitzufühlen, um dann doch weiter sein eigenes kleines Leben zu führen. War es so? War das die Erklärung? Für all das?

„Ei verbibbsch ...", riss ihn Sussek aus seinen Gedanken, „... ein Gaadeäff-Waachen! Wo hamse den denn her?" Es war das einzige Auto weit und breit, da schien es dem alten Kommissar nur logisch, dass es sich um den Wagen der Berliner Kollegen handeln musste. „Würde es Ihnen was ausmachen, wenn ich ...?"

Klemmer zögerte kurz, reichte ihm dann doch den Zündschlüssel, öffnete die Beifahrertür, klappte den Sitz nach vorn, sodass Luci auf den Rücksitz huschen konnte. Dann stieg auch er ein. Sussek hatte sich bereits hinter das Steuer gesetzt und startete den Motor mit einem breiten Grinsen.

„Ich bin schon seit Jahren nicht mehr gefahren. Die haben mein Auto konfisziert, so wie das von allen anderen. Die alte Mühle ..."

„Was für ein Wagen war das?"

„Ein Opel. 4 PS. War schon ganz ausgenuddld, aber lief."

Sussek warf den Motor an.

Die Fahrt dauerte keine dreißig Sekunden, führte über den Maximilian- in den Friedrichs-Ring, wo der Kommissar ganz plötzlich anhielt, direkt neben dem Rathaus. Seine Aufmerksamkeit galt einer größeren Gruppe von Passanten, die sich in der Parallelstraße mit Handkarren vor einem Gebäude versammelt hatten.

Sussek stieg unvermittelt aus und marschierte schnurstracks in die Richtung. Klemmer zog den Zündschlüssel heraus, stieg seinerseits aus dem Wagen und lief schnell hinterher. Luci beeilte sich, die Lehne vorzuklappen und ins Freie zu gelangen, da waren ihre beiden Begleiter auch schon drüben angekommen. Sie überquerte hastig die Straße, schloss zu ihnen auf.

„Eine Schande ist das", grummelte Sussek mit Blick auf das Treiben, das vor und in dem Gebäude stattfand; Menschen mit allerlei Gepäck drängten ins ‚Viktoria-Theater'.

„Flüchtlinge aus Schlesien", klärte Klemmer Luci auf.

Sussek schaute nach rechts, wo sich ihnen zwei Häuser weiter das gleiche Bild bot.

„Das Uniontheater", murmelte Sussek verbittert. „Die haben unsere Lichtspielhäuser dichtgemacht. Jetzt hat der ‚totale Krieg' auch die Kinos erreicht. Hm ... da ist man kurz mal weg und dann sowas."

„Sie gehen gern ins Kino?", fragte Luci.

„Für mein Leben gern", antwortete Sussek schmunzelnd. „Hier in Dresden existieren Dutzende Kinos, kleine, große. Es sind die schönsten Kinos im Reich, das können Sie mir glauben, Fräulein Rost! Hier, das Uniontheater ..." Er zeigte auf das Lichtspielhaus zu ihrer Rechten. „Es hat über tausend Sitzplätze, Seitenlogen ... ein Palast, sage ich Ihnen! Die Söderbaum war schon hier und Otto Gebühr, zur Premiere ihres Films ‚Der große König'. Im Tiefgeschoss ist das Regina-Palast-Varieté, da können ... nein, viel eher: Da *konnten* die Gäste Kontakte knüpfen, mit Tischtelefon und so, wenn Sie verstehen, was ich meine." Er zwinkerte Luci zu. „Und der UFA-Palast hier ...", er deutete auf das Haus, vor dem sie standen, „... hat auch tausend Plätze.

Das ist das ehemalige Varieté Viktoriasalon. Die haben hier die ersten Stummfilme gezeigt ... da war ich Mitte zwanzig. Menschenskind, ist das lange her ... Und jetzt ... jetzt ziehen hier die Leute ein mit ihrem Gelummbe."

Sussek beobachtete das Durcheinander vor den beiden Kinos noch eine Weile, dabei blinzelten seine kleinen Augen vor Entrüstung. Dann machte er kehrt und lief zum Auto, Klemmer und Luci folgten.

Susseks Wohnhaus befand sich hinter dem Rathaus in der Schulgasse 8. Man hatte das Auto vor dem Eingang geparkt und war im zweiten Stock überschwänglich empfangen worden, von einer überraschten Lisbeth Sussek, die ihr Glück kaum fassen konnte und einem Flüchtling aus Hamburg namens Wolfgang Reimann. Während Lisbeth in der Küche das Mittagessen zubereitete, saßen Heinz Sussek und seine beiden Gäste aus der Hauptstadt in dem kleinen Arbeitszimmer des Kommissars.

Die Gesichtszüge des freundlichen alten Mannes hatten sich verfinstert, nachdem der Kriminalrat ihm den Stand der Ermittlungen dargelegt hatte. Es war der Inhalt des Burger-Berichts, der Sussek gehörig auf den Magen schlug.

„Wie ist das möglich? Eine halbe Million Menschen ... Wie denn?", fragte er entgeistert.

„Genau so, wie es Burger beschrieben hat: Man hat sie zur Schlachtbank geführt, in einer großangelegten Aktion."

„Hörnse uff, Viehwaggons! Menschenskind, wer bringt denn sowas fertig?"

Es folgte betretenes Schweigen. Sowohl Klemmer als auch Luci sahen, dass Susseks Reaktion nicht von Zweifel an Burgers Warschau-Bericht geprägt war, sondern von tiefer Fassungslosigkeit.

„Ja, Sussek, sie haben es tatsächlich getan. Das waren keine Metaphern, mit denen der Führer immer um sich geworfen hat. Seine Tiraden gegen die Juden ... das hat er alles so gemeint, wie er es gesagt hat."

„Ja ...", flüsterte Sussek geistesabwesend, „... das hat er dann wohl ..." Wie aus einem Traum erwacht, wandte er sich dem Fall zu. „Ich fasse kurz zusammen, unterbrechen Sie mich, wenn ich irgendwas Wichtiges auslasse: Wir suchen nach einem Mann, einem einzelnen Täter. Das hat die Frau Edel gestern in Magdeburg ausgesagt, richtig? Mit der Nummer am Tatort verweist er auf eine jüdische Frau, Hannah ... Bar ... Ber ..."

„Berkowicz", ergänzte Luci.

„... Berkowicz. Und diese Hannah Berkowicz ist in Dresden geboren und hat hier bis 38 gelebt, bei ihren Eltern und ist mit diesen dann nach Warschau gezogen, wo sie allesamt getötet wurden, 1942."

„Das wissen wir nicht mit Sicherheit", wandte Luci ein. „Die Art und Weise, wie der Täter vorgeht, lässt vermuten, dass er Rache übt und dass die Person hinter der Nummer, also Hannah Berkowicz, die Frau ist, die er rächt. Über den Verbleib ihrer Eltern wissen wir nichts. Wenn die Geschichte mit Warschau stimmt, dann ..." Sie hielt inne. Die beiden Männer schauten sie stillschweigend an. Es hörte sich an, wie ein Eingeständnis: „Dann ... sind sie wahrscheinlich tot. Alle drei."

„Sie sagten, Burger hätte etwas von einer Familie erzählt, aus Dresden ...?"

„Ja", antwortete Klemmer, „aber es ist nicht gesagt, dass es sich dabei um Hannah gehandelt hat und um ihre Eltern."

„Es sagt uns", mutmaßte Sussek, „dass die beiden Schlächter, Sparmann und Scheil, gerne Jagd auf Dresdner Juden gemacht haben. Wie hat Burger es noch gleich ausgedrückt? Irgendeinen Grund fanden sie immer. Und dies war für sie offensichtlich ein Grund."

„Ja, die zwei empfanden das Ganze womöglich als Spiel. Sogar Hofmann hat sich Burger zufolge von den beiden distanziert, obwohl er auch aus Dresden stammt und mit ihnen befreundet war. Die drei hatten sich gemeinsam nach Warschau versetzen lassen."

„Wie haben die das denn hinbekommen?", fragte Sussek ungläubig. „Die Armee ist doch kein Wunschkonzert."

„Wir reden hier ja auch nicht von der regulären Armee, sondern von der SS. Bei denen spielen Beziehungen eine wichtige Rolle. Jedenfalls ... Nehmen wir mal an, die Familie aus Burgers Bericht war irgendeine andere Familie. Wir wissen nicht, ob Hannah in Warschau mit ihren Eltern gelebt hat oder ob sie dort einen Mann hatte und Kinder." Klemmer lehnte sich ein Stück vor, zeigte auf eine der Mappen auf dem Schreibtisch. „Das, was wir an den Tatorten vorgefunden haben, lässt jedoch vermuten, dass hier ein Familienvater Frau und Kinder rächt. Ein Familienvater, der seine Familie hat sterben sehen ..."

„Mehr noch: den man *gezwungen* hat zuzusehen, wie sie sterben", korrigierte Sussek. „Diese Morde zeugen von großer Wut. Von Hass. Er hat die Sache überlebt und es irgendwie aus dem Ghetto herausgeschafft. Und jetzt zahlt er es den SS-Männern mit gleicher Münze heim." Er überlegte. „Was wollen Sie als Nächstes tun?"

„Wir besuchen Hannahs ehemalige Adresse, schauen, ob sich dort noch irgendwer an sie erinnert. Dann schauen wir bei Scheil vorbei." Klemmer verzog verächtlich das Gesicht. „Vielleicht kann sich der Kerl an das besagte Gemetzel erinnern und an den Mann, dem er das angetan hat. Beim Stichwort Dresden klingelt ja vielleicht was."

„Warum haben Sie mich aus dem Gefängnis geholt?", fragte Sussek mit einmal verwundert. „Ich kann Ihnen keine neuen Erkenntnisse liefern, und meinen Bericht haben Sie ja bereits."

„Ja, und mein Bauchgefühl sagt mir, dass der Mann, der diesen Bericht verfasst hat, uns bei den Ermittlungen helfen kann. Ich möchte Sie dabei haben, Sussek."

•

Die Strecke von der Schulgasse bis zu Hannahs Wohnhaus erreichte man zu Fuß in weniger als fünf Minuten, doch waren Klemmers Beine schwer wie Blei, der kurze Spaziergang kam ihm vor wie ein kilometerlanger Fußmarsch. Er und Luci waren bei den Susseks großartig bewirtet worden und hätten liebend gern ein Nickerchen gemacht; der Kriminalrat aufgrund der sich verschlimmernden Kopfschmerzen und Luci, weil sie sich den Bauch ordentlich vollgeschlagen hatte. Einen solch reich gedeckten Tisch hatten beide seit langem nicht mehr erlebt. Sicher, die meisten Frauen entwickelten in diesen mageren Zeiten ihre Tricks, doch Lisbeth Sussek war eine wahre Zaubermeisterin, wenn es darum ging, aus den spärlichen, ihr zur Verfügung stehenden Lebensmitteln ein Festmahl zu kredenzen. Am Esstisch erklärte die gesprächige alte Dame der interessierten Luci, wie sie vorging: Schaumig gerührte Margarine, mit Mehlschwitze angereicherte Streckbutter, Quirlfett, Hefeaufstriche mit Zwiebeln und Lauch, Gemüsebrühen aus Gemüsestrünken und Schalen, mit geriebenen Kartoffeln angedickte Suppen, um Mehl zu sparen. Die Liste ging endlos weiter; Frau Sussek machte aus einem Nichts an Zutaten diverse Köstlichkeiten. Und an diesem besonderen Tag hatte sie sich besonders ins Zeug gelegt.

In der Schösser Gasse 2 öffnete den drei Ermittlern Hausmeister Konrad Buchholz die Tür. Nach einer kurzen Erklärung saß das Trio im Wohnzimmer des greisen Witwers im Erdgeschoss. Es stellte sich heraus, dass der Mann hier schon seit vierzig Jahren als Hausmeister tätig war. Auch jetzt noch, trotz des hohen Alters und der Sehschwäche; durch daumendicke Brillengläser lugten winzige Pupillen.

„Hannah Berkowicz ...", murmelte Buchholz verunsichert, so als suchte er in seinen Erinnerungen nach einem Gesicht, das zu diesem Namen passte.

Man hatte sich an den kleinen Esstisch gesetzt, und die Polizisten warteten geduldig darauf, dass der alte Mann sich erinnerte. Klemmer hatte den Eindruck, dass Buchholz durchaus etwas mit dem Namen anfangen konnte, ihm das Thema aber unangenehm war.

„Sie können ganz offen sprechen", beruhigte ihn der Kriminalrat. „Erzählen Sie uns alles, was Sie über sie wissen. Wer war sie? Wie war sie in die Hausgemeinschaft integriert? Wurde sie angefeindet?"

„Nun, sie war Jüdin ..."

„Sie hatte es also schwer ..."

„Nein, zunächst scherte sie sich nicht um das Gerede. Sie lebte mit ihren Eltern im zweiten Stock, sie sind 1910 hier eingezogen, also vor Hannahs Geburt. Ich weiß das noch ganz genau, ich führe sehr genau Buch über alles hier im Haus. Sie haben hier gewohnt bis ... bis 38. Dann zogen sie weg, nach Warschau. Das weiß ich von Hannah selbst. Sie kam zu mir, um sich zu verabschieden ..."

„Sie nennen sie beim Vornamen, sie kannten sie also gut?", Buchholz wand sich, etwas nagte an ihm. „Herr Buchholz, wie standen Sie zu Hannah?"

„Ich kannte sie, seit sie ein kleines Kind war. Die meisten hier im Haus haben sie und ihre Eltern gemieden ..."

„Aber Sie nicht. Sie mochten Hannah."

„Sie war so reizend. Wenn Sie sie bloß gesehen hätten ... wunderschön – und begegnete einem immer mit einem Lächeln. Und gesungen hat sie ..."

„Sie war Sängerin?"

„Ja, mit einer Singstimme, sage ich Ihnen ... So war sie, seit sie ganz klein war. Aber ab 33 ..."

„Haben sich die Dinge geändert."

„Sie hatte nichts von ihrem Liebreiz verloren, nur das Lächeln war verschwunden. Alles hatte sich verändert."

„Können Sie uns sagen, ob sie vor dem Umzug nach Warschau jemanden kennengelernt hat? Sich verlobt hat – oder gar geheiratet?"

„Nein, Hannah hing an ihren Eltern. Und an der Musik, sie wollte nicht heiraten, das hat sie mir selbst gesagt."

Klemmer überlegte, während Luci zu seiner Linken das Gespräch protokollierte. Sussek hielt sich zurück und lauschte.

„Hm ... Sie sagen, die meisten hier im Haus mieden die Familie. Gibt es hier Ausnahmen, so wie Sie? Zu wem hatte Hannah sonst noch Kontakt?"

„Zu den Gröschners, im dritten Stock. Frau Gröschner konnte Hannah gut leiden, sie haben oft zusammen musiziert. Also die Gröschner spielt Klavier, wissen Sie, und Hannah war manchmal bei ihr und hat gesungen. Viele Jahre, bis 33, dann hörte es auf, weil die Nachbarn – vor allem neue Mieter, aber auch ein paar alte, die sich nun bestätigt sahen – sich beschwert haben. Frau Gröschner war sehr wütend auf die Leute im Haus, über die – wie sie sagte – ‚Bosheit' der Menschen. Sie hat zu Hannah und ihren Eltern gehalten, selbst dann noch, als die Verhältnisse ... immer schwieriger wurden. Für Juden, meine ich."

„Und Frau Gröschner? Wohnt die noch immer hier?"

„Ja, ihr Mann ist vor drei Jahren verstorben. Vor ein paar Monaten hat sie eine Familie aus Schlesien bei sich aufgenommen. Sie ist eine herzensgute Frau."

„Dann werden wir sie mal besuchen ..."

Klemmer erhob sich, Sussek und Luci taten es ihm gleich.

„Sagen Sie, Herr Kriminalrat ...", stammelte Buchholz, „was ist mit Hannah geschehen? Ist sie ...?"

„Sie ist tot. Ich meine ... bestätigt ist es nicht, aber es ist unwahrscheinlich, dass sie noch lebt. Es sind schlimme Dinge passiert in Warschau."

Der alte Mann nickte, hinter den dicken Brillengläsern füllten sich seine winzigen Augen mit Tränen.

„Das waren *wir*, nicht wahr?"

„Ja ... ja, das waren wir."

Im dritten Stock öffnete ein kleines Mädchen – es war höchstens sechs Jahre alt – die Tür einen Spalt weit und steckte seinen neugierigen Kopf durch. Es starrte die drei Fremden mit seinen großen Augen fragend an.

„Martha", rief eine Frauenstimme hinter ihr, „Du sollst doch nicht an die Tür ..."

Martha ...

Eine junge Frau öffnete die Tür ganz und zog das Mädchen weg. Eine Dame in mittleren Jahren erschien sogleich im Flur und trat vor die drei Beamten.

„Ja?"

„Frau Gröschner?"

„Ja ..."

Klemmer zückte seinen Ausweis.

„Ich bin Kriminalrat Klemmer vom Reichskriminalpolizeiamt, das ist Fräulein Rost, meine Assistentin, und das Kriminalhauptkommissar Sussek von der hiesigen Kriminalpolizei. Wir hätten da ein paar Fragen an Sie."

„Kriminal ... worum geht es denn?"

„Nun, zwischen Tür und Angel ist das ..."

„Oh, tut mir leid, meine Manieren ... Bitte, kommen Sie rein."

Die Gröschner führte die Besucher ins Wohnzimmer und bot ihnen das große Sofa zum Sitzen an. Sie selbst setzte sich auf den Sessel schräg gegenüber, nicht ohne sich nochmal an die junge Frau zu wenden, die mit der kleinen Martha an der Hand unschlüssig in der Wohnzimmertür stand.

„Marianne, bitte bereite unseren Gästen einen Tee zu! Und schau, dass Martha uns nicht stört, wir müssen hier etwas bereden", befahl Frau Gröschner sanft.

Die beiden verschwanden in der Küche.

„Nun? Wie kann ich Ihnen helfen?"

„Wir haben soeben mit dem Hausmeister gesprochen ..."

„Mit Konrad ..."

„Richtig. Er konnte uns einige Informationen geben zu einer jungen Frau, die mal hier im Haus gewohnt hat: Hannah Berkowicz."

Als Klemmer den Namen aussprach, stockte Frau Gröschner der Atem, sie hielt sich die Hand vor den Mund. Der plötzliche Kummer in ihren Augen war echt, das konnte der Kriminalrat ihr ansehen.

„Hannah ... Welches Interesse haben Sie an ihr?", fragte sie mit zittriger Stimme.

„Wir nehmen an, dass Hannah in Warschau getötet wurde. Von der SS."

Die Gröschner senkte den Kopf, wischte sich mit dem Handrücken die Tränen von den Wangen.

„Ja, ich weiß."

„Sie wissen?"

„Ich weiß, dass sie in Warschau gelebt hat. Sie ist 38 dorthin gezogen, mit ihren Eltern. Und ich weiß, was in Warschau passiert ist. Sie lebt ganz bestimmt nicht mehr. Was dort passiert ist ... das hat niemand überlebt. Es gibt keine Juden mehr in Warschau."

„Sie hatten sie sehr gern, nicht wahr? Herr Buchholz erzählte, sie hätten gemeinsam musiziert."

Frau Gröschner schielte hinüber zum Klavier.

„Ja, schon als kleines Kind kam sie zu mir. Ich spielte, sie sang. Ihre Stimme ... sie hatte eine so wundervolle Stimme."

„Wer hat sie unterrichtet?"

„Das war ihr Onkel, Ben Berkowicz. Sie zeigte von Beginn an ein erstaunliches Talent. Schließlich hat sie Fritz Busch unter seine Fittiche genommen, sie ist sogar einmal in der Staatsoper aufgetreten, ist kurzfristig eingesprungen ... Sie hatte eine große Karriere vor sich."

„Fritz Busch. Alle Achtung ...", warf Sussek ein.

„Wer ist Fritz Busch?", fragte Klemmer, Sussek zugewandt.

„Ein Dirigent und seines Zeichens Generalmusikdirektor der hiesigen Staatsoper. *Gewesen.* Die Nazis haben ihn 33 abgesägt, weil er sich offen aufgelehnt hat. Göring wollte ihn in Berlin haben, da hat Busch ihm die Meinung gegeigt und gesagt, er würde keinem jüdischen Kollegen den Platz wegnehmen."

„Das heißt", wandte sich Klemmer wieder an die Gröschner, „Hannah wäre eine namhafte Opernsängerin geworden, wenn ..."

„Wenn die Geschichte einen anderen Verlauf genommen hätte. Sie ... bitte, sagen Sie mir doch, was das alles zu bedeuten hat. Warum wollen Sie das alles wissen?"

„Frau Gröschner ... wir sind auf der Suche nach einem Mörder. Er hat bereits drei Familien umgebracht. Und wir glauben, dass er damit Hannahs Tod rächen wollte."

„Rächen ...? Ich verstehe nicht ..."

„Die drei Familienväter gehörten der Einheit an, die in Warschau für den Tod vieler Menschen verantwortlich war. Wahrscheinlich auch für den von Hannah und ihrer Familie."

„Oh, mein Gott."

„Wir müssen wissen, ob Hannah in Warschau verheiratet war oder einen Verlobten hatte. Oder sonst jemanden, der ihr so nahestand, dass er ihren Tod rächen würde."

Eine leise Wut zeichnete sich auf dem Gesicht der Gröschner ab.

„Ich selbst hätte es wohl getan, wenn ich ihre Mörder gekannt hätte. So etwas Abscheuliches, all diese Menschen ... Ich weiß: Rache ist eine Todsünde. Aber Hannah war ein Engel, und ihre Mörder verdienen den Tod."

„Doch er tötet nicht nur ihre Mörder, Frau Gröschner, sondern auch deren Kinder. Das jüngste war wenige Wochen alt. Frau Gröschner ..." Sie hatte bitterlich zu weinen begonnen. „Ich weiß, das ist jetzt nicht einfach für Sie. Aber wenn Sie uns irgendwie helfen können, den Mann zu fassen, dann verhindern Sie weiteres Blutvergießen."

Klemmer war sich bewusst, wie grotesk das klingen musste, angesichts des alltäglichen Blutvergießens in diesem unsäglichen Krieg. Doch was blieb ihm jetzt noch anderes übrig, als das zu tun, was er schon immer getan hatte? Die Jagd hielt ihn am Leben.

„Ich weiß nichts ... Hannah lebte hier bis zum Schluss bei ihren Eltern. Ich weiß nicht, ob sie in Warschau jemanden kennengelernt hat. Da müssen Sie ihren Onkel fragen. Er lebt noch in Dresden."

Klemmer hob die Augenbrauen.

„Sie meinen, der Onkel, der ihr Unterricht gegeben hat ...?"

„Ben. Ben Berkowicz. Er ist ein Freund. Er ist mit einer ... ‚Arierin' verheiratet, darum haben die ihn noch nicht deportiert. Aber es ist wohl nur eine Frage der Zeit, bis sie auch ihn holen", erklärte die Gröschner voller Verbitterung.

„Können Sie mir seine Adresse nennen?"

„Sie müssen mir versprechen, dass Sie ..."

„Wir werden ihm keine Scherereien bereiten, wir stellen ihm nur ein paar Fragen. Sie haben mein Wort."

Auf dem Altmarkt, nur wenige Schritte von Hannahs Wohnhaus entfernt, marschierte Klemmer zum riesigen Löschteich, der fast den halben Platz ausfüllte. Sussek und Luci folgten ihm in einigem Abstand, in geduldiger Erwartung dessen, was der Kriminalrat als nächstes zu tun gedachte.

Klemmer stellte sich an den Beckenrand und schaute auf das stille Wasser. In seinem Kopf schlug ein kleiner grüner Kobold mit einem Vorschlaghammer in regelmäßigen Abständen gegen die Schädelinnenwand.

Dann wanderten die Augen nach oben, zum strahlend blauen Himmel.

„Die werden nicht kommen", kommentierte Sussek Klemmers besorgten Blick. „Nicht hierher."

„Wie können Sie da so sicher sein? Die haben so ziemlich jede größere Stadt im Reich zerbombt, warum sollten sie Dresden verschonen?"

„Die Briten lieben Dresden ... denn es gibt es hier nichts außer Kunst und Kultur. Ein paar Manufakturen, das wars. Warum sollten die das tun? Der Krieg ist so gut wie beendet ... Ich mache mir da eher Sorgen wegen der Russen. Hoffen wir, dass die Briten vor denen hier eintreffen, sonst wirds hier ganz schnell ungemütlich."

Klemmer nickte, nicht ohne Verwunderung. Sussek war Dresdner und hatte als solcher keine Feuerstürme miterlebt, im Gegensatz zu den leidgeprüften Überlebenden aus den anderen Städten des Landes. Er betrachtete die Dinge noch nüchtern, hielt Dresden für ungefährdet. Klemmer hatte von der Sorglosigkeit der Dresdner gehört; in Berlin witzelte man schon über den ‚Reichsluftschutzkeller', wie Dresden auch genannt wurde – zum einen, weil die Flüchtlinge hierher strömten, zum anderen, weil die Dresdner sich einen Luftangriff einfach nicht vorstellen konnten, nicht vorstellen *wollten*. Dabei waren hier letztes Jahr bei kleineren Angriffen ein paar Bomben niedergegangen, ohne jedoch größere Schäden zu hinterlassen. Er jedenfalls, Erich Klemmer, lebte nun schon seit vielen Monaten mit der ständigen Angst, so wie alle Berliner. Durch den aktuellen Fall begann er zudem den Zorn, der in diesen Luftangriffen lag, in seiner Gänze zu begreifen. Die Welt hatte zum Gegenschlag ausgeholt und bestrafte ein Land, das sich der Barbarei schuldig gemacht hatte. Und die Strafe fiel hart aus. Warum sollte sie Dresden nicht treffen? Warum sollte in diesem Land überhaupt jemand verschont werden? Sie waren alle schuldig. Oder etwa nicht? Was war mit den Knickmeyers oder mit Frau Gröschner? Oder diesem Fritz Busch? Sie haben die Dinge früh erkannt und sich aufgelehnt, jeder auf seine Art. Knickmeyer hatte von Warschau gewusst, die Gröschner auch. Und er, der Kriminalrat Erich Klemmer, hatte jahrelang im Zentrum der Macht gesessen und nichts gesehen? Nun, sie hatten hingeschaut, er weggesehen ...

„Chef ...“

Sie hatten es doch angekündigt, sichtbar für alle. Zertrümmerte Geschäfte, Ausgrenzung, dann die aufgestickten Sterne. Schritt für Schritt. Dann kamen die Deportationen. Und nicht nur Juden verschwanden, auch Zigeuner, Homosexuelle, Widerständler aller Art.

Was dachtest du denn? Was dachtest du denn, was mit ihnen passiert?

„Chef!“, sagte Luci etwas lauter. Klemmer zuckte, er sah sie an, dann Sussek, der geduldig mit in den Manteltaschen vergrabenen Händen wartete. „Was wollen Sie jetzt tun?“, fragte sie. „Besuchen wir diesen Onkel?“

„Nein ... nein, das kann warten. Hannah bekommt allmählich ein Gesicht. Es ist an der Zeit, einem ihrer Mörder einen Besuch abzustatten. Wie lautet Scheils Adresse?“

„Zahnsgasse 9“, antwortete Luci aus dem Kopf.

„Das ist gleich dort drüben“, sagte Sussek mit einer Kopfbewegung in Richtung Seestraße und ging vor. „Rechts am Becken vorbei, ein Stück geradeaus, dann sind wir da.“

Während sie am Teich entlangliefen, musterte Klemmer die Innenwände des Beckens.

„Da sind keine Sprossen. Und vom Beckenrand bis zur Wasseroberfläche sind es anderthalb Meter. Wenn man da einmal drin ist, kommt man nicht mehr raus.“

Sussek drehte sich zum Kriminalrat um.

„Ist ja auch kein Schwimmbecken.“

„Der Herr Kriminalrat hat recht“, wandte Luci ein, die ihren Blick nun auch skeptisch über das gesamte Becken wandern ließ. „Wenn hier alles brennt, dann ...“

Sie beendete den Satz nicht. Sussek, der gerade noch geschmunzelt hatte über Klemmers Einwand, wurde nachdenklich. Auch er betrachtete das riesige Becken mit einem Anflug von Sorge. Die Kollegen aus Berlin kannten sich mit Feuersbrünsten aus, sie wussten, wie Menschen in Panik reagierten.

„Dann springen die alle hier rein“, flüsterte er zustimmend.

„Das ist eine Todesfalle", sagte Klemmer kopfschüttelnd.

Flankiert von seiner jungen Assistentin und dem ergrauten Kriminalbeamten drückte Klemmer den Klingelknopf im obersten Stock. Sein Herz pochte bis zum Hals, Schweißperlen sammelten sich auf seiner Stirn, und er war überzeugt, in wenigen Augenblicken dem leibhaftigen Satan persönlich zu begegnen. Wie mochte dieser Mensch aussehen, der ohne mit der Wimper zu zucken Dutzende, ja, womöglich Hunderte von Zivilisten – Männer, Frauen, Kinder – kaltblütig ermordet hatte.

Irgendeinen Grund fanden sie immer.

Rote Augen hatte er sicherlich nicht und auch keine Klauen oder Hörner.

Ein etwa zehnjähriger Junge öffnete die Tür.

„Guten Tag!"

„Guten Tag, Junge. Wir sind von der Polizei. Sind Deine Eltern zu Hause?"

„Mein Vater ist da."

„Kannst Du ihn bitte rufen? Wir müssten mit ihm sprechen."

Der Junge nickte und verschwand im Flur. Ein zweiter Junge steckte den Kopf durch den Türspalt und musterte die drei fremden Erwachsenen. Dieser Junge war jünger, Klemmer schätzte ihn auf sechs oder sieben.

Dann verschwand auch er und die Tür wurde weit geöffnet.

Satan.

Franz Scheil stellte sich ohne jeglichen Gruß in die Tür. Groß und breitschultrig gebaut, füllte er fast den gesamten Türrahmen aus. Sein Zinken war stark gekrümmt, was von einem Nasenbeinbruch herrühren musste. Seinen linken Arm hielt er eng am Körper, leicht angewinkelt, die linke Schulter etwas nach unten gezogen, was zu einer sichtbar schiefen Haltung führte.

Mit leeren Augen starrte er auf die Beamten hinab.

„Sie sind Franz Scheil?"

„Genau der."

„Ich bin Kriminalrat Klemmer vom RKPA, das ist meine Assistentin, Fräulein Luci Rost, und dies Kriminalhauptkommissar Heinz Sussek von der hiesigen Kriminalpolizei."

„Sie sind wegen dem Alfred hier."

„Wegen ... ja, unter anderem. Alfred Sparmann ... er war Ihr Freund, richtig?"

„Das war er. Und Sie haben seinen Mörder noch immer nicht gefasst, sonst wären Sie jetzt nicht hier."

Scheil gab sich nicht die geringste Mühe, seine Verachtung für die Polizei zu verbergen. Klemmer stellte sich für eine Sekunde vor, der SS-Mann würde auf einmal eine Pistole ziehen und sie alle drei über den Haufen schießen. Er machte keine Anstalten, die Besucher hereinzubitten. Dem Kriminalrat war dies ausnahmsweise recht.

„Das ist richtig. Der Täter ist noch nicht gefasst. Aber wir verfolgen eine Spur. Ihnen muss ich mitteilen, dass Sie und Ihre Familie womöglich in Gefahr sind."

„Wie darf ich das verstehen?"

„Der Täter hat es auf die Männer Ihres Referats abgesehen. Sie erinnern sich ... Warschau? Ihr Freund Sparmann ist nicht das einzige Opfer."

Scheil runzelte die Stirn.

„Wen noch? Wen hat es noch erwischt?"

„Die ersten Opfer waren Rudolf Pusch und seine Familie, in Magdeburg. Er, seine Frau und seine Tochter. Dann erwischte es Ihren Freund Sparmann und dessen Familie, schließlich die Kowalkes in Berlin. Das ist jetzt wenige Tage her."

„Rudolf ... Bernd ...", murmelte Scheil abwesend. „Wer könnte denn ...?"

„Wir hatten gehofft, Sie hätten da eine Idee."

„Eine Idee? Wie kommen Sie darauf?"

„Herr Scheil", flüsterte Klemmer drohend und trat etwas näher an Scheil heran, „wir wissen, was Sie in Warschau getan haben. Und ehrlich gesagt, würde es mir persönlich nichts ausmachen, wenn Ihnen unser Mann das Herz bei lebendigem Leib herausreißt. Nur beschränkt er sich leider nicht auf Sie, sondern greift sich auch Ihre Frau und Ihre Kinder. Nur deshalb sind wir hier. Also beantworten Sie uns jetzt folgende Frage: Waren da in Warschau Juden aus Dresden? Und wenn ja, was ist dort mit ihnen passiert?"

„Dresden, wieso Dresden?"

„Das sind Racheakte. Unser Mann rächt eine Frau aus Dresden, sie war Jüdin. Sie war nach Warschau gezogen. *Er* ist wahrscheinlich Deutscher, ein deutscher Jude, vielleicht *auch* aus Dresden. *Sie* haben die Frau getötet, zusammen mit den anderen aus dem Judenreferat, und *er* war Zeuge. Er ist damals aus dem Ghetto geflohen und jetzt ist er hier."

Scheil schüttelte den Kopf, ein leichtes Zucken in den Augen verriet eine gewisse Nervosität.

„Nein. Nein, das kann nicht sein. Niemand ist von dort geflohen."

„Warum, Junge?", schaltete sich Sussek ein. „Habt Ihr Eure Arbeit so gut gemacht? Alle niedergemetzelt?"

Die Stimme des gutmütigen alten Mannes zitterte vor Empörung.

„Ja, wir haben getan, was uns aufgetragen wurde", entgegnete Scheil trotzig. „Wir taten, wozu die meisten gar nicht in der Lage wären."

„So wie Burger", warf Klemmer ein. „Der war nicht geeignet, oder?"

„Der Friedrich? Nein, das war er wirklich nicht. Eine Memme. Hat sich gedrückt, wo er nur konnte." Er schnaubte verächtlich. „Hören Sie, ich kann Ihnen nicht helfen. Wenn der Kerl ein Jude aus Warschau ist, dann kann ich mich bestimmt nicht an ihn erinnern. Oder an irgendeinen bestimmten Vorfall. Wir hatten es dort mit fast einer halben Million von diesem Geschmeiß zu tun. So, und jetzt entschuldigen Sie mich. Ich muss zu meinen Jungs."

Er wollte sich schon wegdrehen, da hielt Sussek ihn zurück.

„Deine Schulter, Junge, was ist da passiert?"

„Ein Schuss, vor der Hauptpost in Warschau. Hat Schlüssel-
bein und Schultergelenk zertrümmert. Kann seither den Arm
nicht bewegen. Ich habe meinem Land gedient und einen hohen
Preis dafür bezahlt. Nun sitze ich tagein, tagaus zu Hause und
hüte die Kinder."

Verächtlich grinsend schloss Scheil die Tür und ließ die
Beamten im Treppenhaus stehen.

In der Zahnsgasse wehte eine kühle Brise. In dem Moment,
da Klemmer ins Freie trat, gaben seine Beine nach. Sussek
sprang gerade noch rechtzeitig vor, um den taumelnden Kriminalrat am Arm zu packen. Klemmer ging in die Knie, Luci und
Sussek kauerten sich links und rechts von ihm hin, griffen ihm
unter die Arme.

„Menschenskind, Klemmer, Sie glühen ja", sagte der Kommissar, der dem Kranken die Hand auf die Stirn gedrückt hatte.
„Das ist die Wunde ... Kommen Sie, stehen Sie auf, wir bringen
Sie zu mir! Sie müssen sich ausruhen. Der Fall kann warten. Was
haben Sie denn da gemacht ... sich beim Rasieren geschnitten?"

Klemmer rappelte sich ächzend auf, sich auf seine Helfer
stützend.

„Wir haben weggesehen", flüsterte er. Der Schweiß lief ihm
die Schläfen hinab. „Ich. Ich habe weggesehen."

Im Wohnzimmer legten Sussek und der herbeigeeilte Reimann den fast ohnmächtigen Kriminalrat auf das große Sofa,
Lisbeth trat hinzu und analysierte den Zustand des Patienten,
daraufhin verschwand sie wieder in der Küche. Sussek knöpfte
dem Kriminalrat unter Lucis besorgten Blicken den Kragen auf,
der bereits einige Blutflecken aufwies. Zum Vorschein kam der
ganze blutige Verband.

„Den müssen wir wechseln", sagte Reimann betont sachkun-
dig. „Was ist denn da passiert?"

„Reimann, holen Sie mir eine Schere aus dem Arbeitszimmer!"

Der stämmige Hamburger verschwand und war nach wenigen Sekunden wieder da und reichte Sussek die Schere. Ein kurzer Schnitt und der Verband war ab.

„Hm, sieht schlimmer aus, als es ist. Ist genäht worden ... Von einem Arzt?" Klemmer, der bereits im Begriff war, ins Reich der Träume abzudriften, nickte leicht. „Hm, sieht man. Hat sauber gearbeitet, Sie haben Glück ... bei der Verletzung. Nur hat Ihnen der Mann bestimmt auch gesagt, dass Sie sich schonen sollten. Sie sind gleich wieder zur Arbeit, hab ich recht? Die Wunde ist jedenfalls nicht vollständig verheilt, und jetzt hat sie sich entzündet."

Doch Klemmer schlummerte schon, er konnte Susseks Ausführungen nicht mehr hören.

●

Kriminalhauptkommissar Niemann schielte auf die Uhr. Genau siebzehn Uhr, die Sonne ging gerade unter. Gleich würde man ihn ablösen, dann würde das wohlverdiente Wochenende endlich beginnen.

Er stellte sich ans Fenster und sah hinab auf die Schiessgasse, wo ein Menschenknäuel aus Flüchtlingen vor dem Haupttor Einlass begehrte. Niemann taten diese Menschen leid, sie würden hier in Dresden keine Unterkunft bekommen, die Stadt war voll und dies seit über einem Jahr schon. Sie würden durchgeschleust werden, wie alle, die fortwährend an die Tür klopften.

Hinter Niemann ging die Tür auf.

Der Kriminalhauptkommissar drehte sich erschrocken um. Kriminaldirektor Fritz Pfotenhauer hatte nicht angeklopft, trat ein, schloss die Tür hinter sich und setzte sich wortlos auf den Besucherstuhl. Er stützte seine Ellbogen auf die Lehnen, faltete die Hände zusammen, mit den Daumen ungeduldig aneinander tippend. Er trug wie immer seine feldgraue SS-Uniform, die ihn als Brigadeführer auswies; so konnte er sich der strammen Haltung seiner Untergebenen stets gewiss sein. Seine

Augen fixierten den Kriminalbeamten scharf, dieser wich dem Blick aus. Niemann hatte mit einem solchen Besuch gerechnet, Pfotenhauer wurde von seinen Leuten immer über sämtliche Vorgänge im Haus informiert. Jetzt war der Mann besonders wütend, sonst hätte er die Bismarckstraße nicht verlassen, um persönlich hier zu erscheinen.

Niemann trat an seinen Schreibtisch und schob das Dokument, das dort bereit lag, zu Pfotenhauer hinüber. Dieser nahm es in die Hand und las.

„Was ist das? Und inwiefern rechtfertigt es, dass Sie hier über meinen Kopf hinweg Entscheidungen treffen?"

„Nun, Kriminalrat Klemmer vom RKPA hat darauf bestanden, Sussek mitzunehmen. Und da ihm diese Vollmacht ..."

„Die Vollmacht interessiert mich einen feuchten Furz", unterbrach Pfotenhauer ihn zischend und warf das Papier verächtlich auf den Tisch zurück. „Ohne meine Einwilligung wird hier niemand aus der Haft entlassen!"

„Aber Herr Kriminaldirektor, der Reichsführer ..."

„Der Reichsführer ist nicht hier! In dieser Stadt habe ich das Sagen, Niemann!" Der Stapo-Chef war aufgesprungen und stützte beide Fäuste auf die Tischplatte. „Diese Sache hat noch ein Nachspiel. Wiegen Sie sich bloß nicht in Sicherheit, Sie, Bartel und Euer gesamter Haufen ... nutzlose Kriminalisten. Ich warte bloß auf das Zeichen aus Berlin, dann pack ich Euch alle in eine Zelle und werfe den Schlüssel in die Elbe."

Hierauf drehte er sich um und verließ das Büro.

Niemann faltete das Dokument zusammen und ließ es zähneknirschend in der Innentasche seines Sakkos verschwinden. Mit Pfotenhauer war nicht gut Kirschen essen, das hatte er bereits in der Vergangenheit erlebt. Den Mann zeichnete eine fanatische Treue zum Führer aus und zum nationalsozialistischen Vaterland. Wen immer er als Feind derselben ausmachte oder auszumachen glaubte, den jagte Pfotenhauer unerbittlich. Zurzeit hatte er es besonders auf Deserteure abgesehen, die sich in Dresden versteckt hielten. Von den paar hundert Verhafteten gingen viele Dutzend auf sein Konto; seine Männer durchkämmten jeden auch noch so kleinen Winkel der Stadt und buchteten sie ein – oder erschossen sie gar an Ort und Stelle, wenn Pfotenhauer aus einer Laune heraus den Befehl dazu gab.

Niemann stellte sich wieder ans Fenster und sah auf die Schiessgasse hinab.

Bald war eh alles vorbei, warum sich den Kopf zermartern …

•

Der Zeiger stand auf acht, draußen schimmerte die schmale Mondsichel im klaren Nachthimmel.

Um den schlummernden Klemmer nicht zu stören, hatte man sich in die Küche gesetzt. Lisbeth Sussek hantierte mit dem Geschirr, während Luci mit dem Hausherrn und mit Wolfgang, dem Hamburger, am kleinen Küchentisch ein ‚Schälchn Heeßn' trank.

„Ihr Vorgesetzter ist ein fanatischer Ermittler", witzelte Sussek in Lucis Richtung. „Da fühl ich mich zurückversetzt in die Zeit, als ich …"

„Als Du genauso warst", unterbrach ihn Lisbeth, ohne von ihrem Geschirr abzulassen.

„Ja, das kann schon sein. Na ja … das waren andere Zeiten. Andere Sitten …"

„Sie denken mit Wehmut an diese Zeit zurück?", fragte Luci.

„Sicherlich. Es herrschte Demokratie."

„Die Demokratie hat unser Land geschwächt", gab Luci zu bedenken.

„Und die Nazis haben es zerstört", erwiderte Sussek. „Glauben Sie mir, Fräulein Rost: Das, was uns die Nazis als Stärke verkauft haben, war nichts anderes als ein Ausdruck größter Schwäche. Sie haben ausgehebelt, was uns Menschen ausmacht."

„Das da wäre?"

„Solidarität. Wir sind Rudeltiere: Da beschützen die Starken die Schwachen, sie fressen sie nicht auf. Und dann wäre da noch etwas: Mitgefühl. Wir haben es verloren, Fräulein Rost. Es ist einfach weg. Gehen Sie in sich, und Sie werden sehen: Da ist in uns diese Leere. Bei den einen ist das Mitgefühl komplett ausgelöscht, bei anderen existiert es vielleicht noch in verkümmerter Form, tief vergraben. Vergraben unter einem Haufen aus ideologischem Müll. Und das Resultat: Land unter. Schauen Sie, der Wolfgang hier, der hat alles verloren. Dreißigtausend Tote in Hamburg. Fast eine Million Einwohner mussten aus der Stadt flüchten. Erzähl ihr vom Feuersturm, Wolfgang.“

Reimann wand sich, er war von der schweigsamen Sorte.

„Herr Sussek“, protestierte Luci, „ich komme aus Berlin und dort gehen jeden Tag Bomben runter. Ich kenne das alles. Brennende Häuser habe ich schon gesehen ...“

„Ich spreche nicht von brennenden Häusern, Fräulein Rost. Ich spreche von einem *Sturm*. Wolfgang, erzähle!“, forderte er Reimann erneut auf.

Dieser suchte erst nach Worten. Auch Lisbeth hatte sich zu ihnen gewandt und lauschte, obgleich sie die Geschichte schon einmal gehört hatte.

„Es geschah im Sommer des vorletzten Jahres. Sie kamen mehrere Male, bombardierten zuerst den Stadtkern, am nächsten Tag den Hafen. Uns traf es am vierten Tag, da kam der zweite Großangriff ... diesmal warfen sie ihre Ladungen über den östlichen Stadtteilen ab, wo wir wohnten. Wir suchten im Keller Zuflucht, doch die Decke stürzte ein und begrub meine Frau und meine Tochter. Sie war einundzwanzig ... Ich überlebte, fand den Weg durch einen Kellerdurchbruch und gelangte ins Freie. Das Feuer loderte überall und wurde immer stärker. Da rannte ich los, fand den Weg heraus aus dem Viertel, raus aus Borgfelde. Und wie ich so rannte – ich hatte die Grenze der Feuersbrunst hinter mir gelassen –, da hörte ich ein ohrenbetäubendes Fauchen.“ Reimanns Gesichtszüge zogen sich zusammen, so als wolle er dieses Geräusch mimen. „Ich drehte mich um, und da sah ich, wie sich die Flammen zusammengeschlossen hatten. Ein heißer Wind erreichte mich und drohte mich umzuwerfen, doch ich blieb stehen, ich konnte meine Augen nicht abwenden. Was ich in jener Nacht sah, war mit dem gesunden Menschenverstand nicht zu erklären, Fräulein Rost. Da ...", Reimann rang um die richtigen Worte. „Die Stadt ... sie brüllte ... sie brüllte vor Schmerz und ... da öffnete sich plötzlich der Himmel und Gott drückte seinen blutroten Finger in die Flammen."

Reimann drückte seinen Zeigefinger mit weit aufgerissenen Augen auf den Tisch. Luci lief es für eine Sekunde eiskalt über den Rücken.

„Das ist die Apokalypse, Fräulein Rost. Genau so sieht sie aus", flüsterte Sussek. „Wir haben den Krieg in die Welt getragen, und nun kommt er zu uns zurück, und Gott zeigt dabei mit dem Finger auf uns."

Lisbeth bekreuzigte sich bei diesen Worten.

Die eindringliche Schilderung hinterließ auch bei Luci ihre Wirkung, wenngleich sie der darin enthaltenen biblischen Symbolik nichts abgewinnen konnte. Ein Feuersturm war das beeindruckende Resultat einer Abfolge physikalischer Abläufe: Heiße Brandgase durchstießen von unten die kühlere Luftschicht, bildeten dabei mehrere Kamine, die sich schließlich zu einem einzelnen gigantischen Kamin zusammenschlossen. Durch diesen Effekt erreichten die Luftmassen am Boden eine hohe Geschwindigkeit, es kam zum Sturm.

Luci hatte von diesem Phänomen gelesen. Einen solchen Feuersturm mit eigenen Augen zu erleben, so wie Wolfgang Reimann, war gewiss etwas anderes, keine Frage. Aber Gott?

„Sag mal, Wolfgang", durchbrach Sussek die Stille, „wie ist denn die aktuelle Lage? Hab in den letzten Wochen ja nichts mitbekommen."

„Der Krieg geht zu Ende. Zwei Wochen noch, mehr nicht ..."

„Die haben die Kinos dicht gemacht, habe ich heute gesehen."

„Ja, letzten Montag. Mangels Kohlen, wie sie sagen. Aber die wollen das Zusammenkommen von Menschen vermeiden."

„Was noch? Was gibts sonst zu berichten?"

Reimann überlegte.

Luci spürte ihren alten Unwillen gegenüber derlei Defätismus, doch sie war zu müde, um zu protestieren. Es war keine körperliche Müdigkeit; ihr Glaube an die Werte des Nationalsozialismus war durch die Ereignisse der letzten Tage ins Wanken geraten, und der Versuch, daran festzuhalten, erwies sich als kraftraubendes Unterfangen. Auch bei ihr machte sich Untergangsstimmung breit.

„Man hört dieser Tage, die Russen würden bald Dresden einnehmen. Die Meldung stammt wohl von den Engländern und den Amerikanern. Das sagt man sich jedenfalls ... und: Zivilisten wurden dabei beobachtet, wie sie zu Schanzarbeiten nach Ullersdorf marschierten. Und König Mu, der bereitet wohl gerade seine Flucht vor."

„Das wundert mich nicht", schnaubte Sussek verächtlich.

„König wer?", fragte Luci.

„König Mu", wiederholte Sussek. „Martin Mutschmann, unser verehrter Reichsverteidigungskommissar. Hat sich an seine Dresdner Villa einen Bunker bauen lassen. Aber Luftschutzbunker für die Bevölkerung: Fehlanzeige. Dresden hat keine Bunker. Wir sind schutzlos. Dank der Bemühungen unseres selbstherrlichen Königs." Sussek schüttelte den Kopf. „Und sonst?", wandte er sich wieder an Reimann.

„Es sind viele Deserteure in der Stadt. Es geht die Anweisung rum, man solle bettelnden Soldaten kein Brot geben und sie fortjagen. Die Gestapo macht unerbittlich Jagd auf die Männer. Die haben schon über siebenhundert aufgegriffen."

„Sehen Sie, Fräulein Rost, so machen wir das: Wir schicken unsere jungen Männer in den Krieg, damit sie dort Menschen abschlachten oder dort abgeschlachtet werden. Und wenn sie überleben und dem ganzen Elend entfliehen wollen, dann werden sie eben hier abgeschlachtet. Das ist Todessehnsucht."

Ein plötzliches Aufheulen der Sirenen ließ Luci und Reimann zusammenzucken. Sussek blieb gelassen.

„Hm, schon wieder Alarm ... jetzt müssen wir den armen Klemmer wecken. Für nichts."

Luci runzelte die Stirn.

„Ich verstehe Sie nicht. Sie sprechen von Untergang, können sich aber nicht vorstellen, dass Dresden angegriffen wird? Ein Widerspruch, finden Sie nicht?"

„Fräulein Rost, wenn die Alliierten Dresden hätten angreifen wollen, dann hätten sie es schon längst getan. Wissen Sie wie oft Leipzig bombardiert wurde? Ein gutes Dutzend Mal. Warum *wir* nicht? Weil Dresden verschont werden soll."

Da meldete sich Lisbeth aus dem Hintergrund zu Wort.

„Hast du die Toten von Freital vergessen? Und jene in der Annenstraße?"

„Das waren fehlgeleitete Angriffe, die galten nicht uns. Also, macht Euch mal keinen Kopp. Und jetzt lasst uns in den Keller gehen."

Sie erhoben sich.

Im Wohnzimmer hatte Klemmer sich bereits auf dem Sofa aufgerichtet. Reimann und Luci eilten zu ihm und stützten ihn.

„Sie kommen", flüsterte der Kriminalrat geschwächt in Richtung Sussek.

Dieser schüttelte beschwichtigend den Kopf und ging mit Lisbeth vor, öffnete die Wohnungstür.

Im Keller hatten sich alle Hausbewohner versammelt, man unterhielt sich. Eine Mutter hielt ihr schlafendes Kind in den Armen und sprach mit ihrer Nachbarin über den bevorstehenden Einmarsch der Russen.

Die Russen.

Sie waren *das* Gesprächsthema. Niemand erwähnte Bomben, einen Fliegerangriff zog man hier nicht einmal ansatzweise in Betracht. Zudem ging das Gerücht um, Churchills Großmutter läge in Dresden begraben. Oder handelte es sich einfach nur um einen Witz?

Klemmer lief der Schweiß über das Gesicht, im Kopf hatte der Kobold zu kneten begonnen. Der Schmerz wanderte von einer Seite zur anderen und wieder zurück. In den Ohren dröhnten tausend Motoren.

Sie kommen.

Nach einer Viertelstunde gaben die Sirenen Entwarnung. Wieder auf dem Sofa angelangt, legte Klemmer sich hin und fiel augenblicklich in einen tiefen Schlaf.

•

In den menschenleeren Gassen des nächtlichen Dresdens standen sie sich unvermittelt gegenüber: Der Serienmörder und der Polizeibeamte aus Berlin. Ersterer war bloß ein Schatten, eine schwarze Silhouette mit Hut und Mantel vor düster-grauer Kulisse. Beim Anblick des Polizisten war er stehen geblieben, verharrte wie gelähmt auf der gepflasterten Straße.

Er wusste, dass er geliefert war.

Langsam griff der Polizist nach seiner Waffe.

Der Mörder rannte wie von der Tarantel gestochen los, der Polizist nahm blitzschnell die Verfolgung auf.

Zur einsetzenden Orchestermusik erfolgte die große Einblendung, quer über die gesamte Leinwand:

Das Phantom von Dresden

Nach einer wahren Begebenheit. Sehen Sie einen
Farben-Großfilm der UFA.

SONNTAG, 11. 2. 1945

Im Keller des ehemaligen Hotel Continental hatte Fritz Pfotenhauer auf dem eigens für ihn bereitgestellten Stuhl Platz genommen, ein Bein über das andere geschlagen.

Etwa ein halber Meter trennte ihn und den Gefangenen, der mit blutüberströmtem Gesicht und mit hinter dem Rücken gefesselten Händen auf dem Stuhl gegenüber saß. Pfotenhauer wies den stehenden Beamten mit einer kleinen Kopfbewegung an, einen Schritt zurückzutreten. Der kräftige Mittfünfziger tat, wie ihm geheißen, hielt dabei den Schlagstock weiterhin fest umklammert, bereit, jeder Zeit mit der Prügel fortzufahren. Bereits bei der Verhaftung hatten dienstbeflissene Beamte unter Pfotenhauers Leitung den jungen Soldaten auf das bevorstehende Verhör vorbereitet, mit etlichen Stockschlägen, so wie es die Anweisungen der ‚Verschärften Vernehmung' vorsahen. Mit dieser Vorgehensweise brach man den Willen der Verhafteten schon im Vorfeld: Mit zugequollenen Augen, aufgeschlagenen Lippen und ausgeschlagenen Vorderzähnen gelang es den Wenigsten, Haltung zu bewahren. Der Direktor ließ es sich nicht nehmen, die eine oder andere Verhaftung selbst durchzuführen, um die saubere Anwendung des Protokolls zu überwachen. Entdeckten die Patrouillen einen oder mehrere Deserteure, hatten sie die Anweisung, der Zentrale Bescheid zu geben, sodass der Direktor höchstselbst zum Ort des Geschehens eilen konnte.

Pfotenhauer verspürte keine Freude beim trostlosen Anblick des Gefangenen, zumal es sich bei dem Jungen um einen gesunden deutschen Arier handelte. Ihn in diesem grauen Verhörraum quälen zu müssen, erfüllte den Direktor mit Widerwillen. Doch wie sollte man mit Deserteuren umgehen, die ihr Vaterland verrieten? Wenn der Nationalsozialismus tatsächlich untergehen sollte, dann saß die Ursache genau hier vor ihm, in diesen vier Wänden. Ein erbärmlicher Feigling, der sein Land im Stich ließ, einer dieser immer zahlreicher werdend verweichlichten Arschlöcher! Stieß dem eigenen Volk den Dolch in den Rücken!

Der Direktor schielte hinüber zu der jungen Sekretärin, die links von ihnen in angemessenem Abstand an einem kleinen Schreibtisch vor ihrer Schreibmaschine saß. Sie wartete geduldig auf den Beginn des Verhörs.

Pfotenhauer wandte sich an den Gefangenen.

„Das tut doch sicher weh, Junge", flüsterte er dem jungen Soldaten zu. Dieser hielt den Kopf gesenkt, aus seinem Mund tropfte das Blut. Er nickte. „Wir können damit aufhören. Dafür musst Du nur Dein Maul aufmachen." Der Gefangene hob langsam den Kopf, aus seiner Kehle drang lediglich ein leises Röcheln. „Also, ich höre ...", drängte der Stapo-Chef.

„Ich weiß nicht, was ...", stammelte der Soldat, doch da hatte Pfotenhauer schon ausgeholt und schlug ihm die Faust ins Gesicht.

„Wo halten sich Deine Kameraden versteckt, Du Stück Scheiße? Und lüg mir nicht ins Gesicht, da waren drei weitere Schlafplätze in Eurem Rattennest! Wo haben die sich verkrochen?"

Pfotenhauer trat in den Flur, wischte sich mit einem Taschentuch das Blut vom Handrücken. Fast war er ein wenig enttäuscht über den schnellen Erfolg; der Junge hatte alle zur Ergreifung seiner verräterischen Freunde notwendigen Informationen ausgeplaudert.

Die Sekretärin trat ebenfalls aus dem Verhörraum und reichte dem Direktor das Protokoll. Mit dem Papier in der Hand marschierte er den Flur entlang, nahm rechts die Treppe und ging hinauf in den dritten Stock.

Vor seinem Büro wartete bereits Simmat. Mit seinem fliehenden Kinn und dem viel zu weiten Ledermantel wirkte der untersetzte Mann wie eine lächerliche Karikatur. Von allen Spürhunden, die Pfotenhauer zur Verfügung standen, war dieses Männlein aber immer noch der effektivste.

„Herr Kriminaldirektor", begann Simmat mit seiner kehligen Stimme, sobald sein Chef vor ihm stand, „habe soeben den Zwischenbericht der Beamten vor Ort eingeholt."

„Ich höre."

„Die Kriminalbeamten aus Berlin sind bei Sussek untergekommen. Der Kriminalrat Klemmer hat heute das Haus noch nicht verlassen, Sussek und die Assistentin des Kriminalrats hingegen schon. Sie hielten sich ab neun Uhr zwanzig für die Dauer von genau achtundzwanzig Minuten in der Drehgasse auf."

„Die Sparmann-Wohnung?"

„Jawohl."

Pfotenhauer fuhr sich mit der Hand über das Gesicht, schnaubte dabei betont verächtlich.

„Hm ... dann ermitteln die tatsächlich nochmal in der Sparmann-Sache. Überwachen Sie die Leute weiter. Wenn sich was Verdächtiges tut, informieren Sie mich umgehend. Es gefällt mir nicht, dass die Kripo in meiner Stadt herumschnüffelt. Dass der Reichsführer dieses Pack noch immer duldet ... Wegtreten! Nein, Sekunde noch ..." Pfotenhauer drückte Simmat das Protokoll in die Hand. „Schicken Sie ein paar Leute zu dieser Adresse, sie sollen die Deserteure verhaften, die sich dort versteckt halten."

Simmat nickte und verschwand.

Fritz Pfotenhauer betrat sein Büro und schritt ans Fenster. Draußen schien die Vormittagssonne. Der Frühling kam dieses Jahr sehr früh. Vielleicht sollte er diesen Sonntag einmal ausspannen. Für heute hatte er genug getan, der Morgen war erfolgreich verlaufen.

Sollten die in der Zentrale mal ohne ihn auskommen.

•

„Und? Hat der kleine Spaziergang etwas gebracht?"

Klemmer richtete sich auf dem Sofa mit einem Ächzen auf, während Sussek und Luci das Wohnzimmer betraten.

„Jetzt bleiben Sie mal liegen, Herr Kriminalrat", mahnte Sussek und setzte sich auf den Sessel, während Luci mit einem Platz am Esstisch vorliebnahm. „Lisbeth bereitet Ihnen gerade frischen Kräutertee zu."

„Ihre Frau ist sehr fürsorglich, Sussek, aber ich weiß nicht, wie viele Liter davon ich noch trinken kann."

„So viel, bis Sie ganz gesund sind", entgegnete Lisbeth Sussek, die mit dem Tablett hereinspaziert kam. „Und nachher gibt es eine kräftige Hühnerbrühe. Das bringt Sie ganz schnell auf die Beine. Der Wolfgang besorgt grad die Zutaten."

Sie stellte das Tablett auf den Tisch und goss dem Kriminalrat eine Tasse von der heißen Flüssigkeit ein – die widerwillige Miene des Patienten bewusst ignorierend – und reichte sie ihm.

„Danke", grummelte Klemmer und sah sie wieder in die Kuche eilen.

„Zu Ihrer Frage", begann Luci den Bericht, „wir haben uns den Tatort noch einmal gründlich angesehen. In der Sparmann-Wohnung sind mittlerweile zwei Flüchtlingsfamilien untergebracht, also ... nein, der Spaziergang hat nichts ergeben."

„Gut, ich bin auch nicht davon ausgegangen, dass Sie dort irgendwas finden. Sussek, Ihr Bericht war detailliert, Sie haben bestimmt nichts übersehen."

„Hm, Ihre Einschätzung ehrt mich, Herr Kriminalrat ... aber vergessen Sie nicht: Ich war zwölf Jahre auf dem Abstellgleis. Ich weiß wirklich nicht, ob meine Nase noch gut funktioniert."

„Wenn es hart auf hart kommt, wird sie funktionieren", entgegnete Klemmer und tupfte sich mit einem Taschentuch den Schweiß von der Stirn.

„Chef, es ist nun wirklich an der Zeit, den Onkel zu befragen. Berkowicz hat die Antworten, die wir brauchen. Das kann ich fühlen", wandte Luci ein.

Klemmer rieb sich die müden Augen.

„Das kann warten ..."

„Chef, der Mann ist vielleicht der, den wir suchen ..."

„Ich sagte, das kann warten!", fuhr Klemmer seine Assistentin an.

Was folgte, war eine beißende Stille; den Kriminalrat durchbohrten die fragenden Blicke der beiden. Luci hatte wie immer recht: Berkowicz einen Besuch abzustatten, war der naheliegendste Schritt. Warum sträubten sich ihm, Erich Klemmer, die Nackenhaare bei dem Gedanken, Berkowicz vor die Augen zu treten? Woher kam die Angst? Je mehr er darüber nachdachte, umso deutlicher zeichnete sich der Grund für seinen Widerwillen ab. Er, Kriminalrat Erich Klemmer, war schuldig. Er repräsentierte das System, das Hannah auf dem Gewissen hatte. Somit war er für ihren Tod mitverantwortlich. Wie sollte er mit dieser Schuld einem Angehörigen ins Gesicht blicken? Vielleicht war er, Berkowicz, ja der Mörder, wie Luci schon sagte. Vielleicht war er der Rächer seiner Nichte. In Anbetracht der Verbrechen, die die SS begangen hatte, war doch Rache eine durchaus menschliche Reaktion.

„Herr Kriminalrat", sprach Sussek den grübelnden Klemmer an, „ich muss Ihrer Assistentin recht geben. Berkowicz ist die beste Spur, die wir haben. Ich kann verstehen, wenn Sie die Befragung selbst durchführen wollen. Dann warten wir eben, bis Sie sich erholt haben."

„Sie beide besuchen zunächst einmal Frau Hofmann", befahl Klemmer abwinkend. „Fragen Sie sie, ob sie Neuigkeiten von ihrem Mann hat. Und erklären Sie ihr unmissverständlich die Gefahrenlage, ohne aber ins Detail zu gehen. Sie muss wissen, dass sie und ihre Tochter in Gefahr sind. Solange ihr Mann nicht zurück ist, wird der Rächer mit Sicherheit nichts unternehmen. Trotzdem muss sie Bescheid wissen. Vielleicht hat sie Verwandte, bei denen sie Schutz suchen kann." Er vergrub das Gesicht in den Händen. „Ob Ben Berkowicz oder sonst wer ... der Kerl ist hier in Dresden, soviel ist sicher. Bei den Puschs und bei den Kowalkes hat er jeweils über ein halbes Jahr nach der Rückkehr der Männer zugeschlagen. Bei Sparmann nur einen Monat nach dessen Rückkehr im November."

„Woher holt er sich die Information? Woher weiß er, dass die Männer zurück sind?", fragte Sussek.

„Das ist es ja gerade ... Er ist mit viel Geduld an die Sache ran gegangen. Ich bin sicher, er hat sich mehrmals nach Berlin und Magdeburg begeben, hat sich vergewissert, dass seine Opfer heimgekehrt sind. Kostete ihn ein paar Zugfahrten. Dann begann seine Planung. Nach dem Mord an den Puschs nahm er die Kowalkes ins Visier. Doch dann war Sparmann plötzlich da, und unser Mann hat sich umentschieden. Kowalke war in Berlin, das erforderte eine sehr sorgfältige Planung. Wegen der häufigen Luftangriffe konnte da sehr viel schiefgehen, Berlin ist ein gefährliches Pflaster. Also zog er Sparmann vor. Berkowicz ... er ist gemeldeter Jude. Ich kann mir nicht vorstellen, dass er diese Reisen unternommen haben könnte, ohne auf Widerstände zu stoßen."

Luci hatte Bedenken, was diese Theorie betraf.

„Gut, der Täter – wer immer er ist – beginnt in Magdeburg, will dann den Mord in Berlin durchziehen, entscheidet sich zwischenzeitlich für Dresden, weil Sparmann zurück ist und er, der Täter, hier leichtes Spiel hat, und führt erst dann seinen ursprünglichen Berlin-Plan durch. Was ist mit Scheil? Scheil ist seit 43 zurück in Dresden. Warum hat der Mörder nicht bei ihm angeklopft?"

Klemmer zupfte an seiner Unterlippe. Mit Lucis Einwand hatte er sich auch schon beschäftigt.

„Scheil ... hm ... Scheil verlässt nie sein Haus, Sie haben ihn gehört. Er hütet seine Söhne, während seine Frau tagsüber arbeitet. Außerdem ist er sehr kräftig und auch mit seiner Verletzung bestimmt ein nicht zu unterschätzender Gegner. Den überwältigt man nicht einfach so. Der Mörder weiß das."

„Und lauert auf eine Gelegenheit", pflichtete Sussek bei.

„Richtig", fuhr Klemmer fort, „dann wäre da noch Burger, der sicherlich nicht auf der Abschussliste steht, weil er an Hannahs Ermordung nicht beteiligt war. Womöglich war er zu dem Zeitpunkt gar nicht mehr in Warschau. Und schließlich Hofmann, der noch gar nicht zurück ist. Wer weiß, ob der überhaupt noch lebt. Der hat doch auf dem Schlachtfeld sein Leben ausgehaucht, da geh ich jede Wette ein ..."

Luci wurde ungeduldig. Einmal mehr drehten sie sich im Kreis und versanken in Spekulationen.

„Der Mörder nutzt die Dunkelheit der Jahreszeit ...", murmelte Sussek nachdenklich. „Alle Morde geschahen diesen Winter, obwohl – wie Sie sagten – zwei der Männer bereits im letzten Frühling beziehungsweise im Sommer heimgekehrt waren. Die Tage sind im Winter jedoch angenehm kurz für jemanden, der im Schatten agiert: Verdunkelung der Fenster, keine Straßenbeleuchtung. Er beschattet in Ruhe seine Opfer, studiert ihre Gewohnheiten, hat viel Zeit. Und schlägt zu, wenn er sich seiner Sache sicher ist und bleibt zu jeder Zeit unsichtbar."

Ein Phantom.

Klemmer seufzte. Sie kannten das Motiv und sie durchschauten seine Vorgehensweise, aber daraus ergab sich kein Name, kein Gesicht.

Ja, sie mussten zu Berkowicz. Wenn einer den Täter kannte, dann er.

„Gehen Sie diese Frau Hofmann besuchen. Wenn Sie jetzt losgehen, dann sind Sie bis Mittag wieder da. Wenn ich bis dahin auf den Beinen bin, dann gehen wir zu Berkowicz. Noch heute."

„In Ordnung", sagte Sussek. „Wo wohnt die Hofmann?"

„In Neustadt, Rähnitzgasse 25", antwortete Luci, die sämtliche Adressen bereits auswendig zu kennen schien.

„Gut, nehmt den Wagen", schlug Klemmer vor, „der Schlüssel ist in meinem ..."

„Nein, lassen Sie mal", unterbrach ihn Sussek, „den restlichen Sprit brauchen wir vielleicht noch. Den Weg gehen wir zu Fuß, dann zeige ich dem Fräulein Rost die Stadt."

Der Wagen parkte unverändert vor dem Haus. Als Luci mit Sussek vor die Tür trat, sahen sie drei Jungen vor dem Auto stehen und mit leuchtenden Augen fachsimpeln.

„Mit dem Gefährt ist man nicht grad unauffällig. Wo hat Klemmer den denn eigentlich her? Da gibts doch nur ein paar wenige, wenn ich das richtig überblicke."

„Er gehört seinem Sohn. Und der hat ihn geschenkt bekommen."

„Hm, das ist mal ein ordentliches Geschenk. Kommen Sie."

Sie gingen am Rathaus entlang bis zur Kreuzkirche, marschierten links an dieser vorbei und gelangten auf den Altmarkt.

„Ich hatte letzte Nacht einen Albtraum", murmelte Sussek, als sie am Löschteich ankamen. „Wegen dem Teich. Und dem, was sie gestern gesagt haben."

„Ich denke, Sie glauben nicht an einen Angriff."

„Tu ich auch nicht."

Luci schielte zu dem alten Mann hinüber. In seinen kleinen Augen lag Sorge, das war unverkennbar. Da konnte er noch so sehr abwinken. Auch er war ein Gegner des Nationalsozialismus, so wie ihr Chef. Luci war nunmehr von gleich zwei Beamten umgeben, die vom Pfad der Tugend abgekommen waren. Und sie? Sie wusste nicht mehr, was richtig oder falsch war. Um einer tieferen Sinnkrise zu entgehen, erwies sich Klemmers Taktik als hilfreich: auf den Fall konzentrieren. Nur auf den Fall.

Sie überquerten die Wilsdruffer Straße in Höhe Nordwestecke des Altmarkts und gelangten auf die Schloßstraße, die sie am Residenzschloß vorbeiführte und durch das Georgentor.

„Das Georgentor", erklärte Sussek seiner Begleiterin, als sie unter dem Georgenbau durchliefen, „war ursprünglich das Stadttor, bis Georg der Bärtige es zu diesem Renaissancebau umgestalten ließ. Links von uns, das ist das Residenzschloß, rechts der Stallhof."

Sussek liebte sein Dresden, er erzählte Luci auf ihrem Weg über die Augustusbrücke allerhand Wissenswertes über die barocke Architektur der Stadt. Und darüber, wie die Preußen hier einst gewütet hatten, weswegen das berühmte barocke Dresden nun nicht mehr ganz so barock sei. Luci lauschte mit halbem Ohr seinen Ausführungen, ihre Aufmerksamkeit hatte sie auf einige Flüchtlinge gelenkt, etwa zwei Dutzend Menschen, Erwachsene und Kinder, die mit einem Pferdefuhrwerk in die entgegengesetzte Richtung über die Brücke pilgerten, vorbei an einer ihnen entgegenkommenden Straßenbahn.

„Flüchtlinge aus Schlesien", klärte Sussek Luci auf.

„Wo sind all die anderen? Seit wir hier sind, habe ich nur wenige in der Stadt gesehen, ich war davon ausgegangen, Dresden sei ein einziges Flüchtlingslager."

„Flüchtlinge strömen schon seit über einem Jahr nach Dresden. Aber die Stadt ist schon längst voll und kann niemanden mehr aufnehmen. Im Dezember ist sie zum Zuzugssperrgebiet erklärt worden. Drum werden die hier durchgeschleust. Seit letztem Monat ist eine regelrechte Völkerwanderung im Gange, wie mir Wolfgang berichtet hat ... seit die Russen in Schlesien eingedrungen sind. Aber die Volkswohlfahrt kann nichts für diese Leute tun, hier herrschte ja zu normalen Zeiten schon Wohnungsmangel."

„Das klingt nach Chaos. Davon ist hier wahrlich nichts zu sehen."

„Dann gehen Sie mal zum Hauptbahnhof, dort sind die Wartesäle zum Bersten voll. Aber Sie haben recht, in der Stadt ist alles friedlich, bis auf ein paar Gruppen, die es trotzdem versuchen. Die Behörden sind aber bestens vorbereitet, sie setzen sich durch, die nutzen einfach das System der Lebensmittelkarten."

„Wie das?"

„Neuankömmlinge müssen zur Kartenstelle des Ernährungsamtes. Und dort haben sie ein Problem, denn gültige Karten gibts nur, wenn man eine Aufenthaltsgenehmigung besitzt, und zwar vom Wohnungsamt oder der Polizei."

„Und wenn sie die nicht haben, dann ...?"

„Dann werden sie zur Volkswohlfahrt geschickt, die sie an die zuständigen Aufnahmegaue weiterleitet. Sie kriegen lediglich Verpflegung bis zur Abfahrt aus der Stadt, aber keine Lebensmittelkarten. Innerhalb von vierundzwanzig Stunden schickt man sie nach Westen."

Luci drehte sich noch einmal nach der Gruppe um und sah, wie diese durch das Georgentor verschwand.

„Glauben Sie auch, wir sollten kapitulieren?"

Sussek blieb stehen und sah Luci verwundert an.

„Ja. Ja, das denke ich. Jeder Tag, an dem gekämpft wird, kostet Menschenleben. Nur befürchte ich, der Führer wird nicht kapitulieren."

„Vielleicht weil er bis zuletzt an seine Ideale glaubt."

„Welches Ideal wollen Sie denn über Menschenleben stellen, Fräulein Rost? Egal wie sehr das Ideal, von dem Sie sprechen, auch glänzen mag: Wenn es den Wert eines Menschenlebens nicht berücksichtigt, dann ist es kein Ideal. Sondern eine Krankheit. Die Nazis verachten Leben. Das der anderen und auch ihr eigenes. Und der Führer ..." Sussek ließ seine kleinen Augen ratlos umherwandern. „Der Führer wird nicht eher ruhen, bis wir alle tot sind."

Sie setzten ihren Weg fort.

Schon nach wenigen Minuten hatten sie die Brücke überquert und gelangten über den Neustädter Markt in die Rähnitzgasse.

Erna Hofmann saß mit zusammengefalteten Händen im Schoß auf dem Sofa und musterte die beiden Ermittler, die auf Stühlen gegenüber Platz genommen hatten, mit großen Augen. Neben ihr stand ihre siebenjährige Tochter Irmgard mit exakt dem gleichen Blick. Gespannt erwarteten sie eine Erklärung für diesen Besuch.

„Frau Hofmann", begann Luci zaghaft, „was wir Ihnen sagen möchten, ist für die Ohren eines jungen Mädchens ungeeignet. Wenn Sie also ..."

„Oh, ja, natürlich ... Irmgard, geh bitte in Dein Zimmer. Und schließe die Tür."

Das Mädchen verschwand enttäuscht im Flur, kurz darauf hörte man die Tür ihres Zimmers zugehen.

„Frau Hofmann, es geht um Ihren Mann."

Erna Hofmann blinzelte nervös.

„Ja?"

„Haben Sie Neuigkeiten von ihm?"

„Nein ... der letzte Brief kam vor mehreren Monaten."

„Wann war sein letzter Fronturlaub?"

„Das war vorletzten Sommer."

„Da kam er aus Warschau, nicht wahr?"

„Ja."

Luci machte sich Notizen, während Sussek mit verschränkten Armen den unbeteiligten Zuhörer gab.

„Frau Hofmann, hat Ihnen Ihr Mann damals erzählt, was er in Warschau gemacht hat?"

„Nein, Richard sprach nicht über Warschau."

„Hm, verstehe ... also hören Sie, wir sind hier, um Ihnen eine sehr unerfreuliche Mitteilung zu machen. Drei Männer aus dem Referat, in dem Ihr Mann in Warschau tätig war, sind ermordet worden. Die und ihre Familien."

Das nervöse Blinzeln verflüchtigte sich, die Hofmann runzelte mit einmal die Stirn. Wie aus einem Traum erwacht, schien sie erst mit einigen Sekunden Verzögerung zu realisieren, was sie gerade gehört hatte.

„Ermordet? Wer wurde ermordet?"

„Drei Männer ... aus der Einheit ihres Mannes. Ein Referat bestehend aus sechs Mitgliedern. Sie wurden getötet, zusammen mit ihren Familien."

„Das ist ja schrecklich."

„Einer von ihnen war Alfred Sparmann, aus Dresden."

„Sparmann ..."

„Ein Freund Ihres Mannes."

„Ja, ich erinnere mich. Er war ein paar Mal hier zu Besuch. Mit seiner Frau. Und wir haben sie auch besucht. Einmal. Das ist schon ewig her."

„Frau Hofmann, wir glauben, dass auch Sie in Gefahr sind. Sie und Ihre Tochter."

„Warum?"

„Wie schon gesagt: Jemand ermordet die Männer des Referats. Es ist nur eine Frage der Zeit, bis er auch an Ihre Tür klopft. Möglicherweise hatten Sie bis jetzt Glück, weil Ihr Mann nicht da war."

Bei dem letzten Satz setzte das nervöse Blinzeln wieder ein.

„Was soll ich jetzt tun?"

„Vielleicht sollten Sie mit Ihrer Tochter für eine Weile die Stadt verlassen. Zu Verwandten, aufs Land, wenn möglich."

Die zwei Beamten verließen das Haus und machten ein paar Schritte, die Rähnitzgasse entlang. Nach dreißig Metern blieb Sussek stehen.

„Ist Ihnen aufgefallen, wie nervös die Frau war?", fragte er Luci.

„Sie bekommt wahrscheinlich selten Besuch von der Kripo. Die ihr dann auch noch erzählt, jemand wolle sie und ihre Tochter umbringen."

Sussek schüttelte den Kopf.

„Nein. Nein, da war was anderes. Sie sagten zu ihr wörtlich: ‚Wir sind wegen Ihrem Mann hier'. Sie hätte uns fragen sollen, ob *wir* Neuigkeiten haben. Stattdessen hat sie uns nur mit ihren großen Augen angesehen. Und als Sie sie fragten, ob *sie* Neuigkeiten hätte ..."

„Da wurde sie noch nervöser. Als ich dann die Morde erwähnte, reagierte sie mit Verwunderung."

Sussek schaute zurück in Richtung Hofmann-Wohnhaus.

„Entweder hat sie dort ihren Liebhaber im Schrank versteckt oder ..."

„Oder?"

„Oder Richard Hofmann ist in der Stadt."

„Sie glauben, er ist zurück? Ein Deserteur?"

„Es würde ihr seltsames Verhalten erklären."

„Dann war er vielleicht in der Wohnung, während wir mit ihr gesprochen haben?"

„Nein, kaum. Die Kleine wäre ein Unsicherheitsfaktor. Kinder können sich schnell verplappern. Nein, er versteckt sich hier irgendwo in der Stadt."

„Gut, was schlagen Sie vor?"

Sussek zuckte die Schultern.

„Hm, wir könnten die Frau beschatten. Wenn wir Richard Hofmann aufspüren, können Sie ihn zu Warschau befragen. Allerdings wird er nicht mehr wissen als Scheil. Und der war nicht besonders gesprächig."

„Wenn Hofmann tatsächlich hier ist und sich als Deserteur versteckt hält, dann steht er unter Druck, wenn wir ihn befragen. Ich könnte mir vorstellen, dass ihm da ein paar Details einfallen."

Sussek nickte.

„Gut, wir machen Folgendes: Ich halte hier die Stellung. Solange es hell ist, wird sie sich wohl eher nicht vom Fleck bewegen. Aber sobald es dunkel wird, führt sie uns vielleicht zum Versteck. Sie ist bestimmt ungeduldig und will ihm von unserem Besuch erzählen."

„Sie sind sich Ihrer Sache sehr sicher ..."

Sussek grinste.

„Sicher bin ich mir nicht ... aber mal sehen, ob die hier noch funktioniert". Er tippte sich mit dem Zeigefinger gegen die Nase. „Gehen Sie erstmal zurück und berichten Ihrem Chef."

„Wollen Sie hier warten, bis es dunkel ist? Bis dahin sind es noch fünf Stunden."

„Sie können mich ja ablösen. Und bringen Sie mir eine Fettbemme mit."

„Eine was?"

Sussek lachte.

„Lisbeth weiß schon Bescheid."

•

Das dunkle Heulen der Sirenen drang durch die menschenleeren Gassen. Hinter der nächsten Ecke würde er ihm auflauern. Klemmer zog seine Walther, während er sich Schritt für Schritt der Hauskante näherte. Alles um ihn herum versank in tiefes Grau, nicht ein Farbklecks war auszumachen.

Zu teuer. Sie drehen schwarz-weiß.

Mit dem Rücken zur Hauswand hielt er inne. Die Sirenen verstummten. Der Mörder war da, hinter der Ecke, keine zwei Schritte entfernt. Klemmer konnte seinen Atem hören. Der Kriminalrat machte einen Schritt nach rechts und wirbelte um einhundertachtzig Grad herum, die Walther im Anschlag.

Der Mörder stand vor ihm, regungslos. Noch immer die gleiche schwarze Silhouette mit Mantel und Hut. Keine Farbe, nur Schwarz vor dunkelgrauer Kulisse.

Klemmer drückte ab.

Nichts. Ladehemmung.

Während sein Finger am Abzug herumwürgte, zog der Mörder seelenruhig eine kleine Schachtel Streichhölzer aus der Manteltasche. Die Schachtel leuchtete rot im Dunkeln.

Farbe.

Er griff emotionslos hinein, holte ein Streichholz hervor und entzündete es vor den Augen seines Widersachers. Im flackernden Schein der kleinen Flamme glaubte Klemmer das Gesicht des Mannes zu erkennen. Doch waren es nur maskenhafte Züge. In Panik begann der Kriminalrat an seiner Waffe zu rütteln, drückte erneut ab, wieder nichts.

Der Mörder holte aus und warf das Streichholz mit viel Schwung vor sich auf den Boden. Mit einem lauten Fauchen stoben gewaltige Flammen um ihn herum empor, griffen in Sekunden auf die umliegenden Häuser über.

Klemmer rührte sich nicht, er und der Mörder standen sich nun mitten in einer gewaltigen Feuersbrunst gegenüber.

Der Sicherungshebel ... du musst die Waffe entsichern, Idiot!

Klemmer schwenkte den Hebel nach oben, zielte auf das Gesicht seines Gegenübers. Dieser hob leicht den Kopf.

In dem Augenblick, da der Kriminalrat die Kugel abfeuerte, konnte er das Gesicht des Mannes erkennen.

•

Als Luci eintrat, kam sofort Lisbeth Sussek aus der Küche gehuscht und deutete mit dem Zeigefinger vor dem Mund an, man müsse nun leise sein.

„Kommen Sie in die Küche", flüsterte sie und half Luci aus ihrem Mantel. „Ihr Chef ist eingeschlafen, er braucht Ruhe. Die Suppe köchelt schon. Wo ist mein Mann?"

„Er ist in der Stadt geblieben. Er verfolgt eine Spur."

„Ja, so war er schon damals. Seit er wieder Polizist sein darf, ist er wie ausgewechselt."

Man begab sich in die Küche, wo Wolfgang Reimann am Tisch saß. Er erhob sich, als er Luci eintreten sah und grüßte mit einem schüchternen Nicken. Die Beamtin setzte sich zu ihm, während Lisbeth Sussek sich wieder am Herd zu schaffen machte.

„Kommen Sie voran mit Ihren Ermittlungen?", fragte Reimann.

„Eher nicht", antwortete Luci trocken.

Ein kurzer Schrei ließ die drei in der Küche zusammenzucken.

„Das kam aus dem Wohnzimmer", konstatierte Reimann und sprang als Erster auf und stürmte in den Flur, die beiden Frauen hinterher.

Im Wohnzimmer sahen sie, wie der Kriminalrat sich mit geschlossenen Augen auf dem Sofa hin- und herwälzte, mit den Lippen Unverständliches stammelnd.

„Er hat einen Albtraum, der Arme", sagte Lisbeth Sussek und setzte sich zu Klemmer aufs Sofa. Sie drückte seine Hand, worauf er kurz die Augen öffnete und wieder schloss. „Wir geben ihm noch zwei Stunden, dann bekommt er Suppe. Die wird ihm gut tun."

•

Der Kriminaldirektor starrte in den Badezimmerspiegel. Dunkle Augenringe zeugten von den strapaziösen Wochen, die hinter ihm lagen. Sein Wille, Verräter aufzuspüren, war ungebrochen. Und er war nach wie vor ein fähiger Jäger, auch wenn er mit seinen sechzig Jahren an Vitalität eingebüßt hatte. Die Muskeln waren noch kräftig, jedoch die Gelenke schmerzten, was sich negativ auf seine mentale Agilität auswirkte. Schmerzen machten müde, Ratten spürten das instinktiv und nutzten die Schwäche ihres Verfolgers, um sich blitzschnell aus dem Staub zu machen. All diese Deserteure! Junge Kerle, die sich mit ihrer jugendlichen Kraft dem Feind entgegenstellen könnten! Stattdessen wählten sie den Weg der Feigheit und des Verrates am eigenen Volk! Sie waren letztlich nicht besser als Juden. Und genau wie diese musste man sie ausrotten!

„Fritz."

Anneliese hatte ihren Kopf durch den Türspalt gesteckt.

„Was ist, Liebes?"

„Da ist das Präsidium am Telefon, ein Herr Simmat. Es scheint irgendwie dringend zu sein."

„Gut, ich geh gleich ran. Sag ihm, er soll kurz dran bleiben."

Anneliese nickte und huschte davon.

Wenn Simmat bei ihm zu Hause anrief, konnte es sich nur um eine wichtige Angelegenheit handeln. Dann hatten sich irgendwo in der Stadt ein paar Ratten zu weit aus ihrem Versteck gewagt und warteten darauf, aufgespürt zu werden. Und Kriminaldirektor Fritz Pfotenhauer ließ es sich nicht nehmen, das Nest persönlich auszuräuchern.

Auch an einem Sonntag.

•

Als Sussek das Fräulein Rost und den Kriminalrat in die wenig belebte Rähnitzgasse einbiegen sah, warf er einen kurzen Blick auf die Uhr. Es war bereits nach fünf und die Dämmerung tauchte die Häuser in diverse Blautöne. Über fünf Stunden hatte er geduldig ausgeharrt, von der Ecke Heinrichstraße aus mit einem Auge immer zur Haustür des Hofmann-Wohnhauses hinüberschielend, in etwa dreißig Metern Entfernung.

„Menschenskind, Herr Kriminalrat", schimpfte Sussek leise, als die beiden zu ihm stießen, „Sie gehören ins Bett! Was tun Sie denn hier?"

„Es geht schon, Sussek. Nun machen Sie sich mal keine Sorgen."

„Das seh ich, Sie sind ja ganz bleich. Sehen aus, als würden Sie gleich tot umfallen."

„Ihre Frau hat mich mit einer wunderbaren Hühnersuppe aufgepäppelt."

Sussek nickte.

„Ja, ihre Suppen haben es in sich."

„Hier", sagte Luci und holte aus ihrer Manteltasche ein in Papier eingewickeltes Etwas hervor. „Ihre ... Ihre ‚Fettbemme‘. Tut mir leid, dass Sie so lange warten mussten ..."

Sussek rieb sich freudig die Hände.

„Ihre was?", fragte Klemmer.

„Eine Stulle", klärte Luci ihren Chef auf. „Mit Schmalz."

Während Sussek sein Mahl genüsslich verzehrte, kämpfte Klemmer gegen das Schwindelgefühl an. Immerhin hielt er sich überhaupt auf den Beinen. Lucis Bericht hatte seine Lebensgeister geweckt, vor allem die darin enthaltene neue Wendung. Zwei Stunden lang trank er Kräutertee um Kräutertee, löffelte zwischendurch noch zwei weitere Teller von der köstlichen Hühnersuppe, bis sein Körper ihm signalisierte, dass das Schlimmste überstanden war.

„Und? Hat sich irgendwas getan?", fragte Klemmer den kauenden Sussek ungeduldig.

„Nein. War auch nicht zu erwarten. Aber langsam wirds dunkel. Nur noch wenig Volk auf den Straßen. Die eine oder andere Patrouille vielleicht, ansonsten hätte sie freie Bahn."

„Na dann ... hoffen wir mal, dass Sie mit Ihrer Vermutung richtig liegen, Sussek", meinte Klemmer.

Anderthalb quälende Stunden waren verstrichen und in der dunklen Rähnitzgasse herrschte nicht gerade reges Leben, obgleich es gerade einmal neunzehn Uhr war. Lediglich aus dem Wirtshaus hinter den Beamten, Ecke Neustädter Markt, drang gedämpftes Lallen zu ihnen herüber. Dort saß man wohl gemütlich bei einem Gläschen Rum am Stammtisch, im altvertrauten Kreise und ließ die Zeit verstreichen.

„Wie haben Sie es fünf Stunden hier ausgehalten? Vom Stehen verkrampfen sich schon meine Glieder und ich steh hier grad mal eine Stunde", fluchte Klemmer, der von einem seltenen, aber jetzt geradezu unwiderstehlichen Verlangen gepackt wurde, sich in das Lokal zu verkrümeln und sich einen schwarzen Tee mit Schuss zu gönnen. Der Wirt hatte sicher noch eine Flasche lang gehüteten Rum vorrätig.

„Ich bin im Kopf den Fall durchgegangen. Gestern, als Sie beide schon schliefen, hab ich mir die Berichte nochmal durchgelesen, die Fotos analysiert. Das alles ging mir in den einsamen Stunden vorhin durch den Kopf."

„Aha ... und das Fazit der ganzen Grübelei?"

„Er hat schon mal getötet."

„Wer? Der Mörder?"

„Ja. Diese Morde ... das waren nicht seine ersten. Er ist kalt und berechnend. Er zögert nicht. Er überwältigt seine Opfer mit größter Entschlossenheit, Präzision. Er ist konzentriert. Überlegen Sie mal: Er überfällt die Männer und betäubt sie, ohne dass diese sich großartig wehren können. Starke Männer. Da gehört schon eine gehörige Portion Kaltblütigkeit dazu. Nein, Herr Kriminalrat, der Kerl hat schon früher getötet. Der kennt sich aus."

Der Gedanke erschien nicht ganz abwegig. Je mehr Klemmer darüber nachdachte, desto naheliegender war Susseks Vermutung. Nur, was bedeutete dies in Bezug auf die Identität des Mörders? War er ein jüdischer Agent, der in persönlicher Beziehung zu Hannah stand? Oder ein Auftragsmörder, der nur exakt das ausführte, was ein nach Rache dürstender Angehöriger ihm vorgegeben hatte?

„Achtung", flüsterte Luci.

Die drei gingen einen Schritt hinter die Hauswand zurück. Ein Schatten trat aus Nummer 25, in der Dunkelheit ließ sich nur schwer erkennen, ob es tatsächlich die Hofmann war.

„Eine Frau. Ich denke, das ist sie. Schnell, wir müssen leise sein. Wenn sie Verdacht schöpft, war alles umsonst", flüsterte Sussek, der bei der ganzen Aktion die Leitung übernommen hatte.

Luci schlüpfte blitzschnell aus ihren Schuhen und folgte den Männern barfuß.

Erna Hofmann schritt die Rähnitzgasse entlang und bog rechts auf den Platz An der Dreikönigskirche ein. Die Beamten hielten Abstand, Sussek gab das Tempo vor. Sie huschten zur Schmalseite der Kirche, warteten kurz ab, bis die Hofmann die Hauptstraße erreicht hatte und hinter dem Kirchenschiff verschwand. Eilig setzten die drei sich wieder in Bewegung, erreichten nacheinander die Kante. Sussek lugte vorsichtig hinter der Ecke hervor. Gerade noch erblickte er ihren Schatten quer gegenüber, er verschwand auf der anderen Seite in die Metzer Straße. Dann rannte auch er los, die zwei Begleitschatten im Schlepptau. Die Hauptstraße war gespenstisch still, nur ein älterer Herr und sein Schäferhund kreuzten ihren Weg; beide wandten sich verdutzt nach den vorbeihuschenden Schatten um. Zum Glück waren die Bordsteine mit langen weißen Streifen markiert, auch Hausvorsprünge, Pfeiler und ähnliche Hindernisse; bei der fehlenden Straßenbeleuchtung konnte man sich sonst schlimme Verletzungen zuziehen. So jedoch sahen die Ermittler halbwegs, wohin sie liefen. An der Schmalseite der Markthalle, an deren

Nordseite die Metzer Straße entlangführte, machte Sussek einmal mehr halt und schaute mit zusammengekniffenen Augen in die Richtung, in die Erna Hofmann verschwunden war.

„Sie ist weg."

„Was?"

„Moment ..."

Sussek schlich auf leisen Sohlen voran, hielt an einer Tür. Er drückte die Klinke herunter.

„Sie ist nicht abgeschlossen", flüsterte er seinen Begleitern zu. „Sie ist in der Markthalle."

Die drei schlüpften hinein und fanden sich im nächsten Augenblick in einer leidlich beleuchteten Halle wieder. Die großen Fenster waren abgedunkelt. Überall standen verwaiste Stände, ringsum verlief eine Galerie. Vom westlichen Kopfbau drang leises Gemurmel zu ihnen herüber.

„Dort sind die Räume der Halleninspektion", flüsterte der Kommissar.

Klemmer wunderte sich über die leere Halle, in Anbetracht der prekären Flüchtlingslage. Verkauft wurde hier bestimmt nichts mehr, auch die Dresdner mussten mit der strengen Rationierung leben.

Sussek deutete mit dem Zeigefinger in Richtung Hallenmitte, wo eine Treppe hinunterführte.

Langsam schritten sie die Stufen hinab. Ein langer dunkler Gang führte zu den Kellerräumen. Weit hinten schimmerte ein schwaches Licht, entfernte Stimmen drangen zu ihnen herüber. Lucis Füße schmerzten von der Kälte des Bodens, sie trug ihre Schuhe in den Händen. Gemeinsam schlichen die Drei bis zum Ende des Ganges, bis zu der geschlossenen Tür unter der ein schwaches Licht hindurchflackerte.

Sussek öffnete die Tür und trat ein.

Erna und Richard Hofmann sprangen auf, der Schrecken stand beiden ins Gesicht geschrieben. Hinter Sussek betraten auch Luci und der Kriminalrat das lediglich von zwei Kerzen beleuchtete Versteck.

„Richard Hofmann?", fragte Sussek den zur Salzsäule erstarrten SS-Rottenführer. Dieser bemühte sich um Fassung und nickte schließlich. „Ich bin Kriminalhauptkommissar Sussek, und dies sind Kollegen aus Berlin: Kriminalrat Klemmer und seine Assistentin Fräulein Rost."

„Sie sind die Polizisten, die ..." Er hielt inne und schaute seine Frau fragend an. Diese nickte nur verunsichert.

„Nun, dann hat Ihnen Ihre Frau schon erklärt, warum wir hier sind?"

„Nein, sie wollte es mir gerade erzählen ..."

„Hm, dann übergebe ich das Wort an meinen Kollegen aus Berlin. Herr Kriminalrat ..."

Klemmer trat vor, Schweiß rann ihm von der Stirn, die Entzündung am Hals brannte.

„Herr Hofmann ... wir sind nicht hier, um Sie zu verhaften. Sie können sich also beruhigen. Wir sind hier, weil wir Fragen haben."

Hofmann wippte unruhig von einem Fuß auf den anderen.

„Die Kripo kommt den weiten Weg aus Berlin, um mir Fragen zu stellen? Einem Deserteur?"

Er begann nervös zu kichern.

„Es ist für uns nicht von Interesse, zu erfahren, warum Sie desertiert sind ..."

„Ich werde Ihnen sagen, warum: Im Osten ist die Hölle los", zischte Hofmann trotzig. „Die Männer werden von der Roten Armee zusammengeschossen. Das ist ein verdammtes Massaker!"

Klemmer trat ganz dicht an Hofmann heran.

„Damit müssten Sie sich doch ganz gut auskennen, nicht wahr? Mit Massakern ... an Zivilisten vor allem. Frauen. Kinder."

„Wovon zum Teufel sprechen Sie?"

„Ich spreche vom Ghetto in Warschau, Rottenführer."

„Was wissen Sie denn von Warschau?", fragte Hofmann verdutzt.

„Genug. Genug, um zu wissen, welcher Verbrechen Sie sich schuldig gemacht haben. Sie und Ihre Kameraden vom Referat für ... *Judenangelegenheiten.*"

Erneut befiel Hofmann ein spasmisches Kichern.

„Deswegen sind Sie hier? Um mir vorzuhalten, ich hätte meine Befehle befolgt?"

„Nein, deswegen sind wir nicht hier. Wir sind auf der Suche nach einem Mörder. Nach einem, der es auf Sie abgesehen hat."

„Auf mich?"

„Ja. Auf Sie, auf Ihre Frau, auf Ihre Tochter."

Hofmann hielt für einen Moment die Luft an.

„Ein Mörder? Wer? Warum? Was will er von uns?"

„Es ist jemand, der weiß, was Sie in Warschau getan haben. Was Sie den Menschen dort angetan haben. Und zwar in diesem Fall einem ganz bestimmten Menschen. Sagt Ihnen der Name Hannah Berkowicz etwas?"

Hofmann runzelte die Stirn.

„Nein. Nie gehört."

„Hm, hatte ich auch nicht vermutet. Hannah Berkowicz war eine Jüdin, sie lebte im Ghetto und war eines der vielen Opfer. Hannah wurde ermordet, ein ihr nahestehender Mensch war womöglich Zeuge. Jedenfalls kennt er die Täter. Drei Männer auf seiner Todesliste hat er schon abgehakt. Sie sind jetzt tot, sie und auch ihre Familien."

„Wer ...?"

„Ihre Kameraden Rudolf Pusch, Alfred Sparmann und Bernhard Kowalke."

„Tot? Sie sind ...? Und ihre Familien auch?"

„Ja."

„Das ... das kann gar nicht sein. Warschau ... Niemand ...", stammelte Hofmann.

„Ja, das Lied kenne ich schon", unterbrach ihn Klemmer, „niemand ist von dort entkommen und so weiter und so fort ... Jetzt hören Sie mir mal gut zu, Hofmann: Der Mörder existiert, und er rächt seine Familie, indem er jeweils die ihrer Mörder tötet. Ich will also, dass Sie sich jetzt konzentrieren. Ich will, dass Sie sich erinnern, an einen besonderen Fall. Friedrich Burger hat erzählt, dass Ihre beiden Dresdner Freunde besonders gewalttätig waren."

„Burger? Die Memme? Was der erzählt, ist doch ..."

„Sie sollen sich konzentrieren!", fauchte Klemmer. „Sparmann und Scheil. Sie erinnern sich. Sie machten sich einen Spaß daraus, Menschen zu erschießen. Auf der Straße, wenn Ihnen danach war. Sehe ich das richtig?"

Hofmann zögerte. Dann folgte ein zaghaftes Nicken.

„Ja ... ja, das ist richtig. Die beiden haben es gehörig übertrieben. Ich hab die beiden irgendwann nicht wiedererkannt. Ich meine, Herrgott, ich hab mit denen die Schulbank gedrückt. Aber in Warschau, da ... die haben auf alles geschossen, was sich bewegt."

„Burger erzählte etwas von einer Familie aus Dresden. Die beiden hätten dort eine ganze Familie hingerichtet, in einem Haus, nur weil diese aus Dresden gewesen sei, so wie Scheil und Sparmann selbst. Ein etwas kurioser Grund, aber Gründe fanden die Zwei Burger zufolge immer. Ein großer Spaß sei es für sie gewesen. Und Sie waren alle anwesend, beteiligt oder auch nicht. Alle, außer Burger, der draußen gewartet hat. Sie, Hofmann, haben ihm anschließend die Sache geschildert ..."

„Moment, langsam...", stotterte Hofmann. Irgendwas an der Geschichte hatte seine Aufmerksamkeit erregt. „Der Friedrich hat Ihnen davon erzählt? Was ...? Warum?"

„Herr Hofmann, Hannah Berkowicz war womöglich die Frau, die da getötet wurde. Denn sie war aus Dresden. Ebenso ihre Eltern. Und ein Kind war womöglich im Spiel oder sogar mehrere. Darum tötet der Mörder die Kinder. Er rächt womöglich sein eigenes."

Hofmanns Augen hatten sich geweitet, er sah abwechselnd seine Frau an, dann die Beamten.

„Nein. Nein, das kann nicht sein ... Das ...", stammelte er panisch.

In diesem Moment riss jemand hinter ihnen die Tür auf.

Die drei Ermittler drehten sich ruckartig um und wichen einen Schritt zurück.

Vier Soldaten der Waffen-SS stürmten herein und richteten umgehend ihre Gewehre auf sie und die Hofmanns. Eine untersetzte Gestalt, die im flackernden Kerzenschein aussah wie ein den Märchen der Gebrüder Grimm entsprungener Gnom mit Mantel und Hut, trat mit breitem Grinsen ein und drängte sich zwischen den Soldaten hindurch nach vorn.

„Tut mir leid, dass ich Ihre kleine Zusammenkunft hier stören muss, Herr Kriminalrat", wandte der Kleine sich kehlig an Klemmer, „aber wie mir scheint, ist der Mann dort ein Deserteur. Ich muss ihn also leider mitnehmen."

Der Kriminalrat wurde bei diesen Worten von einer blinden Wut gepackt. Er war drauf und dran, dem Gnom an die Gurgel zu gehen.

„Was fällt Ihnen ein? Sie sabotieren hier grad die Ermittlung ..."

„Maul halten!", Klemmer zuckte kurz. Der Gnom trat ganz nah an ihn heran. „Wir mögen hier keine hochnäsigen Kriminalisten, Herrrr Kriminalrat. Sie sind hier nicht in der Position, irgendwelche Forderungen zu stellen. Ihren Deserteur nehmen wir mit nach draußen. Dort bekommt der Verräter, was er verdient."

Erna Hofmann klammerte sich panisch an ihren Mann, während zwei Soldaten auf ihn zugingen, ihn packten und entschlossen abführten. Mit lautem Wehklagen taumelte sie hinterher. Der Gnom grinste die drei Beamten an und verließ mit den beiden anderen Soldaten den Raum.

Für einen Augenblick blieben Klemmer, Sussek und das Fräulein Rost wie paralysiert in dem dunklen Raum zurück. Der Kriminalrat biss die Zähne zusammen, die Hitze, die seinen Körper durchströmte, hatte mit dem Fieber nichts mehr zu tun. Er griff nach seiner Waffe und stürmte los.

„Klemmer, machen Sie keinen Unsinn", mahnte Sussek, der sofort zu ihm aufschloss.

Luci hatte ihre Schuhe wieder angezogen und hetzte hinterher.

„Nein, das lass ich nicht zu. Er wollte grad reden. Ich schwöre bei Gott, ich schieße das Männlein über den Haufen, und wenn es das Letzte ist, was ich tue!"

Sie eilten die Treppe hoch, durchquerten die Halle und traten durch die Tür ins Freie, wo Erna Hofmanns Schreie die Richtung in der Dunkelheit vorgaben.

Klemmer lief hastig die Metzer Straße entlang, zurück zur Hauptstraße. Von hier sah er bereits die Gruppe an der Kirchenrückseite stehen. Sechs Soldaten, der Gnom, die Hofmanns. Richard Hofmann kniete auf dem Boden und wurde von zweien in Schach gehalten, während ein dritter die schluchzende Frau Hofmann am Arm festhielt.

Und dann stand da noch einer.

Ein Offizier, der hier offensichtlich das Sagen hatte. Klemmer ging auf ihn zu, sofort richteten drei Soldaten die Gewehre auf ihn.

„Stehen bleiben!", brüllte der eine.

Der Offizier machte ihnen mit einer Handbewegung klar, dass sie die Waffen herunternehmen konnten.

„Der Herr Kriminaldirektor", schnaubte Sussek verächtlich. „Das hätte ich mir denken können, dass Sie hinter all dem stecken."

Pfotenhauer trat ein Stück näher, sodass Klemmer im dunkelblauen Schein der Nacht seine hageren Gesichtszüge erahnen konnte.

„Sie sind also der Beamte aus Berlin", spöttelte Pfotenhauer, ohne auf Susseks Äußerung einzugehen. „Und Sie glauben, Sie können hier einfach in meine Stadt kommen und über meinen Kopf hinweg Gefangene mitnehmen, mit Deserteuren

Kaffeekränzchen abhalten, ja?" Dann fiel sein Blick auf die Waffe, die Klemmer noch immer in der Hand hielt. „Was wollen Sie tun? Hier rumballern?"

„Tun Sie jetzt nichts Unüberlegtes!", zischte Klemmer zittrig. „Dieser Mann ..."

„Simmat!", rief Pfotenhauer, den Kriminalrat plötzlich ignorierend. „Stellen Sie den Gefangenen an die Wand dort. Und wählen Sie zwei Männer aus, die die Erschießung durchführen."

„Das wagen Sie nicht!", brüllte Klemmer.

Pfotenhauer winkte grinsend zwei Soldaten heran.

„Ihr zwei haltet unsere Gäste aus Berlin in Schach. Wenn sie sich rühren, schießt Ihr!"

Klemmer, Sussek und Luci blickten in die Läufe zweier Gewehre, während Pfotenhauer langsam zum Gefangenen schritt, der bereits vor der Kirchenmauer stand. In etwa vier Metern Entfernung hatten sich zwei Soldaten in Stellung gebracht.

„Das kann er doch nicht tun ...", flüsterte Luci. „Der Mann bedroht uns, behindert die Ermittlungen. Damit kommt er doch nicht durch ... das müsste er wissen."

„Das interessiert ihn nicht. Der Kerl ist verrückt, Fräulein Rost. Also, tun Sie nichts Dummes. Und Sie, Klemmer ..."

Sussek fasste den Kriminalrat am rechten Arm, mit Blick auf die Pistole, die er noch immer in der Hand hielt.

„Ich bring ihn um", flüsterte er. „Wenn er es tut, bring ich ihn um."

„Sie tun nichts dergleichen", flüsterte Sussek. „Die bringen dann nämlich nicht nur Sie um, sondern uns alle drei."

Pfotenhauer hatte sich eine Zigarette angezündet und neben Richard Hofmann gestellt. Seelenruhig nickte er Simmat zu. Dieser trat neben das Erschießungskommando.

„Leeegt an!", befahl er mit überschlagender Stimme.

„Ich weiß, wer er ist! Ich ... weiß es!", schrie Hofmann plötzlich mit zittriger Stimme in Richtung der Beamten. Klemmer hielt die Luft an. „Der ..."

„Feuer!"

Die Schüsse hallten über die Straße, die Beamten zuckten zusammen.

Für den Bruchteil einer Sekunde herrschte totale Stille, dann sackte Richard Hofmanns Körper zusammen. Es folgte ein schmerzerfüllter Schrei. Der Soldat, der Erna Hofmann bewachte, lockerte seinen Griff, sie löste sich und warf sich weinend auf ihren leblosen Mann.

Klemmer war wie gelähmt. Pfotenhauer kam auf ihn zu, mit dem gleichen süffisanten Grinsen wie vorhin.

„Ihr Kriminalisten glaubt doch tatsächlich, Ihr seid was Besseres. Aber Ihr seid ein Witz. Vielleicht habe ich ja heute ein wenig dazu beigetragen, Euch die Erbärmlichkeit Eures jämmerlichen Berufsstandes vorzuführen. Denn wissen Sie, Herr Kriminalrat ... hier, in diesem Land rupfen wir Unkraut aus, wir studieren es nicht." Mit diesen Worten drehte er sich um. „Wir gehen! Lasst den Verräter liegen!"

Die Soldaten sammelten sich, und Pfotenhauer verschwand mit ihnen in die Nacht.

Nur noch das leise Wimmern der Hofmann war noch zu hören. Klemmer konnte die Augen der Anwohner fühlen, sie starrten aus ihren dunklen Wohnungen, voller Angst und doch neugierig.

„Er hat es tatsächlich getan ...", murmelte Luci. „Das ... das werden wir ihm nicht durchgehen lassen. Wir werden das melden. Der Kerl wird noch sein blaues Wunder ..."

„Hier wird nichts gemeldet", unterbrach Klemmer seine Assistentin barsch. „Weil es nichts bringt."

„Nichts bringt? Wir handeln im Auftrag des Reichsführers, da wird doch ..."

„Sie verstehen es noch immer nicht, oder!", brüllte Klemmer und packte sie dabei unsanft an den Schultern. „Gestapo, SS ... das ist alles die gleiche Höllenbrut! Und wir, Fräulein Rost, wir arbeiten für die. Für *die*! Wir sind ein Teil dieses ... dieses ..."

Schnaubend ließ er von ihr ab, drehte sich um, ging in die Knie und stieß einen markerschütternden Schrei aus.

Dann senkte er den Kopf, vergrub das Gesicht in der linken Hand, mit der anderen stützte er sich ab.

„Warum tun wir das alles? Wenn es stimmt, was Sie sagen, warum sind wir dann hier?!", fragte Luci vorwurfsvoll. Ihre Stimme bebte.

Sussek, der sich bis hierhin zurückgehalten hatte, trat an sie heran und berührte sie sanft am Arm.

„Luci, gehen Sie zu ihr", flüsterte er, mit einer Kopfbewegung in Richtung Erna Hofmann deutend.

Luci nickte, versuchte sich zu beruhigen. Schließlich ging sie hinüber und beugte sich zu Erna Hofmann hinunter, auf sie einredend.

Sussek näherte sich Klemmer, ging vor ihm in die Hocke.

„Klemmer, wir müssen hier weg."

„Er hatte mein Gesicht", flüsterte der Kriminalrat.

„Was?"

„In meinem Traum. Der ... Er hatte ..."

Klemmer stöhnte laut auf.

„Kommen Sie!", forderte Sussek ihn auf und griff dem Düpierten unter die Arme.

Dieser erhob sich schwerfällig.

„Sie hat recht, Sussek. Unsere Arbeit hier ist völlig wertlos."

„Nein, Klemmer, das ist nicht richtig. Wir jagen einen Mann, der kleine Kinder umbringt. Kinder, die für die Verbrechen ihrer Väter nicht verantwortlich sind. Wir müssen ihn fassen. Weil es wichtig ist. Es unterscheidet uns von denen. Verstehen Sie?"

Klemmer hob den Kopf.

„Ja ... ja ... Wir müssen ihn fassen. Ihn aufhalten", sagte er geistesabwesend.

„Wir müssen uns erst um Frau Hofmann kümmern, dann verschwinden wir von hier."

Ihn aufhalten. Wie konnte es so weit kommen? Wir halten ihn auf, ja, das tun wir. Weil es wichtig ist. Es unterscheidet uns von denen. Und doch haben wir es so weit kommen lassen. Alles ist passiert. Wir haben zugeschaut. Was können wir jetzt noch tun? Wen retten? Wir halten ihn auf. Ja, das müssen wir!

•

Man hatte sich in dieser Nacht zu dritt an den kleinen Küchentisch gezwängt, Wolfgang Reimann stand mit seiner Tasse Ersatzkaffee am Fenster, und Lisbeth klapperte mit dem Geschirr. Die Ereignisse von vorhin hatten die Stimmung mehr als getrübt. Klemmer sah sich nicht in der Lage, einen klaren Gedanken zu fassen. Er brauchte womöglich nur eine Mütze voll Schlaf. Eigentlich hätte er jetzt Wehner anrufen müssen, um ihm Bericht zu erstatten. Nur wozu? Das alles gestaltete sich zu einer Farce. Ja, der Fall war eine Farce! Ebenso der Krieg. Und das ganze gottverdammte Leben!

„Waren Sie an der Front, Reimann?", fragte er den Hamburger plötzlich.

„Nein. Nein ... ich hab in einem Rüstungsbetrieb gearbeitet. Bis zum großen Feuer, die haben mich dort nicht weggelassen. Sonst hätte ich mich gemeldet."

„Was wussten Sie?"

„Worüber?"

„Darüber, was mit ihnen geschieht. Mit Kollegen, Nachbarn. Mit Menschen, die vor unseren Augen abtransportiert wurden."

Reimann war diese Frage unangenehm, er wand sich. Doch Klemmer sah ihn scharf an. Jeder in diesem Land musste sich diese Frage gefallen lassen. Der Krieg ging zu Ende, und das ganze Ausmaß dieser Barbarei würde ans Licht kommen, es war unvermeidlich.

Sussek und Luci lauschten gespannt dem Verhör.

„Man hat hier und da Geschichten gehört. Soldaten, die in Lagern im Osten Dienst getan hatten ... wenn die auf Heimaturlaub waren, dann erzählten sie. Dinge, die sie nicht erzählen durften. Aber, Herr Kriminalrat, sowas lässt sich nicht geheim halten. Nicht bei dem Ausmaß. Diejenigen, die mit Überzeugung bei der Sache waren, die erzählten davon mit Stolz. Ich kannte niemanden persönlich, aber auch ich kannte jemanden, der wiederum jemanden kennt und so weiter ... Ich meine ... Sie sind Polizist. Sie wissen doch ganz genau ...“

„Ich bin Kriminalist“, unterbrach Klemmer ihn barsch. „Ich hatte mit den Machenschaften dieser Abteilungen nichts zu tun. Ich wusste einfach nicht, dass ... ich meine, gut, die Gerüchte hatte ich auch gehört ... Aber woher kommt die Gewissheit, frage ich Sie? Woher, wenn um einen herum nur dieses vom Hörensagen ...?“

„Ich kann mich erinnern, Herr Kriminalrat“, unterbrach Reimann seinerseits den Beamten, „wie ich – es muss Anfang 43 gewesen sein – einen Arbeitskollegen besuchte, in Altona. Als ich vor seinem Wohnhaus ankam, da sah ich wie Menschen in einen Laster stiegen. Es war ein Militärfahrzeug, da saßen schon Menschen drin. Eine Familie aus dem Wohnhaus meines Kollegen stieg dazu. Ein junges Ehepaar mit einem Kleinkind und eine alte Frau ... die Großmutter des Kindes, nehme ich an. Sie alle trugen den Stern. Zwei SS-Männer drängten sie zur Eile. Ich war stehen geblieben und sah zu. Ich sah einen solchen Abtransport zum ersten Mal mit eigenen Augen. Sie werden umgesiedelt, dachte ich, obwohl ich die Gerüchte von Massentötungen schon gehört hatte. Nein, nicht möglich, dachte ich. Das ist bestimmt Propaganda, gestreut vom Feind. Doch dann geschah etwas. Keine zwei Meter neben mir standen zwei Damen. In mittleren Jahren, schätze ich. Sie schauten ebenfalls zu. Und da hörte ich, wie die eine zur anderen sagte: ‚Die werden auch vergast.‘ Und dabei kicherten beide, gehässig, ohne jegliches Mitgefühl. Da wusste ich, dass es wahr ist. Von dem Tag an hatte ich keine Zweifel mehr.“

Klemmer senkte den Kopf, rieb sich die Augen. Er konnte fragen, wen er wollte. Am Ende war er selbst derjenige, der die Augen am längsten hatte verschließen können vor dem Offensichtlichen. Man brauchte die Massaker nicht mit eigenen Augen zu sehen. Es genügte ein Blick auf die Mitmenschen, auf die allgegenwärtige Niedertracht, auf die Sprache der Unmenschlichkeit. Die Pfotenhauers in diesem Land hatten leichtes Spiel: Entweder wurde Beifall geklatscht oder weggesehen. Man war eben nicht nur verantwortlich für das, was man tat, sondern auch für das, was man *nicht* tat.

Auch Sussek war nachdenklich geworden. Lisbeth hantierte noch immer mit dem Geschirr, doch man hörte sie leise schluchzen.

„Sie sind nicht der Einzige, Klemmer", wandte Sussek ein, „der nicht genau hingesehen hat. Ich habe mir auch was vorgemacht. Dieser Fall führt uns allen vor Augen, was hier läuft. Und jetzt sitzen wir hier. Besser spät erkannt, als gar nicht. Wir dürfen nicht vergessen, was uns zu Menschen macht, auch wenn um uns herum alles zusammenbricht."

Klemmer lächelte bitter.

„Hören Sie das, Fräulein Rost? Wir lösen den Fall und waschen uns damit von unseren Sünden rein."

„Spotten Sie nur", sagte Sussek, „aber es ist kein Verbrechen, sich mit den Gegebenheiten zu arrangieren. Nicht jeder ist ein selbstloser Kämpfer für die Freiheit. Wir sind Menschen. Sie haben keine Frauen und Kinder auf dem Gewissen oder haben Nachbarn denunziert oder dergleichen. Und Sie empfinden Mitgefühl. Das ist in diesen Zeiten keine Selbstverständlichkeit. Also hören Sie auf, in Selbstmitleid zu versinken! Und jetzt ruhen wir uns aus ... Morgen haben wir viel Arbeit vor uns."

Sussek erhob sich.

„Der Fall ist nicht zu lösen. Hofmann ist tot, und Scheil weiß nichts. Und wenn, dann redet er nicht mit uns."

„Jetzt hören Sie mir mal zu, Klemmer, wir geben jetzt nicht auf! Wenn Sie die Flinte ins Korn werfen wollen, bitte. Dann machen das Fräulein Rost und ich eben alleine weiter."

„Ich wüsste nicht, wo wir ansetzen sollen", sagte Klemmer ermattet.

„Sie rufen morgen früh diesen Burger an, in Berlin. Er soll die Geschichte mit der Familie aus Dresden nochmal so genau wie möglich schildern. Hofmann schien vorhin ein Licht aufzugehen, als Sie die Sache erwähnten. Hannah Berkowicz ist Teil dieser Geschichte, wir müssen erfahren, was da genau passiert ist. Fünf Männer stürmen in ein Haus, Burger wartet draußen ..."

„Drei", korrigierte Luci. „Burger sagte, sie gingen zu dritt hinein, Sparmann und Scheil waren schon drin."

Sussek nickte.

„Sie sehen, wir brauchen einen genaueren Bericht. Klemmer ..." Sussek packte den Kriminalrat am Arm. „Wir bleiben dran."

Weil es wichtig ist.

Dreihunderttausend.

Innerhalb von zwei Monaten hatte man ungefähr diese Anzahl Juden umgesiedelt. Jetzt, da noch sechzig- bis siebzigtausend Menschen im Restghetto lebten, war jedem klar, was der Begriff ‚Umsiedlung‘ tatsächlich bedeutete. Als die ersten Züge den Umschlagplatz verließen, wollten es die Juden einfach nicht wahrhaben. Wie auch? Wann in der Menschheitsgeschichte war schon einmal ein solch irrwitziger Plan erdacht, geschweige denn minutiös durchgeführt worden?

Friedrich Burger zündete sich eine Juno an.

Das mit der Schlaflosigkeit wurde einfach nicht besser. Er zog kräftig Rauch ein und hielt Bernhard Kowalke die Packung hin. Dieser fischte dankbar eine Zigarette heraus, Friedrich gab ihm Feuer. Die beiden SS-Männer aus Berlin waren mitten auf der Zamenhof-Straße stehen geblieben.

Der Himmel über dem Ghetto erstrahlte in klarem Blau, die warme Luft des Spätsommers durchströmte die ausgestorbenen Straßen, wehte den letzten Leichengeruch hinfort, der hier monatelang die Luft getränkt hatte. Ein Geruch, an den man sich partout nicht gewöhnen konnte. Jetzt war er endlich weg, und zum ersten Mal seit Friedrich hier Dienst tat, war so etwas wie Ruhe eingekehrt. Eine warme, trügerische Ruhe. Die Grenzen waren enger gezogen worden. Wer vor drei Tagen eine Lebensnummer bekommen hatte, hielt sich in diesem Moment in einem der Shops auf. Und durfte weiterleben. Vorerst.

Dreißigtausend Nummern.

„Konnteste schlafen, jestern Nacht?", fragte Kowalke mit Blick auf Friedrichs zitternde Hände.

„Nee Du, dit wird nich besser. Ick kann nich mehr, Bernd. Ick dreh hier noch durch ..."

Kowalke legte seinem jüngeren Kameraden die Hand auf die Schulter. Er sprach eindringlich, aber ruhig.

„Mensch, jetz reiß Dir ma am Riemen, Fritz. Dit is hier keen Zuckerschlecken. Dit wussten wa aber schon, bevor wa hierher beordert wurden. Da mussde durch, Kolleje. Ick finds ja ooch grausam und so. Aber dit sind Juden, verstehste?"

„Ja, versteh ick ja. Aber ick bin da nich für jemacht. Letztens ... der Franz und der Alfred wieder ... Ick kann mir dit nich ansehn, die ham ooch noch Spaß dabei ... Manchmal sind die beeden schlimmer als diese blutrünstjen Ukrainer!"

„Ja, weeß ick, nun vergiss mal die beeden, wir sind hier eh bald durch mit die janze Sache. Da mussde Dir einfach nochn paar Wochen jedulden ... Mitm Gröbsten sind wa doch durch, dann jehts ab nach Hause."

Friedrich lächelte gequält.

Einige wenige Fußgänger kamen an diesem Tag des Weges. Warum sie gerade nicht an ihrem Arbeitsplatz waren, vermochte Friedrich nicht zu sagen. Sie trugen ihre gelbe Nummer an der Kleidung, weswegen auch Kowalke davon absah, Kontrollen durchzuführen. Auch er schien des Kontrollierens müde zu sein.

Und des Tötens.

Letzteres übernahmen vor allem die Ukrainer und auch die Letten, die sich bereits bei den Selektionen als äußerst effektive Gehilfen erwiesen hatten; sie durchforsteten jetzt den verlassenen Teil des Ghettos nach Juden ohne Lebensnummer, die sich zu tausenden der Selektion entzogen hatten und nun in Verstecken hausten. Spürten die Bluthunde ihre Beute auf, gingen sie mit größtmöglicher Brutalität vor. Selbst der Franz und der Alfred, die an derlei Suchaktionen nach wie vor mit dem größten Vergnügen teilnahmen, konnten den Ukrainern in punkto Sadismus nicht das Wasser reichen.

Des Öfteren hatte Friedrich sich davon überzeugen können. Unfreiwillig.

Plötzlich rief jemand ihre Namen.

Friedrich und Bernd drehten sich um und sahen Richard Hofmann von der Milastraße her eilig herannahen.

„Hier seid Ihr", keuchte Hofmann grinsend. „Los, Ihr müsst mitkommen! Da braut sich was zusammen, der Alfred sagt, Ihr sollt dabei sein. Er, der Franz und der Rudolf sind schon dort. Ich glaube, die heben grad ein Nest aus."

Friedrich biss in leiser Vorahnung die Zähne zusammen. Wenn Sparmann bei einer Sache alle dabeihaben wollte, dann konnte es sich nur um irgendeinen sadistischen Spaß handeln. Da ging es bestimmt um nichts, was die zwei nicht auch alleine bewältigen konnten.

„Ich verzichte gern auf ...", stammelte Friedrich.

„Jetzt komm mit, Memme!", frotzelte Hofmann, „ich pass schon auf, dass die beiden es nicht wieder übertreiben."

„Ach, ja? So, wie Du es in der Vergangenheit getan hast? Ich denke, Du kennst sie so gut? Schulbank und so ... Viel Einfluss hast Du aber nicht auf sie."

„Mensch, nu hab Dich nich so. Ich bin auch nich begeistert, wenn die beiden zu viel Remmidemmi machen. Aber das sind trotzdem unsere Kameraden. Und wenn Kameraden rufen, dann gehen wir hin und stellen nicht tausend Fragen. Na los, der Rudolf ist doch auch dort."

„Na jut, dann komm, Fritz, wir jehn ma mit", meinte Kowalke. Trotz der Anwesenheit des Nicht-Berliners behielt er den Dialekt bei. „Wo jehts denn hin?"

„In die Muranowska", antwortete Hofmann.

„Dit is doch beim Umschlagplatz ... wer bitte schön versteckt sich denn im bewohnten Teil?", fragte Kowalke verwundert.

„Jetzt stell nicht so viele Fragen, mein Alter! Ich weiß es doch auch nicht. Der Alfred meinte nur, da seien Juden mit Nummern in dem einen Haus. Dann hat er mich auch schon losgeschickt, um Euch zu holen. Du weißt doch: Wenn er und der Franz sich was in den Kopf gesetzt haben, dann ..."

„Wenn sie Nummern haben, was wollen die beiden dann von ... ach, na ja, egal ..."

Friedrich merkte, wie unsinnig die Frage war. Scheil und Sparmann scherten sich nicht um Lebensnummern. Grad gestern hatte Alfred eine Frau und ihr Kind erschossen, auf offener Straße. Einfach so. Obwohl die junge Mutter eine Nummer hatte. Friedrich bekam das Bild nicht aus seinem Kopf. Und das mit dem Zittern war wieder schlimmer geworden.

Die drei Männer hatten sich in Bewegung gesetzt und liefen die Zamenhof hoch und bogen rechts in die Muranowska ein. An deren Ende stand Pusch und winkte sie heran.

„Wie siehts aus?", fragte Hofmann, als die drei ihren Kameraden erreicht hatten.

Rudolf Pusch deutete mit einer Kopfbewegung auf das Haus. „Der Alfred ist grad rein."

„Und der Franz?", fragte Kowalke.

„Ich glaub, der ist auch schon drin. Wenn ich das richtig verstanden habe, hat er die Ratten entdeckt."

„Wenn die registriert sind, is dit wohl kaum so schwer. Dann ham die sich ja wohl kaum versteckt, oder?", wandte Kowalke ein.

„Keine Ahnung", antwortete Pusch, dem die Sache auch unangenehm war. „Der Alfred hat nur gesagt, ich soll hier warten, bis Ihr da seid. Und dann sollen wir rein. Irgendwas ist mit den Juden, da oben."

„Mehr hat er uns nicht gesagt", bestätigte Hofmann. „Gut, genug gequatscht. Wir gehen rein. Dritter Stock ..."

Pusch und Hofmann stürmten hinein, Kowalke hielt Friedrich zurück.

„Nee, Du bleibst hier, Junge. Is ejal, wat der Alfred sacht. Dit wird jleich unschön da oben, dit kann ick fühln. Und dann drehste mir wieder durch."

Mit diesen Worten verschwand er im Haus.

Friedrich zündete sich eine Zigarette an. Die folgenden Minuten vergingen quälend langsam. Alle paar Sekunden schielte er auf die Uhr. Im Haus war alles ruhig. Die Stille war natürlich trügerisch; Friedrich kannte die Geräusche, die nun folgen würden.

Doch so groß die Gewissheit auch war, wirklich vorbereitet war man nie. Die Schreie, die Schüsse, das Blut. Im Kopf sammelten sich die Bilder, und dort blieben sie. Für immer.

Es kam wie erwartet.

Zuerst die Schreie.

Friedrich zuckte zusammen, als der Schrei einer jungen Frau aus den oberen Stockwerken zu ihm herabdrang. Die Salven aus einer Maschinenpistole folgten unmittelbar, was den Schrei augenblicklich verstummen ließ.

Friedrich wollte an seiner Zigarette ziehen, doch sie fiel ihm aus der zittrigen Hand. Er biss die Zähne zusammen, sodass das Knirschen bis in sein Gehirn drang. Trotzig machte er ein paar Schritte bis zum Hauseingang, blieb stehen. Er keuchte, eine leise Panik drohte Besitz von ihm zu ergreifen.

Plötzlich lief er los, stürmte ins Haus, rannte die Treppen hoch bis in den dritten Stock. Zu seiner Rechten stand die Wohnungstür offen. Hier hielt er kurz inne.

Nein. Das willst du nicht sehen.

Langsam schlich er in den Flur, ging bis ans Ende und stand schließlich im Wohnzimmer.

Seine fünf Kameraden drehten sich zu ihm um; die einen wirkten amüsiert, die anderen grimmig.

In der einen Ecke des Zimmers lagen sie, blutüberströmt: die leblosen Körper eines älteren Ehepaares und einer jungen, dunkelhaarigen Frau. Wahrscheinlich war sie die Tochter. Sie lag mit dem Rücken quer über den Eltern, so als hätte sie sich vor sie geworfen, um sie vor den Kugeln zu schützen.

Und ihr Bauch.

Friedrich konnte nur schwer schätzen, im wievielten Monat sie gewesen war. Der Bauch war groß und rund, die Geburt hätte also nicht in allzu großer Entfernung gelegen. Siebter Monat? Achter?

Dann blickte Friedrich wieder in die Runde. Besonders die ernsten Gesichter von Alfred und Franz durchbohrten ihn.

„Bring den Knilch hier raus! Wer sich drückt, der muss auch nicht blöd hier rumstehen", ätzte Alfred in Hofmanns Richtung.

Dieser kam auch sogleich zu Friedrich herübergelaufen, fasste ihn unter den Arm und zog ihn in den Flur.

„Komm, Fritz, das hier ist nichts für Dich."

„Was war denn hier los? So kenn ich die Zwei ja gar nicht. Sonst lachen die sich doch immer halb tot."

Auf dem Weg nach unten versuchte Hofmann, die Sache zu erklären.

„Das ist eine blöde Geschichte, Fritz. Du kennst doch die beiden ... Diesmal war es so, dass ... Der Franz ist auf die Juden dort oben aufmerksam geworden, als er erfahren hat, dass die aus Dresden sind. Du weißt ja: Er ist selbst von dort, der Alfred und ich ja auch. Nur war das für die beiden ein Grund ... na ja ..."

„Was denn, die über den Haufen zu schießen?"

„Ja, gewissermaßen. Diese Juden sind sozusagen auf dem Boden unserer Heimatstadt gelaufen und haben sie besudelt." Mit Blick auf Friedrichs Kopfschütteln fügte Richard Hofmann hinzu: „Ich finds ja auch übertrieben. Aber Du weißt doch, wie die zwei sind."

„Übertrieben? Das ist nicht das Wort, das mir dazu einfällt", stotterte Friedrich. „Als Grund isses ein wenig an den Haaren herbeigezogen, das schon eher."

„Ja, ja, ich weiß. Was soll ich sagen ..."

Hofmann versuchte locker zu wirken, doch auch bei ihm war eine leichte Anspannung nicht zu übersehen. Dabei hatte er gerade eben noch recht heiter gewirkt. Friedrich holte die Packung Juno hervor und fischte sich eine heraus. Hofmann bot er ebenfalls eine an, dieser griff hastig zu.

Eine Weile lang zogen beide gierig an ihren Zigaretten.

„Zweifelst Du manchmal?", fragte Friedrich seinen Kameraden.

„Woran?"

„An dem, was wir hier tun?"

Hofmann schüttelte den Kopf.

„Nein. Es ist grausam, das ja. Aber notwendig. Das darfst Du nie vergessen ... Ein Volk muss sich Lebensraum erkämpfen und dafür sorgen, dass sein Blut nicht verunreinigt wird von ... von ...“ Er machte eine Kopfbewegung in Richtung Treppe. „Das ist unwertes Leben, vergiss das nicht! Klar, ich will auch nicht, dass die leiden. Wenn Du eine Kakerlake siehst, willst Du sie ja auch nicht quälen. Du zerdrückst sie und gut ist.“

„Die Jüdin dort oben ... sie sah nicht aus wie eine Kakerlake“, entgegnete Friedrich zittrig.

„Fritz, lass Dich von deren Menschengestalt nicht täuschen!“

Das Getrappel von Füßen hallte durch das Treppenhaus. Die anderen waren auf dem Weg nach unten.

Lange konnte Friedrich das nicht mehr durchstehen, das wusste er jetzt mehr denn je. Vor ihnen lagen Tage und Wochen, in denen sie den verlassenen Teil des Ghettos durchkämmen sollten, auf der Suche nach Juden, die sich versteckt hielten. Das bedeutete: Noch mehr Bilder im Kopf, noch weniger Schlaf.

Friedrich Burger stand kurz vor dem Zusammenbruch.

•

Die Stimmung in der Schulgasse 8 war an diesem Montagmorgen gedrückt. Der graue Himmel über Dresden trug nicht gerade zur allgemeinen Ermunterung bei, weswegen man sich am Esstisch bei einem ordentlichen Frühstück aufzumuntern versuchte. Lisbeth hatte ihre Vorräte an köstlichen Marmeladen sowie Kompott geplündert, zudem Tee und Ersatzkaffee gekocht. Alles stand bereit, alle saßen am Tisch.

Außer Klemmer.

„Ist der Herr Kriminalrat noch im Arbeitszimmer? Dann sollten wir vielleicht auf ihn warten“, sagte Lisbeth.

„Wir fangen an“, entschied Sussek, „der Kriminalrat hängt schon seit einer Weile am Telefon. Das kann dauern, Liebes.“

Und so begannen alle zu frühstücken. Es gab auch Brot und Butter, Luci wähnte sich im Paradies. Für einige Minuten vergaß sie den gestrigen Schock, ja, den gesamten dämlichen Fall und den Ärger über Gott und die Welt. Lisbeth Susseks Brombeermarmelade schmeckte himmlisch. Gierig schmierte sie sich eine Scheibe nach der anderen, während Sussek und Reimann über aktuelle Entwicklungen an der Front sprachen. Wieder einmal ging es um die Russen und darum, dass über der ganzen Stadt eine spürbare Angst lag. Das wiederum führte wohl zu etlichen Gerüchten und Spekulationen, die sich wie Lauffeuer in Dresden verbreiteten. So sei die Evakuierung der Bevölkerung bereits geplant, in Breslau habe so etwas auch schon stattgefunden. Und man habe in Dresden siebzehntausend Deserteure gefasst, die nun in Sturmbataillone kämen.

Soweit die Gerüchte.

„Siebzehntausend", wiederholte Sussek spöttisch. „Was für Geschichten denken die da oben sich noch aus? Pfff, Dresden evakuieren ... Dass ich nicht lache! Hast Du noch mehr solcher Märchen auf Lager, Wolfgang?"

„Man weiß vor lauter Gerüchten nicht mehr, was wahr ist und was nicht. Der Russe ist nah, soviel ist sicher. Oder kannst Du mir erklären, warum Soldaten Arbeiten an den Pfeilern der Carolabrücke durchführen?"

Sussek sah Reimann fragend an.

„An der Brücke? Du meinst ...?"

„Minierung", flüsterte der Hamburger nickend. „Was könnte es sonst sein?"

Sussek nahm kopfschüttelnd einen Bissen von seinem Brot.

„Es wird hier bald rumsen, und zwar ganz gewaltig ..."

Mit Blick auf den hereinschleichenden Klemmer hielt er inne.

Am Gesicht des Kriminalrats konnten sie alle erahnen, dass das Telefongespräch Düsteres zutage gefördert hatte. Überrascht waren Luci und der alte Sussek darüber nicht, kannten sie doch bereits Burgers Geschichte in groben Zügen. Jetzt lag sie Klemmer wohl im Detail vor, und die daraus resultierenden Erkenntnisse brachten sie wieder auf die Spur oder warfen neue Fragen auf, die nicht zu beantworten waren.

Klemmer setzte sich an den Tisch.

Lisbeth goss ihm sogleich einen Tee ein und forderte ihn auf, zu essen. Er müsse noch zu Kräften kommen, sein Körper sei noch geschwächt. Klemmer nippte lustlos an seiner Tasse und nahm einen kleinen Bissen von dem Marmeladenbrot, das Frau Sussek ihm geschmiert hatte.

„So schlimm?", fragte Sussek. „Natürlich ... wieso frag ich auch? Diese Geschichte führt uns in Abgründe. Wenn Sie mich fragen, Klemmer: Es interessiert mich mittlerweile weniger, wer unser Mörder ist. Vielmehr will ich wissen, wer diese Hannah war. Sie war ein Kind dieser Stadt, eine Dresdnerin. Eine Sängerin, ein talentiertes Ding ... und jetzt ... ist sie tot. Unbegreiflich ..." Sussek hatte die letzten Worte leise vor sich hingemurmelt. Schließlich erwachte er wieder aus seinem Tagtraum. „Jetzt essen Sie was, Klemmer! Menschenskind, Sie fallen mir noch vom Fleisch. Danach gehen wir ins Arbeitszimmer, da können Sie uns erzählen, was Sie rausgefunden haben."

Heinz Sussek und Luci Rost hörten sich im Arbeitszimmer die Geschichte an. Sie war den Erwartungen gemäß grausam und enthielt einige verstörende Einzelheiten.

„Tiere. Das sind Tiere", schimpfte Sussek leise, als Klemmer zu Ende erzählt hatte.

„Nein, Tiere tun so etwas nicht", entgegnete Klemmer trocken. „So etwas tun selbsternannte Herrenmenschen."

Der Kriminalrat schielte zu Luci hinüber, die seit dem gestrigen Ereignis so gut wie gar nicht mehr sprach. Sie wich dem Blick sogleich aus und schwieg weiter.

„Versuchen wir uns auf die Fakten zu konzentrieren", mahnte Sussek. „Die Frau war Hannah, das ältere Ehepaar waren ihre Eltern. Daran besteht nun kein Zweifel mehr. Nicht nach

Hofmanns Reaktion gestern. Hannah war hochschwanger. Unser Mörder rächt sie und das Kind. *Sein* Kind. Doch er kommt in Burgers Bericht nicht vor. Wo war er?"

„Entweder war er in einem der Shops und hat das Massaker erst später entdeckt, oder er versteckte sich irgendwo im Ghetto."

„Oder", ergänzte Sussek, „er war in der Wohnung. Vielleicht in einem der anderen Zimmer. Vielleicht haben die ihn misshandelt und dann am Leben gelassen."

„Warum hätten die das tun sollen?"

„Sadismus. Außerdem: Wenn er *nicht* da war, wieso kannte Hofmann dann seine Identität? Sie erinnern sich, was er uns gestern zurief, kurz bevor ihn die Kugeln trafen: ‚Ich weiß, wer er ist.' Ich sage Ihnen: Der Kerl war dort. Er hat überlebt und ist geflohen."

„Wir kommen einfach nicht weiter", murmelte Luci. Die beiden Männer starrten sie verwundert an. Zu lange hatte sie sich nicht zu Wort gemeldet. „Hannah, Warschau, SS ... In dem Puzzle bleibt eine Stelle frei, und sie wird es bleiben. Wir sind bei der Frage, wer der Mann ist, nicht einen Millimeter vorangekommen."

„Ja, Fräulein Rost ... aber wie Sie sehen, tun wir hier unser Bestes", verteidigte sich Klemmer.

„Chef, Sie wissen genau, wer uns hilfreiche Informationen liefern könnte. Wir drehen uns hier im Kreis."

Der Kriminalrat seufzte.

„Ja ... ja, Sie haben recht. Wie so häufig." Er lehnte sich zurück und fuhr sich mit beiden Händen übers Gesicht. „Wie lautet seine Adresse nochmal?"

„Zeughausstraße 1. Ein Judenhaus."

•

Die Zeughausstraße lag nur wenige Schritte vom Polizeipräsidium entfernt.

Gegenüber von Haus Nummer 1 angekommen hielt Sussek inne, Luci und der Kriminalrat stellten sich neben ihn. Laut Gröschner wohnten die meisten der noch in Dresden lebenden Juden in diesem Gemeindehaus.

„Dahinter stand früher die Synagoge", sagte Sussek. „Die haben sie abgefackelt, in der Kristallnacht. Die Nacht der Schande ..."

„Sie waren Zeuge?", fragte Klemmer.

„Ja. Ja, das war ich. Die Leute haben gejohlt, zumindest viele von denen, die da rumstanden. Da gab es aber auch ein paar, die empört waren, zu denen ich gehörte. Doch nur einer ... nur ein einziger hat den Mund aufgemacht. Ein älterer Herr – er stand neben mir – schrie, es sei unglaublich ... das Ganze sei ja wie im finstersten Mittelalter. Prompt standen da zwei Stapos und nahmen ihn mit. Ja, dieser Mann hatte es laut ausgesprochen. Ich habe geschwiegen, wie die anderen."

Für einen Augenblick starrte Sussek ins Leere. Dann schnaubte er kurz, setzte sich sodann wieder in Bewegung, die zwei Berliner folgten.

Im Haus fragten sie sich durch, wurden von verängstigten Bewohnern in den dritten Stock geschickt. Verwunderlich erschien den Beamten die Angst der Menschen hier kaum; Vertreter des Apparates kamen in der Regel nicht mit guten Absichten hierher.

Die Wohnung, in der das Ehepaar Berkowicz lebte, war sehr klein und musste dennoch Platz bieten für drei Parteien. Drei Ehepaare – davon eines mit Kind – teilten sich ein Badezimmer, ein Klo und eine kleine Küche.

Hilde Berkowicz führte die Beamten, nachdem diese sich vorgestellt hatten, in das kleine Zimmer, das ihr und ihrem Mann als Arbeits- und Wohnzimmer diente. Ein Sessel, zwei Stühle um einen Schreibtisch herum und viele Bücher füllten den Raum nahezu aus. Sussek und Klemmer nahmen auf den Stühlen Platz, den Sessel wollte die Berkowicz Luci anbieten, doch die stand lieber.

Hilde Berkowicz war eine würdevolle Erscheinung, eine Frau von fünfundsechzig Jahren, die beim Anblick der Beamten nicht im Geringsten die Fassung verlor. Nun saß sie ihnen gegenüber, bereit, sich einem Verhör zu stellen.

„Frau Berkowicz", begann Klemmer, „zunächst einmal will ich Ihnen sagen, dass wir nicht hier sind, um Ihnen irgendwelche Schwierigkeiten zu bereiten. Wir ermitteln in einem Mordfall und würden Ihnen und Ihrem Mann gerne ein paar Fragen stellen."

Hilde Berkowicz musterte die Beamten misstrauisch.

„Mein Mann arbeitet, er ist nicht vor siebzehn Uhr zurück."

„Was tut er beruflich?"

Sie lächelte bitter.

„Beruflich? Er ist Musiklehrer. Aber diesen Beruf darf er schon lange nicht mehr ausüben. Jetzt ... jetzt arbeitet er in der Papierverarbeitung bei Thiemig & Möbius. Er ist Hilfsarbeiter. Gezwungenermaßen, wenn Sie verstehen."

Klemmer nickte. Es war der Moment des Unbehagens, vor dem er sich so gefürchtet hatte. Er saß hier vor dieser Frau als Angeklagter. In ihren Augen war er einer von denen. Dabei war sie nicht einmal Jüdin. Eine arische Frau, die bis zum bitteren Ende zu ihrem Mann halten würde, ihn nicht aufgab.

„Ja. Ja, ich verstehe."

„Tun Sie das, ja?"

„Frau Berkowicz, es tut mir wirklich leid ... und ich weiß, dass dies für Sie und Ihren Mann sehr schwierige Zeiten ..."

„Ich brauche Ihr Mitleid nicht", unterbrach sie ihn mit gefasster Stimme. „Sehen Sie, gerade gestern forderte ein Beamter von der Gestapo mich auf, mit ihm nach unten zu gehen. Dort schlug er mir ins Gesicht und bespuckte mich. Weil ich die Frau eines Juden bin. Schwierige Zeiten? Nein, das trifft es nicht mal ansatzweise."

Klemmer blieben die Worte im Hals stecken, er wusste nicht mehr, was er sagen oder fragen wollte. Er wäre am liebsten aufgestanden und weggerannt. Er war einer von *denen*, diese Frau wusste es, er konnte ihr nichts vormachen. Und sich selbst auch nicht.

„Was mein Kollege damit sagen will", mischte Sussek sich ein, als er Klemmers Unsicherheit gewahr wurde, „ist, dass es für das, was Ihnen hier angetan wird, keine Entschuldigung gibt. Wir drei vertreten vorbehaltlos diesen Standpunkt, auch wenn das für Sie jetzt kein Trost ist. Es soll hier nur erwähnt werden."

Hilde Berkowicz sah in alle drei Gesichter. Bei Luci blieb sie hängen. Diese erwiderte den Blick mit einer Mischung aus Trotz und tiefster Verunsicherung.

„Ich nehme es zur Kenntnis", sagte Frau Berkowicz schließlich. „Wollen Sie Ihre Fragen gleich stellen oder wiederkommen, wenn mein Mann da ist?"

„Ich denke, wir kommen gegen fünf wieder. Es ist wichtig, dass er bei der Befragung anwesend ist", antwortete Sussek schnell.

Die zwei Männer erhoben sich eilig, und das Trio huschte über den Flur zur Wohnungstür, wo man sich von Frau Berkowicz hastig verabschiedete.

„Das lief ja nicht so gut", brach Luci das Schweigen, als sie wieder im Freien standen.

„Doch, Fräulein Rost", entgegnete Sussek, „es war ein kurzes, zivilisiertes Gespräch, in dem uns eine vom Schicksal geschlagene Frau ihren Kummer mitgeteilt hat."

„Für sie waren wir das personifizierte Böse."

„Ich kann es ihr nicht verdenken. Und wenn Sie in sich gehen, dann können Sie es auch nicht ..."

Sussek führte die beiden die Schiessgasse entlang, vorbei am Präsidium. Luci lief neben ihm, Klemmer marschierte gedankenversunken hinter ihnen her.

„Sie hat doch gesehen, dass wir nicht von der Gestapo sind. Was also sollten diese Blicke?", fragte Luci empört.

„Fräulein Rost, Sie müssen lernen, sich in andere Menschen hineinzuversetzen! Stellen Sie sich vor, man würde Sie bespucken und schlagen ... Ihr Zorn würde nicht nur dem Angreifer gelten, sondern auch jenen, die drumherum stehen und tatenlos zusehen. Wenn ich es recht bedenke ... sind sie das größte Übel ..." Sussek wurde nachdenklich. „Jene, die tatenlos zusehen", murmelte er, mehr zu sich selbst. Luci schwieg, ebenso Klemmer, dessen Betrübtheit noch immer von der Begegnung mit Hilde Berkowicz herrührte. Sussek schlug mit einem Mal einen fröhlicheren Ton an: „Wir haben jetzt ein paar Stunden Zeit. Um Sie beide ein wenig aufzumuntern, nehme ich Sie jetzt mit in mein Lieblingslokal. Ich selbst hatte ja schon seit Längerem keine Gelegenheit gehabt, mich dort mal wieder blicken zu lassen. Und der Fraß im Bau ... ich erspare Ihnen beiden Einzelheiten."

Die Schiessgasse ging in die Gewandhausstraße über, danach bog Sussek rechts in die Kreuzstraße, lief mit seinen Begleitern am Rathaus vorbei, dann an der Kreuzkirche. Sie überquerten den südlichen Teil des leidlich belebten Altmarkts und erreichten schließlich die Webergasse, in der Sussek sich voller Vorfreude die Hände rieb. Eine kleine Menschentraube hatte sich etwas weiter vorn vor einem Gebäude zusammengefunden und begehrte Einlass. Kein Zweifel, Sussek führte sie genau dorthin. Zum Haus Nummer 27.

Vor dem Lokal blieben die Drei stehen. Sussek ließ die beiden Berliner zunächst die Architektur bestaunen. Die Fassade ließ sich in ihrer architektonischen Bestimmung nur schwer einordnen, Klemmer grübelte. Tatsächlich versuchte er für einen Augenblick, das Ereignis von eben auszublenden und betrachtete ebenso wie Luci den Stilmischmasch, der sich ihnen hier bot. Wie überall in Dresden waren auch hier in der Webergasse die Bürgerhäuser enger parzelliert als in Berlin, ein Umstand, der einer barocken Bauauffassung geschuldet war. Das Lokal jedoch, vor dem sie standen, fasste die Erdgeschosse zweier

Bürgerhäuser zu einem einzelnen Sockelgeschoss zusammen und durchbrach in seiner rustikalen Machart die Ästhetik der gesamten Gasse. Rustikale Ausformulierung der Fenstergewände, des Eingangs, bleigefasste, bunte Butzenscheiben.

„Meine lieben Gäste aus Berlin, das hier ist die Bärenschänke. Dresdens größtes Bier- und Speisehaus. ‚Zu billigen Preisen, nicht billig allein, auch schmackhaft und reichlich soll alles stets sein.' Hier gibt es alles, was dem Gaumen Freude bereitet. Na ja ... sagen wir: gab. Das Angebot ist hier schon lange nicht mehr so reich, wie einst ... aber immer noch besser als anderswo, glauben Sie mir! Kommen Sie, wir drängeln mal ein bisschen!"

Sie quetschten sich durch zwei Dutzend protestierende Menschen, die am Eingang auf frei werdende Plätze warteten.

Im Innern staunten Luci und Klemmer über die zahlreichen Säle, größere und kleinere, deren Wände jeweils mit etlichen Geweihen dekoriert waren. Keramikfliesen und Holz bildeten die Hauptelemente der Innenausstattung, die ehemals kleinen Parzellen hatte man hier zu mehreren großen Räumen zusammengefasst. Diese ähnelten nunmehr mittelalterlichen Burgsälen, die den prächtigen Rahmen für zünftige Gelage boten, bei Bier und derben Fleischgerichten. In der Tat herrschte gerade jetzt ein unglaublicher Lärm, die ganze Stadt schien hier an den Tafeln zu sitzen.

„Die Säle erstrecken sich rüber bis zur Zahnsgasse", erklärte Sussek. „Zehn Säle sinds insgesamt, Platz für tausend Leute. Und trotzdem ist hier alles voll."

Ein Kellner kam auf sie zu und begrüßte den alten Polizisten herzlich. Dieser flüsterte ihm etwas ins Ohr und deutete dabei auf seine beiden Begleiter. Der Kellner nickte und führte die Gruppe in einen Saal mit noch mehr Geweihen. Hier war es etwas ruhiger und statt aneinandergereihter Tafeln, wie in einem der Säle davor, standen hier kleinere Tische, die den Gästen ein wenig mehr Privatsphäre boten.

Sie setzten sich an einen soeben frei gewordenen Tisch, der Kellner reichte jedem eine Speisekarte und wollte wieder verschwinden, da hielt ihn Sussek zurück.

„Schön hiergeblieben, wenn Sie jetzt gehen, dann sehen wir Sie erst in einer Stunde wieder. Wir bestellen sofort."

Er überflog die Karte.

„Was können Sie denn empfehlen?"

„Nun, die Klöße mit Paprikatunke und Sauerkraut. Schmeckt ausgezeichnet."

Sussek sah zu den beiden anderen hinüber, diese nickten kurz.

„Gut, dann dreimal. Und als Nachspeise ... haben Sie noch was von der Krokantspeise?"

„Muss ich schauen."

„Tun Sie das, mein Bester. Und ...", Sussek beugte sich vor und wechselte in den Flüsterton, „... wir sind zwar im Dienst, aber wenn Sie uns was von Ihrem Bärenbräu bringen könnten. Da ist doch bestimmt noch was da, für besondere Gäste."

Er zwinkerte dem Kellner zu und stieß ihn mit dem Ellbogen leicht in die Seite. Dieser lächelte höflich, nickte und verschwand.

„Sie werden sehen, das wird ein Festmahl." Luci lächelte verhalten, Klemmer hatte längst das Kinn in der Brust vergraben und starrte ins Leere. „Klemmer, wie lange wollen Sie eigentlich noch Trübsal blasen? Ich kann Ihren Kummer ja verstehen, aber sehen Sie mich an: Ich versuche aus der Situation das Beste ..."

„Ja, ich sehe Sie an", unterbrach ihn Klemmer. Er hatte den Kopf gehoben und erwiderte Susseks Blick. „Sie sind ein Rebell, Sussek. Sie haben sich aufgelehnt, vom ersten Tag an, darum hat man Sie aus dem Polizeidienst entlassen. Und vor ein paar Wochen haben sie denen wieder die Meinung gegeigt und dafür die Konsequenzen getragen. Verstehen Sie, ich begegne in diesen Tagen Menschen, die ... Ich bin nicht wie Sie, Sussek."

„Sie sind dagegen. Sind gegen *die*. Das ist das Wichtigste. Jeder, der gegen die Unmenschlichkeit ist, tut, was er kann."

Klemmer rieb sich die Augen. Er trug noch seinen Mantel und fingerte mit der rechten Hand am Zündschlüssel in der Tasche.

„Ja. Ich werd Ihnen sagen, was *ich* getan habe: Ich hab mir das Treiben der Nazis genau angesehen, da wussten die meisten noch gar nicht, was das für Leute sind. Ich habe ihre Parolen von Anfang an durchschaut, und sie verursachten bei mir tiefste Abscheu. Und dennoch trat ich 32 der Fachschaft bei. Wieso, fragen Sie? Ich werds Ihnen sagen: Ich war damals vierzig und noch immer ein gewöhnlicher Kriminalkommissar. Die Republik bot keine Perspektiven, es herrschte Beförderungsstau. Mit den Nazis an der Macht würde es anders aussehen, was interessierte mich da das menschenverachtende Weltbild. Und lange würden die sich eh nicht halten, dachte ich. Also tat ich etwas für die Karriere. Aber etwas in meinem Hinterkopf hörte nicht auf zu protestieren. Ich hörte nicht hin, ich schloss stattdessen meinen Pakt. Und heute ist der eine Sohn unter der Erde, und der andere wird ihm bald dorthin folgen. Und all diese Menschen, die vor unseren Augen verschleppt und umgebracht wurden ... ich ... ich kann sie sehen, Sussek. Erst jetzt nehme ich sie bewusst wahr, doch sie sind schon längst fort, ihre Asche ist kalt. Ich wusste es. All die Jahre wusste ich es, aber ich *begreife* erst jetzt, so als würde ich aus einem Traum erwachen und feststellen, dass es gar kein Traum war ... es ist tatsächlich passiert!"

Klemmer hatte sich immer stärker in Rage geredet, sodass Gäste an den Nebentischen aufblickten.

„Klemmer, Sie müssen etwas leiser reden, hier ..."

„Es ist mir wurst, wer das hier hört! Wir werden alle draufgehen, und das ist gut so ..."

Zwei Männer waren von einem der Tische im Saal aufgestanden und stellten sich hinter Klemmer, packten ihn unter den Augen der gaffenden Gäste unsanft an den Schultern.

„Du, Freundchen, kommst jetzt mit! Wir werden Dir schon beibringen, defätistische Äußerungen in der Öffentlichkeit ..." Die Stimme des Mannes verstummte augenblicklich, Klemmer hatte seine Pistole gezogen und drückte dem Wortführer den

Lauf der Waffe in den Bauch. Langsam erhob sich der Kriminalrat und stand dem Mann gegenüber, Luci und Sussek hielten den Atem an.

„Was denn, Du dummer Hanswurst willst mich mitnehmen?", fragte er den verdutzten Mann in drohendem Flüsterton. Sein Begleiter guckte noch blöder aus der Wäsche angesichts der unerwarteten Wendung. „Versuch es, tu mir den Gefallen!", forderte Klemmer.

„Wir sind von der Polizei", wandte Sussek, der nun auch aufgestanden war, sich eindringlich an die zwei Männer. „Also gehen Sie wieder an Ihren Tisch und Schwamm drüber. Los!"

Zähneknirschend schlichen die beiden wieder zu ihren Plätzen.

Klemmer blieb schnaubend stehen, starrte scharf in ihre Richtung.

„Kommen Sie, Klemmer, setzen wir uns", flüsterte Sussek dem schwer atmenden Kriminalrat zu. Nein, er konnte sich nicht hinsetzen, Klemmer begann zu hyperventilieren.

„Raus ... ich muss hier raus", stöhnte er und stürmte in Richtung Ausgang.

Susseks Stimme hinter seinem Rücken nahm er nur halb wahr, er drängelte sich durch hereinströmende Gäste hinaus auf die Gasse. Hier blieb er stehen, beugte sich vornüber, mit einer Hand an einer der gegenüberliegenden Hauswände abstützend.

Sussek trat heran.

„Menschenskind, Klemmer! Was ist denn da in Sie gefahren? Jetzt beruhigen Sie sich erstmal ..."

Klemmer richtete sich auf, nur allmählich verlangsamte sich seine Atmung.

„Ich halt das nicht mehr aus, Sussek. Ich verliere den Verstand ..."

„Nein, das tun Sie nicht. Noch vorgestern wollten Sie mich dabeihaben, wollten meine Hilfe. Jetzt will ich Ihre, Klemmer. Ich will, dass Sie sich zusammenreißen. Wir ziehen das durch. Das sind wir uns schuldig."

„Dieses Mädchen ... Hannah ... was sind wir *ihr* schuldig, Sussek? Glauben Sie, es ist gerecht, wenn wir den Vater ihres Kindes schnappen und ihn den Henkern ausliefern? Hat er keine Rache verdient?"

„Ich weiß es nicht. Aber nach dem, was wir von Hannah Berkowicz wissen, war sie kein Mensch, der den Mord an kleinen Kindern gutgeheißen hätte oder den an ihren Müttern. Nicht in ihrem Namen. Scheil hat zwei Söhne, sie werden die nächsten sein, die sich der Mörder greift. Sie und die Mutter. Hofmanns Familie ist sicherlich auch nicht außer Gefahr. Ich kann die Wut des Täters durchaus verstehen, Klemmer ... aber ich kann nicht zulassen, dass er seinen Plan ausführt. Und das können Sie auch nicht. Also, bleiben Sie bei der Sache! Und jetzt gehen wir rein, wäre schade um das gute Essen."

•

Dresden lag unter einer dunkelgrauen Wolkendecke, als die drei Ermittler wie angekündigt das Judenhaus in der Zeughausstraße betraten. Es war wieder Hilde Berkowicz, die die drei an der Wohnungstür empfing. Sie führte sie erneut in das kleine Zimmer, diesmal standen zwei Stühle mehr zur Verfügung, was zu Lasten der Bewegungsfreiheit ging. Vor allem jetzt, da sich mehrere Menschen im Raum befanden.

Ben Berkowicz saß bereits am Schreibtisch, ein großer, breitschultriger Mann, dessen etwas zu weite Hose von vergangener Korpulenz zeugte. Sein müdes Gesicht war eingefallen, aber seine Augen blickten friedlich durch die runden Brillengläser.

Als die Besucher eintraten, erhob er sich und nickte kurz zum Zeichen der Begrüßung. Hilde nahm wieder auf dem Sessel Platz, die Polizisten auf den Stühlen.

Sussek hatte sich den mittleren Stuhl gegriffen und ihn etwas weiter vorne platziert, um zu verdeutlichen, dass er nun die Befragung durchzuführen gedachte. Klemmer saß rechts von ihm und hielt die Arme verschränkt, den Kopf leicht gesenkt.

Bloß nicht einmischen, dachte er, soll Sussek das machen. Jetzt, da gleich zwei von Hannahs Angehörigen anwesend waren, würde er sich ganz einfach zurückhalten und die Befragung aussitzen.

Und dann bloß weg hier!

„Herr Berkowicz", begann Sussek, „ich bin Kriminalhauptkommissar Sussek von der hiesigen Kriminalpolizei ... eigentlich schon längst in Ruhestand ... aber für die Ermittlungen in einem aktuellen Fall wurde ich hinzugezogen. Dies sind Kollegen vom Reichskriminalpolizeiamt Berlin: zu meiner Rechten Kriminalrat Klemmer, zu meiner Linken seine Assistentin Fräulein Rost."

Er machte eine Kunstpause.

„Sie beide fragen sich jetzt natürlich, warum wir hier sind. Nun, wir ermitteln in einer Mordserie. Und der Mörder ist jemand, der ... den Sie eventuell kennen."

„Herr Kommissar", antwortete Berkowicz bitter lächelnd, „in diesen Tagen sehen wir viele Mörder. Wir begegnen ihnen auf Schritt und Tritt. Aber Sie suchen nur einen: nun gut ... wenn wir helfen können ..."

„Womöglich können Sie das. Es ist für mich nicht ganz leicht, Ihnen das jetzt zu sagen, aber ... die ganze Sache hat etwas zu tun mit Ihrer Nichte."

Das beiden Berkowicz zuckten zeitgleich zusammen.

„Mit meiner ...?"

„Hannah. Hannah Berkowicz."

Hilde Berkowicz hielt sich die Hand vor den Mund, ein leises Schluchzen entfuhr ihr. Ihr Mann war zur Salzsäule erstarrt, seine glasigen Augen blickten ungläubig.

„Hannah? Was wissen Sie über Hannah? Hannah ist tot ... sie ist ..."

„Ja, das ist sie. Und ... bei unseren Ermittlungen erfuhren wir auch, unter welchen Umständen sie starb."

„Wie ist sie gestorben?", fragte Berkowicz leise, mit einem Anflug von Wut in der Stimme. „Sagen Sie es uns ..."

„Sie starb in Warschau. Im Ghetto."

„Wissen wir … Sagen Sie uns, wie sie starb, bitte."

Berkowicz standen die Tränen in den Augen.

„Sie wurde ermordet. So wie fast alle Bewohner dort. Aber sie starb nicht in dem Todeslager, wie die meisten. Sie wurde Anfang September 42 von fünf SS-Männern ermordet, zusammen mit …"

Sussek versuchte gefasst zu wirken, doch er merkte, wie ihm die Stimme zu versagen drohte. Er war in diesem Moment weniger ein Ermittler, denn ein Überbringer schlechter Botschaften.

„Zusammen mit ihren Eltern", komplettierte Hilde Berkowicz unter Tränen den Satz.

„Ja. Ja, so ist es. Die Männer ermordeten sie in dem Haus, in dem sie zu dem Zeitpunkt lebten. Es geschah wohl aus reiner Mordlust."

„Warum sind Sie hier?", fragte Ben Berkowicz, auch er mit Tränen der Wut im Gesicht. „Sie sagten, Sie ermitteln in einer Mordserie. Damit meinen Sie natürlich nicht den Massenmord, der in Warschau stattgefunden hat oder an vielen anderen Orten. Sie kommen wegen etwas Anderem. Was ist es?"

„Sie haben recht, das mag jetzt klingen wie Hohn in Ihren Ohren, und glauben Sie mir: Uns Dreien erscheint das Ganze mittlerweile ebenfalls unwirklich, grotesk. Ich kann Ihnen nur sagen, was geschehen ist … Jemand rächt Ihre Nichte, Herr Berkowicz." Sussek ließ diese Information kurz wirken, die Sprachlosigkeit des Ehepaares zeigte ihm, dass sie mit einer solchen Nachricht nicht gerechnet hatten. Sie waren wirklich nicht im Bilde oder sehr gute Schauspieler, was Sussek getrost ausschloss. „In den letzten Monaten wurden drei der besagten SS-Männer ermordet, zusammen mit ihren Familien … also die Frauen und auch die Kinder. Der Täter hinterließ an den Tatorten eine … eine Nummer … eine Art Registriernummer. Wir konnten sie Hannah zuordnen."

„Warum die Kinder?", fragte Hilde Berkowicz argwöhnisch. „Warum tötet er die Kinder?"

Auf die Frage war Sussek gefasst, und doch war dies der schwerste Teil. Hilfesuchend schielte er nach rechts und links. Klemmer kam ihm unerwartet zur Hilfe.

„Er rächt sein Kind", antwortete der Kriminalrat trocken. „Ihre Nichte war hochschwanger, als sie ermordet wurde."

Ben Berkowicz vergrub das Gesicht in seinen Händen und weinte bitterlich. Seine Frau war aufgestanden und sah mit Verachtung auf die sitzenden Beamten herab.

„Habt Ihr noch nicht genug? Hannah ... sie war ein so wunderbarer Mensch. Warum musste sie sterben? Sie hat ihren Mitmenschen nur Freude gebracht! Was ist nur aus diesem Land geworden? Millionen ... sie wurden alle massakriert ... und Sie ... Sie kommen hierher und wollen von uns Hilfe? Bei der Suche nach demjenigen, der die Verbrecher ihrer gerechten Strafe zugeführt hat?" Berkowicz war aufgestanden und versuchte, seine Frau zu beruhigen, nahm sie in den Arm. Sie vergrub das Gesicht in seiner Brust und ließ ihren Tränen freien Lauf.

„Gehen Sie", forderte Ben Berkowicz die Besucher auf.

Diese erhoben sich, verabschiedeten sich jeweils mit einem kurzen beschämten Nicken und schlichen zur Tür. Luci und Sussek waren schon durchgegangen, da drehte Klemmer sich noch einmal um und trat nah an das Ehepaar heran. Die beiden sahen ihn mit ihren verquollenen Augen an, unsicher, was nun folgen würde.

„Haben Sie ein Foto von ihr? Bitte ...", bat der Kriminalrat leise.

Berkowicz zögerte eine Sekunde, dann ließ er seine Frau los, kramte eine Weile in der obersten Schublade seines Schreibtisches, dann hatte er ein Foto in der Hand. Er reichte es dem Polizisten.

„Bitte."

Klemmer nahm es entgegen und betrachtete es eine Weile. Es handelte sich um ein Portrait, Hannah war darauf etwa Anfang zwanzig.

Ihre außergewöhnliche Schönheit war das Erste, was sich bei Klemmer einbrannte. In ihrem zarten Gesicht formten kleine, geschwungene Lippen ein entwaffnendes Lächeln. Ihre leuchtenden Augen weckten in ihm die Sehnsucht, ihre Wangen mit beiden Händen zu berühren und ihr zu sagen, dass alles gut werde.

„Darf ich ...?"

„Ja, behalten Sie es. Egal, was Sie tun: Sehen Sie in ihr Gesicht, und vergessen Sie nie, was mit ihr geschehen ist!"

Klemmer ließ das Foto in der Innentasche seines Mantels verschwinden, nickte kurz und verließ den Raum.

Luci und Sussek warteten unten im Hausflur auf ihn. Der Kriminalrat zog das Foto aus der Tasche und ließ die beiden einen Blick darauf werfen. Zu dritt betrachteten sie stillschweigend Hannahs Gesicht. Dieser Fall – das spürte selbst Luci – musste *ihretwegen* gelöst werden. Dies war kein gewöhnlicher Fall, so wie dies keine gewöhnlichen Zeiten waren. Hunderttausenden, vielleicht sogar Millionen, war ein nicht wieder gutzumachendes Unrecht angetan worden. Doch wer, außer den noch lebenden Angehörigen, interessierte sich in diesem Land für die Identität der Toten? Angesichts der anonymen Masse verlor das einzelne Opfer an Bedeutung, dem Mitgefühl fehlte der Bezugspunkt. Weinerliche Resignation war der dominierende Gemütszustand der meisten Mitbürger, auch Klemmer watete im Morast des Selbstmitleids.

Doch das musste jetzt anders werden!

Denn mit Hannah bekam das Unfassbare ein Gesicht. Dem Täter Einhalt zu gebieten, musste in ihrem Sinne sein, daran bestand gar kein Zweifel. Auch wenn er die Morde ihretwegen beging.

An diesem Abend rief Klemmer in Berlin an. Martha und Heike ging es soweit gut. Auch Michael war gestern zu Hause gewesen und wohlauf. Der Kriminalrat versprach eine baldige Rückkehr.

Der Fall musste unter allen Umständen gelöst werden. Ihretwegen.

Warschau, den 17. November 1940

Liebe Tante Hilde, lieber Onkel Ben,

wisst Ihr noch, was ich Euch im letzten Brief schrieb? Vergesst es wieder. Die Realität ist viel schlimmer als angenommen. Gestern begannen die Schergen mit dem Bau einer Mauer.
Sie schließen uns ein.

Vater spielt die Ereignisse wie immer herunter, Mutter klammert sich an ihren Glauben. Sie sind beide voller Güte und wollen das Böse nicht sehen, können die Illusion über unser Los nicht abstreifen, obgleich wir Angesicht zu Angesicht der Wirklichkeit gegenüberstehen. Sie sind nach wie vor von einer bevorstehenden glücklichen Wendung der Geschichte überzeugt. Sie sagen, die Welt schaue zu, und deshalb könnten die Faschisten ihre Pläne zur Vernichtung des jüdischen Volkes nicht umsetzen. Ich möchte ihnen diesen Glauben nicht nehmen.

Doch ich selbst habe keinen Zweifel mehr, unser Leben wird in diesem Ghetto sein Ende finden. Sie werden uns nun schrittweise zermürben, uns aushungern. Dann wird sich das ganze Ausmaß ihrer Grausamkeit zeigen, unsere Ausrottung war von Beginn an ihr Ziel, daraus haben sie nie einen Hehl gemacht. Schon jetzt interessieren sich die wenigsten Menschen außerhalb des Ghettos für uns. Könnte ich doch nur das Leben meiner Eltern retten!

Vorhin stand ich am Fenster und blickte auf die Straße hinab. Ich sah, wie sie die Mauer weiter hochzogen. Auf der anderen Seite stand Karl und starrte zu mir hinauf. Er wirkte schockiert. Einen schockierten Karl Dietrich habe ich zum letzten Mal vor acht Jahren gesehen, damals, in jener schicksalhaften Nacht. Er ist jetzt ausgeschlossen und kann mir nicht mehr nahe kommen. Und wenn die Mauer meinen Tod bedeutet, so bin ich ihn wenigstens los.

Ich vermisse Euch. Ich vermisse Dresden.

Dies ist mein letzter Brief.

In Liebe, Eure Hannah

3. FASCHINGSDIENSTAG

13.2.1945

DER MORGEN

Der Morgen begann für die Beamten mit einem ausgiebigen Frühstück. Heinz Sussek saß am Tischende, zu seiner Rechten der Kriminalrat, daneben Wolfgang Reimann, den beiden gegenüber saßen Luci und Lisbeth. Letztere bemutterte einmal mehr ihre Gäste und hatte den Tisch reich gedeckt.

Klemmer fühlte sich allmählich gesund und verspürte schon fast wieder so etwas wie Tatendrang. Lamentieren nützte nichts, was geschehen war, war geschehen. Er suchte einen Mörder, dem er – auch wenn er dessen Motivation nachvollziehen konnte – das Handwerk legen musste, und ihm standen hierfür zwei fähige Ermittler zur Seite. Luci hatte sich in den letzten Tagen trotz ihrer anfänglichen Linientreue als loyale Mitarbeiterin erwiesen, als Polizistin mit einer gehörigen Portion Biss und Verstand. Und Sussek hatte sich zum guten Gewissen der Gruppe entwickelt, ihn wollte Klemmer bei diesem Fall nicht mehr missen. Womöglich blieb ihnen eine Chance, alles hing nun von einem letzten Versuch ab.

„Ich habe mich bei Ihnen noch nicht für Ihre Gastfreundschaft bedankt", sagte Klemmer in Lisbeth Susseks Richtung.

Sie winkte lächelnd ab.

„Herr Kriminalrat, Sie und das Fräulein Rost haben mir doch meinen geliebten Mann zurückgebracht. Dafür danke *ich Ihnen*. Sie sind hier beide jederzeit willkommen."

„Da stimmen wir zu, nicht wahr Wolfgang?", fragte Heinz Sussek in Reimanns Richtung.

Der guckte verdutzt in die Runde.

„Äh, ja ... ja, natürlich ..."

Sussek lachte.

„Der gute Wolfgang gehört praktisch schon zur Familie."

„Ich möchte mich dem Kriminalrat anschließen", sagte Luci, „Sie kümmern sich wirklich rührend um uns. Vielen Dank. Ich habe schon lange nicht mehr eine so köstliche Marmelade gegessen."

Lisbeth Sussek strich Luci über den Arm.

„Das freut mich." Sie drehte sich zu ihrem Mann um. „Ist dieses Mädchen nicht reizend? Sieh sie Dir an. Sie hat Marlenes Gesichtszüge, findest Du nicht?"

Sussek nickte wehmütig lächelnd.

„Marlene?", fragte Luci.

„Eine unserer beiden Töchter", antwortete Sussek und deutete dabei auf ein Foto auf der Anrichte. Es zeigte zwei Mädchen, die glücklich in die Kamera lächelten. „Links Marlene, rechts Henriette. Da sind sie dreizehn und fünfzehn."

„Und wo sind sie jetzt?"

„Sie leben in Kentucky. Sind beide verheiratet und haben Kinder."

Erst jetzt fiel Luci auf, wie viele eingerahmte Fotos von Kindern an den Wänden hingen.

„Wann haben Sie sie zum letzten Mal gesehen?", fragte sie, während sie sich die Bilder ansah.

„Das war 37, da haben wir sie besucht."

„Und wann waren die beiden das letzte Mal hier?"

„Das war 31. Aber ... sie schreiben uns regelmäßig und schicken Fotos von den Kindern. Sie schwärmen immer von ihrer neuen Heimat, vom Lebensgefühl und so weiter. Von den Filmen ... wussten Sie, dass die Amis uns in der Hinsicht schon überflügelt haben? Amerika ist das neue Filmland."

„Fehlt ihnen Deutschland nicht? Dresden?"

„Das war am Anfang so, als sie gerade drüben angekommen waren. Das war 29 ... sie sind gemeinsam rüber, wissen Sie. Sind zuerst zu Lisbeths Cousine gezogen, haben studiert ... und ehe wir uns versahen, waren die Mädchen verheiratet. Aber, Fräulein Rost, sie haben die Entwicklungen hier natürlich auch mit Interesse verfolgt. Und glauben Sie mir: Ihr Herz hat vom ersten Tag an geblutet, und es hat bis heute nicht aufgehört zu bluten."

Mit vollen Bäuchen hatten sich die drei Ermittler in Susseks Arbeitszimmer gesetzt.

Klemmer schielte auf die Uhr, es war schon kurz nach zehn.

„Ich denke", begann der Kriminalrat, „wir haben noch eine letzte Möglichkeit. Wir besuchen Scheil und quetschen ihn aus."

„Was soll das bringen?", fragte Luci.

„Nun, Hofmann wusste sofort, was los ist, als wir ihm mit dem Massaker an der Dresdner Familie konfrontierten. Ich gehe davon aus, dass alle anderen, außer Burger, auch im Bilde waren und den Vater des Kindes gesehen haben, beziehungsweise sogar kannten. Scheil hat letztes Mal auf Stur geschaltet, weil er Juden nicht als Menschen erachtet. Er ordnet ihnen keine Namen zu. Er wird sich aber erinnern, wenn dort jemand war, und uns etwas dazu sagen können. Ich presse es aus ihm heraus, so wahr ich hier sitze." Luci stand die Skepsis ins Gesicht geschrieben, was Klemmer sofort bemerkte. „Sie haben Einwände gegen diesen Plan?"

„Ich denke, wir müssen noch einmal zu Berkowicz. Das Ehepaar weiß etwas, wir ..."

„Vorschlag abgelehnt. Aus den beiden kriegen wir nichts raus. Sie haben nicht den geringsten Grund, uns zu helfen, warum auch ..."

Luci biss sich auf die Lippen und nickte zustimmend. Nur allzu gut in Erinnerung hatte sie seine letzte Reaktion, als sie versucht hatte, in Bezug auf Berkowicz zu insistieren.

„Na dann", sagte Sussek, „einen Versuch ists wert."

•

Die Beamten klingelten an Franz Scheils Wohnungstür. Eine Frau öffnete.

„Ja?"

„Frau Scheil?"

„Ja ..."

„Ich bin Kriminalrat Klemmer vom Reichskriminalpolizeiamt und dies sind meine Kollegen, Kriminalhauptkommissar Sussek und meine Assistentin Fräulein Rost. Ist Ihr Mann zu Hause?"

„Nein, er ... er kommt gleich wieder. Sie waren vor ein paar Tagen schon mal hier, nicht wahr?"

„Das ist richtig. Wir hatten ein Gespräch mit Ihrem Mann. Wir hätten da noch ein paar Fragen ... könnten wir für einen Augenblick reinkommen?"

Emma Scheil zögerte kurz. Dann öffnete sie die Tür ganz und bat die Beamten herein.

Im Wohnzimmer setzte sich Klemmer auf einen Sessel, Sussek auf das Sofa, während Luci am Esstisch Platz nahm.

„Wo ist Ihr Mann gerade?", fragte Sussek.

„Er ist mit unseren beiden Söhnen unterwegs, Kostüme besorgen."

„Kostüme?", fragte Klemmer.

„Ja ... heute ist doch Fasching."

„Richtig", meinte Sussek, „das hatte ich ja ganz vergessen."

„Frau Scheil, sagen Sie, hat Ihr Mann Ihnen erzählt, warum wir letztes Mal hier waren?"

Emma Scheil wirkte verunsichert.

„Er sagte, Sie seien wegen dem Alfred hier gewesen ... wegen dem, was mit ihm passiert ist. Ihm und seiner Familie. Eine schreckliche Sache ..."

„Das ist alles? Mehr hat er Ihnen nicht gesagt?"

„Nein."

„Hm ..."

In diesem Moment drang das klackende Drehen eines Schlüssels im Schloss der Wohnungstür zu ihnen herüber.

„Das sind sie. Wenn Sie mich kurz entschuldigen."

Emma Scheil verschwand im Flur.

Die Beamten konnten sie leise murmeln hören, ihn nur mit tiefem Knurren antworten. Klemmer drehte seinen Kopf nach allen Seiten. In einer Vitrine stand ein Pokal. Der Kriminalrat erhob sich und begutachtete das verdiente Stück.

SV 05 Eintracht Dresden. 1. Platz 1925 ...

Unterdessen waren die zwei Buben des Schlächters von Warschau ins Wohnzimmer gehuscht und beim Anblick des unerwarteten Besuchs zu Salzsäulen erstarrt.

Der ältere, Otto, trug ein mittelalterliches Gewand, Schwert und einen schwarzen Helm mit seitlich angebrachten Krähenfedern, Max eine Ritterrüstung mit allem Drum und Dran. An seiner rechten Hand hatte er einen grauen Handschuh.

„Tolle Kostüme, richtig beeindruckend, Kinder", lobte Sussek. „Lasst mich raten, Du ...", er deutete auf Otto, „... bist Hagen von Tronje. Und Du ..." Er schwenkte den Zeigefinger hinüber auf Max und überlegte. „Du bist der Götz. Der Ritter mit der Eisernen Hand."

Beide Jungen nickten grinsend.

„Warum Hagen?", fragte Klemmer den Großen. „Warum nicht Siegfried?"

„Siegfried war ein Verräter", antwortete Franz Scheil, der plötzlich in der Tür zum Wohnzimmer stand.

Klemmer machte einen Schritt auf Scheil zu, während Emma Scheil die beiden Jungen eilig auf ihr Zimmer brachte.

„Das ist ja dann wohl Auslegungssache", entgegnete der Kriminalrat trocken. „Wir müssen mit Ihnen reden."

Scheil blieb zunächst regungslos stehen, in der gleichen schiefen Haltung wie beim letzten Treffen hielt er dabei seinen linken Arm eng am Körper, musterte die Beamten der Reihe nach. Seufzend setzte er sich schließlich an das Tischende, was allein aufgrund seiner Größe ein ungelenkes Manöver darstellte.

Klemmer setzte sich nun ebenfalls an den Tisch, Sussek folgte.

„Ich hoffe, Sie sind hier, um mir zu sagen, dass Sie den Kerl haben. Andernfalls ist dieser Besuch überflüssig."

„Das haben Sie hier nicht zu entscheiden, Scheil", entgegnete Klemmer scharf, „und glauben Sie mir: Wenn Sie heute nicht kooperieren, dann werte ich das als Behinderung der Ermittlungen und nehme Sie auf der Stelle mit."

Scheil lachte. Dieser riesige Kerl mit seinem krummen Zinken machte sich doch tatsächlich über die Beamten lustig! Seine Augen lagen eng beieinander, was seine gewaltlatente Aura nur noch verstärkte. Oder wirkten diese äußerlichen Merkmale nur so, weil Klemmer die Untaten dieses Mannes bekannt waren?

Die Polizisten warteten, bis das Lachen des SS-Mannes verstummte.

„Bitte, fangen Sie an", forderte Scheil seine Besucher auf.

„Anfang September 1942: Im Ghetto von Warschau leben etwa dreißigtausend registrierte Juden, sowie dreißig- bis vierzigtausend, die sich versteckt halten. Sie und Sparmann begeben sich in ein Haus in der Muranowska, schicken vorher noch Hofmann los, um die anderen Drei dazuzuholen. In dem Haus lebt eine Familie. Eine Familie aus Dresden: Isaac und Magda Berkowicz sowie ihre Tochter Hannah, siebenundzwanzig, hochschwanger. Sie und Sparmann haben beschlossen, diese Familie umzubringen, wollen dafür aber Ihre Kameraden dabeihaben. Diese tauchen auch wie von Ihnen verlangt auf. Nur Friedrich Burger bleibt draußen stehen, weil er kurz vor einem Nervenzusammenbruch steht." Klemmer machte eine Pause, um Scheils Reaktion auf diese Zusammenfassung der Ereignisse abzuwarten. Dessen Gesicht blieb komplett regungslos. „Dann erschießen Sie die Familie. Einer von Ihnen tut es, vielleicht auch mehrere. Wer weiß ... Was mich hierbei interessiert, ist: Was war der Grund? Sie kannten diese Leute, nicht wahr? Sie kannten sie aus der Zeit vor dem Krieg ... Hier in Dresden sind Sie sich schon mal über den Weg gelaufen."

„Was spielt es für eine Rolle, Herr Kriminalrat? Ich höre diese Namen zum ersten Mal. Es war Ungeziefer, wir brauchten keinen besonderen Grund."

„Diese Menschen hatten eine Lebensnummer, warum also in ein Haus gehen und diese Familie erschießen? Die Erklärung, die Hofmann Burger gab, erscheint mir unsinnig. Die Familie stammte aus Dresden, das allein hat Sie und Sparmann dazu bewogen, sie zu töten? Nein, das erscheint mir selbst bei einem kranken Geist wie Ihnen abwegig. Nein, ich werde Ihnen sagen, was der Grund war: Sie kannten diese Leute. Ich habe recht oder etwa nicht?"

Scheil grinste selbstgefällig.

„Kennen? Nein, ich kannte keine Juden. Aber ... Sie haben recht, ich hatte sie schon mal gesehen. Vor dem Krieg. Sie wohnten hier in der Gegend, gehörten zu jenem hochnäsigen Judenpack, das sich schon immer für was Besseres hielt. Während sich die hart arbeitende Bevölkerung ihr Brot sauer verdienen musste, trug dieses Geschmeiß sein Geld zur Schau, lief im feinen Zwirn herum. Ja, diese Juden sind mir in den Jahren das eine oder andere Mal über den Weg gelaufen. In Warschau hab ich sie wiedererkannt. Und kurzen Prozess gemacht."

„*Sie* waren also die treibende Kraft bei der Aktion – nicht Sparmann?"

„Der Alfred konnte es verstehen. Als ich es ihm erklärte, sah er sich ihre Visagen an, und da erinnerte er sich auch, sie schon gesehen zu haben. Dresden ist nicht so groß, wissen Sie."

„Und die anderen? Sie holten sie doch dazu. Was hielten die von der Sache?"

„Auch die konnten es nachvollziehen. Sie empfanden die Maßnahme als grausam, aber notwendig."

„Während Du es genossen hast, nicht wahr, mein Junge?", meldete sich Sussek zu Wort.

„Ja. Ja, das hab ich", antwortete Scheil grinsend.

Klemmer ballte unter dem Tisch die linke Hand zur Faust. Er musste kühlen Kopf bewahren, die Sache hier lief doch ganz gut, Scheil plauderte.

„Dann muss ich Sie jetzt fragen: War bei dieser ‚Maßnahme' noch jemand anwesend außer Ihnen, Ihren vier Kameraden und den drei Opfern?"

Klemmer fiel sofort auf, dass er ‚drei' gesagt hatte und dachte an das Kind in Hannahs Leib. Vier, es waren vier Opfer gewesen.

„Nein, da war niemand. Wieso glauben Sie, da sei noch jemand gewesen?"

„Muss ich Ihr Gedächtnis auffrischen? Drei Ihrer Kameraden sind tot sowie deren Familien. Da war noch jemand! Der Vater des ungeborenen Kindes, das Sie mit seiner Mutter und den Großeltern massakriert haben! Er war da und hat alles gesehen! Und jetzt ist er hier und sinnt auf Rache ..."

„Wenn da jemand war, dann hat er sich versteckt. Gesehen hab ich dort keinen."

„Warum behauptet dann Hofmann, er wisse, wer der Mörder sei?"

Scheil wurde kreidebleich.

„Hofmann? Wann ... wann haben Sie mit Richard gesprochen?"

„Er ist heimgekehrt."

„Das wüsste ich, er hätte sich bei mir gemeldet."

„Das konnte er nicht, er war ein Deserteur und hielt sich versteckt."

„Haben die ihn verhaftet?"

„Erschossen. Von der Gestapo." Franz Scheil stand der Schock ins Gesicht geschrieben. „Er war ein Freund, nicht wahr? So wie Alfred Sparmann einer war."

Scheil nickte, in seinen kleinen Augen lag fast so etwas wie Trauer, Klemmer war sich nicht sicher. Nicht sicher, ob dieses Monstrum überhaupt zu einer solchen Gefühlsregung fähig war.

„Ja, wir drei kannten uns von klein auf. Aber ...“ Scheil setzte eine trotzige Miene auf. „Wenn er desertiert ist, dann hat er seine gerechte Strafe bekommen.“

„Sie haben meine Frage nicht beantwortet. Warum kannte Hofmann den Mörder?“

„Warum haben Sie ihn das nicht selbst gefragt?“

„Wir kamen nicht mehr dazu. Wir erzählten ihm von dem Vorfall in Warschau, da ging Ihrem Kameraden ein Licht auf. Doch die Gestapo funkte dazwischen. Er kam nicht mehr dazu, uns zu sagen, was er wusste.“

„Das ist Pech. Er muss etwas gewusst haben, von dem wir anderen nichts mitbekommen haben.“

Klemmer senkte seufzend den Blick. Sie waren gescheitert. Scheil wusste nichts. Das hier war ihre letzte Chance gewesen, jetzt standen sie endgültig vor dem Nichts.

Der Kriminalrat erhob sich schwerfällig, Sussek und Luci taten es ihm gleich.

„Passen Sie auf Ihre Familie auf, Scheil. Der Täter liegt auf der Lauer und wird zuschlagen, wenn Sie unachtsam sind.“

„Da machen Sie sich mal keine Sorgen, Herr Kriminalrat. Wenn der kommt, dann reiß ich dem den Kopf ab.“

„Wie wollen Sie das anstellen?“, fragte Klemmer und deutete auf Scheils linken Arm.

Scheil hob die rechte Faust.

„Die hier funktioniert noch blendend. Und sie hat schon so manchen niedergestreckt.“

Verärgert trat Klemmer als Erster hinaus auf die Zahnsgasse, Sussek und Luci folgten ihm schweigend.

„Verdammt!“

Der Kriminalrat rieb sich den Nasenrücken. Scheil war mit der Sprache herausgerückt und gebracht hatte es gar nichts! Der Mörder muss dort gewesen sein, es gab keine andere Erklärung. Hofmann hatte ihn gesehen, warum die anderen nicht? Vielleicht hatte er ihn erblickt und nichts gesagt, hatte ihn laufen lassen, weil es ihm sonst zu viel geworden wäre. Hofmann war nicht wie Scheil oder Sparmann, das Töten hatte ihm keinen Spaß gemacht. Nein, das war Unsinn: Richard Hofmann war letztlich auch eiskalt gewesen, er hätte nicht gezögert.

„Klemmer", sagte Sussek und klopfte dem Kriminalrat auf die Schultern, „ich hab folgenden Vorschlag. Die Bärenschänke ist gleich hier drüben. Da trinken wir was und essen einen Happen. Dann kommt die Eingebung."

Der Kriminalrat schielte auf die Uhr.

„Es ist erst elf."

„Dann genehmigen wir uns erstmal was zu trinken und gehen den Fall durch. Wir übersehen etwas, die Antwort ist da. Aber mit leerem Magen kommen wir nicht weit."

Klemmer nickte resigniert. Der alte Sussek hatte über einen Monat im Gefängnis verbracht, da war es durchaus verständlich, dass er pausenlos ans Essen dachte.

„Ja. Ja, in Ordnung. Gehen wir."

Die beiden Männer wollten sich umdrehen, da meldete sich Luci zu Wort.

„Chef, ich glaube, ich muss mich nochmal hinlegen. Die letzte Nacht, da hab ich kein Auge zugetan. Mir ist schon ganz schwindlig ..."

„Aber natürlich, Fräulein Rost, gehen Sie sich ausruhen. Das waren anstrengende Tage, Sie sind bestimmt ganz ausgelaugt."

„Gehen Sie, Lisbeth wird sich um Sie kümmern", ergänzte Sussek lächelnd. Luci verabschiedete sich und marschierte von dannen. „Das Fräulein Rost macht eine gute Arbeit, Klemmer. Sie wird es noch zu was bringen. Wie lange arbeiten Sie schon zusammen?"

Die zwei schlenderten in Richtung Lokal.

„Eine Woche."

„Hm, dafür scheinen Sie mir ein eingespieltes Gespann zu sein."

„Ich werd aus ihr nicht ganz schlau ... Noch vor einer Woche war sie eine glühende Nationalsozialistin. Mittlerweile stellt sie das alles in Frage. Der Fall hat sie erschüttert. Warschau und all das."

„Was ist denn daran nicht zu verstehen? Sie sieht jetzt die Dinge mit anderen Augen."

„Da gibt es andere, Sussek, die auch wissen, wie der Hase läuft und trotzdem der Sache die Treue schwören. Menschen in ihrem Alter. Aber sie ... in nur einer Woche, Sussek."

Sie standen nun vor der Bärenschänke, Eingang Zahnsgasse.

„Es ist ihr Wesen, Klemmer. Der Kopf kann alles Mögliche aufnehmen, aber das Wesen ist entscheidend, wenn es ans Eingemachte geht. Luci ... sie ist einfach nicht der Mensch, den das alles kalt lässt. In der Sekunde, da sie erkennt, was der Nationalsozialismus in seiner letzten Konsequenz bedeutet, kippt ihr Weltbild. Sie ist ein gutes Mädchen."

Sussek hatte einen Narren an Luci Rost gefressen, das wurde Klemmer in diesem Moment klar. Der alte Polizist war ein sentimentaler Humanist, und Klemmer war froh, den feinen Kerl um sich zu haben. Gerade jetzt, wo sich mehr denn je zeigte, in welch finsteren Zeiten sie lebten.

Die beiden verschwanden im Lokal.

•

Mit einem flauen Gefühl im Magen überquerte Luci Rost den Altmarkt. Sie kreuzte den Weg einiger flanierenden Familien, die sich bei diesen frühlingshaften Temperaturen für einen unbeschwerten Spaziergang entschieden hatten, ungeachtet der Sorgen und Ängste, die das nahende Kriegsende mit sich brachte.

Ja, Luci hatte sich damit abgefunden, der Krieg war verloren, und das erschien ihr angesichts dessen, was sich ihr in den letzten Tagen offenbart hatte, nur logisch. Das Erwachen war derart abrupt erfolgt, dass sie noch immer die Nachwehen des Rausches spürte, ihr Kopf dröhnte, wie nach jener durchfeierten Nacht, zu der ihr Bruder sie einst verleitet hatte. Wie alt war sie gewesen, als alles anfing? Zwölf oder dreizehn, ein Kind, das von dem neuen Hochgefühl im Land nichts verstand. Sie hatte es sogar als suspekt empfunden, teils düster, wenn unter dem Fenster ihres Kinderzimmers die Fackeln vorbeizogen. Erst viel später, als junge Frau – der Krieg war ausgebrochen –, da hatte sie begonnen, sich für die Inhalte zu interessieren. Es hatte alles so einfach geklungen, schlüssig. Sie hatte sich plötzlich stark gefühlt, als Teil einer eingeschworenen Gemeinschaft. Keine quälenden Fragen mehr, nur die Geborgenheit eines klar umrissenen Weltbildes. All dies hatte Luci benebelt, sie verführt, während in ihrem Unbewussten eine Stimme die ganze Zeit den Versuch unternahm, sie auf einen wesentlichen Punkt aufmerksam zu machen, doch sie hörte nicht hin. Einen Haken, der das System zum Einsturz brachte, in der Sekunde, in der man sich seiner Existenz bewusst wurde: die *Bedingung*. Die Zugehörigkeit zur nationalsozialistischen Gemeinschaft war an Bedingungen geknüpft, weswegen der Gemeinschaftsgedanke nicht echt sein konnte. Wer kein Arier war, gehörte nicht dazu, wer sich von der Idee abwandte, wurde ausgestoßen. Oder liquidiert. Die Illusion einer heilen Welt hielt demnach nur solange, wie man Störfaktoren radikal eliminierte. Zwar war sich nicht jeder dessen bewusst, doch jeder konnte es spüren, intuitiv: die Angst, nicht dazuzugehören.

Luci presste die Lippen zusammen und marschierte schneller. Man hatte sie betrogen. Sie und ihre Familie. Wie sollte sie es nur Mutter erklären. Sie würde es nicht verstehen, nicht glauben.

Luci lief vorbei am Löschteich, an dem eine Familie stand und in das Wasser hinabblickte. Eine wunderschöne kleine Fee mit milchigen Flügeln und brünettem Haar ließ sich von ihrem Vater – einem Kriegsversehrten mit Krücken – den Zweck des Beckens erklären. Luci bog rechts in die Johannstraße ein und nach zweihundert Metern links in die Schiessgasse, vorbei am Präsidium.

Vor dem Gemeindehaus in der Zeughausstraße 1 blieb sie stehen. Sie holte tief Luft und betrat das Gebäude.

Ben Berkowicz rieb sich die schmerzende Stelle am Kopf. In diesem winzigen Zimmerchen war es ein Ding der Unmöglichkeit für einen Mann seiner Statur, sich nicht permanent zu stoßen. Er stieß ein paar leise Flüche aus in Richtung Schreibtischlampe und drehte sie weg. Auf dem Boden kauernd, sortierte er Bücher und versuchte, in diesen viel zu kleinen Raum Ordnung zu bringen. Wie oft hatte er schon umgeräumt! Tatsächlich war es sinnlos, doch es beschäftigte ihn. Ablenkung war in diesen Zeiten vonnöten, sonst verfiel man dem Wahnsinn. In wenigen Tagen sollte für ihn eh alles vorbei sein, die Deportation war beschlossene Sache, der Bescheid lag seit gestern auf dem Tisch. Er hätte ihn den Beamten zeigen sollen, doch der Stolz hatte ihn davon abgehalten. Man durfte vor denen nicht wehleidig wirken, musste das Leid still ertragen. Letztlich entkam niemand seinem Schicksal, und drüben, auf der anderen Seite, wurden die Karten neu gemischt.

Hilde öffnete die Tür.

„Ben."

„Was ist, Liebes?"

„Wir haben Besuch."

Hinter ihr trat die junge Polizistin hervor, die Assistentin des Berliner Kriminalbeamten. Ben hatte ihren Namen vergessen.

„Herr Berkowicz ... ich muss Sie sprechen. Sie beide."

Berkowicz erhob sich und trat näher.

„Fräulein ...“

„Rost.“

„Rost, richtig. Tut mir leid, mir war Ihr Name entfallen. Bitte, setzen Sie sich.“

Luci folgte der Bitte, Berkowicz nahm ihr gegenüber auf seinem angestammten Stuhl Platz, Hilde Berkowicz auf dem Sessel.

„Wir sind ganz Ohr“, sagte Berkowicz trocken.

„Zunächst muss ich Ihnen gestehen, dass mein Chef nichts von diesem Besuch weiß. Ich komme aus eigenem Antrieb.“ Das Ehepaar sah sich verwundert an. „Mein Chef war ganz einfach gegen einen erneuten Besuch, weil er davon ausgeht, dass es zwecklos sei. Ich aber sehe das anders.“

„Sie sind gekommen, um es erneut zu versuchen? Sie wollen uns umstimmen?“, fragte Hilde.

„Ja, das möchte ich.“

„Und wie kommen Sie auf den Gedanken, wir könnten einer Vertreterin dieses Regimes helfen, weiteres Unrecht zu tun? Sie sind eine von denen ...“

„Ja, Frau Berkowicz, das bin ich. Ich kann es nicht abstreiten oder um Vergebung bitten oder dergleichen. Ich weiß nur eines: Da draußen läuft ein Mörder frei herum. Er mag seinen Groll gegen die Männer hegen, die Ihre Angehörigen auf dem Gewissen haben. Doch er bringt auch Kinder um. Das ist nicht recht.“

„Nein, Fräulein Rost, das ist es nicht. Aber was ist Recht? Wie viele Kinder sind durch die Hand der Schergen ...?“

„Liebes, bitte“, unterbrach sie Berkowicz. Seiner Frau standen erneut die Tränen in den Augen. „Sie hat recht. So sind wir nicht. Man kann den Tod eines Menschen nicht mit dem eines anderen aufwiegen, schon gar nicht, wenn es um Kinder geht. Wenn er Kinder tötet, dann muss man ihm Einhalt gebieten.“

„Und dann? Was werden sie mit ihm tun?“, fragte ihn Hilde vorwurfsvoll. „Die werden ihn abschlachten. Den Vater ihres Kindes. Willst Du das verantworten?“

Luci schwieg, die beiden mussten diese Meinungsverschiedenheit austragen, vielleicht gab es eine Chance auf Antworten.

„Liebes, wir kennen ihn doch nicht einmal." Da wandte er sich an Luci. „Hören Sie, Fräulein Rost, wir können Ihnen gar nicht helfen. Dass Hannah ein Kind erwartete, wissen wir von Ihnen. Vom Vater wissen wir nichts. Wir wussten gar nicht, dass da jemand existiert."

„Es gab doch Briefverkehr ...", wandte Luci ein. „Sie haben sich doch geschrieben. Woher wussten Sie sonst von den Vorgängen in Warschau?"

„Am Anfang, ja ... aber Hannah hing an ihren Eltern und interessierte sich ausschließlich für Musik. Männer haben sich natürlich schon immer für sie interessiert, sie standen Schlange, sie war so wunderschön, wissen Sie. Die Männer verfielen ihr reihenweise, sie ..."

Berkowicz hielt inne. Etwas schien ihm eingefallen zu sein, er nahm die Brille ab und rieb sich die Augen.

„Ben? Alles in Ordnung?"

Hilde beugte sich vom Sessel herüber und berührte ihren Mann an der Schulter.

„Und was, wenn ...? Nein, unmöglich. Das hat er nicht gewagt." Ben Berkowicz hatte zu murmeln begonnen, und weder Hilde noch Luci begriffen so recht, was gerade geschah. Da hob Berkowicz den Kopf. „Ich weiß, wen Sie suchen."

„Wen?", fragte Hilde entgeistert.

„Du weißt, wen. Er hat sie jahrelang verfolgt. Ich kenne niemand, der von ihr so besessen war, wie er."

Hilde wirkte irritiert.

„Aber wie? Er hatte doch gar nicht die Möglichkeit ..."

„Bitte, klären Sie mich auf", unterbrach Luci ungeduldig die Wortwechsel.

Ben Berkowicz hatte sich die Brille wieder aufgesetzt und die Hände auf der Tischplatte zusammengefaltet.

„Karl Dietrich."

„Karl Dietrich ...", wiederholte Luci fragend.

„Er ist der Mann, den Sie suchen."

„Gut, erzählen Sie! Von Anfang an!"

●

„Sie müssen essen, Klemmer. Es wird sonst kalt."

Den Kriminalrat riss es aus den Gedanken, er hatte abwesend auf seine Kartoffeln und die grünen Bohnen gestarrt. Er schnappte sich die Gabel und begann zu stochern.

„Hofmann ...", murmelte er.

„Ja ... Hofmann ...", wiederholte Sussek. „Was ist mit ihm?"

„Hofmann wusste, dass jemand dort war, und als er von uns erfuhr, dass seine Kameraden ermordet wurden, da fiel es ihm plötzlich ein."

„Was, wenn unser Unbekannter bei Hannahs Ermordung nicht zugegen war, sondern erst im Nachhinein von der Sache erfahren hat, beziehungsweise dort aufgetaucht ist, als alles schon vorbei war? Und Hofmann, der ist nochmal zurückgegangen und hat ihn gesehen."

„Warum hätte er das tun sollen? Zurückgehen, meine ich."

Sussek nahm einen großen Bissen von den Kartoffeln und überlegte kauend.

„Vielleicht kannte er sie, kannte die Familie. Ich meine, nicht so wie Scheil und Sparmann, die Hannah und deren Eltern nach Scheils Aussage nur hin und wieder in Dresden über den Weg gelaufen waren. Sondern richtig."

„Ja ... das wäre denkbar."

„Er konnte den anderen nichts sagen, doch dann kehrte er zurück an den Ort des Massakers, weil ..."

„Weil?"

Sussek zuckte die Schultern.

„Ich weiß es nicht. Und außerdem ist er tot. Er kann es uns nicht sagen."

„Es bedeutet ... wir habens vermasselt. Ich bin mit meinem Latein am Ende, Sussek."

„Essen Sie, Klemmer. Kommt Zeit, kommt Rat."

„Sie sind immer frohen Mutes, Sussek. Ihr Gemüt möcht ich haben."

Da begann auch der Kriminalrat zu essen.

●

„Die Geschichte beginnt in einer Winternacht im Januar 33. Hannah hatte an jenem Abend ihren großen Auftritt gehabt, in der Staatsoper. Es sollte ihr einziger bleiben, eine Sopranistin war krank geworden, und Hannah sprang kurzfristig ein, als Hermione in Die ägyptische Helena von Richard Strauss. So hatte Fritz Busch es vorgesehen, er hatte einen Narren an ihr gefressen, an ihrer Schönheit und ihrem Talent. An diesem Abend gab er ihr die Gelegenheit, sich der Welt zu zeigen. Sie war gut, mehr als gut. Mit ihrem Auftritt zog sie den Saal in ihren Bann, von der Sekunde an, da sie die Bühne betrat. Wir waren natürlich dort, das ließen wir uns nicht entgehen, ihre Eltern auch nicht. Ein junges Mädchen, gerade mal achtzehn Jahre alt ... und schon eine so großartige Sopranistin. Dann, die Vorstellung ging zu Ende, kehrten Hilde und ich heim, ihre Eltern auch. Hannah blieb noch bei ihrer Truppe, man wollte den Abend gebührend feiern, für Hannah war ein Traum in Erfüllung gegangen." Ben Berkowicz seufzte, seine Gesichtsmuskeln spannten sich an. „Es wurde spät, sie muss sich auf den Heimweg gemacht haben ... da war es bereits nach Mitternacht. Was ich Ihnen jetzt erzähle, Fräulein Rost, hat sie damals nur uns erzählt, nicht ihren Eltern. Sie erzählte es in allen Einzelheiten, sodass ich noch heute das Gefühl habe, ich sei in jener Nacht dabei gewesen. Hannah ... nahm den üblichen Heimweg: Sie lief über den Theaterplatz bis zum Georgentor, ging hindurch auf die Schloßstraße. Die Wohnung befand sich in der Schösser Gasse 2, also nahm sie den kürzest möglichen Weg und bog in die Rosmaringasse. Hier jedoch kam es zu einem folgenschweren Ereignis. In der dunklen Gasse stand ein Lieferwagen, daneben ein Mann. Sie konnte ihn nicht erkennen, es war zu dunkel. Er griff sie an. Noch eh sie begriff, wie ihr geschah, hatte der Mann sie gepackt und hielt ihr den Mund zu und versuchte, sie in den Lieferwagen zu zerren. Hannah wehrte sich mit Händen und Füßen, doch sie konnte gegen den Angreifer nichts ausrichten. Ein Nachbar, der zufällig des Weges kam, befreite sie schließlich aus der misslichen Lage. Er konnte mit viel Mühe den Mann überwältigen. Dann wollte er die Polizei rufen, doch Hannah wollte zunächst das Gesicht ihres Peinigers sehen. Ihr Retter zog den Kerl ein Stück weit in die Schloßstraße hinein, wo Laternen standen. Der Mann trug eine Maske, diese riss er ihm vom Gesicht, und im Licht der Laterne sah Hannah, wer er war. Ja, Fräulein Rost, sie kannte den Mann. Sein Name war Karl Dietrich, und er arbeitete bei Gläser-Karosserie, also in jenem Betrieb, in dem auch Hannah selbst zu der Zeit angestellt war – als Sekretärin. Sie verdiente sich dort ein Zubrot, solange, bis ihre Gesangskarriere in Gang gekommen wäre. Und nun sah Hannah ihn dort liegen, den Kerl, der sie um ein Haar entführt hätte, um sie anschließend umzubringen oder Gott weiß was mit ihr anzustellen. Erneut wollte ihr Retter die Polizei rufen, doch Hannah lehnte ab. Sie wollte mit der Justiz nichts zu tun haben, die Zeichen der Zeit sprachen bereits gegen sie. Gegen uns. Also ließen sie und ihr Helfer Dietrich laufen. Aber wenn Sie glauben, die Geschichte sei damit erledigt gewesen, dann irren Sie sich. Sie fängt hier erst an. Hannah kündigte ihre Stelle sofort und hoffte, sie würde damit den Kerl nie wiedersehen. Doch da hatte sie Karls Besessenheit unterschätzt."

„Er tat es wieder?"

„Nein, das nicht. Doch er begann ihr nachzustellen. Ging sie in die Stadt, dann sah sie sein Gesicht in der Menge. Es hörte nicht auf. Ihren Eltern erzählte sie nichts von alldem, um sie nicht zu beunruhigen. Nur uns vertraute sie sich an. Mit der Zeit fand sie sich damit ab, sie wusste, dass Karl nun keinen Versuch mehr wagen würde, sie zu entführen. Sie konnte ja vielen davon erzählt haben."

„Wie lange? Wie lange stellte Karl ihr nach?"

„Das ging zunächst ganze fünf Jahre so. Über fünf Jahre! Bis zu dem Zeitpunkt, da mein Bruder beschloss, Deutschland zu verlassen. Hannah und ihre Eltern zogen 38 nach Warschau. Glauben Sie, damit sei das Kapitel Karl Dietrich abgeschlossen?"

„Er ist doch etwa nicht auch nach Warschau gezogen?"

„Ich glaube nicht, dass er hinzog, aber sie sah ihn auch dort hin und wieder. Glauben Sie mir, der ist mit dem Zug immer wieder hingefahren."

„Wer tut sowas?", fragte Luci ungläubig.

„Ein Besessener. Karl Dietrich war besessen von Hannah. Er wollte sie besitzen."

„Sie selbst haben den Mann aber nie gesehen?"

„Nein. Oh, Sie meinen, Hannah könnte ihn erfunden haben oder diese ganze Geschichte? Nein, so war sie nicht."

„Gut, was geschah dann. Er stellte ihr weiter nach, in Warschau ..."

„Der Krieg kam, und die Wehrmacht besetzte die Stadt. Schon bald kam die Verordnung, dass alle Juden in das für sie vorgesehene Ghetto ziehen sollten. Und im November 40 wurde das Ghetto eingemauert. Hannah schrieb uns einen letzten Brief. Einen Brief, in dem sie das Ende kommen sah, als alle anderen dort noch glaubten, es würde ganz anders kommen. Sie hatte resigniert. Und sie erwähnte Karl ein letztes Mal. Sie hatte ihn von ihrem Fenster aus gesehen, er hatte auf der anderen Seite gestanden und machtlos zugeschaut, wie die Mauer gebaut wurde."

„Dann ... dann ist Karl nicht unser Mann. Nicht, wenn er keinen Zugang zum Ghetto hatte."

„Er kann sich Zugang verschafft haben."

„Wie das?"

„Es gab Zuflüsse von außen, sogar Postverkehr. Wir bekamen unsere Informationen von meinem Vetter, er war Mitglied des Jüdischen Hilfskomitees der Vereinigten Staaten, das die Erlaubnis hatte, die Ghettobewohner zu unterstützen."

„Wie lange ging das?"

„Das ging etwa ein Jahr. Mit der Kriegserklärung Deutschlands an die USA am 11.12.41 brachen die Zuflüsse ab. Danach wurde alles dicht gemacht."

„Sie hatten in dem Jahr – bevor es zu dem Abbruch kam – also Briefkontakt mit ihrem Bruder. Aber Hannah schrieb nicht mehr?"

„Nein, sie war fortan in sich gekehrt. Mein Bruder informierte uns über ihren Zustand."

„Aber einen Karl Dietrich erwähnte er nicht ..."

„Nein."

„Und doch glauben Sie, dass Dietrich einen Weg gefunden hat, ins Ghetto zu gelangen und dort jenen Schritt gewagt hat, den er in all den Jahren zuvor seit dem Entführungsversuch nicht gewagt hatte? Und alles, ohne dass Hannahs Eltern es bemerkten?"

„Ich glaube, er hat ihre missliche Lage ausgenutzt, ja. Und nein, ich glaube nicht, dass ihre Eltern nichts gemerkt haben. Sie standen vor vollendeten Tatsachen und konnten nichts tun. Mein Bruder ... in seinen letzten Briefen klang nur noch Verzweiflung durch."

„Sie meinen, er hat es Ihnen verschwiegen ..."

„Ja."

„Wie hat sich Karls Annäherung an die Familie – an Hannah – zugetragen, Ihrer Meinung nach?"

„Karl kreuzt bei Hannah auf, verspricht ihr Hilfe. Sie willigt ein, weil sie ihre Eltern retten will. Es war das Einzige, das ihr noch wichtig war. Im Gegenzug ... können Sie sich ja denken."

„Gut, wir bleiben mal einen Augenblick bei Ihrer Theorie. Hannah war laut eines Augenzeugen hochschwanger, als sie Anfang September 42 getötet wurde. Das bedeutet, Karl kann frühestens Anfang des Jahres das Kind gezeugt haben. Des Weiteren behauptete einer der SS-Männer, den Mörder – in diesem Fall Karl Dietrich – zu kennen. Er und die anderen von der Einheit begannen aber erst im Frühjahr 42 ihren Dienst in Warschau. Das bedeutet, Karl muss im Ghetto gewesen sein, nachdem die besagten Zuflüsse gestoppt wurden. Und auch nachdem die Lage im Ghetto immer prekärer wurde und schließlich in tagtägliche Massendeportationen mündete. Und er war noch da, als sie ihre Lebensnummer bekam, wenige Tage vor ihrem Tod, denn diese Nummer hinterließ der Mörder bei den SS-Männern, nachdem er sie getötet hatte. Wie erklären Sie sich das?"

„Fräulein Rost, ich kann es nicht erklären, ich weiß nur: Dieser Mann hätte Mittel und Wege gefunden. Er war besessen!"

Luci dachte nach.

Gut, es war zumindest ein Ansatz. Wenn dieser Dietrich wirklich so besessen gewesen war, dann hatte er womöglich nach einem Weg gesucht. Er war Dresdner, vielleicht hatte er im Frühjahr 42 Kontakt zu den Dresdner SS-Männern gefunden. Er hatte sie vielleicht bestochen, verfügte über die finanziellen Mittel und verschaffte sich so Zugang. Er muss eine Vereinbarung mit den Männern getroffen haben, um Hannah und ihre Eltern vor dem Todeslager zu retten. Nicht ihretwillen, sondern um das Objekt der Begierde endlich besitzen zu können. Hannah überstand den Sommer, in dem die meisten Bewohner in den Tod geschickt wurden. Im September muss etwas Unerwartetes passiert sein, vielleicht drohte die Vereinbarung zwischen Dietrich und den SS-Männern aufzufliegen. Da haben Scheil und die anderen kurzen Prozess gemacht und somit die Vereinbarung gebrochen, was Dietrich zu seiner Rache bewog. Doch Burger zufolge waren Pusch, Kowalke und auch Hofmann gar nicht im Bilde, als sie am Tag des Massakers in Hannahs Unterkunft erscheinen sollten. Warum hatten Scheil und Sparmann die anderen dabeihaben wollen? Das ergab keinen Sinn.

Luci fuhr sich mit der Handfläche über die Stirn, Spekulationen führten wie üblich ins Nirgendwo.

„Es gibt nur einen Weg, zu erfahren, ob Sie mit Ihrer Theorie recht haben, Herr Berkowicz: Ich muss diesen Dietrich finden."

„Ich habe natürlich nicht die Adresse von dem Kerl, aber vielleicht haben die von Gläser-Karosserie noch seine Personalakte."

●

Die Brühe schmeckte bitter, wie erwartet. Klemmer hätte einiges dafür gegeben, einmal wieder einen echten Kaffee zu trinken. Dann doch lieber Tee aus Tabletten.

„Sie haben nicht erzählt, was da genau passiert ist", bemerkte Sussek und deutete auf Klemmers Verletzung unter der Kehle.

Klemmer nahm einen Schluck von der braunen Brühe und verzog das Gesicht.

„Joseph Graute."

„Hm, so hieß der Mann? Der Ihnen das angetan hat?"

Klemmer nickte und nippte dabei angewidert am Kaffee.

„Ja. Wir jagten ihn wochenlang quer durchs Reich. Mehreren Frauen hatte er die Kehle aufgeschlitzt. Wir tappten lange Zeit im Dunkeln. Doch dann machte er einen Fehler: Er schickte seiner Frau eine wunderschöne Halskette per Post. Die beiden waren bereits geschieden, doch er hing wohl noch sehr an ihr. Jedenfalls machte Frau Graute eine entscheidende Entdeckung; sie sah, dass es die gleiche Kette war, wie die, die jene junge Frau um den Hals trug, deren Foto überall in den Zeitungen abgebildet war. Sie alarmierte die Polizei, so hatten wir einen Namen. Wir kannten seinen Aufenthaltsort nicht, aber glücklicherweise rief er sie regelmäßig an. Also benutzten wir sie als Köder, sie spielte mit. Wir arrangierten ein Treffen in einem Lokal in Berlin. Graute tauchte tatsächlich dort auf, doch der Zugriff ging gründlich in die Hose. Ich jagte ihn durch die halbe Stadt, es kam zum Handgemenge, bei dem mein Assistent zu Tode stürzte. Er ... Kröger, Wilhelm Kröger war sein Name ... er hat mir buchstäblich den Hals gerettet, als Graute mich bereits überwältigt hatte. Na ja, Kröger bezahlte es mit dem Leben."

Klemmer seufzte.

„Und dieser Graute ... Sie haben ihn am Ende noch dingfest gemacht? Oder gar einen Kopf kürzer?"

„Nein, ich nicht ... das übernahm eine amerikanische Luftmine. Hat ihn zerrissen."

Sussek hob die Augenbrauen.

„Der Großangriff? Vor zehn Tagen?"

Klemmer nickte.

„Ja. Ich habs grad noch in einen nahe gelegenen Keller geschafft. Als ich wieder rauskam, stand alles in Flammen. Das ganze Viertel ... ein einziges Meer aus Feuer. Auf der Straße lagen verkohlte Menschen ... ich dachte zunächst, das seien ausschließlich Kinder, weil sie so klein waren. Sie waren einfach nur geschrumpft ..."

Susseks Miene wurde ernst.

„Sie glauben, dass uns hier auch sowas blüht, nicht wahr?"

Klemmer zuckte die Schultern.

„Ich weiß es nicht. Die Alliierten haben womöglich andere Pläne. Sie hätten Dresden schon zehnmal in Schutt und Asche legen können. Sie haben es nicht getan."

„Meine Rede", sagte Sussek, „Dresden ist von einem unermesslich kulturellen Wert, die wissen das. Darum wird es hier nicht dazu kommen. Es wird nicht dazu kommen."

Sussek wiederholte den Satz ohne Überzeugung, was dem Kriminalrat nicht entging.

„Kommen Sie, Sussek, wir machen einen kleinen Spaziergang! Zeigen Sie mir ein wenig die Stadt. Ich hatte vor lauter Aufregung keine Gelegenheit, die Sehenswürdigkeiten zu bewundern."

„Ja. Ich werde Ihnen Dresden zeigen."

Sie verließen die Bärenschänke durch den Vordereingang und traten hinaus auf die Webergasse. Klemmer nahm einen tiefen Atemzug von der milden Luft. Über ihren Köpfen schien die Sonne durch eine kleine Wolkenformation.

Sie traten bei diesem verflixten Fall auf der Stelle. Klemmer hätte es rasend machen müssen, ungelöste Fälle raubten ihm in der Regel den Schlaf. Doch am heutigen Tag fühlte er eine eigentümliche Ruhe in den Eingeweiden. Der Kriminalrat bekam Hannah nicht mehr aus dem Kopf, seit er ihr Gesicht auf dem

Foto gesehen hatte, das er nun bei sich trug. Er versuchte sie sich vorzustellen; so, wie sie war, bevor dieses Land in mittelalterliche Finsternis sank. Eine wunderschöne junge Frau, talentiert, der die Welt zu Füßen lag. Mit diesem lebendigen Bild im Kopf verspürte der Kriminalrat in just diesem Moment den Drang, Tod und Verderben auszublenden und den wunderbaren Tag zu genießen.

Ja, dieser Krieg musste böse enden, er würde böse enden, daran bestand nicht der Hauch eines Zweifels. Der Untergang hatte schon längst begonnen, alles wurde niedergewalzt, in die Luft gejagt. Sollten die Alliierten ruhig damit fortfahren.

Aber nur nicht heute.

Nicht hier.

•

Vielleicht wäre es vernünftiger gewesen, zurückzukehren. Zurückzukehren und dem Kriminalrat von dieser neuen Spur zu berichten. Als Chef hatte *er* hier die Entscheidungen zu treffen. Luci stand es nicht zu, eigenmächtig Ermittlungen durchzuführen. Und wenn er sie nun auslachte? Diese ganze Geschichte um einen ominösen Karl Dietrich klang wie eines jener Märchen, mit denen man Kinder auf die Gefahren dieser Welt vorbereitete. Darin ging der schwarze Mann um, blind vor Wut, und fraß die Seelen seiner Opfer, weil man ihm einst seine große Liebe gestohlen hatte.

Luci hatte über einen Kilometer zurückgelegt und Johannstadt erreicht. Sie betrat das Fabrikgelände in der Arnoldstraße entschlossenen Schrittes. Sie hatte diesen Pfad betreten, im schlimmsten Fall würde sie sich blamieren. Und sich eine Standpauke anhören. Damit konnte sie leben.

Vor der Fabrik standen mehrere Militärlast- und Kübelwagen. Kaum hatte Luci einige Schritte auf dem Gelände getan, da kam auch schon ein Soldat der Waffen-SS aus einem großen Tor gelaufen und hob drohend die flache Hand.

„Halt! Hier ist der Zutritt für Zivilisten verboten!"

Luci zückte augenblicklich ihren Ausweis und zeigte ihn dem jungen Mann.

„Ich bin vom RKPA, ich muss einen Verantwortlichen sprechen. Den Personalchef, wenn möglich."

Ihr resolutes Auftreten verfehlte nicht seine Wirkung, der Soldat zeigte sich sogleich kooperativ.

„Bitte warten Sie hier. Ich werd ihn holen."

Er verschwand durch das Tor, vorbei an einem neugierigen Kameraden, der ins Freie getreten war.

Luci ging auf das Tor zu, was den zweiten Soldaten nervös zu machen schien, doch er traute sich nicht, sie wegzuscheuchen, hatte er doch soeben mitangehört, dass sie eine Ermittlerin aus Berlin war. Eine hohe Beamtin, die in der Rangordnung bestimmt ein ganzes Stück über ihm stand. Luci erkannte die Unsicherheit sofort, sie wusste, wie sie in Anwesenheit von Militärs die Machtverhältnisse klären musste: Ein unmissverständlicher Befehlston genügte, und die niederen Ränge fraßen ihr aus der Hand, obwohl sie als Kommissaranwärterin genau genommen am untersten Ende der Nahrungskette stand.

Luci trat über die Schwelle und warf einen Blick in die Lagerhalle. An diversen Werkbänken standen hier an die zwei Dutzend Arbeiter in Häftlingskleidung und stellten Teile her, die Luci nicht identifizieren konnte. Sie trugen allesamt den Stern. Um sie herum schlichen vier SS-Männer, drei weitere standen auf der Galerie, von wo aus sie einen besseren Überblick hatten.

Einer von den Gefangenen schaute zu Luci herüber, aus seinem ausgemergelten Gesicht starrten dunkel umrandete Augen. Für eine Sekunde hörte er auf zu arbeiten, worauf eine der Wachen brüllend an ihn herantrat und ihm mit dem Gewehrkolben in die Seite stieß. Eine andere Wache sah Luci und kam zum Tor geeilt. Der ernste Blick galt dem Kameraden, der unschlüssig neben ihr stand.

„Sach ma, pennst Du? Wat hatn die hier zu suchen?!" Und an Luci gewandt: „Und Du machst schleunigst, dassde hier wegkommst, Mädel, sonst mach ick Dir Beene!"

Doch da hatte sie schon ihren Ausweis herausgezogen und hielt ihn dem ungehobelten jungen Berliner vor die Augen.

„Sie sollten Ihre Zunge hüten, junger Mann."

„Reichskriminal ... Sie sind von der Kriminalpolizei?" Der Kerl begann zu grinsen wie ein zehnjähriger Junge. „Heißt dit, Sie jagen Verbrecher und so? Mensch, Achim, haste Töne ... ne Polizistin. Und sieht aus wie ne Prinzessin."

Gut, das mit den Machtverhältnissen stellte hier doch ein Problem dar, die Rotznase aus Berlin schien nicht kapieren zu wollen, wen sie vor sich hatte.

„Jetzt sperr mal Deine Lauscher auf, Kerl", zischte Luci den Soldaten an, dem das Grinsen sogleich verging, „Du siehst jetzt sofort zu, dass Du Land gewinnst, sonst wird die Prinzessin einen Weg finden, Deinen Hintern an einen weniger angenehmen Ort verfrachten zu lassen!"

Für einen Moment zögerte der Gescholtene, weswegen Luci sich fragte, ob sie zu weit gegangen war. Doch einmal mehr machte sich die Dreistigkeit bezahlt.

„Nüscht für unjut, Frollein ...", stammelte er kleinlaut, „wir machen hier schon mal dit eene oder andere Späßchen."

Er drehte sich um und marschierte zurück an seinen Platz.

Luci begab sich wieder ins Freie, in der Halle drohte sie zu ersticken. Das Bild, das die Gefangenen abgaben, kontrastierte auf unwirkliche Weise mit der angenehmen Frühlingsluft hier draußen. Der Frühling kam dieses Jahr sehr zeitig, ein leicht bewölkter Himmel ließ viel Sonne durch.

Hinter Luci näherte sich jemand schnellen Schrittes, sie drehte sich um. Ein Mann um die sechzig hob noch im Gehen die rechte Hand zum Gruß.

„Heil Hitler!"

„Hei-tler."

„Hans Stehwin, ich leite die Personalabteilung, sehr erfreut. Man sagte mir, Sie seien vom RK ...?"

Er schüttelte ihr unterwürfig die Hand.

„Reichskriminalpolizeiamt. Luci Rost. Ich ermittle in einem Mordfall und habe ein paar Fragen."

„Mordfall, Du meine Güte ... Dann gehen wir vielleicht besser in mein Büro. Hier entlang."

Stehwin führte Luci am Fabrikgebäudekomplex entlang, bis sie an jenem Flügel ankamen, der die Verwaltung beherbergte. Hier gingen sie hinein, eine Treppe hoch in den ersten Stock, wo Stehwin sie in sein Büro – eines von fünf auf dieser Ebene – bat. Die Einrichtung war schlicht: ein Schreibtisch und eine Reihe von vier Aktenschränken, zwei Stühle.

Man setzte sich, Luci zog Notizblock und Bleistift aus der Innentasche ihrer Jacke.

„Woran genau arbeiten die Gefangenen, Herr Stehwin?"

Luci stellte die Frage aus reiner Neugier, der Personalchef wirkte irritiert.

„Es ... tut mir leid, mir ist eigentlich nicht gestattet ..."

„Sie können ruhig antworten, ich bin nicht irgendeine dahergelaufene Zivilperson ..."

„Nun, es ist Rüstungsmaterial."

„Welcher Art?"

„Aufbauten für den Einheitskübelwagen Kfz 15 und den Funkwagen Kfz 17, Lafetten für die Bordkanone der Messerschmitt Bf 109 sowie Gondeln für die Aufnahme der Triebwerke der Messerschmitt Me 262." Mit einer solch detaillierten Aufzählung hatte Luci nicht gerechnet. Die Gläser-Fabrik war ein Rüstungsbetrieb. Wenn es noch mehr solcher Betriebe in Dresden gab, dann war es nur eine Frage der Zeit, bis die Alliierten die Stadt zum Ziel erklärten. „Aber das war nicht immer so ... vor dem Krieg haben wir hier die schönsten Karosserien hergestellt, die Firma Gläser genoss Weltruf. Cabriolets für Opel, Wanderer ..."

„Die Arbeiter, die Sie hier beschäftigen, sind bestimmt sehr günstig", unterbrach ihn Luci.

Sie versuchte, nicht allzu sarkastisch zu klingen.

„Das sind sie, die SS verlangt nur eine geringe Gebühr pro Arbeiter, aber ..."

„Aber?"

Stehwin begann verschwörerisch zu flüstern, lehnte sich ein wenig über den Tisch.

„Ich weiß nicht, wie lange die mir noch zur Verfügung stehen, wissen Sie? Die SS ist sehr erpicht drauf, sie so bald wie möglich abzutransportieren, um sie dann ... na ja, Sie wissen ja. Nur: Ich weiß nicht, wie wir hier die Bauteile rechtzeitig fertigkriegen sollen, wenn die SS uns die Arbeitskräfte wegnimmt."

Stehwin hatte eine empörte Miene aufgesetzt.

„Ja, das ... ist ärgerlich", antwortete die perplexe Luci. Der Kerl wusste offensichtlich genau, was mit den Leuten geschehen würde, und es interessierte ihn nicht die Bohne!

„Und wie! Ich sage Ihnen, wir kommen hier noch in Teufels Küche, die Teile werden nicht fertig ... ich mag gar nicht dran denken, was dann hier los sein wird."

Luci räusperte sich, das Thema löste bei ihr ein starkes Unbehagen in der Magengegend aus, außerdem schweiften sie ab. Es war an der Zeit, die Frage zu stellen, deretwegen sie hier war.

„Herr Stehwin, weswegen ich eigentlich hergekommen bin: Sie haben hier ... oder *hatten* einen Arbeiter namens Karl Dietrich, ist das korrekt?"

Stehwin dachte kurz nach.

„Dietrich ... ja. Ja, wir hatten mal so jemand hier. Das ist aber schon ein paar Jährchen her."

„Was hat er hier gemacht?"

„Er war Karosseriebauer, ein fleißiger Arbeiter. Zuverlässig ... etwas wortkarg."

„Bis wann hat er hier gearbeitet?"

„Da muss ich nachsehen." Stehwin erhob sich und öffnete einen der Aktenschränke. „Was hat er denn angestellt?"

„Ich darf Ihnen leider keine Einzelheiten zu dem Fall nennen."

Stehwin zog eine Mappe hervor, setzte sich wieder an den Schreibtisch und ging den Inhalt durch.

„Hier haben wir ihn ... so, mal schauen ... Also, hier steht, dass er bis zum 21. Oktober 1938 bei uns gearbeitet hat."

„Wurde er entlassen?"

„Er hat gekündigt."

„Begründung?"

„Kann ich hieraus nicht erkennen. Ich kann mich allerdings erinnern, dass Dietrich in den Wochen vor seinem Weggang sehr angespannt gewirkt hat. Einem Arbeiter, der sich ihm gegenüber einen Scherz erlaubt hatte, brach er den Arm. Die anderen Arbeiter hatten fortan Angst vor ihm. Dietrich war ein Hüne, dem ging man besser aus dem Weg."

„Sie haben ihn nicht entlassen nach einem solchen Vorfall?"

„Der Geschäftsführer hat ein Auge zugedrückt, weil Dietrich ein wirklich hervorragender Arbeiter war, doch dann ... na ja, der Kerl hat kurze Zeit später gekündigt."

„Gut ..." Luci notierte eifrig in ihren Notizblock. „Andere Frage: Sagt Ihnen der Name Hannah Berkowicz etwas?"

Stehwin machte große Augen.

„Mein Gott, das ist ja noch länger her." Er lehnte sich zurück und kraulte sich die Wange. „Hannah Berkowicz ... ja, an die kann ich mich sehr gut erinnern. Eine kleine Jüdin, siebzehn, achtzehn war die damals. Die hat hier ein paar Monate gearbeitet, im Sekretariat. Hat gekündigt. War sich wahrscheinlich zu fein für die ehrliche Arbeit."

Allmählich reifte in Luci der Gedanke, es könne sich hier tatsächlich um eine echte Spur handeln. Bis hierher hatten sich die Informationen des Onkels als richtig erwiesen. Wenn Karl 1938 gekündigt hat, dann wohl deshalb, weil er Hannah regelmäßig in Warschau ‚besuchen' wollte, was mit seiner Arbeit zeitlich nicht zu vereinbaren war. Nur woher bezog er dann sein Geld zum Leben?

„Wissen Sie, ob Dietrich nach seiner Kündigung woanders eine Anstellung gesucht hat?"

„Ist mir nicht bekannt."

„Hat er bei Ihnen gutes Geld verdient?"

„Ja, unsere Arbeiter haben zu der Zeit sehr gut verdient."

Dietrich konnte sich eine stolze Summe erspart haben, von der er in den folgenden Jahren gezehrt hatte. Einen Besessenen hatte Ben Berkowicz Dietrich genannt, ihn als jemanden beschrieben, der über Jahre nie von Hannah abgelassen hat. Er hatte ihre Entführung geplant und bei der Durchführung versagt, sich anschließend über Jahre die Wunden geleckt, hatte geduldig auf die nächste Gelegenheit gewartet. Ja, vielleicht war Dietrich der Mann, den sie suchten. War dies der Augenblick, da Luci den Kriminalrat hinzuziehen sollte? Oder war es ratsamer, sich erst selbst von Dietrichs Schuld zu überzeugen? Eine komplette Blamage lag noch immer im Bereich des Möglichen. Andererseits konnte Dietrich der Gesuchte sein und war in dem Fall ein gefährlicher Mann. Sich allein in die Höhle des Löwen zu wagen, konnte schnell nach hinten losgehen.

Luci fühlte mit ihrer rechten Hand durch die Jacke hindurch nach ihrer Waffe. Der Chef hatte ihr gezeigt, wie man sie benutzt; sie war notfalls in der Lage, sich zu verteidigen.

„Ich brauche Dietrichs Adresse."

„Hm, ich habe hier eine Adresse, ist in Moritzburg, ich kann Ihnen aber nicht sagen, ob er noch dort wohnt."

„Ich versuche mein Glück. Moritzburg, ist das ein Stadtteil?"

„Nein, es ist ein Städtchen, liegt etwa zwanzig Kilometer nördlich von Dresden. Ich kann es Ihnen auf der Karte zeigen. Sie haben ein Auto, hoffe ich ..."

„Nein, ich werde wohl eins benötigen. Einen von den Kübelwagen da draußen."

Stehwin verschlug es für einen Moment die Sprache.

„Fräulein Rost ... die gehören der SS. Ich glaube kaum ..."

Luci hatte eilig das von Himmler unterzeichnete Papier hervorgeholt, das in solchen Situationen bereits mehrmals Wunder bewirkt hatte.

„Sie brauchen denen nur dies hier zu zeigen, und sie werden einen ihrer Wagen entbehren können. Ich bringe ihn auch zurück."

•

Heinz Sussek war ein hervorragender Erzähler. In den anderthalb Stunden, die sie nun durch die Stadt spaziert waren, hatte dieser Mann etliche Geschichten zum Besten gegeben, zu jedem Gebäude, ja, zu jedem Steinchen etwas zu sagen gewusst. Erich Klemmer begriff die Liebe der Dresdner zu ihrer Stadt nun besser, er selbst fühlte sich diesem wunderbaren Ort fast schon verbunden.

Nachdem Sussek sich an einem Kiosk eine Ausgabe der Dresdner Zeitung gekauft hatte, flanierten die beiden Polizisten um den Zwinger herum und kamen kurz darauf am Opernhaus vorbei. Sussek hatte sich schon in die Zeitung vertieft, da blieb Klemmer auf dem großen Platz stehen und drehte sich noch einmal nach dem Gebäude um. Sussek bemerkte, dass sein Gast aus Berlin stehen geblieben war und ließ die Zeitung sinken.

„Das hier war übrigens mal der Theater-Platz", erklärte er dem Kriminalrat, der abwesend zum Eingang der Semperoper starrte. „Heute trägt er einen anderen Namen ... na ja, Sie können sich vielleicht denken, welchen ..."

„Hier ist Sie also aufgetreten ...", flüsterte Klemmer, mehr zu sich selbst.

„Wer? Hannah?"

„Ja, das hat die Gröschner gesagt. Hatte eine große Karriere vor sich, das Mädchen." Klemmer seufzte, holte das Portrait aus der Mantelinnentasche hervor. „Dieser Tag ist so schön, und die Menschen versuchen, ihre Sorgen zu vergessen. Ich möchte mir grad vorstellen, wie es wäre, würde sie noch leben, Sussek.

Dieser Krieg hätte nie stattgefunden, stattdessen könnten wir in die Oper gehen und sie bewundern. Ich meine ... sehen Sie sich um: Hier in Dresden könnte man fast glauben, alles sei friedlich. Ich habe heute noch kein Militär gesehen, und die Leute spazieren fast ausgelassen durch die Straßen, die Kinder sind kostümiert."

„Ja, Klemmer, ich verstehe genau, was Sie meinen. Seit ich dieses Bild von ihr gesehen habe, stelle ich sie mir auch vor. Quicklebendig – und mit der Lust am Leben."

„Eine junge Dresdnerin, ein Kind der Stadt. Sie sollte hier sein, hier und jetzt ... so wie all die anderen, die fort sind."

„Kommen Sie, Klemmer, ich zeige Ihnen die Brühlsche Terrasse. Heute wollen wir nicht um die Toten trauern, sondern uns am Leben erfreuen."

Klemmer nickte, steckte das Foto wieder ein und folgte Sussek, der seinen Besucher aus Berlin an der Hofkirche vorbeiführte, bis zur großen Freitreppe, links neben dem Dienstgebäude des Reichsstatthalters.

Langsam schritten sie die Stufen hinauf.

„Damals, zu Augusts Zeiten, existierte diese Treppe noch nicht. Dort oben war nur ein Geländer, und die Adligen konnten auf das gewöhnliche Fußvolk herabsehen."

„Sieht aus wie eine Festungsanlage."

„War dies ursprünglich ja auch. Aber dann hat der Brühl hier die sogenannten Brühlschen Herrlichkeiten bauen lassen: eine Galerie, das Belvedere, eine wunderschöne Gartenanlage ... davon ist nur noch wenig übrig. Das Belvedere beispielsweise hat Euer Fritz weggesprengt, der Gauner. Ist aber noch immer eine schöne Flaniermeile, Sie werden sehen."

Sie kamen oben an und schritten links am Geländer entlang, blieben auf Höhe eines kleinen Brunnens stehen, der zwischen geometrisch angeordneten Reihen aus mannshohen Bäumen stand. Ein kleiner Junge und ein Delphin, beide aus Sandstein, durch die unschöne schwarze Verfärbung schon fast unkenntlich.

Klemmer stützte sich auf das Geländer und betrachtete die Elbe. Sussek hatte sich wieder in die Zeitung vertieft und las kopfschüttelnd die Schlagzeilen laut vor. Klemmer hörte kaum hin, er kannte diese Sprache zur Genüge.

NEUE BLUTORGIEN DER BOLSCHEWISTISCHEN SOLDATESKA

MASSENMORD AN DEUTSCHEN GRUBENARBEITERN IN OBERSCHLESIEN

„Schreiben die in Berlin auch solchen Unsinn?", fragte Sussek.

„Es sind dieselben Autoren", murmelte Klemmer. „Also hören Sie auf, Ihre Nase in diese Propaganda-Schriften zu stecken, wenn Sie wollen, dass wir uns ‚am Leben erfreuen'."

Doch Sussek las weiter, schüttelte den Kopf. Klemmer ließ seinen Blick über die gegenüberliegende Uferseite wandern. Er genoss die Frühlingsbrise.

MORGENTHAUS VERNICHTUNGSPLÄNE ZUM PRINZIP ERHOBEN

ALLE KRÄFTE FÜR DEN ABWEHRKAMPF

„Wer löschen will eines andern Feuer!", rief eine Stimme schräg hinter ihnen.

Klemmer und Sussek wandten ihren Blick in die Richtung, aus der das Rufen kam. Dort stand, zwischen den kahlen Bäumchen, ein untersetzter Narr mit zerknittertem Gesicht. Mit irren Augen starrte das Männlein zu ihnen herüber und zeigte mit dem Finger auf den Kriminalrat, den dieses Schauspiel augenblicklich aus seiner friedlichen Selbstversunkenheit gerissen hatte.

„Wer löschen will eines andern Feuer", wiederholte der Narr, und die Glöckchen an seiner Mütze bimmelten wie wild von der hastigen Bewegung seines Hauptes, „und brennen lässt die eigene Scheuer, der ist gut auf der Narrenleier!" Mit diesen Worten näherte sich das Männlein und kreiste mehrmals um die Polizisten herum. „Wer große Müh und Ungemach hat, um zu fördern fremde Sach und sucht, wie er *andern* Nutzen schaffe, der ist mehr als ein andrer – Affe!"

Bei Sussek löste der Vortrag ein breites Grinsen aus, er stupste seinen Begleiter mit dem Ellbogen an.

„Nun hör sich einer den Spaßvogel an ..." Da wurde er gewahr, dass Klemmer kreidebleich geworden war. „Was ist los? Klemmer, was ist mit Ihnen?"

Der Narr hatte sich genau vor den Kriminalrat gestellt und starrte ihm direkt in die Augen.

„Auch Jagen nicht ohne Narrheit bleibt, die Zeit man nur damit vertreibt, wiewohl es sein soll Scherz und Spiel, so macht es doch der Kosten viel."

Klemmer machte einen Schritt zurück, drehte sich mit einmal um und marschierte hastig zurück zur Treppe. Sussek eilte hinterher.

„Klemmer, wohin ...?"

„Weiß nich, weg von hier."

Unten angekommen, packte Sussek den Kollegen am Arm und hielt ihn zurück.

„Jetzt bleiben Sie doch stehen, Menschenskind! Sie haben da wieder diesen Blick ..."

„Ich weiß nicht, ich muss ... ich muss ..."

„Jetzt beruhigen Sie sich mal wieder. Wir gehen jetzt zu mir, dann sehen wir weiter. Einverstanden?"

Klemmer hechelte panisch, der Sauerstoff schoss ihm in den Kopf, er war der Ohnmacht nahe. Sussek musste ihn stützen. Der schöne Tag war futsch, soviel stand fest.

„Ich stecke in einer Sackgasse, Sussek. Ich renne hier diesem Phantom hinterher und in Berlin, da ... da ..."

Er war nicht imstande, den Satz zu beenden.

„Ja, das ist verständlich: Sie wollen jetzt bei Ihrer Familie sein. Vielleicht sollten Sie wirklich nach Berlin zurückkehren."

„Ich weiß nicht mal, ob ich das will, Sussek."

„Doch, doch, Sie wollen. Aber Sie haben auch Angst, das ist keine Schande. Wenn dieser verdammte Krieg vorbei ist, dann werden wir alle mit der Aufarbeitung beginnen müssen. Da kommen wir nicht drumherum. Fangen Sie lieber jetzt schon damit an. Ihre Familie wird es Ihnen danken."

„Mein Sohn ... ich kann nicht zu Hause sitzen und darauf warten, dass ... noch einmal ..."

„Ich will Ihnen jetzt keine nutzlosen Ratschläge erteilen, Klemmer. Diese Ängste sind berechtigt. Aber Ihre Frau wird die auch haben und braucht Sie jetzt."

„Und der Fall? Geben wir auf?"

„Ich werde mich hier um den Schutz der beiden Familien kümmern, vielleicht können die Schupos ein paar Männer entbehren für die Überwachung. Alles andere liegt nicht mehr in unserer Hand."

Klemmer nickte, seine Atmung hatte sich inzwischen wieder normalisiert. Sussek hatte Klemmers Gemütszustand sogleich gedeutet und daraus die naheliegenden Schlussfolgerungen gezogen. Ja, tief im Innern wollte der Kriminalrat bei seiner Familie sein, bei Martha und bei Heike, die er bereits als Tochter ins Herz geschlossen hatte. Aber die Angst schwang immer mit, sie ließ ihn nicht los. Nicht die vor dem Höllenfeuer, in dem Berlin in naher Zukunft endgültig untergehen würde. Nein, es war vielmehr die Angst vor Marthas Blick, ihrem Blick, voller Verachtung, mit dem sie ihn vor einer Woche durchbohrt hatte. Wie sollte er ihr jetzt noch gegenübertreten? Er hatte die Familie nicht beschützt, als noch die Möglichkeit bestanden hatte, damals, als noch diverse Optionen auf dem Tisch gelegen hatten. Nach Amerika hätten sie auswandern können, Martha hatte mit ihrer Schwägerin über diese Möglichkeit diskutiert, und deren Onkel in New York hatte jede nur erdenkliche Hilfe in Aussicht gestellt. Jedoch als es darum ging, sich für diesen Schritt zu entscheiden, da hatte er, Kriminalrat Erich Klemmer, sich dagegen entschieden, er hatte gekniffen. Trotz seiner totalen Aversion gegen den nationalsozialistischen Stumpfsinn hatte er Gefallen an seiner neuen Stellung gefunden, am roten Teppich, den man ihm ausgerollt hatte. Das Klirren der Sektgläser hatte seine Sinne benebelt.

Als Beschützer der Familie hatte er versagt.

Klemmer und Sussek betraten schwermütig die Wohnung, in der ihnen ein angenehmer Duft von Kohl in die Nase stieg und sie tröstete. Lisbeth kam den beiden sogleich entgegen und half zuerst Klemmer aus seinem Mantel. Ihr freundliches Wesen war ebenfalls von einer tröstenden Wirkung. Klemmer hoffte auf einen beruhigenden Tee im heimeligen Wohnzimmer; einen Tee, der ihn von dem Trauma, das die Begegnung mit dem Narren ausgelöst hatte, heilen würde. Danach konnte er in Ruhe entscheiden, was nun zu geschehen hatte und Wehner telefonisch Bericht erstatten. Und auch Martha.

„Wo ist Luci abgeblieben?", fragte Lisbeth.

Die beiden Beamten blickten sie verwundert an.

„Sie ist nicht hier?", fragte Sussek.

Lisbeth schüttelte den Kopf.

„Sie war doch mit Euch unterwegs."

„Ja, aber wir haben uns getrennt, sie wollte hierher zurückkehren und sich aufs Ohr hauen. Sie ..."

Sussek hielt inne und sah den Kriminalrat fragend an. Sie hatten beide den gleichen Gedanken.

„Dieses sture ...", fluchte Klemmer und fuhr sich mit der Hand über den Nacken.

Sussek schielte auf die Uhr.

„Wenn sie zu Berkowicz gegangen ist, dann müsste sie doch schon längst zurück sein. Wir haben uns um elf getrennt, und jetzt ist es fast halb drei."

„Hm … das bedeutet nichts Gutes. Kommen Sie, wir gehen. Wir nehmen den Wagen."

Die beiden Beamten stürmten hinaus und ließen eine besorgte Lisbeth Sussek im Flur stehen.

•

Luci hatte ihre Baskenmütze abgenommen und auf den Rücksitz geworfen, im offenen Kübelwagen drohte das gute Stück fortzuwehen. Auf dem Beifahrersitz lag die Karte ausgebreitet, die Stehwin ihr überlassen hatte. Luci schielte immer wieder darauf; Dietrichs Haus lag, den Markierungen zufolge, mitten in einem Waldstück, westlich von Moritzburg, gehörte aber wohl noch zur Gemeinde.

Sie hatte das Städtchen bereits durchquert und fuhr nun auf einem Feldweg den Lockwitzbach entlang. An einer Weggabelung hielt sie an und studierte die Karte. Hier irgendwo musste es sein. Links führte der Weg weiter den Fluss entlang, rechts in den Wald. Wenn dies die richtige Abzweigung war, dann musste sich dreihundert Meter weiter das Haus befinden.

Luci drückte sachte aufs Gaspedal und fuhr nach rechts. Im Schneckentempo lenkte sie den Wagen über den schmalen Pfad, immer weiter hinein in die Stille des Waldes, wo nur noch der brummende Kübelwagen die Ruhe störte. Die Strahlen der Sonne schimmerten durch das nackte Geäst der Baumkronen.

Nach einer kleinen Biegung erkannte Luci in etwa hundert Metern Entfernung ein Haus, das mitten auf einer kleinen Lichtung stand. Über eine Abzweigung verließ Luci den Weg und erreichte schließlich den Vorhof, wo sie neben einem Steinbrunnen zum Stehen kam.

Sie blieb zunächst sitzen und betrachtete das zweigeschossige Haus argwöhnisch; es war massiv gebaut, mit einem rötlichen Verputz und roten Dachziegeln, die geschlossenen Fensterläden schimmerten blassgrün. Alles in allem befand sich das Gebäude in einem ordentlichen Zustand, doch aus architektonischer Sicht entsprach es nicht gerade dem Zeitgeschmack. Dies war ein schlichtes Siedlungshaus, wahrscheinlich um die Jahrhundertwende erbaut, nur dass dies hier keine Siedlung war. Möglicherweise sollte hier damals eine solche entstehen oder der Erbauer hatte bewusst die Einsamkeit des Waldes gesucht, Luci konnte nur mutmaßen.

An der rechten Schmalseite der Behausung stand ein Opel. Einer mit Holzvergaser, unschwer zu erkennen am enormen Kessel, der an der Wagenrückseite befestigt war. Das Auto wurde regelmäßig benutzt, davon zeugten frische Reifenspuren. Jemand wohnte hier, soviel stand schon einmal fest. Und trotz der geschlossenen Fensterläden war dieser Jemand zu Hause. Jemand, dem Besucher zuwider waren und der sich in der schützenden Dunkelheit wohlfühlte, diese nur verließ, wenn es sich nicht vermeiden ließ. War Karl Dietrich dieser Jemand? Saß er um Hannah trauernd in seinen vier Wänden und kam nur für seinen Rachefeldzug hin und wieder heraus?

Luci stieg aus dem Wagen und ging langsam auf das Gebäude zu. Sie hatte den leisen Verdacht, dass er sie beobachtete, durch den Spalt der Fensterläden. Vielleicht war es bloß Einbildung. Entweder war sie auf dem Holzweg und würde sich durch ihr eigenmächtiges Vorgehen komplett der Lächerlichkeit preisgeben, oder sie hatte den richtigen Riecher gehabt und war nun im Begriff, die Kreise eines hochgefährlichen Psychopathen zu stören. Erstere Möglichkeit wäre ihr in diesem Augenblick lieber gewesen.

Vor der Haustür blieb sie stehen. Zögernd klopfte sie an.

Die Waffe, denk an die Waffe ...

Die Sekunden vergingen quälend langsam, Luci rechnete damit, er würde die Tür aufreißen und ihr ohne Vorwarnung an die Gurgel springen. Hinter der kleinen milchgläsernen Scheibe regte sich nichts.

Nicht vergessen: Sicherungshebel nach oben schwenken ... und auf die Brust zielen. Zielen Sie immer auf die Brust!

Nichts. Von innen drang kein Geräusch nach draußen. Wenn Dietrich zu Hause war, dann hoffte er darauf, dass der unerwünschte Besuch ganz schnell wieder verschwand.

Trotzig nahm Luci ihren ganzen Mut zusammen; sie war im Vorteil, *sie* war die Jägerin und *er* hatte sich in seiner Höhle verkrochen, wie ein gehetztes Tier. Diese Ausgangssituation galt es zu nutzen, Schwäche würde bestraft werden; wer zuerst winselte, war tot! Die Angst lag spürbar in der Luft, wie ein unsichtbarer Dunst, geruchlos und doch beißend. Mit einem Mal war sich Luci ihrer Sache sicher: Er war hier!

Kurzerhand wandte sie sich von der Tür ab und lief ums Haus, trat durch ein kleines offenes Tor und fand sich mitten in einem umzäunten Gemüsebeet wieder, mit angebauten Karotten und Salat. Luci huschte drüber hinweg, ohne darauf zu achten, wo sie hintrat und erreichte die Hintertür. Entschlossen zog sie ihre Waffe aus dem Holster und entsicherte sie. Dann drückte sie die Türklinke herunter, darauf spekulierend, dass Dietrich nicht abgeschlossen hatte. Ihre Vermutung täuschte sie nicht, mit so viel Dreistigkeit hatte ihr Gegner nicht gerechnet. Nun betrat sie seinen Bau, die Pistole beidhändig im Anschlag.

Als Erstes durchquerte sie die Küche. Der Geruch von Scheuermittel stieg ihr in die Nase. Küchentisch, Geschirrschrank: Nicht gerade liebevoll eingerichtet, aber Luci fiel auf, dass alles in einem geputzten, einem ordentlichen Zustand war.

Luci schlich durch die Küchentür ins Wohnzimmer, durch die geschlossenen Fensterläden drang nur wenig Licht, ihre Augen mussten sich erst an die Dunkelheit gewöhnen. Das Herz pochte ihr bis zum Hals, sie war auf einen plötzlichen Angriff gefasst. Die Umrisse der Möbel waren gerade noch erkennbar, sodass sie sich lautlos den Weg durch das große Zimmer bahnte. Sie erreichte eine weitere Tür, dahinter befanden sich der Flur, in den durch die milchgläserne Scheibe des Vordereingangs Licht drang, sowie eine Treppe, die zu Lucis Rechten in das obere Stockwerk führte. Stufe für Stufe schritt sie hinauf, das Knarzen war nicht zu überhören, Dietrich lag irgendwo dort oben auf der

Lauer, er musste hören, wie sie näherkam. Er hatte sich in einer Ecke verkrochen und hatte Muffensausen, dieser Feigling! Für wen mochte dies ein Vorteil sein? Angst machte gehetzte Tiere gefährlich, animierte sie zum Angriff.

Oben angekommen, stand Luci in einem dunklen Korridor, wo sie die Waffe hastig nach links und nach rechts schwenkte; ihre Nerven waren bis zum Zerreißen gespannt.

Drei Türen, alle auf derselben Seite.

Luci schlich rechts hinüber zur ersten. Vorsichtig drückte sie die Klinke herunter. Dann stieß sie sie ruckartig auf und hob eilig die Waffe, hielt sie beidhändig im Anschlag.

Ihr stockte der Atem.

Im schwachen Gegenlicht, das durch die Spalten der Fensterläden drang, zeichneten sich die Umrisse einer Gestalt ab, die mitten im Raum stand, unbeweglich: ein schwarzer Schatten in der Dunkelheit des Zimmers, nur sein Atmen war in der Stille zu hören. Luci brachte keinen Ton hervor, sie konzentrierte sich auf das Zielen, bereit, die Waffe abzufeuern, sollte sich ihr Gegenüber kurz entschlossen auf sie stürzen wollen. Doch der Schatten regte sich nicht.

„Zurück! Gehen Sie einen Schritt zurück!", befahl Luci, nachdem sie ihre Stimme wiedergefunden hatte.

Die Gestalt ging einen Schritt zurück, dann einen zweiten. Was dann geschah, ließ Luci für einen Augenblick erschaudern, sie ließ die Waffe sinken, unfähig zu begreifen, was sie in diesem Moment zu sehen bekam. Die Gestalt stand nun neben einem Standspiegel, der das schwache Licht hinter ihr reflektierte und auf ihr ängstliches Gesicht warf, das sich nun deutlich abzeichnete.

Hannah ...

Luci verschlug es die Sprache, in den folgenden Sekunden rasten ihr die Erkenntnisse der Ermittlungen durch den Kopf: Burger, Warschau, Dietrich, Dresden ... Wo war der Fehler? Wie konnte sie leben? Welche Familie war in der Muranowska in Warschau getötet worden?

Ein Zucken riss Luci aus ihren Gedanken, Hannah war kurz zurückgewichen, ihre Augen waren in Panik geweitet, sie stieß mit dem Rücken gegen die Fensterfront.

Luci konnte ihn spüren, den warmen Schatten, der urplötzlich hinter ihrem Rücken aufgetaucht war; sein Atem umschlang ihren Nacken.

Luci wirbelte herum, bereits in dem Wissen, dass die Situation aussichtslos war. Dietrich griff ihr rechtes Handgelenk, mit einem Schmerzensschrei ließ sie die Pistole fallen. Mit der Rechten packte er sie am Schopf und schleuderte sie gegen die Wand.

Das Knacken beim Aufprall war das Letzte, was Luci Rost hörte.

DER ABEND

Die Sonne ging gerade unter, als Klemmer und Sussek mit dem Wagen in Moritzburg ankamen. Das beschauliche Städtchen wirkte friedlich, Passanten drehten sich mit offenen Mündern nach dem schönen, schwarzen Auto um. Die Insassen ignorierten die Blicke, sie mussten sich auf die Straße konzentrieren und auf die Karte, die auf Susseks Schoß lag. Das Benzin würde wohl noch für die Rückfahrt reichen, auf keinen Fall kam man damit zurück nach Berlin. Im Moment war dies jedoch die geringste Sorge, Luci war verschwunden und womöglich in der Hand eines gefährlichen Verbrechers.

Oder ihm bereits zum Opfer gefallen.

Der Kriminalrat mochte gar nicht daran denken, ihm wurde bewusst, dass er die sture Kommissaranwärterin ins Herz geschlossen hatte. Auch Sussek war die Nervosität anzusehen, er hatte in den letzten zwei Stunden kaum gesprochen. Was hätte er auch sagen sollen? Dieser Fall hatte eine solch abrupte Wendung genommen, dass beiden die Spucke weggeblieben war. Eigentlich hatte die Erzählung von Berkowicz dermaßen absurd geklungen, dass ein weiteres Nachforschen in diese Richtung für die Beamten nicht infrage gekommen wäre. Doch Luci hatte den Schritt offensichtlich gewagt und war nicht zurückgekehrt. Und der Besuch bei der Firma Gläser hatte die Richtigkeit der Informationen bestätigt, Berkowicz hatte die Wahrheit gesagt. Mit Karl Dietrich hatte eine gänzlich neue Figur unerwartet die Bühne betreten, vielleicht sogar jene, nach der sie so lange gesucht hatten. Luci hatte wohl wieder einmal den richtigen Riecher gehabt und er, Erich Klemmer, hatte nicht auf sie gehört. Wenn es sie das Leben gekostet hatte, würde er es sich nicht verzeihen können!

„Da vorne biegen Sie links ab", sagte Sussek.

„Wir müssen geschickt vorgehen", meinte Klemmer, während er den Wagen in die angewiesene Richtung lenkte, „wir haben nur eine Waffe. Wenn Dietrich der ist, für den wir ihn halten, dann wirds ruppig."

„Keine Sorge Klemmer: Wenn das Bürschchen Schwierigkeiten macht, dann mach ich ihn kalt, so wahr ich Heinz Sussek heiße."

„Sie tun nichts dergleichen, Mensch! Stehwin hat den Kerl als Hünen bezeichnet, den überwältigt man nicht eben mal so. Wenn es hart auf hart kommt, dann ducken Sie sich; ich brauche freies Schussfeld."

„Ich war nicht immer Polizist, Herr Kriminalrat", sagte der Sussek und zeigte auf die Narbe an seiner linken Schläfe. „Wenn es hart auf hart kommt, können Sie sich auf mich verlassen, Klemmer. Ich hoffe nur ... er hat sie nicht ...."

Sussek biss sich auf die Lippe. Klemmer erkannte die Sorgenfalten auf der Stirn des alten Kollegen.

„Vielleicht hat irgendwas anderes sie aufgehalten ... außerdem gehört sie nicht zu der Sorte, die sich überrumpeln lässt. Jedenfalls verspreche ich Ihnen: Die kriegt was von mir zu hören!"

„Da haben Sie meinen Segen. Ich werd ihr auch was erzählen, da können Sie sich drauf verlassen! Dummes Kind ...."

Wie ein trotziges Gör hatte sie sich verhalten, sich über jede Regel hinweggesetzt! Was in aller Welt war in das Mädchen gefahren, dass sie die Entscheidungen ihres direkten Vorgesetzten einfach ignorierte, um auf eigene Faust zu ermitteln? Klemmer fluchte innerlich.

Hoffentlich war ihr nichts passiert.

Wie es auf einer Lichtung mitten im Wald stand, wirkte das Haus märchenhaft unwirklich. Jeden Moment würde die Hexe herausschleichen, um die Besucher dafür zu rügen, dass sie am süßen Verputz hatten knabbern wollen. Woher hatte der Erbauer die Genehmigung erhalten, *hier* sein Haus hinzusetzen?

Klemmer parkte den Wagen beim Steinbrunnen. An der Schmalseite des Hauses erblickte er einen Opel mit Holzvergaser, jedoch keinen Kübelwagen. Luci hatte ihn vielleicht woanders stehen lassen, oder sie war wieder weggefahren. Aber wohin?

„Das ist ein Siedlungshaus."

„Wo ist hier eine Siedlung?"

„Es ist ein Musterhaus ... bestimmt wollten die hier mal eine Gartenstadt bauen, so wie in Hellerau", mutmaßte Sussek im Flüsterton.

Beide starrten wie gebannt durch die Scheibe zum Haus hinüber.

„Die Fensterläden sind geschlossen. Niemand da?"

„Doch, doch, *er* ist da. Und lauert. Er beobachtet uns. Er hat die ganze Zeit auf uns gewartet", antwortete Sussek bestimmt.

„Gewartet?"

„Nachdem Luci sein Reich betreten hat", flüsterte Sussek, ohne seinen Blick vom Haus abzuwenden, „war ihm klar, dass noch andere kommen würden. Kommen Sie!"

Sussek stieg aus dem Wagen, seine Körpersprache war nicht mehr die eines alten Polizisten, sondern die eines jungen Boxers, der kampfbereit aus seiner Ecke kam. Klemmer stieg aus und folgte ihm.

„Was ist denn Ihr Plan?"

Vor der Eingangstür blieben sie stehen.

„Die Tür können wir nicht eintreten, zu massiv. Vielleicht gibt es eine dünnere auf der Rückseite."

Sie liefen ums Haus, über das Gemüsebeet, zur Hintertür. Noch bevor Klemmer einen Gedanken äußern konnte, hatte Sussek ausgeholt und der Tür einen wuchtigen Tritt verpasst, sodass diese mit einem Krachen aufflog. Er hatte nicht einmal überprüft, ob sie aufgeschlossen war! Ohne zu zögern, huschte der Kommissar hinein, der von dem entschlossenen Vorgehen überrumpelte Kriminalrat zog eilig seine Waffe und folgte.

Im Wohnzimmer öffnete Sussek Fenster und Fensterläden. Das schwache Licht der Dämmerung strömte herein und offenbarte das Interieur einer gepflegten Behausung: Esstisch, Geschirrvitrine, Perserteppich, sogar ein Bücherregal. Es roch etwas ölig, was an den Petroleumlampen liegen durfte, die auf Tisch und Anrichte standen. Strom gab es hier keinen, auch kein fließendes Wasser.

Klemmer hielt die Pistole im Anschlag, er rechnete mit einem Angriff aus dem Nichts, sein Nacken schmerzte von der Anspannung. Sussek hingegen sah sich seelenruhig um. Warum war der Kerl so ruhig? Plötzlich schritt er zurück in die Küche, Klemmer hörte, wie er eine Schublade öffnete und etwas herausnahm, wahrscheinlich ein Messer. Dann kam er zurück ins Wohnzimmer, tatsächlich machte Klemmer die Umrisse eines Messers in Susseks Manteltasche aus. In den Händen hielt er eine Packung Streichhölzer, ging zum Tisch und zündete die Lampe an. Er nahm sie in die Hand und trat an den Kriminalrat heran.

„Folgen Sie mir, Klemmer, aber halten Sie Abstand. Wenn er sich blicken lässt, schießen Sie. Nehmen Sie keine Rücksicht auf mich."

Klemmer wollte antworten, doch Sussek hatte sich schon in Bewegung gesetzt, lief über den riesigen Perserteppich in Richtung Flur. Was war passiert? Der Kriminalrat hatte die Kontrolle innerhalb einer Sekunde aus der Hand gegeben, er reagierte nur noch, während Sussek wie ein Berserker durch die Räume pflügte! Das war leichtsinnig, Dietrich konnte sie jederzeit überfallen, vielleicht war er bewaffnet. Natürlich, er hatte sicher Lucis Pistole!

Im Flur angelangt, stampfte Sussek sogleich die Treppe hinauf; er bemühte sich gar nicht erst, leise zu sein. Er wollte Dietrich provozieren! Klemmer folgte in sicherem Abstand.

Oben angekommen, begab sich Sussek schnurstracks zur rechten Tür, riss diese auf. Ohne zu zögern, betrat er das Zimmer, während Klemmer mit dem Rücken zur Wand im Flur stehen blieb, den Blick nach rechts gerichtet, wo Dietrich jeden Moment durch eine der anderen beiden Türen herausstürmen konnte.

„Sussek? Reden Sie mit mir!", zischte Klemmer, ohne den Blick von der Gefahrenquelle abzuwenden.

Sussek gab keine Antwort.

Vorsichtig glitt Klemmer mit dem Rücken die Wand entlang bis zum Türrahmen und warf über seine linke Schulter einen Blick in den dunklen Raum, in den Sussek verschwunden war.

Dieser stand vor einem Bild, das an der Wand hing und betrachtete es im Licht der Öllampe. Klemmer konnte es nicht genau erkennen, drehte seinen Kopf immer wieder in die andere Richtung, hin zu den beiden anderen Türen. Der Flur war recht dunkel, am anderen Ende ließ lediglich ein klitzekleines Fenster das Licht der Abenddämmerung herein.

Sussek trat wieder heraus, er hatte das Bild abgenommen und hielt es Klemmer vor die Nase. Dieser warf einen kurzen Blick darauf. Eine Familie lächelte in die Kamera: Vater, Mutter, Sohn. Genau genommen lächelte nur der Vater, die Mutter guckte streng, der etwa zwölfjährige Sohn wirkte eingeschüchtert.

„Angst", sagte Sussek und deutete auf den Jungen. „Er mag heute ein Hüne sein, aber im Zweikampf fehlt ihm die Entschlossenheit, weil er sich fürchtet. Er ist ein Feigling!"

Sussek sprach es so laut aus, dass seine Stimme durchs ganze Haus hallte.

„Das sehen Sie an diesem Bild?", fragte Klemmer, erneut hinüberschielend, zu den ungesicherten Räumen.

Sussek antwortete nicht, schritt stattdessen zur zweiten Tür, riss sie auf. Klemmer blieb fast das Herz stehen, er robbte rücklings die Wand entlang. Einmal mehr war Sussek verschwunden. Es war kaum auszuhalten; der alte Mann schien von Sinnen zu sein, fürchtete weder Tod noch Teufel. Erich Klemmer fühlte sich in diesem Moment zurückversetzt in die Zeit, als er ein junger Assistent gewesen war: ängstlich und unerfahren im Angesicht der Gefahr.

Aus dem Zimmer drang ein Rumpeln.

„Sussek?"

„Kommen Sie her!"

Einmal mehr warf Klemmer einen Blick über seine Schulter, diesmal die rechte, und sah, wie Sussek im Licht der Lampe herumstehendes Gerümpel durch die Gegend schob. Chemikalienflaschen, Messgefäße und ein Vergrößerer standen auf einem Tisch, daneben jede Menge Kisten und anderes Gerümpel. Dieser Raum muss früher als Dunkelkammer gedient haben, jetzt war es ein Abstellraum.

Sussek ließ vom Krempel ab, marschierte aus dem Zimmer hinüber zur dritten und letzten Tür. Auch diese öffnete er mit einem Ruck, Klemmer hielt die Luft an. An die Wand gelehnt, behielt er die Treppe im Auge. Unten war niemand gewesen, Dietrich konnte sich jedoch im Wald versteckt halten oder in dem Klohäuschen hinterm Gemüsebeet. Das alles hier war ein gottverdammter Albtraum!

„Klemmer, kommen Sie her!", brummte Sussek aus dem Zimmer.

Der Kriminalrat drehte sich um und betrat das Zimmer. Sussek hielt die Lampe in die Höhe, sodass sie einen Blick auf alle vier Wände bekamen. Klemmer traute seinen Augen nicht, im Hexenhaus stellte dieser Raum das Zentrum des Wahnwitzes dar, hier standen keine Möbel, das Zimmer war komplett leer, doch die Wanddekoration hatte es in sich: Mehrere hundert Fotografien hingen an allen vier Wänden, dicht an dicht. Als Klemmer näher herantrat, sah er, dass alle Bilder im Freien gemacht worden waren, in der Stadt; Menschen spazierten durch die Straßen. Und inmitten: Hannah!

„Sie ist auf allen Bildern zu sehen", meinte Sussek, „mal aus größerer Entfernung, mal aus geringerer. Sie kann den Fotografen nicht sehen."

„Doch, hier", entgegnete Klemmer und deutete auf ein Bild. „Hier dreht sie sich zu ihm um. Sie wusste, dass er sie verfolgt, meistens hat sie ihn ignoriert. Das ... das ist Dresden."

Sussek ging herum, leuchtete die Wände ab.

„Ja, und ab hier sind wir in Warschau", sagte er.

Klemmer schloss zu ihm auf und analysierte einige der Bilder, die Sussek anleuchtete. Es waren so viele!

„Sussek, ich glaube, wir haben den Kerl gefunden. Luci hat richtig gelegen. Ein Besessener ... er hat Rache geübt, als er erfuhr, was die Männer ihr angetan hatten. Der hat sie einfach abgöttisch geliebt."

„Nicht geliebt, Klemmer. Denken Sie an den Entführungsversuch, von dem Berkowicz gesprochen hat. Dietrich hätte sie nicht gut behandelt ... wahrscheinlich hätte er sie getötet und dann ausgestopft, oder weiß der Kuckuck! Nein, mein Freund, Hannah war todgeweiht. Egal, welchen Schritt sie machte: Auf sie warteten an jeder Ecke feindselige Mitbürger, SS-Männer oder arme Irre, die sie in ihren Finsterwald entführen wollten."

„Mag sein, nur: Was jetzt? Dietrich ist nicht hier, und von Luci fehlt jede Spur. Ich werd noch wahnsinnig, Sussek!"

„Dietrich ist hier." Der alte Polizist klang so überzeugt, dass es Klemmer eiskalt den Rücken hinunterlief.

„Sie meinen, er ist hier im Haus? Und Sie haben trotzdem die Ruhe weg?"

„Wir haben ihn aufgescheucht, er schleicht unten herum."

„Das ... das können Sie doch gar nicht wissen", zischte Klemmer.

Sussek machte ihn allmählich wahnsinnig mit seiner stoischen Art.

„Wir gehen jetzt zu ihm", sagte Sussek leise. „Sie dürfen nicht zögern: Sie erschießen ihn."

Ohne eine Antwort abzuwarten, drehte er sich um und schritt hinaus in den Flur. Klemmer ging hinterher, und sie schritten gemeinsam die Stufen hinab. Sussek betrat das Wohnzimmer, Klemmer folgte mit etwas Abstand.

Hier war noch immer niemand.

Sussek hatte sich offensichtlich geirrt. Er stellte die Öllampe auf den Esstisch, ging zum Fenster und blickte hinaus in die anbrechende Dunkelheit. Klemmer seufzte, die Waffe ließ er sinken. Langsam schritt er zur Zimmermitte.

„Sussek ... Dietrich ist nicht hier. Wir müssen ...“

Klemmer hielt inne. Ja, was eigentlich? Was mussten sie jetzt tun? Was konnten sie tun? Der Kriminalrat senkte den Kopf, rieb sich die Augen.

„Dieses Haus hat Nischen“, flüsterte Sussek, ohne sich umzudrehen. „Sehen Sie sich vor!“

Klemmer stutzte.

„Sussek, ich zweifle langsam an Ihrem Verstand. Seit wir hier sind, sprechen Sie in Rätseln. Vielleicht ... vielleicht verliere ich ja auch meinen Verstand. Sussek ...“

Sussek blieb am Fenster stehen. Klemmer verlor langsam aber sicher die Geduld. Zähneknirschend rieb er sich die Augen. Als er sie wieder öffnete, erblickte er einen Schatten im Fenster, direkt neben Susseks Kopf.

Dies war die Sekunde der Unachtsamkeit, die in der Regel über Leben und Tod entschied.

Klemmer hob die Waffe, drehte sich um. Karl Dietrich packte das Handgelenk des Polizisten und drehte es nach außen. Klemmer biss die Zähne zusammen, da hatte der Angreifer auch schon mit seiner rechten Pranke die Kehle des Polizisten umschlungen. Im flackernden Licht der Öllampe sah Klemmer das Gesicht des Angreifers. Die tief liegenden Augen eines riesigen Höhlentrolls hatten den Kriminalrat fixiert. Der Würgegriff wurde stärker, Klemmer blieb die Luft weg.

Mit einem lauten Krachen brach wie aus dem Nichts ein harter Gegenstand an Dietrichs Hinterkopf auseinander. Der Hüne wankte kurz, lockerte den Griff. Klemmer schnappte nach Luft, schielte aus seiner misslichen Position hinüber und sah, wie der alte Sussek mit einer abgebrochenen Stuhllehne in der Hand dastand.

„Nu, Bohbl? Willste uns abmorgsn?"

Dietrich quetschte Klemmers Handgelenk derart, dass dieser mit einem Schrei die Pistole fallen ließ. Ohne größere Kraftanstrengung schleuderte der Riese sein Opfer zur Seite. Klemmer prallte mit dem Kopf gegen die Vitrine, die mit lautem Klirren zu Bruch ging, und schlug unsanft auf den Boden. Für einen Moment wurde ihm schwarz vor Augen. Er schüttelte sich und wollte sogleich aufstehen und Sussek zu Hilfe eilen. Doch die Beine gaben nach, er blieb liegen. Er musste zusehen, wie Dietrich Sussek am Kragen packte und gegen die Wand schleuderte. Der alte Mann sackte zusammen und blieb regungslos liegen.

Klemmer kroch auf dem Hosenboden rückwärts in Richtung Hausflur. Dietrich hatte sich bereits von Sussek abgewandt und ging um den Tisch herum, kam auf Klemmer zu. Dieser drehte sich auf alle Viere und erreichte die Treppe. Gerade einmal vier Stufen erklomm er kriechend, da spürte er auch schon Dietrichs Atem im Rücken. Der Kriminalrat drehte sich um, saß nun wehrlos im Aufgang. Der Riese stand über ihm, zog eine Pistole aus seiner Hosentasche.

Es war Lucis Walther.

Das Ungetüm beugte sich nach vorn, packte den Polizisten am Kragen und drückte ihm den Lauf der Waffe in die Schläfe.

„Was hast Du mit ihr gemacht?", zischte Klemmer.

Dietrichs schwerer Atem umwehte das Gesicht des Kriminalrats, der sich in dieser Lage nicht mehr zu helfen wusste.

„Ihr könnt sie nicht haben!", brüllte Dietrich plötzlich, seine tiefe Stimme zitterte.

„Wo ist sie? Wehe Du hast ihr auch nur ein Haar gekrümmt ... Ich schwöre bei Gott, ich ...", stammelte Klemmer unter Schmerzen.

Im dunklen Treppenaufgang erkannte Klemmer, wie Dietrich eine Augenbraue hob.

Der Troll wirkte verstört.

„Ach, dieses blonde Fräulein ... die ...", brummte er leise. Es sah fast so aus, als sei Dietrich beschämt, wie ein Junge kurz vor der Beichte. „Sie ... sie ist unter der Erde."

Klemmer presste die Lippen zusammen, Wut und Ohnmacht übermannten ihn, mit der Rechten griff er nach Dietrichs Unterkiefer. Dieser wurde erneut zornig, drückte seinem Opfer den Lauf der Waffe in die Wange.

„Ich ... ich werde Dich töten", brüllte er.

Mit einmal fuhr er hoch, stieß einen Schrei aus, der durch das ganze Haus hallte und Klemmer das Blut in den Adern gefrieren ließ.

Dietrich stand wieder über ihm, leicht wankend. Er hob den rechten Arm leicht an und griff unter seine Achsel. Der Schaft eines Messers lugte hervor. Der Riese zog das Messer heraus und drehte Klemmer den Rücken zu. Wankend verschwand er im Wohnzimmer.

Klemmer kam ächzend auf die Beine, ging die Stufen hinab und folgte seinem Peiniger.

Im schwachen Licht der Öllampe standen sich Sussek und Dietrich gegenüber. Sussek machte kleine Schritte rückwärts, sein Gegner bewegte sich nur ganz langsam auf ihn zu, unter seinem rechten Arm quoll das Blut in Strömen hervor.

„Sis glei vorbei, Bohbl", sagte Sussek leise.

Dietrich begann leise zu wimmern, ließ Messer und Walther fallen, griff sich unter den rechten Arm, in dem verzweifelten Bestreben, die Blutung zu stoppen. Dann ging er in die Knie.

Er fiel nach vorn auf den Bauch, blieb regungslos liegen. Klemmer konnte den letzten Atemzug des Riesen hören. Um den massigen Körper bildete sich eine immer größer werdende Blutlache. Das Herz des Sterbenden war im Begriff, jeden Tropfen aus ihm herauszupumpen.

Klemmer beobachtete die Szene, unfähig sich zu rühren. Doch da war Sussek schon an ihn herangetreten und packte ihn am Arm.

„Da", sagte er und deutete auf das Bücherregal. Es stand leicht schräg zur Wand. Sussek zog Klemmer mit, um die Blutlache herum, sie traten näher, der alte Polizist fasste hinter das Regal und zog dieses auf. Es funktionierte wie eine Tür. „Sie haben genau davorgestanden", meinte er, „drum haben sie ihn nicht kommen sehen."

Klemmer sah Sussek ungläubig an.

„Sie wussten, dass er hier ist ... Sie wussten, dass er aus irgendeinem Versteck springt und uns angreift."

Sussek antwortete nicht, ging zum Esstisch und kam mit der Öllampe zurück, machte lediglich eine kleine Kopfbewegung zum Hohlraum hinterm Regal.

Er ging vor, wie sooft an diesem Abend, Klemmer folgte. Eine schmale Treppe führte hinunter, eine Vierteldrehung nach links, und die beiden Beamten standen vor einem großen Gitter mit verschlossener Tür. Sussek leuchtete mit der Lampe hindurch in das Innere des Gefängnisses. Was die Polizisten zu sehen bekamen, mutete jedoch nicht wie ein Verlies an, es sah eher aus wie ein Schlafzimmer. Da standen eine Kommode, zwei Stühle, ein Tisch, daneben zwei große Eimer, ein Regal mit Büchern, rechts ein großer Kleiderschrank und dahinter war noch die Kante eines Bettes zu erkennen.

„Was ist das hier?", fragte Sussek, der bei dem Anblick im Begriff war, seine Seelenruhe zu verlieren.

Klemmer begann einmal mehr der Schädel zu dröhnen, so wie vor ein paar Tagen. Er fasste sich an die Stirn. Sie war blutig, von der unsanften Begegnung mit der Vitrine.

„Er wollte sie hierher bringen", sagte er.

„Was? Wen?"

„Hannah. Die misslungene Entführung. Er wollte sie hier einsperren, sie sollte ihm gehören."

Sussek runzelte die Stirn.

„Aber ... das ist zwölf Jahre her. Sehen Sie sich den Raum doch mal an. Dort drüben ... sehen Sie? Auf dem Tisch steht ein Tablett, Teller, Essensreste. Er hält hier jemand gefangen ..."

Kaum hatte er es ausgesprochen, ließ ein Flüstern jenseits der Gitterstäbe die Beamten aufhorchen.

„Wer ist da?", fragte Klemmer in den Raum hinein. „Kommen Sie da raus!"

Hinter dem wuchtigen Kleiderschrank lugte ein Haarschopf hervor, dann ein Gesicht. Im schwachen Licht der Lampe konnten die Beamten erkennen, dass es sich um eine Frau handelte. Sie trat hervor, in ihren Armen hielt sie ein Kind. Es war ein kleiner, blonder Junge, drei oder vier Jahre alt. Den Gesichtszügen nach zu urteilen, war es ihr eigenes Kind.

„Treten Sie näher", sagte Sussek, „haben Sie keine Angst, wir tun Ihnen nichts."

Als die Frau zwei Schritte in Richtung Gitter gemacht hatte, lief Klemmer ein kalter Schauer über den Rücken. Das war ohne Zweifel ein Geist, der da auf sie zukam. Sie konnte es nicht sein, unmöglich!

„Das ist sie nicht", flüsterte Sussek, der offensichtlich Klemmers Gedanken erraten hatte.

Die Frau trat an das Gitter, ihre Augen und die ihres Jungen blickten angsterfüllt durchs Gitter. Das war nicht Hannah. Sie sah ihr sehr ähnlich, doch sie war es nicht.

Sussek rüttelte kurz an der Gittertür.

„Wo bewahrt Karl den Schlüssel auf?", fragte Klemmer die Frau.

„Er trägt ihn immer bei sich."

Da hatte Sussek sich schon umgedreht und hastete die Treppe hoch. Klemmer wandte sich wieder an die Gefangene.

„Wie heißen Sie?"

„Evelin."

„Und Du, kleiner Mann?"

Klemmer versuchte, entspannt und freundlich zu klingen, um dem Kind die Furcht zu nehmen, doch der Junge vergrub sein Gesicht in der Brust seiner Mutter.

„Jakob", antwortete sie für ihn.

„Keine Sorge, wir holen Sie hier raus."

Sussek kam wieder heruntergeeilt, mit einem Schlüsselbund in der Hand. Schnell hatten sie aufgeschlossen und hielten den Gefangenen die Tür auf.

Evelin wich kurz zurück.

„Was ist mit Ihnen?", fragte Klemmer.

„Sie ist Jüdin", antwortete Sussek an ihrer Stelle. „Dort draußen wartet der sichere Tod."

Klemmer sah ihn an.

„Dann ... dann müssen wir sie verstecken. Wir müssen ..."

„Wir bringen sie zu mir. Da sind die Zwei erstmal in Sicherheit. Hoffentlich."

Klemmer wandte sich wieder Evelin zu.

„Kommen Sie, wir werden Ihnen helfen."

Langsam schritt die Frau mit ihrem Jungen durchs Gittertor, Klemmer trat einen Schritt beiseite. Sussek wollte die Tür wieder schließen, da berührte Evelin ihn sanft am Arm. Mit einer Kopfbewegung deutete sie ins Verlies.

Sussek musterte sie stirnrunzelnd, leuchtete erneut ins Innere und suchte mit den Augen den Raum ab.

„Gehen Sie hinein", sagte Evelin.

Sussek öffnete die Tür ganz und betrat den Raum. Klemmer blieb bei Evelin und dem Kind, während sich Sussek Schritt für Schritt weiter in die Dunkelheit hineinwagte. Er war am großen Kleiderschrank vorbei, leuchtete nach links, dann nach rechts.

Ein kurzer Aufschrei, er sprang hinüber zum Bett, beugte sich darüber.

„Klemmer! Kommen Sie her!"

Der Kriminalrat ließ die junge Frau stehen und ging hinein.

Luci!

Seine Assistentin lag mit verbundenem Kopf auf dem Bett, bewusstlos. Sussek hatte sich auf die Bettkante gesetzt und strich ihr über den Verband.

„Er wollte sie umbringen", sagte Evelin, die sich zu ihnen gesellt hatte, „ich konnte ihn gerade noch davon abhalten."

„Sie waren zugegen, als er sie angegriffen hat?"

„Ja ... wenn er zu Hause ist, darf ich mich in der Wohnung frei bewegen. Als er vorhin sah, dass sich ein Auto dem Haus nähert, da hat er alle Fensterläden geschlossen und mich ins Schlafzimmer geschickt. Er hat gehofft, sie würde wieder gehen ... aber sie ist ins Haus eingedrungen ...“

„Das war sehr dumm“, flüsterte Sussek in Lucis Richtung und ergänzte lächelnd: „Aber auch sehr mutig.“

Auch Klemmer hatte sich aufs Bett gesetzt und musterte besorgt seine verletzte Assistentin.

Sie ist unter der Erde.

„Mist, sie hat sich die Schulter ausgekugelt“, bemerkte Sussek plötzlich, nachdem er ihre rechte Schulter abgetastet hatte. „Luci ...“, flüsterte er ihr zu, „Luci, aufwachen!“ Er tätschelte erst sanft ihre Wange, dann stärker.

Es wirkte.

Mit einem Stöhnen wurde Luci wach, zuckte kurz zusammen, blickte sich panisch um.

„Was ...?“

„Ganz ruhig, wir sinds.“

„Wo ist er?“

„Er kann Ihnen nichts mehr tun.“

„Hannah ... ich hab sie ...“

Luci hielt inne, als sie gewahr wurde, dass ‚Hannah‘ mit einem Kind im Arm neben dem Bett stand.

„Ja“, sagte Klemmer, „sie sieht ihr sehr ähnlich. Aber ihr Name ist Evelin, und sie hat Sie gerettet.“

„Was ist das hier?“, fragte Luci und wollte sich aufrichten, da biss sie vor Schmerzen die Zähne zusammen.

„Vorsicht, Fräulein Rost, Ihre Schulter ist ausgekugelt“, mahnte Sussek. „Setzen Sie sich hin!“ Sussek kniete sich hinter Luci auf das Bett, packte ihre Schulter samt Arm. Mit einer knappen Bewegung renkte er sie ein, es knackte, Luci schrie. „Das wars.“

Zu fünft saßen sie im Auto, Klemmer wollte den Motor starten. Stattdessen dachte er nach und schielte dabei zum Haus hinüber. In der Dunkelheit war kaum noch etwas zu erkennen, es war schon kurz vor sechs.

Evelin hatte ihrem Sohn die Augen zugehalten, als sie an Dietrichs Leiche vorbeigeschlichen waren. Klemmer hatte seine Pistole an sich genommen und auch die von Luci. Nun wollten sie alle diesen Ort des Grauens schnellstens verlassen, aber Klemmer kam ins Grübeln.

„Er muss den Kübelwagen im Wald versteckt haben", mutmaßte er leise, „weil er wusste, dass da noch jemand kommt. Er hat gehofft, wir würden wieder wegfahren, wenn wir das Auto nicht vorfinden. Er ..."

Klemmer beendete den Satz nicht.

„Ja?", fragte Sussek interessiert.

„Ach, nichts ..."

Der Kriminalrat startete den Motor und fuhr los.

•

Der Wagen stand auf seinem üblichen Parkplatz und war nach wie vor weit und breit das einzige Zivilfahrzeug. Evelin und Jakob unbemerkt in die Wohnung zu schaffen, hatte sich als weitaus unkomplizierter herausgestellt, als zunächst befürchtet: In der Dunkelheit war man auf leisen Sohlen ins Haus gehuscht. Im Übrigen wäre eine Begegnung mit Fußvolk auf der Straße oder mit Nachbarn im Treppenhaus auch deshalb unangenehm ausgefallen, weil Klemmers Hose und sein Mantel – wie ihnen vor lauter Aufregung erst in der Wohnung bewusst wurde – voller Blut waren. Wolfgang Reimann kümmerte sich umgehend um die verletzte Luci, Lisbeth um frische Sachen für die neuen ‚Gäste'. Diese waren von den Ereignissen sichtlich überfordert, vor allem Evelin, sie hielt die ganze Zeit über ihren Sohn in ihren Armen, der bereits im Auto eingeschlafen war.

Schließlich hatten Klemmer und Sussek sich ins Arbeitszimmer begeben, der Kriminalrat hatte in seinem Koffer eine frische Hose gefunden und angezogen, seinen blutigen Mantel an einen Haken im Flur gehängt.

„Mal unter uns: Denken Sie auch, was ich denke?", fragte Sussek.

„Nein. Nein, er war es. Er war es ganz sicher ..."

„Kommen Sie, Sie wissen, dass er es gar nicht sein kann."

„Wie kann das sein?", fragte der Kriminalrat zähneknirschend. „Alles passt: Die Fotos, Warschau ... Er kannte Hannah, er *muss* es sein. Er *ist* unser Mann!"

„Ja, eigentlich ist es naheliegend. Auf den ersten Blick. Dann schauen wir genauer hin und müssen erkennen: Dietrich hatte nicht die nötige Kaltblütigkeit, um all diese Menschen zu töten. Überlegen Sie mal: Er hatte vorhin einhundert Gelegenheiten, uns zu erschießen. Er hat es nicht getan, er hat noch nie einen Menschen getötet, da geh ich jede Wette ein. Er war ein armer Irrer, ein Entführer ... aber Mord war nicht sein Metier, Klemmer."

Der Kriminalrat befühlte die Wunde an seiner Stirn, sie blutete nicht mehr, brannte jedoch höllisch.

„Holen Sie diese Frau hier rein, wir müssen ungestört mit ihr reden!"

Sussek verschwand aus dem Zimmer und kam wenige Augenblicke später mit Evelin wieder. Sie setzte sich auf einen der beiden Stühle, Sussek auf den anderen, Klemmer blieb stehen.

„Frau ..."

„Lewensohn."

„Frau Lewensohn ... ich hatte noch nicht die Gelegenheit, mich vorzustellen: Ich bin Kriminalrat Erich Klemmer vom Reichskriminalpolizeiamt, und das hier ist Kriminalhauptkommissar Heinz Sussek von der hiesigen Kripo. Die junge Frau, die Sie gerettet haben, ist meine Assistentin Luci Rost. Mein Kollege hier und auch meine Wenigkeit sind Ihnen wirklich sehr dankbar. Wir hatten uns große Sorgen gemacht, wir dachten schon, wir kämen zu spät ..."

Evelin Lewensohn sah die Beamten schweigend an, noch immer wirkte sie verängstigt.

„Frau Lewensohn", schaltete sich Sussek ein, „Sie brauchen sich wirklich keine Sorgen zu machen; Sie sind hier unter Freunden. Wir werden Sie schützen, Sie und Ihren Sohn."

„Können Sie das denn?", fragte sie leise. „Meine Eltern sind tot. Deportiert. Ebenso meine beiden Schwestern. Ich musste zusehen, wie man sie wegbrachte. Mich wollten die auch mitnehmen, aber plötzlich war da dieser Hüne, der mich durch die Hintertür hinausgezerrt hat, hinein in seinen Wagen. Ein Retter in der Not, könnte man meinen. Hat mich in sein Verlies gesteckt und geschändet. Jeden Tag aufs Neue. Und die Ironie daran ist: Ich habe mich bei ihm am sichersten gefühlt. Hier draußen wartet der Tod auf mich und mein Kind."

„Dann ist Jakob ..."

„... sein Sohn. Ja, das ist er."

„Wann genau ist das passiert? Das mit der Entführung?", fragte Klemmer.

Evelin saß steif auf ihrem Stuhl, ihre Gedanken waren wahrscheinlich bei dem Jungen, der im Wohnzimmer auf dem Sofa schlief.

„Das liegt jetzt vier Jahre zurück."

„Also Anfang 41?" Evelin nickte. „Und ist er, Karl, in diesen vier Jahren hin und wieder weg gewesen? Ich meine, über einen längeren Zeitraum?"

„Nein, niemals länger als ein paar Stunden. Manchmal fuhr er vormittags mit dem Auto in die Stadt. Dann kam er wieder, nach drei, vier Stunden."

Sussek und Klemmer tauschten Blicke aus.

„Frau Lewensohn ... Sie haben uns sehr geholfen. Sie können wieder zu Ihrem Sohn."

Evelin Lewensohn stand auf und verließ das Zimmer.

„Er hat aufgegeben", stöhnte der Kriminalrat resigniert. „Er hat gesehen, wie sie die Mauer gebaut haben und hat Hannah aufgegeben. Und sich ein neues Opfer gesucht. Es ist ... verhext!"

„Sprechen Sie leiser, Klemmer, das Kind schläft nebenan", mahnte Sussek. „Vielleicht hatte Dietrich einen Komplizen. Was denken Sie?"

„Einen Komplizen? Wofür?"

„Vielleicht hat er Hannah doch nicht ganz aufgegeben, sondern eine Kontaktperson in Warschau gehabt, die ihn informierte über die Dinge, die dort liefen. Und als Hannah getötet wurde, hat Dietrich seinen Freund mit den Morden beauftragt."

„Klingt irgendwie ..."

„Verrückt, ja, Sie haben recht. War auch nur so ein Gedanke ... Wir müssen trotzdem einen Trupp hinschicken, der dort im Wald Klarschiff macht."

„Und was schreib ich in den Bericht?"

„Ihr Vorgesetzter ist bestimmt nicht interessiert an detaillierten Berichten, Klemmer. Wir sind einer Spur nachgegangen und auf einen Irren gestoßen, Punkt."

„Und sie?" Klemmer machte eine Kopfbewegung in Richtung Tür, durch die Evelin soeben verschwunden war. „Wenn die dort das Verlies finden, dann wollen die wissen, wer darin ,gehaust' hat. Was sagen wir denen?"

„Dass dort niemand mehr war, als wir kamen. Wer auch immer dort unten gefangen war, ist geflohen, in den Wald. Hat mit uns nichts mehr zu tun."

Klemmer nickte.

„Schön, morgen können Sie Ihre Leute hinschicken. Sollen die sehen, wie sie dort aufräumen. Ich bastel denen einen passenden Bericht." Sussek nickte und wollte sich gerade wegdrehen, da hielt ihn Klemmer zurück. „Ach, und Sussek ... danke."

„Wofür?"

„Sie haben mir den Hals gerettet. Und nicht nur mir ... ohne Ihren beherzten Auftritt wären wir alle draufgegangen."

„Hm, dafür schulden Sie mir ein Essen."

Heinz Sussek lachte und klopfte Klemmer dabei auf die Schulter.

Kurz nach zwanzig Uhr saßen alle, auch der wieder erwachte kleine Jakob, am Esstisch und labten sich an der Steckrübensuppe à la Lisbeth Sussek. Jakob hatte sich neben Luci gestellt und fütterte sie; ihr Kopfverband ließ den kleinen Jungen glauben, sie sei schwer krank und könne sich nicht allein ernähren. Luci spielte mit, wenngleich es sichtliches Unbehagen bei ihr auslöste. Ihre Gedanken waren leicht zu erahnen: Sie hatte sich selbst und auch ihre Kollegen in Gefahr gebracht, und darauf war sie natürlich nicht stolz. Der Kriminalrat war ihr eigentlich nicht böse, gerade hatte er ihr mit einem kurzen Nicken die Pistole zurückgegeben und zu dem Vorfall geschwiegen. Immerhin hatte ihr Vorgehen dazu geführt, dass eine Mutter und ihr Kind befreit worden waren.

Hier draußen wartet der Tod.

Jedenfalls standen sie bei diesem Fall wieder vor dem Nichts. Hannahs Rächer existierte höchstwahrscheinlich gar nicht; er war ein Todesengel, der für seinen Rachefeldzug immer wieder aus dem Erdreich kroch und nach getaner Arbeit wieder hinabstieg. Darum waren sie nicht imstande, ihn zu fassen: Er war schlicht und ergreifend nicht von dieser Welt!

Klemmer schielte zu Evelin Lewensohn hinüber. Zu behaupten, sie fühlte sich in diesem Kreis unwohl, wäre stark untertrieben gewesen. Sie saß neben Luci und rührte abwesend in der Suppe. Die Ähnlichkeit mit Hannah war nicht von der Hand zu weisen, wenngleich ihr Gesicht etwas runder geformt war. Klemmer schätzte sie auf etwa dreißig, genauso alt, wie Hannah jetzt gewesen wäre. Was war geschehen? Dietrich war im November 40 ein letztes Mal in Warschau gewesen, so wie es Hannah ihrem Onkel geschrieben hatte, und war wohl anschließend zu dem Entschluss gelangt, dass es nach all den Jahren an der Zeit wäre, sich ein neues Opfer zu suchen. Nur diesmal wollte er zu seinem alten Vorhaben zurückkehren und die Frau, die er auserkoren hatte, Evelin, entführen, statt sie lediglich zu verfolgen und zu fotografieren. Fast zehn Jahre nach dem ersten Versuch dieser Art wagte er es also erneut, und siehe da: Diesmal klappte es. Niemand kam zufällig vorbei, niemand war da, um das arme Fräulein Lewensohn zu retten. Kein Retter weit und breit.

Klemmer nahm sich ein Stück Brot, löffelte seine Suppe aus.

Evelin hatte sich zu ihrem Sohn ins Arbeitszimmer gelegt, wo man ihnen eine Schlafstätte vorbereitet hatte, Wolfgang half Lisbeth in der Küche, und Heinz Sussek hatte sich ins Bad begeben.

Am Esstisch saßen sich Erich Klemmer und seine Assistentin schräg gegenüber. Mit einem Mal wurde er gewahr, dass sie zu ihm herüberstarrte.

„Wie geht es Ihnen?", fragte er.

„Die Schulter schmerzt etwas, der Kopf auch. Nichts Ernstes."

„Freut mich, dass Sie noch unter uns weilen. Das hätte vorhin schiefgehen können."

„Chef ... es tut mir ..."

„Nein, das ist schon in Ordnung, Fräulein Rost. Sie haben auf Ihre Intuition gehört. Sie sind eine gute Ermittlerin. Ich habe einen Fehler gemacht, ich hätte auf Ihren Rat eingehen sollen. Dann wären wir gemeinsam losgezogen, so wie es sich gehört."

Luci wirkte geknickt, das Lob beschämte sie nur noch mehr.

„Der Herr Kriminalhauptkommissar hat mir vorhin erläutert, warum Dietrich nicht der Gesuchte sein kann. Ich hab uns also nicht nur in Gefahr gebracht, sondern auch eine falsche Spur verfolgt."

„Sie gehen zu hart mit sich ins Gericht. Eine Mutter und ihr Kind wurden dank Ihnen befreit. Und dass sie Jüdin ist, gibt dem Ganzen einen symbolischen Charakter, finden Sie nicht? Noch vor wenigen Tagen haben Sie über Rassenbiologie referiert, und nun – nach allem, was wir durchgemacht haben – sehen Sie die Dinge von einem rein menschlichen Standpunkt aus, nicht vom ideologischen. Hab ich nicht recht?"

In diesem Moment gesellte sich Sussek hinzu.

„Nun? Analysieren Sie gerade den heutigen Tag?", fragte er in die Runde.

„Ich habe gerade dem Fräulein Rost erklärt, dass Sie zwei Menschen gerettet hat. Wäre sie nicht gewesen, dann säßen die beiden noch immer in ihrem Gefängnis."

„Da muss ich dem Herrn Kriminalrat recht geben. Auch wenn eine innere Stimme mir sagt, dass sie eine gehörige Tracht Prügel verdienen. Aber unterm Strich haben Sie getan, was Sie für richtig hielten."

Kein Retter weit und breit.

Während Sussek der reuigen Luci ein tröstendes Lächeln schenkte, spürte Erich Klemmer, wie ihm ein Bild durch den Kopf huschte; es flatterte unruhig umher, war leider unscharf und unmöglich zu greifen, und doch wusste er, dass es wichtig war.

Kein Retter. Weit und breit.

Ein Bild oder doch nur ein abstrakter Gedanke? Alle Fakten dieses Falles rauschten wie wild durch Klemmers Gehirn, während mittendrin dieser *eine* Geistesblitz einen Weg nach oben suchte, an die Oberfläche, wo er imstande war, gut sichtbar, den Weg zur Erkenntnis zu weisen.

Kein Retter.

Das Bild – ja, es war in der Tat ein Bild – zeigte sich für den Bruchteil einer Sekunde, Klemmer zuckte, kniff die Augen fest zu, griff beherzt ins Gewühl seines Unbewussten, bekam es erneut zu packen und zog es hervor. Diesmal hielt er es fest und starrte gebannt darauf, jedes Detail war klar zu erkennen!

„Der Retter ...", murmelte er.

Sussek und Luci sahen ihn an.

„Klemmer? Führen Sie Selbstgespräche?", fragte Sussek.

Da sprang der Kriminalrat mit einem Mal auf.

„Ich muss kurz was überprüfen ..."

Mit diesen Worten verschwand er im Flur, schnappte sich seinen Mantel und verließ eilig die Wohnung.

Heinz Sussek und Luci Rost sahen einander fragend an. Zu schnell war alles gegangen, sie hatten nicht reagieren können.

„Was war denn das?", fragte Sussek stirnrunzelnd.

„Er hat etwas herausgefunden", mutmaßte Luci.

„Was denn ... gerade eben? In der Sekunde? Und rennt einfach raus?"

„Er sagte: ‚der Retter'. Und dann ist ihm irgendwas eingefallen."

„Ja, Menschenskind, da kann er das doch mit uns teilen! Zieht einfach alleine los ... Ist das bei Euch Berlinern so üblich?" Luci war aufgestanden, lief unruhig im Zimmer auf und ab. „Was tun Sie denn da, Fräulein Rost? Kommen Sie mir jetzt nicht auf dumme Gedanken! Sie sind gerade vorhin mit viel Glück dem Tod von der Schippe gesprungen. Wenn Sie eine Idee haben, dann raus mit der Sprache."

„Der Retter, der Retter ... was kann er gemeint haben?"

„Was weiß ich ... er will vielleicht zurück zu Dietrichs Haus? Vielleicht ist ihm eingefallen, was wir dort übersehen haben? Ein Indiz, die Fotos ..."

„Welche Fotos?"

„Dietrich hat in all den Jahren, also von 33 bis Ende 40, Fotos von ihr geschossen. In Dresden, später in Warschau. Hat sie all die Jahre nach seinem Entführungsversuch verfolgt, wie Berkowicz es gesagt hat. Die Beweise hingen dort an der Wand, hunderte von Fotos."

Luci blieb stehen, überlegte kurz.

„Ich geh schnell runter, sehen, ob das Auto noch dasteht."

•

Erich Klemmer erreichte das Gebäude der Staatsoper zu Fuß in weniger als drei Minuten. In der Dunkelheit leuchteten lediglich die weiß gestrichenen Laternen und Bordsteinkanten. Der Kriminalrat war stehen geblieben und schaute hinauf in den klaren Nachthimmel. Nein, etwa eine Milliarde Sterne leuchteten ebenfalls, dort oben; er konnte sie alle sehen, da hier unten kein einziges störendes Licht brannte. Ein berauschender Anblick war das, der einem in seiner unendlichen Schönheit die Nichtigkeit all der Sorgen hier unten vor Augen führte. Dort oben herrschte Frieden.

Klemmer senkte den Blick.

So gänzlich unbeleuchtet sah die Semperoper aus wie ein großer schwarzer Klotz. Aus diesem Gebäude war sie gekommen, gegen Mitternacht. Auf den Straßen lag Schnee, es war eine kalte Januarnacht. Sie trug wahrscheinlich einen dicken Mantel. Hat sie sich hier draußen von den anderen verabschiedet? Oder drinnen? Wie auch immer; sie überquerte den Theaterplatz, ging vorbei an der Hofkirche, bog dann in die Schloßstraße.

Klemmer setzte sich in Bewegung, ging den Weg, den sie gegangen war.

Theaterplatz ... nein, trägt ja heute den Namen des Führers, links vorbei an Hofkirche, rechts rum, Georgentor.

•

Ein paar Schneeflocken berührten ihre Wangen, da ging sie etwas schneller. Mit einem mulmigen Gefühl erreichte sie das Georgentor. Sie war schon oft des Nachts unterwegs gewesen in den zu dieser Uhrzeit nahezu menschenleeren Straßen. Das Hochgefühl dieses außergewöhnlichen Abends, der ihr das größte Erfolgserlebnis ihres jungen Lebens beschert hatte, war ganz plötzlich verflogen. Sie konnte es sich nicht erklären. War es Angst?

Hannah durchquerte hastig das Tor. Was ist nur los mit dir, dachte sie, das sieht dir doch gar nicht ähnlich. Diese Stadt tut dir nichts, also bleib ruhig. Vielleicht waren es die Nazis, die sie in diesen Tagen in Panik versetzten. Sie machten in letzter Zeit so viel Radau, aber ein brauner Spuk würde ausbleiben, da war sich die Presse einig. 1933 würde nicht das Jahr sein, in dem dieser Widerling mit dem komischen Bärtchen sein vollmundig angekündigtes Drittes Reich erstehen lassen sollte. Die Republik hatte sich doch erholt! Sie konnte nun neu erblühen, und sie, Hannah Berkowicz, war bereits jetzt, nach nur einem einzigen Auftritt, der neue Stern am Dresdner Opernhimmel. Nun, zumindest standen die Aussichten für eine Karriere als Opernsängerin mehr als gut. Der Herr Busch war voll des Lobes, und was am Wichtigsten war: Das Publikum liebte sie!

Hannah hatte das Tor hinter sich gelassen und stapfte in ihren hochhackigen Stiefeln durch den Schnee der Schloßstraße.

Ohne ersichtlichen Grund blieb sie mit einem Mal stehen.

Sie drehte sich um, blickte zurück zum Tor. Im Schein der Laternen leuchtete der weiß bedeckte Boden. Etliche Fuß- und Reifenspuren waren zugeschneit und kaum noch zu erkennen, nur ihre eigenen bildeten frische, tiefe Abdrücke.

Hannah wurde den Eindruck nicht los, dass sie jemand beobachtete. Nur war sie nicht imstande, diesen Eindruck an einer greifbaren Wahrnehmung festzumachen. Hatte sie ein Geräusch gehört? Oder einen Schatten gesehen? Da war niemand, Dresden schlief tief und fest.

Hannah wandte sich wieder um und lief weiter, vorbei an der Sporergasse. Noch ein paar Schritte, in einer Minute würde sie ihr Wohnhaus erreichen. Die nächste Gasse links, das war die Rosmaringasse. Da hinein, dann rechts in die Schössergasse, und schon wäre sie da. Mit der unerklärlichen Angst im Nacken marschierte Hannah noch schneller, fast wäre sie ausgerutscht. An der Rosmaringasse bog sie links ab.

Hier, in der Dunkelheit der unbeleuchteten Gasse, blieb sie stehen.

Eine Art Lieferwagen stand dort, keine drei Meter von ihr entfernt und blockierte fast die ganze Breite der schmalen Wegführung. Hannah erkannte die Rückseite des Wagens, die Türen der Ladefläche standen sperrangelweit offen.

•

Er hat dich verfolgt. Er hat nicht die Schloßstraße genommen, sondern ist hinter dem Schloss entlanggeschlichen, und hinterm Taschenbergpalais, dann in diese Gasse dort drüben. Wie hieß die noch gleich? Dort hat er gelauert. Was wollte er von dir? Nur ein Verliebter? Ein Besessener? Aber er hat nicht mit Karl gerechnet, seinem Nebenbuhler ... und Karl nicht mit ihm!

Die Augen hatten sich längst an die Nachtschwärze gewöhnt und nutzten jede noch so kleine Lichtquelle, um in der Dunkelheit die Details so gut wie möglich zu erfassen. Während man in der Schloßstraße noch vieles erkennen konnte – dem reflektierenden Calciumanstrich von Hausvorsprüngen und dergleichen sei Dank –, sah es in der Rosmaringasse sehr düster aus. Der Kriminalrat warf einen Blick hinein.

Hier hatte er gestanden. Der Wagen. Und Dietrich? Hannah konnte ihn nicht sehen. Weder ihn, noch den anderen. Sie war unvorbereitet, als der eine sich in der Dunkelheit auf sie stürzte.

•

Aus einem Hauseingang schnellte der große Schatten hervor. Noch ehe Hannah einen Laut von sich geben konnte, hielt er ihr auch schon den Mund zu und versuchte, sie auf die Ladefläche zu zerren. Viel konnte sie ihm nicht entgegensetzen, trotz heftigen Strampelns. Fast hatte der Riese sie hineingehievt, da nahm ihn urplötzlich jemand von hinten in den Würgegriff und zog ihn mit aller Kraft zurück. Hannah ließ er los, worauf sie mit dem Fuß einknickte und zu Boden ging.

Als sie aufblickte, sah sie, wie ein großer, junger Mann den einen Kopf größeren Hünen fünf Meter weiter auf die Schloßstraße gezerrt hatte. Dort standen sich die beiden nun gegenüber. Der junge Retter hatte die Fäuste gehoben, der andere – er trug eine dunkle Wollmaske – tat es ihm gleich, wirkte dabei jedoch weniger gelenk. Der Maskierte holte aus und schlug ins

Leere, da der andere flink auswich. Dies wiederholte er noch dreimal, dann erst schlug auch sein Gegner zu. Dieser traf ihn hart, der maskierte Riese ging zu Boden und blieb liegen.

Der junge Mann wandte sich von dem Niedergestreckten ab und kam zu Hannah geeilt. Er reichte ihr seine Hand.

„Können Sie laufen?"

„Ich weiß nicht, mein Knöchel ..."

„Kommen Sie, ich helfe Ihnen."

Auf ihren Retter gestützt erhob sie sich. Gebrochen war der Fuß nicht, aber er schmerzte. Gemeinsam gingen sie zu dem Ohnmächtigen hinüber. Hier beugte sich der junge Mann zu dem im Schnee liegenden Aggressor herunter und riss ihm die Maske ab.

Hannah hielt die Luft an.

„Kennen Sie den Kerl?"

Hannah nickte.

„Ja ... er arbeitet bei Gläser. Ich bin selbst dort angestellt."

„Wir rufen die Polizei."

„Nein", sagte sie schnell, „das bringt nur Scherereien."

„Warum? Weil Sie Jüdin sind?"

Hannah antwortete nicht. Sie schaute ihrem Retter – er mochte Anfang zwanzig sein – in die Augen, und da erkannte sie ihn.

„Bitte, bringen Sie mich nach Hause", bat sie leise.

•

Konrad Buchholz trug noch denselben ärmellosen Strickpullover wie letzten Samstag. Um diese Uhrzeit – es war bereits nach Einundzwanziguhr – trug sich der greise Hausmeister normalerweise mit dem Gedanken, ins Bett zu gehen. Besucher tauchten da in der Regel nicht mehr auf, vor allem nicht unangekündigt.

„Sie sind doch dieser Kriminalbeamte aus Berlin", meinte er zu dem an der Wohnungstür stehenden Herrn.

„Genau der", antwortete Klemmer freundlich. „Kriminalrat Klemmer, ich war mit meinen Kollegen hier, vor drei Tagen. Wir hatten über Hannah gesprochen, wissen Sie noch?"

Buchholz musste kurz nachdenken.

„Ja ... ja, natürlich, Hannah. Haben Sie ... haben Sie ihre Mörder gefunden?"

Klemmer hatte partout keine Antwort auf die Frage; auf den zweiten Blick war sie auch nicht völlig abwegig.

„Nein, Herr Buchholz, haben wir nicht ... Ich bin aus einem anderen Grund hier. Sie sagten letztes Mal, sie hätten über die Mieter im Haus genau Buch geführt in all den Jahren."

„Das ist richtig."

„Nun, ich brauche die Namen aller Mieter, die vor ziemlich genau zwölf Jahren hier gewohnt haben."

„Such ich Ihnen raus, kommen Sie rein." Buchholz führte den Kriminalrat ins Wohnzimmer. „Bitte, setzen Sie sich, ich bin gleich wieder da. Ach so ... welche Zeit war das nochmal?"

„1932, 1933."

„In Ordnung."

Der Hausmeister schlurfte aus dem Zimmer und kam kurz darauf mit zwei großen Ordnern wieder. Er verfügte zweifelsohne über gut sortierte Akten, er war gerade einmal ganze zwei Minuten weg gewesen.

Buchholz öffnete den Ordner von 1932, blätterte zur Seite, die eine Liste mit Namen enthielt.

„Bitte, hier sind alle Namen zusammengefasst. Vorder- und Hinterhaus."

Klemmer ging Zeile für Zeile durch.

Lorenz, Berkowicz, Gröschner ...

Als Kriminalrat Erich Klemmer wie erwartet auf den einen Namen stieß, huschte ihm ein Lächeln über die Lippen. Sein Riecher hatte ihn im entscheidenden Moment nicht im Stich gelassen.

Maske runter, jetzt hab ich Dich!

•

„Gut, wenn sein Wagen noch da ist, dann kann er ja nicht weit sein."

„Er ist bei Berkowicz, um mit ihm die Sache mit Dietrich durchzugehen", sagte Luci, während sie unruhig durchs Zimmer tigerte.

Sussek schüttelte den Kopf.

„Was soll das denn bringen? Nein, das glaube ich nicht ..."

„Der Retter ... was kann er gemeint haben? Sagen Sie, Sie waren doch vorhin mit der Frau im Arbeitszimmer und haben Sie befragt."

„Ja, wir hatten mit Evelin Lewensohn – das ist übrigens ihr Name – ein erhellendes Gespräch."

„Worum ging es dabei?", fragte Luci, ohne auf die kleine Belehrung einzugehen.

„Klemmer wollte wissen, wie es zu der Entführung kam und wie lange sie dort eingesperrt war. Es stellte sich heraus, dass sie seit Anfang 41 seine Gefangene war, und Jakob ... nun ja, der ist Karls Sohn."

„Kam in der Geschichte ein *Retter* vor?"

„Ein Retter? Nein, das kann man nicht behaupten. Sie sagte, ihre Familie sei deportiert worden und ... Moment, doch ... Sie sagte, die Entführung sei eine Art Rettung gewesen. Sie nannte ihn ... ja, jetzt fällts mir wieder ein: Sie nannte Karl ihren ‚Retter‘. Er habe sie in dem Verlies immer wieder geschändet, doch bei ihm habe sie sich sicher gefühlt. Und darin liege gewissermaßen die Ironie. Sie ... sie hat es zynisch gemeint."

Luci war stehen geblieben.

„Dietrich? Ein Retter? Nun, wenn sie es zynisch gemeint hat, dann war er keiner. Dietrich war kein Retter. Der Herr Kriminalrat ist jedoch hinausgestürmt, weil er einen solchen sucht. Vielleicht ..." Sie beendete den Satz nicht. „Hannah ... Ich weiß, wo er hin will", schoss es aus ihr heraus. „Er will Hannahs Retter finden."

„Hannah ist tot. Grausam ermordet. Wann wurde sie denn bitteschön gerettet? Und von wem?"

„Sie wurde gerettet. 1933, vor Karl Dietrichs Zugriff, von einem Nachbarn. Der ‚zufällig' vorbeikam, in einer kalten Januarnacht, als alle schliefen. Zufällig!"

Sussek machte große Augen.

„Ei verbibbsch ..."

DIE NACHT

Emma Scheil starrte mit einer Mischung aus Verwunderung und ängstlichem Unwillen durch den Türspalt, stand doch dieser Mann nun schon zum zweiten Mal am heutigen Tag vor der Tür. Und das zu solch später Stunde.

„Sie sind es ... Was kann ich ...?"

„Ist er da?"

„Er ... ja ..."

Klemmer drückte die Tür ganz auf, trat entschlossen über die Türschwelle, sodass die Frau zur Seite treten musste, ohne auf das überfallartige Eindringen reagieren zu können. Er durchquerte den Flur und betrat das Wohnzimmer.

Wo *er* saß.

Franz Scheil hatte von seinem Platz am Esstisch hochgeblickt. Vor ihm stand weder Essen, noch las er irgendetwas. Er saß einfach nur da.

Hast du auf mich gewartet?

„Was ist mit Ihrer Stirn passiert? Und Ihr Mantel: Er ist voller Blut."

Scheil grinste leicht, so als sei er froh, den Kriminalrat zu sehen. Seiner Frau gab er per Handzeichen den Wink, sie könne sich zurückziehen, was diese auch sofort tat.

Klemmer setzte sich an den Tisch, dem Hausherrn direkt gegenüber.

„Das Blut ... ja, das ist eine lange Geschichte. Um es kurz zu machen: Ich hatte heute Nachmittag eine sehr unangenehme Begegnung mit einem Mann, von dem ich dachte, er habe Ihre Kameraden abgemurkst."

„Ach, sieh einer an. Aber er war es nicht?"

„Nein, er war ziemlich verrückt, geradezu von Sinnen. Die Begegnung mit ihm hat mich fast das Leben gekostet, und auch meine Kollegen hätten um ein Haar den Löffel abgegeben."

„Muss ein sehr gefährlicher Mann gewesen sein."

Scheil hatte einen süffisanten Tonfall angenommen. Das hier schien für ihn Teil eines anregenden Spiels zu sein, dessen Initiator er war.

„Gefährlich ... ja, das war er in der Tat. Sie müssten das wissen, Sie sind ihm schon mal begegnet."

Scheil runzelte die Stirn. Diese Aussage schien ihn tatsächlich zu irritieren.

„Ich? Bin dem Mann begegnet, der Ihnen diese Verletzung zugefügt hat? Na, da bin ich aber gespannt."

„Karl Dietrich."

Scheil kniff die Augen zusammen.

„Karl Dietrich. Nie gehört."

„Wie sollten Sie auch, Sie haben sich beide ja nicht vorgestellt. In jener Nacht ..."

„Sie sprechen in Rätseln. Was für eine Nacht?"

„Ist sehr lange her. Januar 33. Der Mann hat Hannah überfallen. Klingelt da was?" Die Augen des Rottenführers weiteten sich. Ja, er schien sich zu erinnern. Klemmer fuhr fort. „Wissen Sie, Scheil, ich habe es die ganze Zeit über nicht begriffen. Meine Augen waren getrübt. Mehr noch: Ich war blind. Aber vorhin, da schoss mir ein Bild durch den Kopf. Ich dachte über dieses Mädchen nach, ein junges, talentiertes Ding, das sein Leben noch vor sich hatte. Ich sah, wie diese junge Frau des Nachts durch den Schnee stapft, nachdem sie den Auftritt ihres Lebens hingelegt hat. Und in dieser Situation wird sie von einem Riesen überfallen, einer Kreatur, wie man sie nur in Märchen findet. Aber wie der Zufall es so will, wird sie gerettet, von einem holden Ritter. Und an dieser Stelle der Geschichte ging mir ein Licht auf: Was, wenn besagter Ritter nicht zufällig vorbeikam, sondern *auch* hinter ihr her war? Ich meine, wie groß ist die Wahrscheinlichkeit, dass um Mitternacht jemand an genau der Stelle vorbeikommt, im Winter, wo doch die ganze Stadt im Bett liegt? Just in dem Moment, da der Riese das Mädchen in seinen Wald entführen will? Möglich, dachte ich, aber unwahrscheinlich. Und dann kam mir noch etwas in den Sinn: Wer könnte wohl die Kraft haben, einen solchen Riesen umzuhauen? Die Antwort: ein großer kräftiger Kerl. Ein Boxer ..." Er deutete mit einer Kopfbewegung zur Vitrine, in der der Pokal stand. „In dem Moment kam alles zusammen, alle Puzzleteile ergaben mit einem Schlag ein komplettes Bild: Burgers Warschau-Bericht, Hofmanns letzte Worte, einfach alles. Der mysteriöse Zeuge, der Sie im Ghetto beim Mord an Hannah und ihren Eltern beobachtet hat: Wir konnten ihn nicht finden, weil er nie existiert hat! Jemand soll Sie bei der Tat beobachtet haben? In einem von der SS streng bewachten und ummauerten Ghetto? Ein Gefangener, der dann geflohen ist? Absolut unmöglich, das begriff ich in diesem Moment. Nur Sie waren dort, Sie Fünf und Ihre Opfer: die hochschwangere Hannah und ihre Eltern." Klemmer rieb sich die Augen, während Scheil schweigend den Ausführungen lauschte. „Vier Ihrer Kameraden sind nun tot, Burger ist außen vor, da er bei dem Mord nicht anwesend war, er wartete an jenem Tag draußen. Bleiben also nur Sie übrig. Aber warum? Warum all Ihre Kameraden umbringen und deren Familien? Das war die nächste Frage. Um das zu beantworten, musste ich die Ereignisse nach jener Winternacht 33 rekonstruieren. Ich kann da nur mutmaßen. Ich schätze, es passierte das, was am naheliegendsten ist", Klemmer beugte sich ein wenig vor, faltete die Hände zusammen und fixierte sein Gegenüber. Scheil wich dem Blick nicht aus, vielmehr glänzten seine Augen voller Erwartung. „Sie waren vernarrt in diese hübsche Jüdin, wie so viele andere auch. Besessen waren Sie. Sie sind ihr in jener Nacht gefolgt, um ... sie in irgendeiner kleinen dunklen Gasse zu schänden, nehme ich an. Doch es kam zu einer unerwarteten Wendung des Schicksals: Da war noch ein anderer hinter ihr her, und Ihnen bot sich die Möglichkeit, als rettender Engel in Erscheinung zu treten. Durch Ihren Einsatz bot sich Ihnen überhaupt erst *die* Gelegenheit, ihr auf eine etwas, sagen wir, traditionellere Art näherzukommen. Der junge Mann aus dem Hinterhaus ging nun das Wagnis ein, sich der schönen Maid vorzustellen, sie war ihm schließlich zu Dank verpflichtet. Was haben Sie getan? Um ihre Hand angehalten?" Klemmer versuchte aus Scheils Blick die Antwort zu lesen. Ein Zucken in dessen Augen verriet ihm, dass er richtig lag. „Ja, Sie haben um ihre Hand angehalten, doch sie lehnte ab. Sie wollte sich nicht binden. Diese undankbare Jüdin wies sie zurück."

„Sie dachte, sie sei was Besseres. Das ist das Problem mit diesem Geschmeiß ..."

„Ja ... das war das Problem. Daraufhin sind Sie ausgezogen, haben ein anderes Leben geführt, als das, das Sie sich erhofft hatten. Sie haben eine andere Frau geheiratet, dann kamen die Söhne. Und dann ... ja, dann kam der Krieg. Und Sie landeten in Warschau, im Frühjahr 42, als dort das Ghetto bereits ein Ort des Grauens war. Die Menschen waren eingemauert, seit anderthalb Jahren schon. Ihre Einheit sollte für ‚Ordnung' sorgen. Und hier muss es passiert sein: Sie sahen sie wieder."

Franz Scheil starrte nun ins Leere, die Erinnerung kam hoch.

„Ja. Ja, ich sah sie in Warschau wieder. Wir patrouillierten an jenem Tag zu dritt: der Richard, der Alfred und ich. Da war dieses Café, die Scheiben waren zugehängt, man sah nicht ins Innere. Wir wollten uns drinnen mal umsehen. Wir gingen rein, da saßen die Juden auf Stühlen und hörten ihr zu. Sie stand dort auf einer Bühne und sang. Niemand bemerkte uns. Also lauschten wir ebenfalls. *Sie* ... sie sang und ... ihre Stimme war so ... es war wundervoll. Es war wie damals, hier in Dresden. Bei ihren Auftritten im Varieté oder das eine Mal in der Oper. Sie war ... etwas Besonderes. Sie war anders."

Scheil hielt inne. Klemmer glaubte in dem Gesicht dieses Monstrums für eine Sekunde die Seele eines Menschen auszumachen. Unsinn, Scheil war ein Schlächter! Was konnte dieser Mann schon fühlen?

„Sie war ein Mensch aus Fleisch und Blut, Scheil. So wie die anderen, die Sie ermordet haben", sagte er leise. „Menschen, die ihr Leben liebten, Gefühle hatten und Träume. Keine Tiere, Menschen!"

Der alte Scheil erwachte.

„Das waren keine Menschen, das war Abschaum", zischte er. „Aber Hannah ... sie war anders, richtig? Trotz der Verletzung, die sie Ihnen zugefügt hatte, Jahre zuvor, kamen bei Ihnen die alten Gefühle hoch. Sie haben sie aufgesucht, heimlich, sie und ihre Eltern. Was haben Sie ihr versprochen? Rettung? Hannah hätte alles getan, um ihre Eltern zu retten. Wissen Sie, was ich glaube? Sie gab sich Ihnen hin, weil sie sich von Ihnen Hilfe versprach. Und als die Massendeportationen begannen, da haben Sie sie versteckt, alle drei. Ihren Kameraden sagten Sie nichts. Und bei der letzten Selektion, im September, da besorgten sie der Familie Lebensnummern. Zu dem Zeitpunkt trug Hannah bereits Ihr Kind im Leib. Aber einer Ihrer Kameraden kam Ihnen auf die Schliche. Es war Sparmann, nicht wahr? Er muss Sie beobachtet haben, wie Sie zu ihr gingen, dann schickte er Hofmann los, um die anderen zu holen. Er trommelte die nichts ahnenden Kameraden zusammen, weil er an Ihnen ein Exempel statuieren wollte. Ihr alter Freund wollte Sie vor versammelter Mannschaft demütigen, weil er kein Verständnis hatte für Ihr heimliches Techtelmechtel mit einer Jüdin. Rassenschande, so nennt man das doch in Ihren Kreisen, nicht wahr? Und plötzlich standen sie alle da, alle, außer Burger, tauchten in der Wohnung auf, in der Sie die Familie untergebracht hatten und stellten Sie zur Rede. Und dann ermordeten sie Hannah und ihre Eltern vor Ihren Augen! Sie ermordeten *gemeinsam* vor Ihren Augen die Mutter Ihres ungeborenen Kindes! Sie schworen hierauf blutige Rache! War es nicht so? Sie rächten sich an Ihren Kameraden und hinterließen Ihre groteske Signatur, weil Sie wollten, dass ich oder ein anderer eines Tages hier auftaucht und sich Ihre jämmerliche Beichte anhört! Schön, hier bin ich! Beichten Sie!"

In diesem Moment ertönte von draußen das laute Heulen der Sirenen.

Scheil schwieg.

Aus dem Schlafzimmer eilte eine sichtlich verwirrte Emma Scheil heraus und huschte ins Kinderzimmer. Sie hatte Klemmers laute Stimme natürlich gehört. Der Kriminalrat fragte sich, ob sie von den Machenschaften ihres Mannes wusste. Natürlich ahnte sie zumindest etwas, er muss mehrmals tagelang das Haus verlassen haben, um in Berlin und Magdeburg seinen Rachedurst zu stillen. Schwieg sie aus Angst?

Mit den beiden Jungen an der Hand kam sie ins Wohnzimmer.

„Geh mit ihnen in den Keller!", befahl Scheil, ohne die drei anzusehen, „wir haben hier noch ein paar Dinge zu besprechen."

Emma Scheil gehorchte, sie eilte mit den Kindern in den Flur, man hörte, wie sie die Tür auf- und wieder zuschloss.

Der Heulton schwellte nach einer Minute ab.

„Das war ein sehr schöner Vortrag", durchbrach Scheil die Stille. „Sie haben alles sehr fein kombiniert, ich bin beeindruckt. Nur gegen Ende werden Sie ungenau, Sie kennen natürlich nicht die besonders interessanten Einzelheiten." Nun war Scheil derjenige, der sich nach vorn beugte. Er starrte Klemmer mit leeren Augen an, dass dem Kriminalrat angst und bange wurde. „Der Alfred drückte mir seine Maschinenpistole in die Hand und befahl mir, ich solle die Familie erschießen." Klemmer tastete mit der rechten Hand nach seiner Waffe. Scheil würde jeden Moment die Nerven verlieren, seine Geschichte war ein monströser Albtraum! „Mir! Dem Anführer! Die anderen drei", fuhr der SS-Mann fort, „gafften mich an. Keiner protestierte. Sie wollten alle, dass ich es tue. Also richtete ich meine Waffe auf Hannah und ihre Eltern! Warum eigentlich nicht, dachte ich, sind doch bloß Juden. Aber etwas ließ mich zögern, ich konnte nicht abdrücken. Diese Blicke ..."

„Hannahs Blicke ..."

„Blödsinn! Die meiner Kameraden! Mit ihren spöttischen Blicken starrten sie mich an, voller Erwartung. Kameraden! Zwei von ihnen schimpften sich Freunde! Die haben gelacht! Gespottet haben sie! Und ich ... ich war wie versteinert. Ich konnte es einfach nicht tun. Daraufhin lachten sie nur noch mehr. Da hat mir der Alfred die Maschinenpistole entrissen ... und geschossen. Er hat sie erschossen ..." Scheil senkte den Blick. „In dem Moment war ich gedemütigt. Ihrem Spott ausgeliefert ..."

„Darum ging es also? Um eine Kränkung?"

„Hannah gehörte mir! Und das war mein Kind, das da heranwuchs. Ein jüdischer Bastard, meinetwegen, aber wen kümmerts? Es stand ihnen nicht zu, über mich zu urteilen! Es war meine Entscheidung! Wer gab ihnen das Recht, zu spotten?"

Unfassbar, Scheil sprach von Recht! Um dieses Pulverfass nicht weiter zu reizen, entschied sich Klemmer, nicht weiter auf das Thema einzugehen. Er musste den Kerl festnehmen. Er war sich jedoch nicht sicher, auf wie viel Gegenwehr er stoßen würde.

Der Kriminalrat zog seine Waffe und richtete sie auf den Mörder.

„Ich nehme Sie fest, Scheil, für den Mord an Ihren Kameraden und deren Familien. Für all die anderen Menschen, die Sie getötet haben, kann ich Sie leider nicht belangen."

Der SS-Mann hatte sich angesichts der neuen Wendung des Gesprächs lächelnd zurückgelehnt.

„Das ist alles? Endet die Geschichte mit einer banalen Verhaftung?"

„Was hatten Sie denn erwartet?"

Scheil erhob sich von seinem Stuhl, Klemmer tat es ihm gleich. Was hatte der Kerl vor? Der Rottenführer wandte ihm den Rücken zu und ging in die hintere Ecke des Raums, wo eine längliche Holztruhe stand. Er blieb davor stehen, hob ein wenig die linke Schulter, worauf diese laut knackte. Scheil vollführte ein paar kreisende Bewegungen mit dem linken Arm. Dann öffnete er die Truhe und griff hinein.

„Ich werde Ihnen sagen, was ich erwarte", sagte Scheil, ohne sich von der Truhe abzuwenden. Er zog eine einläufige Schrotflinte hervor, sowie eine Patrone. Langsam drehte er sich um und fixierte Erich Klemmer scharf.

„Machen Sie keinen Blödsinn, Scheil! Ich werde schießen! Weg mit der Waffe!"

Seelenruhig öffnete Scheil den Kipplaufverschluss und schob die Patrone in den Lauf.

„Ich habe lange auf diesen Augenblick gewartet, Herr Polizist. Darum erwarte ich jetzt etwas mehr Verständnis! *Ich* habe Sie gerufen und *ich* entscheide, wie es zu Ende geht!"

Klemmer liefen Schweißperlen die Schläfen herunter. Scheil stand noch immer mit abgeknickter Flinte in seiner Rechten vor ihm, in seinen Augen funkelte Entschlossenheit. Darauf hatte er es von Beginn an angelegt: Die Lebensnummer bei den Opfern war die Fährte gewesen, die Klemmer hierher geführt hatte, und nun stand dieser Irre vor ihm und bat um den Gnadenschuss! Er hatte jemandem seine Geschichte erzählt, und dieser Jemand war Kriminalrat Erich Klemmer; jetzt blieb dem Sünder nur noch das Verlangen, durch die Hand seines Beichtvaters zu sterben.

„Tun Sie das nicht, Scheil!", flehte Klemmer leise zischend.

„Warum? Warum glauben Sie, es gäbe eine Alternative? Glauben Sie, ich bleibe hier sitzen und warte, bis sich das Tor zur Hölle öffnet? Sie ist weg ..." Scheil sprach mit der ruhigen Stimme eines Todgeweihten. „Weg, für immer. Nichts wird sie mir wiederbringen." Kurzes Schweigen. „Glauben Sie an die Hölle, Herr Polizist?"

Klemmer zielte direkt auf Scheils Brust, bereit, den Rottenführer mit einem gezielten Schuss niederzustrecken.

„Nein", antwortete der Kriminalrat, „wir sind allein. Niemand schickt uns hinauf oder hinunter, Scheil."

„Dann wird Gott uns nicht strafen?"

„Ich weiß es nicht ... nein, ich denke nicht. Wir tragen es mit uns herum. Solange wir leben. Was danach kommt ... ich weiß es wirklich nicht."

Scheil grinste breit. Seine Linke deutete eine Bewegung an, so als wolle er den Lauf packen und die Flinte schließen. Klemmers Zeigefinger berührte den Abzug.

Da hielt der SS-Mann inne.

Er wandte den Blick ab und hob ein wenig den Kopf.

„Hören Sie das?", fragte er leise. Klemmer ließ sein Gegenüber nicht aus den Augen, Scheil versuchte ihn doch nur abzulenken. Eine Sekunde Unachtsamkeit würde genügen und dieser eiskalte Mörder würde ihm den Kopf mit dem einen Schuss aus seiner Schrotflinte wegpusten. Schon wollte der Kriminalrat einen Warnschuss neben Scheils Gesicht abgeben, stattdessen hielt er die Luft an.

Jetzt hörte er es auch.

Das Brummen dröhnte weit entfernt, wurde von Sekunde zu Sekunde lauter.

„Das ist *er*", sprach Scheil voller Ehrfurcht. „Er holt uns. Er holt uns alle!" Mit diesen Worten packte er den abgeknickten Lauf der Flinte und ließ ihn zuschnalzen.

Noch bevor er sie auf den Polizisten richten konnte, feuerte Klemmer einen Schuss ab.

Scheil zuckte kurz, ließ die Waffe sinken. In die Brust getroffen und schwer atmend sammelte er seine Kräfte, dann hob er seine Flinte erneut. Klemmer feuerte seine Pistole erneut ab, dreimal. Die Kugeln trafen Scheils massigen Körper in die Brust, er taumelte und fiel auf die Knie. Er holte tief Luft, hob die Flinte und zielte auf die Brust seines Gegners. Klemmer zog den Abzug seiner Pistole ein fünftes Mal. Klick.

Leer.

In diesem Moment fiel der Schuss.

Klemmer zuckte zusammen. Scheils Kopf wurde nach hinten geschleudert, er fiel rücklings zu Boden und blieb liegen.

Es dauerte zwei Sekunden, bis Klemmer gewahr wurde, dass *nicht er* tot umgefallen war, sondern der Rottenführer. Er drehte den Kopf nach links, von wo der Schuss gekommen war und sah, wie Luci mit erhobener Waffe den Raum betrat, dicht gefolgt von Sussek.

„Auf die Brust sollen Sie doch zielen", belehrte Klemmer seine Assistentin noch unter Schock.

„Das hab ich gemacht", antwortete Luci mit heller Stimme, nicht minder erschüttert von dem ersten Gebrauch ihrer Waffe.

Sussek trat an Klemmer heran und legte seine Hand auf dessen Schulter.

„Das war knapp ...", sagte er.

Unterdessen war das Brummen immer lauter geworden, Klemmer rannte ruckartig an Scheils leblosem Körper vorbei zum Fenster.

„Licht aus!", rief er den beiden zu.

Luci hatte ihre Pistole zurückgesteckt, stürzte zum Schalter und knipste das Licht aus, während Klemmer den dicken Vorhang aufzog und das Fenster aufriss. Panisch stierte er vorn übergelehnt in den Nachthimmel, von wo das Brummen nunmehr laut und deutlich zu hören war.

„Sind es viele?", fragte Sussek.

Klemmer antwortete nicht, er lauschte und beobachtete, paralysiert. Luci und der alte Sussek waren mitten im Raum stehen geblieben und warteten auf eine Reaktion des Kriminalrats.

Plötzlich erhellte ein gleißendes Licht den Himmel. Dann ein zweites. Die weißen und grünen Lichtkaskaden tauchten wie aus dem Nichts auf, etliche gingen auf die Stadt nieder.

„Christbäume", flüsterte Klemmer. Er drehte sich um, stürmte zur Tür, Luci und Sussek folgten ihm. „Sie markieren die Abwurfzone, wir müssen in den Keller!"

Wie von der Tarantel gestochen hetzten die drei die Treppen hinunter. Unten hielt Sussek Klemmer zurück, der schon den Weg in den Keller nehmen wollte.

„Nein, nicht hier, wir müssen zu Lisbeth und den anderen!"

Sussek rannte hinaus, Klemmer und Luci hetzten hinterher. Taghelles Licht rieselte von allen Seiten gespenstisch sanft vom Himmel herab, als sie den Altmarkt überquerten. Eine Handvoll verirrter Dresdner kreuzte ihren Weg. An der Südostecke des Platzes blieb Klemmer stehen und blickte zurück gen

Nordwesten. Inmitten weißer Lichtkaskaden ging dort in geringer Höhe eine rot leuchtende Traube nieder. Das helle Summen tieffliegender Mosquitos folgte dem Schauspiel.

„Klemmer, wo bleiben Sie denn!", schrie Sussek, der zusammen mit Luci schon dreißig Meter weiter bei der Kreuzkirche stand.

Klemmer schloss zu ihnen auf.

„Fünf Minuten", sagte der Kriminalrat, „dann sind die hier."

Gemeinsam spurteten die Drei um die halbe Kreuzkirche und bogen rechts in die Schulgasse. Sussek öffnete den Hauseingang, anschließend huschten sie hinunter zum Keller. Sussek schlug ein paar Mal kräftig gegen die Eisentür, der Luftschutzwart – ein steinalter Herr mit Ziegenbart – öffnete ihnen.

„Schnell, kommt rein!", befahl der Greis.

Im Keller saßen die Hausbewohner dicht an dicht. Sussek stürmte sofort zu Lisbeth hinüber, die zwischen Evelin Lewensohn mit Kind und Wolfgang Reimann saß. Das Ehepaar Sussek fiel sich in die Arme. Reimann erhob sich und bot Luci seinen Platz an. Der Kriminalrat sah sich um und musste zähneknirschend feststellen, dass dies ein ganz gewöhnlicher Keller war: Es fehlten Brandmauern und Luftfilter, die Tür schloss nicht luftdicht und die einfachsten Gegenmittel bestanden lediglich aus ein paar Wassereimern, Sandsäcken und Spitzhacken.

„Wir sind geliefert", flüsterte Reimann dem Kriminalrat zu. „So sieht es in allen Kellern der Stadt aus."

Klemmer nickte resigniert.

Unterdessen waren einige Bewohner auf den Bänken enger zusammengerückt, sodass die Neuankömmlinge allesamt einen Platz fanden. Die Susseks hatten sich gemeinsam auf eine Bank nahe der Tür gesetzt und hielten sich die Hand. Ihren Kopf hatte Lisbeth auf die Schulter ihres Mannes gelehnt. In ihren friedlichen Gesichtern konnte Klemmer erkennen, dass sie sich auf den Tod eingestellt hatten. Das war löblich, denn in dieser Gruft konnte niemand überleben!

Der Kriminalrat nahm zwischen Reimann und Luci Platz, rechts neben ihr saß Evelin, auf deren Schoß der kleine Jakob ängstlich in die Runde schaute. So viele Menschen auf einem Haufen hatte dieses Kind nie gesehen, der Junge war in Gefangenschaft geboren und aufgewachsen! Auch seiner Mutter konnte man die Sorge ansehen. Sie saß hier inmitten jener Menschen, die sie einst ausgegrenzt hatten. Sie, die eine der ihren war, eine Dresdnerin! Vermutlich war niemand dazwischengegangen, als man damals ihre Familie deportierte; niemand hatte protestiert oder war zu Hilfe geeilt. Hunderttausende solcher Geschichten und kein Protest! Ja, die beiden wären jetzt womöglich lieber bei Dietrich gewesen, gewissermaßen in Sicherheit. Dort in dem Wäldchen hatten sie das geringere Übel gelebt, während nun ihre sogenannte Rettung den Tod für Mutter und Kind bedeutete.

Glauben Sie an die Hölle, Herr Polizist?

Klemmer wandte sich leise an Luci.

„Das ist nun das zweite Mal am heutigen Tag, dass ich mich bedanken muss: Zuerst rettet mir Sussek das Leben und vorhin Sie. Also: danke, Fräulein Rost. Wenn wir das hier überleben, dann schulde ich Ihnen was."

„Ich hab nur meine Pflicht getan, Chef. Nächstes Mal rennen Sie bitte nicht einfach ohne mich los. Jemand muss Sie doch aus den misslichen Lagen befreien, in die Sie sich immer wieder manövrieren."

Ein Lächeln huschte über ihr Gesicht.

Luci Rost war schon längst nicht mehr das stocksteife Fräulein, das Klemmer vor einer Woche kennengelernt hatte. Die weltfremden ideologischen Ansichten waren aus ihrem Kopf gewichen und hatten das wahre Wesen dieser jungen Frau freigelegt. Klemmer wünschte sich, er könnte nun *sie* retten, doch wie? Warum musste diese Geschichte nun so enden? Sie würden das hier nicht überleben, nicht in diesem Keller. Dresden war ohne Schutz, hier gab es keine Flak – der Markiererverband hatte soeben unbehelligt seine Markierungsbomben abgeworfen

– und die Briten waren mittlerweile geübt im zielgenauen Abwurf ihrer Ladung! Die Dresdner hatten tatsächlich geglaubt, man würde sie verschonen ...

Stille.

Niemand sprach mehr, und von draußen drang nicht das geringste Geräusch zu ihnen hinein. Klemmer blickte sich um. Frauen und Kinder bildeten das Gros der Schutzsuchenden. Er selbst und Wolfgang Reimann waren die jüngsten Männer im Raum. Dahin hatte sie die ganze Kriegstreiberei geführt: Die jungen Männer waren längst tot, ihre Körper verfaulten auf den Schlachtfeldern, und nun wurden die hinterbliebenen Frauen und Kinder von den Flammen heimgesucht! Ob in Berlin alles ruhig war? Eine rechtzeitige Kapitulation würde Martha und den Jungen vielleicht noch retten – und Heike. Dann hätte dieser Wahnwitz wenigstens für sie ein Ende. Er, Kriminalrat Erich Klemmer, würde in Frieden sterben können, wüsste er sie in Sicherheit.

Er fuhr mit der rechten Hand in seine Manteltasche und zog den Zündschlüssel hervor. Er betrachtete ihn auf der flachen Handfläche. Waren die fünf Minuten um? Oder nur drei? Eine stumme Gruppe von Menschen saß hier unten und wartete auf den Tod. Klemmer kannte das Geräusch, das der Sensenmann bei seinen Besuchen machte. Die Dresdner würden es nun kennenlernen.

Die jüngeren Frauen hoben als erste den Kopf.

Sie vernahmen das schwache Brummen in der Ferne, das immer lauter wurde. Kein kleiner Verband, wie vor ein paar Minuten: Das war eine ganze Armada fliegender Festungen, die sich der Abwurfzone näherte, und dieser Keller lag im Zentrum des Geschehens! Das Brummen kam näher, bis es schließlich zu einem betäubenden Lärm anwuchs.

„Sie sind da", flüsterte ein kleines Mädchen mit Zöpfen, das auf dem Schoß seiner Mutter saß.

In diesem Moment ertönte das erste Pfeifgeräusch, eine Luftmine durchstieß die Nacht. Die Detonation ließ die Erde erbeben. Kalk bröckelte von der Kellerdecke. Klemmer schätzte das Gewicht der Mine anhand der Explosionsstärke auf zweitausend Pfund. Erneutes Pfeifen, ein dumpfes Knallen, das Zittern des Untergrunds. Die Bombardierung von Dresden hatte begonnen! Alle drei Sekunden ging eine Sprengbombe herunter und riss beim Einschlag ein Loch in die Stadt. Eine Bombe detonierte ganz in der Nähe; schon dachten die meisten im Keller, sie habe das Haus getroffen, dann war es doch woanders. Jeden Moment konnte eines dieser Dinger das Haus mitsamt Keller und Insassen wegpusten!

Klemmer umklammerte Lucis Schulter und zog sie ein wenig zu sich heran, sie hatte sich vornübergebeugt und hielt sich krampfhaft die Ohren zu. Er selbst biss die Zähne zusammen, war nun auf alles gefasst.

Was zu befürchten war, trat schließlich ein.

Mit lautem Getöse krachte etwas in das Dach des Hauses, durchbrach sämtliche Etagen, bis es zu guter Letzt in der Kellertreppe zum Stillstand kam; die Kellertür wurde durch die Wucht des Objekts nach innen gedrückt, hielt jedoch stand. Heinz Sussek presste seine Frau fest an sich, als das Ding gegen die Tür knallte, direkt neben seinem Sitzplatz.

Dann wurden die vereinzelten Einschläge mit einmal begleitet von einem neuen Geräusch. Klemmer und Luci kannten es, ebenso Wolfgang Reimann, alle anderen im Keller wussten nicht sogleich, was dieser neue Spuk zu bedeuten hatte. Was sie vernahmen, war eine Lautkulisse, als würde jemand über ihnen ununterbrochen Kohlen auf das Dach schütten oder Kartoffeln.

Bum-bum-bum-bum-bum.

Das waren die berüchtigten Brandbomben, die nun in Massen niedergingen. Das Sausen und Fallen der Luftminen nahm kein Ende, die Detonationen wurden heftiger, die Zahl der Brandbomben, die sich in die abgedeckten Dächer ergossen, stieg an.

Bum-bum-bum-bum-bum-bum-bum-bum-bum.

Im Keller machte keiner einen Mucks, nicht einmal die Kinder. Wie viele Minuten bereits vergangen waren, vermochte niemand zu sagen. Klemmer schielte zu Luci hinüber, die in seinen Armen mit geschlossenen Augen und gesenktem Haupt den Angriff still über sich ergehen ließ. Schräg gegenüber umklammerten sich die Susseks noch immer.

Nach fünfzehn Minuten kehrte Ruhe ein.

Das Bombardement hatte ein Ende gefunden, in der Ferne erstarb das Motorengedröhn der britischen Bomber. War's das? Hatten sie tatsächlich überlebt? Draußen stand alles in Flammen, man konnte das Feuer rauschen hören.

„Sind sie weg?", fragte das Mädchen mit den Zöpfen ihre Mutter.

„Ich weiß es nicht."

Klemmer sprang auf.

„Herrschaften, alle mal herhören! Wir müssen sofort hier raus und zum Fluss, bevor die wiederkommen!"

„Aber ...", protestierte der alte Luftschutzwart, „mein Herr, wir müssen auf die Entwarnung warten. Draußen ist es zu gefährlich."

„Ja, das ist es", antwortete Klemmer. „Hier drinnen werden wir aber mit Sicherheit ersticken." Er blickte in die Runde. „Eine Entwarnung wird es nicht geben, die Alarmgeräte werden elektrisch betrieben ... die sind doch hinüber! Wir müssen hier raus, und zwar schnell!" Er gab Reimann einen Wink, dieser sprang auf und kam zu ihm. Klemmer flüsterte: „Durch diese Tür können wir nicht, dahinter ist wahrscheinlich eine Bombe mit Zeitzünder, die jeden Moment hochgeht. Wir müssen in den Nebenkeller." Reimann nickte, griff nach einer Spitzhacke an der Wand und machte sich an der markierten Stelle ans Werk. Klemmer wandte sich erneut an die Versammelten, die nun zum Teil aufgestanden waren. „Jeder greift sich eine der Steppdecken dort", er zeigte auf den Stapel in der Ecke, „und tränkt diese in einem der Eimer und hängt sie sich um! Wir verlassen den Keller geordnet und begeben uns ins Freie. Wir müssen zur Elbe und raus aus der Stadt!"

Inzwischen hatte Reimann den Weg zum Nebenkeller freigeklopft. Nacheinander schnappte sich jeder eine Decke und tränkte sie in einem der großen Eimer. Luci half Evelin Lewensohn, sich und ihren Sohn gemeinsam einzuwickeln. Alle anderen taten ebenfalls, wie ihnen geheißen und marschierten schließlich in nasse Decken gehüllt in den Nachbarkeller. Reimann war vorausgeeilt und hatte sich vor den Augen der dortigen Kellerinsassen an der Tür zu schaffen gemacht. Klemmer huschte hinterher und wurde sogleich von einem greisen Herrn angesprochen.

„Was tut der Mann denn da?", fragte dieser, während er die Nachbarn hereinströmen sah.

„Wir müssen hier raus und zwar sofort. Die Leute sollen sich Decken nehmen, sie ins Wasser tränken und umhängen. Wir müssen zur Elbe."

„Kommt nicht in Frage", protestierte der Mann, der offensichtlich der hiesige Luftschutzwart war. „Die Sirenen haben noch keine Entwarnung gegeben. Alle bleiben hier!"

„Hören Sie zu!", zischte Klemmer und packte den Alten unsanft am Kragen. „Riechen Sie das? Dieser brenzlige Geruch bedeutet, dass Sie sterben werden, und zwar in den nächsten Minuten! So und jetzt schaffen Sie die Leute hier raus, aber dalli!"

Auch hier verfehlte das bestimmte Auftreten des Kriminalrats seine Wirkung nicht. Alle fuhren bei diesen Worten augenblicklich hoch und griffen nach den Decken.

Reimann hatte die Tür geöffnet, war hinaufgeeilt und nach dreißig Sekunden wieder im Keller erschienen. Flüsternd wandte er sich an Klemmer.

„Es muss schnell gehen. Draußen brennt alles. Wer stehen bleibt, stirbt!"

„Gut, Sie gehen vor. Wir nehmen den Umweg über die breiten Straßen, dort haben wir eine Chance." Reimann nickte. „An alle! Wir verlassen den Keller in Reih und Glied! Herr Reimann führt die Gruppe an! Wir gehen zügig, niemand hält an! Los!"

Nacheinander schlüpften die Menschen durch die Tür und eilten die Treppe hinauf. Draußen sollte sie jenes Höllenfeuer erwarten, das bereits alle anderen Städte des Landes heimgesucht hatte.

Klemmer wartete, bis die Letzten durchgegangen waren. Nur die Susseks, Luci sowie Evelin Lewensohn und ihr Jakob waren noch unten, sie hatten sich hinten angestellt.

„Los jetzt!", befahl Klemmer.

Luci packte einen Zipfel der nassen Decke, die Evelin Lewensohn und Jakob umhüllte, und zog die beiden hinter sich die Treppe hinauf. Die Susseks folgten, und Klemmer verließ den Keller als Letzter.

Im Hausflur war ein Stau entstanden, einige trauten sich nicht durch den lichterloh brennenden Türrahmen.

„Los!", schrie Klemmer den Vorderen zu.

Das wirkte, schon kam wieder Bewegung in die Gruppe. Nacheinander huschten die Menschen weiter, hinaus in die Feuersbrunst. Als Letzter stürmte der Kriminalrat hindurch und hastete der Gruppe hinterher. Er hatte gerade den Fuß auf die Straße gesetzt, da ertönte hinter ihm eine gewaltige Detonation, die Erde bebte kurz unter seinen Füßen.

Zeitzünder!

Vor ihm marschierten die Susseks, vor denen Luci, die Evelin und das Kind hinter sich herzog. Die Lewensohn hatte ihr Haupt komplett gesenkt, um das Gesicht des Kindes zu schützen, ohne Luci wäre sie wahrscheinlich orientierungslos gewesen. Die meisten der etwa drei Dutzend Menschen umfassenden Gruppe marschierten zu zweit, dazwischen ließen sie einen Abstand von fünf bis sechs Metern. Der Rauch brannte in den Augen, sodass man die Vorderleute nur noch verschwommen wahrnahm und folglich jederzeit Gefahr lief, den Anschluss zu verlieren.

Klemmer wandte sich nach allen Richtungen. Überall brannte es, Flammen schlugen aus den geschlossenen Häuserfronten, und die Luft war zum Ersticken, Funken wirbelten herum, ganz so, wie der Berliner es bei dem großen Angriff auf die Hauptstadt bereits erlebt hatte.

Die Gruppe marschierte zügig nach Osten, die Straßenbahngleise entlang, dann nach links, vorbei an einem See – einem Bombentrichter, aus dem Wasser quoll – auf den breiten Maximiliansring. Weit vorn führte Reimann die Gruppe über die breiten Straßen in Richtung Elbe. Hier, auf den Gleisen, war der Abstand zu den brennenden Häusern gerade noch groß genug, sodass man nicht von der Hitze augenblicklich gekocht wurde. Reimann wollte die Menschen offensichtlich auf den Moritz-Ring führen, dann immer weiter geradeaus auf die Carolabrücke. Kluge Entscheidung, nur auf dieser breiten Achse hatten sie eine Überlebenschance!

Mit einmal stürzte zehn Meter vor dem Kriminalrat eine Häuserfront von rechts tosend auf die Straße. Luci, die sich mit der Lewensohn im Schlepptau genau auf Höhe des Einsturzes befand, war geistesgegenwärtig zur Seite gesprungen, nicht ohne ihre Schützlinge mitzureißen. Der Einschlag des herabgestürzten Schutts reichte bis zur Straßenmitte, Klemmer wollte vorpreschen und den Gestrauchelten helfen, doch eine dichte Staubwolke stieg empor und vernebelte die Sicht. Vorsichtig bahnte er sich einen Weg hindurch. Die Hitze war jetzt unerträglich, das Feuer loderte immer heftiger, das Atmen fiel in dieser brennenden Rauchhölle immer schwerer. Die Staubwolke legte sich ein wenig, und da sah er sie: Die Lewensohn lag regungslos auf dem Rücken, mit einer großen Platzwunde am Kopf. Luci hockte neben ihr und war im Begriff, den kleinen Jakob von seiner Mutter zu trennen.

Klemmer sprang hinzu. Er musste schreien, um das ohrenbetäubende Lodern ringsum zu übertönen.

„Schnell", befahl er und packte Luci am Arm, „Sie gehen weiter, ich kümmere mich um die Mutter!"

Luci nickte. Sie hatte Jakob bereits in ihren Armen, Klemmer half ihr noch schnell, die Decke umzuwickeln, und schon war sie weitergezogen. Klemmer kauerte nieder, richtete den Oberkörper der bewusstlosen Frau auf, nahm all seine Kraft zusammen und schulterte sie kurzerhand. Wankend setzte er den Weg fort. Luci war verschwunden, auch all die anderen. Mit zusammengekniffenen Augen hastete der Kriminalrat die Schienen entlang, vorbei an einer stehenden Straßenbahn, deren Scheiben durch die Druckwellen zerborsten waren. Hier und da stolperte er über Leichen, sie lagen überall. Allmählich fraß sich die Hitze in den Boden, der Asphalt begann zu glühen, selbst auf dieser breiten Straße. Wer hier das falsche Schuhwerk hatte, dem schmolzen die Sohlen weg; das bedeutete das Ende. Klemmer trug seine Schaftstiefel, die hielten zum Glück einiges aus. Doch er kam nicht schnell genug voran, und er hatte noch zwei- bis dreihundert Meter vor sich, bis er die Carolabrücke erreichen würde. Auf der Straße lagen überall Leichen! Menschen, die sich kurz hatten hinsetzen wollen und qualvoll erstickt waren. Dieses Schicksal würde den Kriminalrat auch ereilen, wenn er nun schwach werden sollte. Unter der nassen Decke, durch die nur seine Augen hervorlugten, bekam er noch ein wenig Atemluft, aber war es genug, um das rettende Elbufer zu erreichen?

Auf dem Schlageter Platz sah er in etwa zwanzig Metern Entfernung zwei Menschen eng beieinander kauern. Keuchend schloss er zu ihnen auf.

Die Susseks.

Klemmer ging vor ihnen in die Knie. Die beiden saßen aneinander gelehnt da, die Augen waren geschlossen. Klemmer biss die Zähne zusammen, er konnte nichts tun, die Lewensohn drückte mit sechzig Kilo auf seine linke Schulter. Mit einem Schrei erhob sich der Kriminalrat wieder und setzte seinen Weg fort. Nach zehn Metern drehte er sich noch einmal nach dem Ehepaar um. Verschwommen nahm er sie im Schein des Feuers wahr, ein fast friedliches Bild gaben sie ab – inmitten dieser Apokalypse. Schließlich verschwanden sie hinter roten Qualmwolken.

Weiter!

Vorn konnte er die Brücke erkennen. Hundert Meter noch, dann hatte er das Ziel erreicht. Er musste das Ufer erreichen, bevor der Sturm kam! Meter für Meter kämpfte er sich vor. Erst als er der Brücke schon ganz nah war, musste der Kriminalrat feststellen, dass dort Flammen von sonderbarer Farbe emporstiegen. Das war die Hauptgasleitung über den Fluss!

Dort bei der Elbterrasse stand Luci, sie schien auf ihn zu warten. Klemmer hastete zu ihr, seine Beine waren kurz davor, nachzugeben.

„Schnell, wir müssen weg von der Brücke! Die haben hier Sprengladungen angebracht, die gehen gleich in die Luft", rief er ihr zu.

Gemeinsam hetzten sie die Treppe hinunter zum tiefergelegenen Terrassenufer, wo sie in Richtung Westen marschierten, hin zur intakten Augustusbrücke. Unterwegs stiegen sie über Krater. Klemmer sah hinüber zur anderen Uferseite; auch dort brannte es, das Feuer schien jedoch nicht die gesamte Neustadt erfasst zu haben. Und drüben befanden sich die rettenden Elbwiesen! Von dort aus konnten sie sich einen sicheren Weg aus der Stadt herausbahnen.

Die vier erreichten die Brücke, fanden über eine große Treppe den Weg hinauf und marschierten schließlich über die hell flackernde Elbe. Hier über dem Wasser fiel die Atmung leichter, sodass der nahezu entkräftete Kriminalrat gerade noch imstande war, die Lewensohn ein gutes Stück weiterzuschleppen.

Als sie die Mitte erreichten, blieb Luci mit einmal stehen. Ein tosendes Fauchen ließ sie für einen Moment erstarren. Sie drehte sich um und sah, wie sich die Flammen über der Stadt zusammenschlossen. Eine rote Säule durchbrach den Himmel und stieß hinunter, mitten ins Feuer hinein. In diesem Moment wurde Luci von einem heißen Wind erfasst, der sie beinahe umstieß.

Er zeigt mit dem Finger auf uns.

„Luci!", rief Klemmer von Weitem.

Sie zuckte zusammen. Eilig setzte sie ihren Weg fort, die Brücke führte sie über den Fluss und ein gutes Stück über die breiten Elbwiesen, auf der bereits eine große Anzahl Überlebender Zuflucht gesucht hatte. Um hinunterzugelangen, waren sie gezwungen, sich den Flammen von Neustadt gefährlich zu nähern. Irgendwo musste eine Treppe sein! Sie hatten fast den Neustädter Markt erreicht, da führte eine Treppe links zum Ufer. Luci eilte vor, Klemmer, der kaum noch seine Knie spüren konnte, versuchte Schritt zu halten. Auf der vierten Stufe knickte er mit dem linken Fuß ein, stieß einen Schmerzensschrei aus und wäre fast mit der Lewensohn auf den Schultern hinuntergestürzt. Stattdessen fiel er nach hinten und blieb mit ihr auf den Stufen liegen. Luci hatte sich unten nach ihnen umgedreht, befreite sich aus der Decke und ließ den kleinen Jakob hinunter.

„Warte hier!", sagte sie und hastete allein die Treppe hinauf.

Klemmer schulterte Lewensohns regungslosen Körper, diesmal auf die rechte Seite, während er seinen linken Arm um Luci legte. Auf sie gestützt quälte er sich Stufe für Stufe hinab. Unten angekommen ging er zu Boden. Luci und Jakob kauerten sich neben ihn und Evelin. Luci fasste Jakobs Mutter an den Hals.

„Sie ist tot", stellte sie fest.

Klemmer war zu erschöpft, um auf diese Erkenntnis zu reagieren, er fühlte nichts mehr. Einfach nur sitzen bleiben, sich ausruhen! Sein linker Fuß war taub. Das Fußgelenk war gebrochen. Der kleine Jakob stand unter Schock, er begriff womöglich gar nicht, was um ihn herum geschah.

„Kommen Sie", forderte Luci den Kriminalrat auf, „wir müssen weiter."

„*Sie* müssen weiter, für mich ist hier Endstation", antwortete Klemmer. „Nehmen Sie den Jungen und fliehen Sie aus der Stadt, so schnell wie möglich! Die kommen wieder. Vielleicht noch heute Nacht."

„Ich lass Sie hier nicht zurück, Chef!"

„Mein Fuß ist gebrochen, ich kann nicht weiter. Gehen Sie, Luci. Gehen Sie, verstecken Sie sich mit dem Jungen, bis alles vorbei ist. Sie sind jetzt verantwortlich für ihn. Sie müssen sich verstecken, die bringen ihn sonst um." Luci nahm Jakob in den Arm. Zögernd blieb sie vor dem sitzenden Kriminalrat stehen. „Schon gut", sagte er lächelnd. „Los, gehen Sie!"

Luci nickte kurz, drückte das Kind fest an sich, drehte sich um und lief los. Sie verschwand in einer größeren Gruppe, die entlang der Elbe nach Westen marschierte.

Klemmer legte sich auf den Rücken. Vielleicht war dies nun tatsächlich das Ende.

Hinauf oder hinunter?

Er zog den Schlüssel aus seiner Manteltasche. Heinrich war nun dort. Was immer auch dieses Dort sein mochte. Sollte es ein Wiedersehen geben? Oder war dieses Gerede vom Jenseits nur eine absurde Erfindung?

•

Martha umarmte ihren Sohn, vom Schluchzen bebte ihr ganzer Körper. Heinrich drückte sie, klopfte ihr tröstend auf den Rücken. Michael stand daneben und unterdrückte die Tränen.

Auf dem Bahnsteig standen noch etliche andere Familien, sie verabschiedeten sich ihrerseits von uniformierten jungen Männern.

„Bin ja bald wieder da", sprach Heinrich und fuhr seinem kleinen Bruder durchs Haar, „die Stadt ist doch ein Nest, die nehmen wir mit links ein. Und ehe Du Dich versiehst, bin ich zurück. Versprochen." Michael war zwölf und somit fast zehn Jahre jünger; wegen des Altersunterschieds war Heinrich fast wie ein zweiter Vater für den Jungen.

„Indianer-Ehrenwort?", fragte der Kleine den Großen.

„Indianer-Ehrenwort! Und Du passt auf die Mama auf, in Ordnung?"

Michael nickte.

Erich stand abseits und beobachtete die Szene.

Heinrich drehte sich schließlich zu ihm um, grinste breit, sein Gesicht verschwamm, wurde kleiner.

Dem Kriminalrat fiel mit einmal auf, wie groß die Entfernung zwischen ihnen war, er konnte Martha und seine Söhne kaum noch erkennen, sie standen am anderen Ende des Bahnsteigs, Dutzende Familien standen zwischen ihm und seiner Familie, versperrten die Sicht. Alles verschwamm, ging unter in einem hallenden Gemisch aus Stimmen.

„Pass auf mein Auto auf!", rief Heinrich von Weitem.

Erich wollte antworten, doch da umschlang ihn bereits die Dunkelheit.

•

Wie lange hatte er hier schon gelegen? Minuten? Oder doch eher Stunden? Um ihn herum brannte die Stadt. Hin und wieder huschten Menschen an ihm vorbei. An ihm und der toten Evelin Lewensohn, die neben ihm im Gras lag, nahe der Treppe.

Und jetzt heulten sie wieder, die Sirenen.

Klemmer vernahm das Geräusch als ein entferntes Rufen. Eine kreischende Stimme aus einer anderen Welt, die mit ihm nichts mehr zu tun hatte.

Die ersten Einschläge erfolgten irgendwo in weiter Ferne. Nach und nach wurden sie lauter. Dann eine Explosion ganz in der Nähe, gefolgt von einem lärmenden Einsturz.

Die nächste landet hier.

EPILOG (1946)

Ruinen, nichts als Ruinen, wohin man auch sah!

Karl-Heinz Wolter bog auf die Kopenhagener Straße, schaltete in den zweiten Gang, worauf der Lieferwagen knarzend protestierte. Die alte Mühle macht's nicht mehr lang, dachte er bei sich. Doch der desolate Zustand des Gefährts passte in diese Stadt. Man konnte sich einfach nicht daran gewöhnen, obgleich der Spuk nun schon seit über einem Jahr vorbei war. Sicher, die Lebenden erfreuten sich vor allem am Glück, dem Tod entronnen zu sein. Jedoch war der Preis hoch. Sehr hoch. Deutschland bestand nur noch aus Schutt. Berlin – einst eine hell leuchtende Weltmetropole – war komplett zerstört.

Wolter starrte hinaus. Auf einer etwa sieben Meter hohen Ruine standen drei Frauen und trugen von Hand den Schutt ab.

Immerhin hatten die Menschen nicht komplett resigniert, sie schafften fleißig wie die Bienen den Dreck beiseite. Vor allem die Frauen hatten in den letzten Monaten ganze Arbeit geleistet. Die Straßen waren schon einmal freigeräumt, das Leben ging weiter.

„Lassen Sie mich hier bitte aussteigen!"

Wolter drehte sich zu seinem Beifahrer.

Der junge Mann hatte die ganze Fahrt über von Oranienburg bis hierher nicht gesprochen. Am Wegesrand hatte er ihn aufgesammelt, den Jungen. Wollte nach Berlin. Ein schweigsamer Junge, hatte sicher auch sein Päckchen zu tragen.

Wolter brachte den Wagen am Straßenrand zum Stehen.

„Wohnste hier?"

„Nein ... ich ... ich möchte den Rest des Weges zu Fuß gehen."

Wolter runzelte die Stirn.

„Du bist nich von hier, seh ick dit richtich?", fragte er.

„Doch, ich ... bin von hier. Aber ..."

„Kriegsheimkehra?" Nicken. Wolter seufzte. „Hm, denn siehste dit allet hier zum ersten Mal, vastehe. Keen schöna Anblick, ick weeß. Wie lange warste denn weg?"

„Vier Jahre."

„Ach du jrüne Neune, vier Jahre! Na, da haste aber einijet vapasst, Junge! Sei froh, dit war die Hölle, dit kann ick Dir sagen."

„Waren Sie dabei?", hörte Wolter ihn plötzlich fragen.

„Wobei?"

„Als all das hier ... passiert ist."

„Und ob ick dabei war! Von der ersten Bombe an, die hier runta jing ..."

„Erzählen Sies mir", bat der junge Mann.

Von seinem Vorhaben, hier auszusteigen hatte er vorerst abgesehen. Er schien wirklich keine Ahnung zu haben, was hier in den letzten Jahren los gewesen war.

„Nun, wat soll ick erzählen ... die ham uns hier bombardiert, monatelang ... wat sag ick: jahrelang! Und denn, wo der Krieg schon längst verloren war ... da wurde dit richtich schlimm ..."

Wolter spürte, wie sich ihm bei den Erinnerungen augenblicklich ein Kloß im Hals festsetzte.

„Was ist da passiert?"

„Na, wat gloobste, wat hier passiert is! Der Russe is passiert! Einmarschiert isser mit seiner janzen Armee, hat hier allet plattjemacht mit seiner Stalinorgel, so schnell kannste jar nich kiekn!" Wolter merkte, wie er sich in Sekunden empört hatte bei den Gedanken an die Ereignisse im letzten Jahr. An die letzten Kriegstage. Er wurde nachdenklich. „Aber wir ham nich kapituliert, der Führer hat nich kapituliert. Ooch nich, wo die Russen schon inner Stadt warn und anfingen, allet plattzuwalzen. Ooch da hießet noch, der Führer weeß jenau, warum er die feindlichen

Truppen reinlässt. Unsa Kompaniechef hat jesacht: Ihr wisst doch, wir ham noch die fümvte Kolonne und die Jeheimwaffe und so weita. Wir siejen! Dit übliche Pipapo war dit. In Bataillone ham die uns dann jesteckt, uns alte Männa, zusammen mit Kindern!"

„Kinder?"

„Ja, dit warn jottverdammte Kinder! Vierzehn Jahre alt, manche fuffzehn oder sechzehn. Hunderte ... na ja, und wir Alten. Vielleicht drei Dutzend Männa in meinem Alter, alle über sechzig. Hinüba, alle tot. Zumindest die meisten. Die Kinder ooch. Dit ham nurn paar übalebt. Ne Handvoll."

„Kinder ...", murmelte sein Zuhörer.

Wolter bemerkte erst jetzt, wie sein Begleiter mit den Tränen kämpfte. Ihm wurde schlagartig bewusst, dass der junge Mann seine Familie seit einer Ewigkeit nicht gesehen hatte und womöglich nichts über deren Schicksal wusste.

„Komm, ick fahr Dir heim. Du brauchst Jewissheit. Irjendjemand wird da uff Dir warten, da bin ick mir sicha." Wolter bekam ein zaghaftes Nicken als Antwort. „Wie heißte eijentlich?"

„Heinrich."

„Heinrich. Ick bin der Karl-Heinz. Sag, wo fahr ick Dir hin?"

„Bayerisches Viertel."

An der Bozener Straße ließ Wolter ihn aussteigen, sprach noch ein paar tröstende Worte und fuhr davon. Heinrich blieb eine Weile mit seinem Beutel über der Schulter stehen, betrachtete die Ruinen seiner Straße. An deren Ende erkannte er die löchrige Fassade seines Zuhauses. Immerhin stand es und schien bewohnbar.

Wolter hatte recht, Heinrich musste sich nun Gewissheit verschaffen. Er rechnete mit dem Schlimmsten, das hatte er schon den ganzen Weg über getan. Bereits in Russland hatten ihn Berichte aus Deutschland erreicht, unheilvolle Berichte aus der Presse, die ihm sein Freund Leo übersetzte. Insgeheim hoffte Heinrich, es handle sich hierbei um propagandistische

Übertreibungen sowjetischer Prägung. Deutschland, seine Heimat, komplett zerstört? Spätestens in Stralsund kam die Gewissheit, die Erzählungen und Berichte entsprachen der Wahrheit. Was würde er in Berlin vorfinden? Wer war noch am Leben? Ihn hielt man wahrscheinlich für tot.

Heinrich bewegte sich nicht vom Fleck. All die Jahre hatten ihn die Fragen gequält, dort in seinem Versteck, bei Leo. Heike. Michael. Vater. Mutter. Jetzt saßen sie gemeinsam am Esstisch, dort, am Ende der Straße, im vierten Stock. Oder waren tot.

„Heinrich?" Heinrich drehte sich um. Der junge Mann, der sich ihm vom Bayerischen Platz her auf Krücken näherte, grinste bis über beide Ohren. Bei Heinrich angelangt, blieb er keuchend stehen. Ihm fehlte das rechte Bein. „Mensch, Heinrich, Du bistet wirklich!"

„Hermann?"

Heinrich hätte seinen Spielkameraden von einst fast nicht wiedererkannt. Hermann, der Junge aus der Nachbarschaft!

„Ja, Heinrich, ick bins! Mensch, seit wann biste denn wieda da? Ick dachte ja, Du bist hopsjejangen!"

„Ich ... nein, ich lebe. Wie Du siehst."

Hermann bemerkte, wie Heinrich auf sein fehlendes Bein schielte.

„Tja, so hab ick ooch jekiekt, als et weg war."

„Tut mir leid, ich wollte nicht ...."

„Mensch, Heinrich, allet jut! Wir leben!" Hermann klopfte seinem Gegenüber mit der Krücke auf den Arm. „Also? Seit wann biste zurück?" Heinrich starrte seinen Freund an, unfähig zu antworten. Da schien auch Hermann zu begreifen, seine Miene verfinsterte sich. Er sah zum Haus am Ende der Straße hinüber. „Mensch, Heinrich ... jeh. Jeh hin."

„Ich kann nicht ...."

„Nu jeh schon!"

„Sag, Du weißt, ob sie ...?"

„Jetzt hör mir uff mit Fragen, jeh!"

Hermanns Blick verhieß nichts Gutes. Doch er wollte nichts sagen, Heinrich sollte es selbst herausfinden, daran führte kein Weg vorbei.

Er nickte Hermann zu und setzte sich langsam in Bewegung.

Eine quälende Minute verstrich, bis er am Ende der Straße ankam. Vor dem Haus blieb er stehen, sah hinauf zum vierten Stock. Der halbe Erker war weggesprengt, das klaffende Loch notdürftig zugenagelt. Zudem war die Fassade übersäht mit Einschusslöchern, manche kleiner, andere faustdick.

Heinrich nahm seinen ganzen Mut zusammen und trat über die Schwelle des Hauseingangs.

Im Treppenhaus sah alles erstaunlich intakt aus, Kämpfe hatten hier im Inneren des Gebäudes offensichtlich keine stattgefunden. Da hatten unzählige andere Häuser in der Stadt weitaus weniger Glück gehabt.

Im vierten Stock angelangt, schlich Heinrich zur Tür und lauschte. Aus der Wohnung drang gleichmäßiges Hämmern. Zaghaft klopfte er an. Das Hämmern ging ohne Unterbrechung weiter, da klopfte er lauter.

Das Hämmern verstummte.

Schritte eilten durch den Flur, die Klinke wurde heruntergedrückt, die Tür geöffnet.

Für einen Moment wagte keiner zu atmen, weder sie noch er. Eine Sekunde, vielleicht zwei; solange brauchte der Kopf, um das unerwartete Bild zu verarbeiten. Um sicher zu sein, dass es kein Trugbild war, sondern ganz und gar real.

Heike fiel Heinrich um den Hals.

Eng umschlungen standen die beiden im Treppenhaus und schluchzten, unfähig zu begreifen. Erst nach einer Weile blickte Heinrich auf und sah zur Tür.

Der alte Herr hatte sich auf einen Gehstock gestützt, sein Rücken war gebeugt, seine ehemals grau melierten Haare schlohweiß. Ungläubig starrte er aus dem Flur heraus in das Gesicht des jungen Mannes. Heinrich löste sich behutsam von seiner Verlobten und trat in die Tür.

Ohne ein Wort zu sprechen, standen sich Vater und Sohn gegenüber.

Heinrich lächelte zaghaft, wandte seinen Blick kurz ab, schaute suchend zur Wohnzimmertür hinüber. Doch ein Blick in das aschfahle Gesicht seines Vaters ließ sein Lächeln erstarren.

Kriminalrat Erich Klemmer packte Heinrich an der Schulter und zog ihn zu sich heran. Er drückte ihn fest an seine Brust, während Heike weinend neben ihnen stand.

Drei geliebte Menschen hatte der Polizist verloren.

Einer von ihnen war auferstanden.

Nachwort

Wer ist Hannah Berkowicz?

Sie ist erfunden, genauso die Männer vom „Referat für Juden-angelegenheiten". Keine dieser Personen hat je existiert. Doch es gibt reale Beispielpersonen. Menschen, deren Schicksale mich zu diesem Roman bewogen haben und die an dieser Stelle Erwähnung finden sollen.

Da ist beispielsweise die Figur des Schlächters Franz Scheil, der einem besonders grausamen SS-Mann nachempfunden ist, Josef Blösche, der 1942 tatsächlich im Warschauer Ghetto schlimmste Verbrechen begangen hat, zusammen mit den anderen Männern des besagten Referats. Dieses – das „Judenreferat IV B 4" – hat existiert und war unter anderem für solche Verbrechen verantwortlich, wie sie im Roman beschrieben oder zumindest angedeutet werden. Der Leiter dieser Mordeinheit war der SS-Untersturmführer Karl-Georg Brandt, der im Roman namentlich erwähnt wird.

Oder Ben Berkowicz, dessen Figur angelehnt ist an den berühmten Sprachwissenschaftler Victor Klemperer. Dieser lebte bis zu Dresdens Bombardierung als einer der letzten Juden im Gemeindehaus in der Zeughausstraße 1. Ausgerechnet der Angriff der Alliierten bewahrte ihn vor der am Tag zuvor beschlossenen Deportation. Klemperer und seine Frau überlebten.

Und Hannah?

Sie macht das Grauen greifbar. Sie ist das Gesicht, das aus der anonymen Masse hervorragt und bewusst macht, wie Menschen, die Freude am Leben empfanden, um dasselbe betrogen wurden. Ich stieß auf sie bei der Lektüre der Biografie *Mein Leben* von Marcel Reich-Ranicki. Eine kurze, ergreifende Episode, grausam in der Endgültigkeit ihres tragischen Ausgangs:

„Die erfolgreichste, die populärste Figur des Musiklebens im Getto war eine ganz junge schwarzhaarige Frau mit mädchenhafter Anmut, eine Sopranistin, die vor dem Krieg niemand kannte: Marysia Ajzensztadt, gerade zwanzig Jahre alt. Die schöne und reizvolle Sängerin debütierte mit Arien von Gluck und Mozart, mit Liedern von Schumann und Brahms. Um ihren Unterhalt zu verdienen, trat sie sehr bald auch in einem Café auf (...). Das Publikum in dem täglich überfüllten Café war begeistert (...)."

Was ihr schließlich widerfährt, erzählt Reich-Ranicki ein paar Seiten weiter:

„Jeder war entschlossen, ihr zu helfen, sie zu beschützen, auch jeder Milizionär. Sie geriet auf den ‚Umschlagplatz', ein Jude, der an diesem Tag dort etwas zu sagen hatte, wollte und konnte sie retten. Aber ihre Eltern waren schon im Waggon – und sie wollte sich nicht von ihnen trennen. Sie versuchte, sich von dem Milizionär, der sie festhielt, loszureißen. Ein SS-Mann beobachtete die Szene und erschoss sie."

Hannah Berkowicz verkörpert Marysia Ajzensztadt. Im Roman ist sie Dresdnerin. Wie kam es dazu? Wie entstand überhaupt die Idee zu diesem Buch?

Im Frühjahr 2014 assistierte ich meinem Onkel, dem Panorama-Künstler Yadegar Asisi, bei der Arbeit am Panorama DRESDEN 1945. Tagtäglich wurde ich durch die Arbeit am Panoramabild mit der Zerstörung dieser wunderschönen Stadt konfrontiert und zwangsläufig auch mit der naheliegenden Frage nach dem Warum. Die komplette Zerstörung von Coventry und die ebenfalls verheerenden Bombenangriffe auf London werden bei der geschichtlichen Ursachenforschung immer wieder erwähnt. Zurecht. Und dann sind da die unerträglichen Bilder aus den Konzentrationslagern, die sich mir aufdrängten. Die zornige Reaktion der Alliierten auf all diese Verbrechen traf gegen Ende des Krieges vor allem die Zivilbevölkerung, was unser Panorama recht plastisch darstellt. War das berechtigt? Bomben auf

Zivilisten? Das nicht. Allenfalls nachvollziehbar, vielleicht sogar unvermeidlich, betrachtet man es aus einer rein militärstrategischen Perspektive. Deutschland hatte einen weltweiten Flächenbrand verursacht, und das Feuer kam nun zu jenen Menschen zurück, die es entfacht hatten. Zu den Menschen, die mitgemacht hatten. *Mit*verantwortlich waren. Aber in welchem Maß? Was tat der Einzelne und in welchem Bewusstsein? Interessant erscheint mir vor allem jener Typ „Täter", dessen Schuld darin besteht, nichts getan zu haben, gemeinhin als Mitläufer bekannt. Ein Mensch, der sehenden Auges die Dinge um sich herum geschehen lässt, das Unrecht tatenlos beobachtet.

Schuld durch Unterlassen.

Aus diesem Gedanken heraus entstand die Idee zum vorliegenden Buch. Zu einer Geschichte, deren Hauptfiguren niemals nur Opfer oder nur Täter sind.

Deren Weg jedoch zur einen oder zur anderen Seite tendiert.

asisi
Edition

Bücher aus dem Hause asisi. Yadegar Asisi gibt Autoren im Panometer Dresden ein Podium, um ihre Arbeiten einem größeren Publikum bekannt zu machen. Ihre Werke werfen eine andere Sichtweise – die schriftstellerische – auf die in den Panoramakunstwerken behandelten Themen. Es soll damit ein lebendiger und unmittelbarer Dialog mit dem Publikum befeuert werden.

Neben *„Die Dresdnerin"* von Alexander Asisi erschien als Auftakt 2015 bereits der Roman *„Canaletto. Seine Jahre in Dresden"* von Ralf Nürnberger. Er beschreibt das Leben des Venezianers Mitte des 18. Jahrhunderts in Dresden. Nürnberger gibt einen faszinierenden Einblick in das Leben hinter den Mauern des Dresdner Residenzschlosses oder der Bürgerhäuser und beschreibt das weitreichende Beziehungsgeflecht der auch im Panorama DRESDEN IM BAROCK dargestellten Personen in ihrer Zeit.

Erhältlich ist außerdem die *Werkschau* von Yadegar Asisi, die auf etwa 170 Seiten einen Überblick in das künstlerische Schaffen von Yadegar Asisi seit 2003 gibt. Zahlreiche großvolumige Abbildungen lassen alle Panoramen seit dem Leipziger Pilotprojekt in dem Bildband lebendig werden. Kurze Texte und einige Skizzen erklären den jeweiligen Bildinhalt und geben Hinweise zu den Beweggründen für die vielschichtigen bildgewaltigen Arbeiten.

CANALETTO – SEINE JAHRE IN DRESDEN
Ein Roman von Ralf Nürnberger

Begleitend zum Panorama DRESDEN IM BAROCK erschien 2015
der Roman „Canaletto. Seine Jahre in Dresden" von Ralf Nürnberger.
Darin ist die Zeit zwischen 1747 und 1767 beschrieben. Der Roman
skizziert auf unterhaltsame Weise die Gesellschaft und das Leben
Mitte des 18. Jahrhunderts im „Florenz an der Elbe" aus der Sicht
des Venezianers – mit allem, was das Dasein heute wie damals
ausmacht: Liebe, Freundschaft, Familie, Alltag, Missgunst, Neid,
Hass und Tod.

asisi
Panoramen

Seit 2003 realisiert der in Sachsen aufgewachsene und in Berlin lebende Künstler Yadegar Asisi die weltgrößten 360°-Panoramen mit einer Höhe von bis zu 32 Metern und einem Umfang von bis zu 110 Metern. Was in einem denkmalgeschützten Gasometer in Leipzig begann, hat sich seitdem zu einer Künstlerwerkstatt mit Panoramahäusern in **Leipzig**, **Dresden** und **Berlin** entwickelt. Von Partnern präsentierte Panoramen in **Pforzheim** und **Rouen** sind seit Ende 2014 eröffnet und weitere Ausstellungsorte im In- und Ausland bereits in der Planung.

Mit viel Aufwand für szenische, historische, architektonische und topografische Details setzt Asisi die Werke anhand seiner Vorarbeiten und der Zuarbeiten seines etwa 15-köpfigen Kernteams aus unzähligen Bildebenen am Computer um, bevor sie auf drei Meter breite und 32 Meter lange Stoffbahnen gedruckt, konfektioniert und in den Rundgebäuden installiert werden. Auf dem Höhepunkt der Panorama-Entstehung, oft begleitet von einer einführenden Ausstellung, finalisiert der Panoramist die Riesenrundbilder am Ausstellungsort. Eine eigens von Eric Babak komponierte Begleitmusik sowie eine auf Zeit und Ort abgestimmte Geräuschkulisse runden das Panoramaereignis ab.

Informationen zu den einzelnen Panoramaprojekten und Standorten finden Sie unter **www.asisi.de**.

Das Buch entstand durch die Inspiration des Panoramas DRESDEN 1945 Foto: Tom Schulze ©asisi

GREAT BARRIER REEF im Panometer Leipzig Foto: Tom Schulze © asisi

Weitere Informationen
zu den asisi Panoramen
finden Sie unter

www.asisi.de